Vida feliz de un joven llamado Esteban
Santiago Gamboa

EDICIONES B
GRUPO ZETA

Barcelona • Bogotá • Buenos Aires • Caracas • Madrid • México D.F. • Montevideo • Quito • Santiago de Chile

1.ª edición: septiembre 2000

© Santiago Gamboa, 2000
© Ediciones B, S.A., 2000
   Bailén, 84 - 08009 Barcelona (España)
   www.edicionesb.com

Publicado por acuerdo con Dr. Ray-Güde Mertin, Literarische Agentur,
Bad Homburg, Alemania.

Printed in Spain
ISBN: 84-406-9872-0
Depósito legal: B. 23.923-2000

Impreso por LIBERDÚPLEX, S.L.
Constitució, 19 - 08014 Barcelona

Vida feliz de un joven llamado Esteban
Santiago Gamboa

A Analía,
cada una de estas páginas.
Con amor.

París, 1998

Me gano la vida escribiendo. Sobre todo informativos de radio y artículos de prensa, pero también novelas, pues así me dé vergüenza decirlo tengo aspiraciones literarias. Escribo todos los días, como leí que deben hacer los escritores, aun si la mayoría de las páginas que hago se van a la papelera y sólo se salvan unas pocas, las que satisfacen a ese lector cruel que uno tiene adentro y que es el primero en destruir lo que el otro, el ingenuo trabajador, le ofrece a diario. Pero esto es pretencioso y prefiero ser claro: no vivo de las novelas que escribo —llevo dos— sino de los artículos de prensa y de la radio, que son otra forma de escribir y de vivir. La vida que me gano con ese trabajo alimenta al tímido y vulnerable escritor, incapaz de sostenerse con lo que hace, pero cuya existencia le da al otro una razón para salir de la cama todas las mañanas sin preguntarse para qué se levanta si al fin y al cabo, en la noche, se va a volver a acostar.

Vivo en un apartamento a las afueras de París. Un espacio grande repleto de libros y paredes desnudas, con ese desorden que uno le va imprimiendo a los lugares que habita: camisas colgadas en el respaldar de los asientos, ceniceros con tres colillas a punto de adoptar un aspecto mineral, sobres de correo sin abrir y vasos de agua por la mitad que duermen el sueño de los justos cerca de la cama. Los libros se amontonan en los lugares más insospechados y hace ya tiempo que renuncié al viejo sueño de organizarlos por orden alfabético. Pasados los 30 años uno acumula costumbres deliciosas e inútiles: fumar un cigarrillo en el balcón mirando la autopista a Orly; observar con atención los puntos luminosos de los aviones e imaginar que en su interior transcurren magníficas historias ajenas, episodios íntimos y felices; preparar elaborados cócteles, husmear en las librerías de viejo hasta enloquecer a los vendedores y llegar tarde a todas partes. Costumbres vanas que, sin embargo, decoran el tiempo de una vida y la sostienen.

Pero vuelvo a la vida que me gano. Una tarde, hace ya varios años, le escuché decir al novelista Juan Goytisolo que no era bueno para un escritor vivir de sus libros, con el argumento de que la independencia estaba en hacer y decir lo que a uno le diera la gana, y que para eso nada mejor que tener un trabajo paralelo. «Cuando uno vive de los libros termina publicando tonterías —decía Goytisolo con su eterna cara de palo y su voz lenta—, acaba con la nariz pegada a las listas de ventas, leyendo los éxitos del momento para imitarlos.» En mi caso el problema no se plantea, pues las regalías de mis libros me alcanzan apenas para pagar un viaje o dos a Colombia y no pasar muchas vergüenzas con mis editores, invitar a los amigos a tomar un trago en cualquier bar o cambiarle los amortiguadores a mi viejo Volkswagen.

Cuando llegué a París, hace más de siete años, soñaba con tener una vida regular y apacible. Veía a los señores de gabardina, en sus automóviles o caminando con seguridad por los andenes, y me preguntaba cuándo me llegaría a mí el turno de ser como ellos: gente que encuentra monedas de diez francos en la ropa vieja, que llama al Crédit Lyonnais para que le digan el saldo y luego lo anota en su agenda como si fuera el teléfono de un desconocido. Yo no tenía nada excepto proyectos y sueños. Tenía la idea de hacer una tesis doctoral en la Sorbona y, sobre todo, la secreta aspiración de ser escritor, para lo cual traía en la maleta un gigantesco manuscrito sin título que había empezado a redactar en España. Era un monstruo de más de setecientas páginas, ambicioso e irresponsable, que pude escribir creyéndole a Vargas Llosa cuando dijo que la inspiración no existía, que escribir es un asunto de terquedad, de paciencia para esperar lo que casi nunca aparece, de generosidad ante ese ser egoísta que es el texto, pequeño tirano con máscara de bufón que se sienta en el hombro y no tiene reparos en reírse de los pocos y preciosos aciertos; cruel lector, crítico ruin. Yo daba la vida porque Vargas Llosa tuviera razón —y la sigo dando—, pues nunca he sentido la más mínima manifestación de genio, nada que me haga suponer que lo que escribo pueda ser importante, original o innovador, dinamitero del gusto clásico, creador de formas... El problema de escribir siendo estudiante de Literatura es que uno tiende a teorizar de antemano lo que todavía no ha escrito o, en el mejor de los casos, ha escrito mal. Estudiando letras uno es tan consciente de todo que no logra sorprenderse con algo fresco, sin el peso de las ideas aprendidas en los tratados de estética. Yo luché contra eso y no sé si gané, pero sí sé que esa lucha me permitió seguir escribiendo. Me enseñó que todo era posible con disciplina y sobre todo con la fuerza para romper lo que es dudoso, sin contemplaciones, olvidando la arrogancia del que cree saber mucho sobre algo que, sin embargo, no es capaz de crear.

El tiempo pasó y las cosas cambiaron. Pero cambiaron de un modo que ya venía sospechando y que es implacable, y que consiste en que uno logra lo que quiere cuando ya no lo hace soñar. Como leí en alguna parte: «Cuando tuve las respuestas me cambiaron las preguntas.» Ahora tengo un Volkswagen y una gabardina, un trabajo estable —soy funcionario del Estado francés— que me llevará, salvo sobresaltos, hasta la jubilación, y, para mis vecinos, me he convertido en el apacible *monsieur Hinestrozá*. En mi billetera duermen varias tarjetas de crédito que manoseo más de lo debido pero que me permiten llegar con desahogo a fin de mes. He escrito dos novelas que me dan ánimo cuando las palabras se atascan, y sobre todo veo que ya no soy ese mismo jovencito tímido y soñador de antes. Viajo mucho y compro todos los libros que puedo desear y leer, pero a veces, cuando manejo tarde en la noche mi Volkswagen por alguna autopista y mis ojos se concentran sobre las líneas blancas del asfalto, pienso en la vida, en lo mucho que soñé con lo que ahora, mal que bien, soy y tengo. Y nada sucede. No hay una voz que me diga «está bien», que me critique o me rete. No hay entusiasmo sino una cierta resignación, el mismo sabor de llegar tarde a algo magnífico que sentía en el paladar cuando no tenía nada ni había llegado a ningún lado. Entonces me repito los certeros versos de Gil de Biedma: «Que la vida iba en serio / es algo que uno aprende a conocer más tarde.» Pero no quiero adelantarme demasiado y, como dice a veces Dostoievski en sus novelas, «ya llegaremos a ese peculiar momento más adelante».

Por estos días ha hecho mucho frío en Gentilly —así se llama mi barrio, a las afueras de París— y durante toda la semana cayó nieve. Los techos de las casas se ven de color blanco desde mi ventana y si algo me molesta de este bello paisaje es que ya no puedo salir al balcón a fumar. La puerta se bloquea por la nieve y los zapatos se empapan. Entonces hay que quedarse adentro mirando a través del vidrio, y por más que miro sólo veo caras antiguas, voces silenciosas que me llegan al oído desde un pasado ya no tan remoto.

Medellín, 1966

Me llamo Esteban Hinestroza. Nací en Bogotá hace muy poco, el penúltimo día del año pasado, y por eso, tal vez, mis gritos de recién nacido se confundieron con los gritos de júbilo del año nuevo, con las narices rojas y las panzas felices de todos los que celebraron el entierro del año viejo, del depuesto rey muerto 1965 que ya nunca más veremos. ¡Qué viva 1966! Y ahí estuve yo, sordo a esos gritos, emitiendo otros, los gritos de la vida, del miedo y del frío, los gritos de sorpresa por haber caído al mundo precisamente en esta esquina, en medio de una llovizna aburrida que mojaba el asfalto de la ciudad desde hacía varios días, en el mismo viejo hospital del barrio de Chapinero donde han nacido tantas generaciones de capitalinos, la célebre clínica Marly de paredes celestes y ladrillo rojo, oliendo vapores de coliflor hervida, flores frescas, suero y alcohol.

Ése fue el principio de mi vida, así llegué al mundo. Pero ahora, tres meses después, vivo en Medellín, una ciudad en la que hace calor y donde la gente no tiene que vestirse con suéteres y gabardinas. Es lo bueno de Medellín, y tal vez por eso todo es más alegre. El trasteo de una ciudad a otra se decidió de repente, poco después de mi nacimiento, pues papá y mamá consiguieron trabajo en la facultad de Artes de la Universidad de Antioquia. Y para allá nos fuimos. Es decir, para acá nos vinimos. Primero a un apartamento pequeño del que no me quedan recuerdos, en la esquina de las calles Sucre con Darién, y luego a esta casa en el barrio de Robledo, una especie de finca que se llama Villa Rosa y que está al final de una cuesta, una calle muy empinada por la que los carros suben con dificultad, como le pasa, por ejemplo, a la furgoneta de la leche o al micro de la lavandería.

¿La casa? Es de muros blancos, ventanas y puertas de madera. Tiene un patio interior con un papayo y la rodea un inmenso jardín. Detrás hay un granero en donde está el estudio de pintura de mamá y, al lado de la cocina, un gallinero repleto de culecas y un gallo al que papá bautizó «el gallo de las Espinosa». Como todas las casas de la niñez, ésta es muy grande. Los techos están en el infinito y las cosas, por ejemplo los tarros de mermelada o las cerámicas, están muy lejos de la mano. El papayo del patio tiene un tronco rugoso y lleno de hormigas de color rojo. Hay que tener cuidado porque a veces se ven alacranes entre los helechos y ya sé que pican. El mundo está lleno de animales que pueden caer desde muy alto y seguir vivos, que se mueven muy rápido para esconderse debajo de las piedras. Lo más divertido es llevar los muñecos hasta esa selva y meterlos en la tierra, hacerlos pelear con los insectos. La tierra, cuando está mojada, es de color muy negro, tiene un olor distinto y se puede perforar con el dedo. Adentro hay lombrices que no hacen nada, que no pican pero dan asco porque tienen la piel fría y babosa.

Ésta es nuestra casa. Aquí vivimos. Tengo un hermano mayor que se llama Pablito, cuyo nacimiento estuvo rodeado de peligros para la familia, pues fue un niño prematuro, llegado al mundo con apenas seis meses y medio. ¿Qué pasó? Las complicaciones, muy graves todas, dejaron a mamá en coma por unos días, tanto que ella recuerda entre nieblas la voz de un sacerdote dándole la extremaunción, algo que no tenía nada que ver con una hermosa mujer de 23 años llamada Bárbara, artista a pesar de pertenecer a una familia de jurisconsultos y abogados, educada en el Liceo Francés de Bogotá con *prix d'excellence* durante todo el bachillerato, feliz de esperar a su primer hijo y casada hacía poco contra la voluntad de sus padres, pues ellos habrían preferido verla de la mano de un abogado, un juez o cuando menos un médico. No, pues nada de eso, y de ahí la férrea oposición. Bárbara se casó con Joaquín Hinestroza, compañero suyo en la facultad de Artes, hijo de un prestigioso médico de Bogotá que debió retirarse a una población cercana por problemas cardíacos, descendiente de una familia rica pero venida a menos, es decir ya sin riqueza, pues una tía abuela de Joaquín había tenido la ocurrencia de dejarle toda la fortuna a los curas, absolutamente todo: fincas de recreo y producción, decenas de casas en Bogotá, tierras en varios departamentos y propiedades en París. Todo se lo llevaron los curitas ante el asombro de la familia Hinestroza, que ya se había repartido los bienes y que debió de quedarse, como se dice, mirando un chispero. Algo dejó la tía, justo es decirlo: un elegante mausoleo en la avenida de los Presidentes del Cementerio Central de Bogotá. Todavía debe de estar riéndose en el infierno la noble mujer.

Joaquín, decía, es decir mi papá, se crió en una finca en Las Mesitas, y más tarde fue como alumno interno a Bogotá, al Colegio La Salle. Le gustaba el arte, la literatura, el cine, la música y la historia, coleccionaba cerámicas precolombinas y piezas de oro, era pintor, aventurero, buen conversador y contador de historias. Mamá estuvo en peligro, pero la vida fue más fuerte y la familia pudo salvarse, y al poco tiempo el pequeño Pablito dejó de ser una masita frágil de vida, sin uñas ni cartílagos, para convertirse en un robusto recién nacido de mirada fiera, de ojos de fuego que parecían decir aquí llegué, carajo, ahora tiemblen.

—Nos vamos para Medellín —anunció, entonces, papá.

—¡Caray! —exclamó la abuela—. Los niños se van a volver paisas.

El tiempo, durante la infancia, pasa muy lento, y las noches son extensiones infinitas en las que no hay juegos ni luz. Pero a cambio están llenas de historias, de personajes que llegan a través de la voz de papá o de mamá y que nos llevan a lugares hermosos, lejos de la colina de Robledo y del papayo del patio.

Hunahpú e Ixbalanqué fueron nuestros primeros amigos: los dos llegaban a nuestro cuarto en las horas nocturnas y Pablito y yo escuchábamos sus aventuras con la boca abierta, pendientes de los labios que nos iban relatando sus hazañas. Ambos caminaban por la montaña buscando granos de trigo, esa planta que es el sol del campo, y atravesaban ríos y se enfrentaban al viento helado de la tundra hasta dar con la espiga del valle para poder sembrarla, y al sembrarla el sol volvía a salir después de cada noche, y la luz regaba el campo y la vida empezaba otra vez, desde el principio. Pero de pronto la historia dejaba de sonar en los labios de mamá y seguía en mi cabeza, en el sueño que ya había llegado para el resto de la noche, y entonces era mi mano la que recogía las espigas; la que se llenaba los bolsillos con puñados de espigas antes de volver al valle, y cuando llegaba, con Hunahpú e Ixbalanqué, llegaba el sol y amanecía para todos y yo abría los ojos y allí estaba mi cuarto, mis juguetes de madera, el caballito de colores, el móvil de pájaros y planetas. Todo volvía a empezar hasta la noche siguiente.

—¡A dormir, niños! —Ése era el preludio de las historias.

La casa era interminable y yo la recorría con las rodillas peladas, con la mano en la pared, dejando una línea en el muro por el negro de la tierra. El gallinero estaba detrás de la cocina y casi todos los días sacábamos huevos y los ordenábamos en los cestos de mimbre. Los vecinos venían a comprar. Pero a veces, por la noche, se oía un escándalo de gallinas y era que venía el runcho a llevárselas. Papá sacaba su escopeta y una linterna. Luego disparaba. Varias veces le dio, pero otras, en cambio, el malvado runcho lograba escapar con su presa hacia la selva de aguacates, y yo soñaba con los ojos brillantes del runcho, que es una rata del tamaño de un conejo: dos puntos luminosos de color rojo delante del chorro de luz de la linterna.

En la cocina estaba Delia, una joven que ayudaba con el oficio de la casa. Y detrás de Delia, Toño. Es decir, el corazón de Toño estaba detrás de Delia. Y mucho más: el corazón, la mente, las manos, el sistema nervioso... Todo Toño estaba detrás de Delia, de su vida y sus labios, de su pelo, de sus ojos y, cómo no, de su estupendo trasero. Toño era un vecino que le ayudaba a papá con las gallinas, con la mecánica del viejo Nissan Patrol y con las cacerías. Cuando le ofrecían ir a pedirle un cafecito a Delia se limpiaba la grasa contra el pantalón, se arreglaba el pelo, se miraba en un espejo de bolsillo en busca de alguna imperfección en la cara y sólo entonces se dirigía a la cocina pisando fuerte. Al llegar y pedir el tinto Delia se sonrojaba, le señalaba un taburete para que se sentara y sin darle ni los buenos días vertía el chorro en un pocillo y se lo alcanzaba, muda, como si estuviera sola, mirando el infinito de cielo y aire detrás del perfil de Medellín. Luego Delia servía los demás tintos y los llevaba en bandeja hasta el garaje, y también iba al granero y le subía un pocillo a mamá, que por esa época estaba pintando al carboncillo sus figuras de equilibristas y sus óleos de personas solas, esos que acompañarían toda mi infancia.

Toño tenía catorce hermanos y con el tiempo se fue convirtiendo en uno más de la casa. Traía el pan y la leche. Ayudaba a descargar del jeep los bultos del mercado. Bajaba con papá a Medellín y le ayudaba a orientarse con las direcciones, que aquí son de nombres y no de números. Y lo más importante: subían juntos a la loma a buscar las geodas con las que se fabrican los colores al óleo. Papá y mamá habían aprendido a prepararlos y hacían expediciones a la montaña para traer las piedras. Luego, en el granero, las raspaban por dentro hasta sacar un polvo que podía ser rojo oscuro, azul, negro o amarillo. Lo trataban con aceites y trementinas hasta que se formaba el color, espeso, luego de reposar al sol en un frasco durante varios días. Los muros de la piscina —en realidad una alberca a cielo abierto— eran ideales para dejar reposando los frascos de color, y el lugar pareció perfecto hasta que una mañana dos de las botellas aparecieron en el suelo, quebradas, con el precioso líquido regándose, manchando el azulejo, endureciéndose al contacto con el agua y tapando los sifones.

¿Qué había pasado? La respuesta la tenía un circunspecto gato pomerania. Un gato del vecindario que, temprano en las mañanas, se paseaba por los techos de las casas para estirar los músculos. Nada más divertido, al parecer, que juguetear con los frascos de colores haciéndolos trastabillar, acercarlos al borde del muro y, de un zarpazo, tirarlos al baldosín mirando con felinos ojos cómo el vidrio se convertía en explosión de polvo y aceite, en mancha con puntas de estrella que luego, lentamente, se movía por el agua hacia las cañerías. Lo que no sabía el gato es que ese líquido que se expandía por el suelo trazando formas lunares era el producto de varias expediciones a la montaña, de la lectura atenta de muchos tratados sobre la elaboración de los óleos, de tardes y noches raspando con espátulas las piedras de color; de la mezcla cuidadosa de gotas de aceite, trementina y alcohol... Nada de eso sabía el pobre gato, y mucho menos que había cometido un error que sería, digamos, fatal para su vida.

Papá, que no tiene nada contra los gatos, creyó que el animal que hacía caer los frascos de color era el mismo que atacaba a las gallinas, es decir el malvado runcho, la rata del campo. Entonces decidió una estrategia de cazador que consistió en dejar su escopeta al lado de la piscina, cargada y lista, atenta al más mínimo ruido, y una cuerda con sonajeros que advirtiera la llegada del monstruo. El desenlace no tardó en llegar y fue precedido por un fuerte escándalo de gallinas. Para ellas lo mismo daba el runcho que el gato, y en esa confusión cayeron también papá y su escopeta, por culpa de la linterna. Cuando el chorro de luz se dirigió a lo alto del muro brillaron unos ojos rojos. Pero en esa noche trágica nada se parecía más a unos ojos rojos de runcho, brillando en la oscuridad, que unos ojos rojos de gato, brillando en la oscuridad. Y no hubo diferencia entre gato y runcho para el puñado de perdigones que salieron de la escopeta y fueron a hundirse en el cuero tierno del gato pomerania dejándolo bastante perforado. Y si lo que estaba en el muro era un gato blanco, lo que cayó hacia el jardín, por detrás del muro, fue una masa abstracta de colores, siempre en la gama del rojo y del bermellón, un cinabrio suavizado por el blanco del pelambre, algo que sorprendió los ojos de todos.

Toño intentó hacer una pesquisa para saber quién era el propietario del gato, pero nunca se supo. Nadie vino a reclamarlo; nadie preguntó en las tiendas vecinas o en las casas si alguien había visto por ahí, perdido, un gato pomerania. Decidimos enterrarlo en el límite entre el jardín y la selva, sin lápida ni epíteto fúnebre, aunque siempre fue recordado de este modo: «Gato: víctima del amor por el color.»

Papá y mamá daban sus clases en la universidad y por las tardes volvían a la casa a pintar, hacer cerámica, leer y escuchar música. Pablito y yo teníamos permiso para dibujar con crayolas en las paredes blancas, blanquísimas del cuarto, y ahí pasábamos el día, bajo la mirada atenta de Delia que sólo nos dejaba para contestar el teléfono, un aparato de color negro colgado al muro de la entrada.

Cuando la llamada era para ella, la veíamos quedarse eternidades charlando, cambiándose el auricular de una oreja a la otra y recogiéndose el faldón del delantal entre las piernas. Ésas eran las únicas ocasiones en las que hablaba con Toño, él metiendo moneda tras moneda en una cabina telefónica de la plaza de Berrío, por ejemplo, y ella recostada contra la pared de Villa Rosa. Yo nunca escuché las conversaciones, claro, pero entendía por el temblor de manos que eran importantes. Y tanto, pues en esas charlas Toño le suplicaba que se encontraran a solas los domingos, día de salida del servicio doméstico, proponiéndole ir al cine, a jugar a los bolos o a comer hamburguesas, aunque lo que deseaba en realidad era llevarla a un hotelito de la avenida La Playa, el Residencial Violín Gitano, y allí cumplir su gran sueño de enamorado y, cómo no, de hombre a secas, que consistía en tener esas caderas duras como la piedra debajo de las suyas. Soñaba con abrazarla y besarla, con venirse adentro e intentar el famoso «dos sin sacar» del que tanto hablaba su primo Jeremías. Pero Delia, que de amores también sabía, era implacable: No y no. ¿Por qué? Porque no... La excusa era que los domingos por la tarde debía acompañar a una tía abuela ciega que vivía en Envigado. Allá pasaba el rato leyéndole a la vieja recortes de revistas, describiéndole las imágenes de la televisión y contándole nuestras diabluras. Y por las mañanas menos, pues iba a misa muy temprano y luego se quedaba hasta el mediodía ayudándole al párroco Blas Gerardo, el cura de la parroquia, a preparar caldos de carne para los pobres.

Para Delia ese trabajo era sagrado. Su gran admiración, por encima de cualquier otra persona, era el padre Blas, a quien consideraba un Cristo en la Tierra. Por eso, a media mañana, se metía a la cocina de la sacristía y le hacía hervir las ollas de agua con rodajas de papa, silantro y hueso carnudo; luego servía los pocillos de caldo a los mendigos, recogía los manteles y le sacudía las migas de pan en la ventana. A cambio charlaba con el cura sobre la vida, sobre sus sueños de ser jefa de un hogar sencillo pero digno y el dolor de haber dejado a los suyos... Delia era una jovencita orgullosa que, habiendo emigrado a Medellín de un medio modesto, tenía la pobreza limpia del campo. Era de Ocaña, al norte de Santander, pero ninguno de los tradicionales «peligros» que cualquier ciudad ejerce sobre una joven de buenas piernas y excelentes tetas la hizo resbalar. Era una muchacha buena, en suma, pero no tonta, y se daba cuenta para dónde iba Toño con sus propuestas. Ya sabía lo que era un hombre pero a Toño lo quería de otro modo. Le gustaba tenerlo cerquita pero lejos. Claro, si hubiera dejado de enamorarla se habría sentido desdichada.

El párroco de Robledo, Blas Gerardo, tenía una habitación detrás de la iglesia a pocas cuadras de nuestra casa. Allí pasaba el tiempo estudiando gramática e intentando darle cuerpo y estructura a un par de lenguas indígenas que había aprendido en las misiones selváticas del Putumayo y el Caquetá, donde había servido antes de venir a Medellín. Según decía de sí mismo era un «mocetón» de 47 años que llevaba veintiséis en Colombia. Había hecho el noviciado en un seminario de piedra fría en Toledo; sin quitarse la sotana había combatido con los republicanos en el País Vasco durante la Guerra Civil, y tras la victoria de Franco huyó de España con la idea de trabajar en la Amazonia, pues sus modelos espirituales no eran los santos de la Iglesia católica sino los exploradores de la Royal Geographical Society, y en particular David Livingstone, ese noble viajero que tanto luchó contra la esclavitud en el África y que murió de una crisis hemorroidal cerca del lago Bangweulu, en la actual Zambia.

Fue siguiendo la influencia de Livingstone que Blas Gerardo llegó a Colombia, pues tenía noticia de los horrores que se cometían con los indios en las selvas. Había leído, entre otras cosas, el diario de sir Roger Casement, un cónsul británico que visitó la Amazonia colombiana en 1910 y que luego escribió un libro describiendo los horrores que había visto en ese lugar remoto, alejado de Dios y de Su Graciosa Majestad. Los indios eran cazados como animales y trabajaban a látigo sangrando los árboles de caucho. Los que se resistían eran sometidos a torturas y atroces mutilaciones. La imagen descrita por Casement de un indio liberto que escapó y que, tras caer, fue extendido en una paila repleta de aceite hirviendo, bastó para que Blas Gerardo le pegara un sonoro puñetazo a su mesa y dijera: «¡Ése es mi lugar!» Si había una región del mundo para un buen cristiano era allá, cerca de aquellos indios, lejos de la España de meapilas y lamecirios que el bigotudo enano de Galicia acababa de instaurar a punta de garrote. Y con la idea de la selva se fue.

Blas Gerardo venía a la casa a charlar con papá y mamá sobre arte. Recuerdo su figura en el comedor de roble, la forma en que acariciaba los helechos, su acento fuerte y golpeado. Pablito y yo, al principio, le teníamos miedo por su voz ronca, pero nos fuimos acostumbrando y al final nos gustaba que viniera porque Delia se ponía contenta y preparaba buñuelos. A Blas Gerardo le gustaba hablar de los cuadros de El Greco que tantas veces había visto en el Museo del Prado de Madrid. Papá y mamá lo escuchaban sin perderle suspiro, y más cuando describía cómo era la casa de Toledo en la que estaba expuesto *El entierro del conde de Orgaz*, un cuadro que por esos días los obsesionaba y del que hacían reproducciones al óleo sobre tablillas; Blas Gerardo se entusiasmaba con el interés de mis papás. Les contaba, por ejemplo, qué había al frente, a qué olía la habitación, adónde daban las ventanas... De todo se acordaba el curita.

A veces Blas Gerardo los acompañaba a la universidad y entonces se iban los tres en el jeep desde muy temprano. Nosotros, con Delia y Pablito, los veíamos alejarse por la cuesta y les hacíamos adioses, intrigados por ese lugar al que iban todos los días y del que casi nada podíamos comprender.

En esos años la agitación estudiantil era intensa, pues se iniciaba el reclutamiento de jóvenes para la guerrilla hacia las montañas del Sumapaz. Las FARC habían sido creadas hacía poco, apenas en 1964, pero ya eran fuertes pues muchos de sus miembros estaban alzados desde la época de las guerrillas liberales del Huila, del Tolima y del sur de Cundinamarca. Tenían armas y sabían combatir. También en las ciudades había focos guerrilleros que promovían las nuevas ideas; la doctrina era el marxismo en respuesta a la violencia sufrida por los campesinos en las épocas del terror conservador, cuando el presidente Laureano Gómez, los «pájaros» y la policía «chulavita». También se luchaba por la tierra que los latifundistas les habían quitado durante la Violencia.

En Medellín, por la vía de las Juventudes Comunistas, las JUCO, y del Movimiento Independiente Obrero Revolucionario, el MOIR, miles de jóvenes de izquierda empezaban a crear el movimiento estudiantil más fuerte del país. Por eso las universidades públicas eran vistas como nidos de subversión, y entonces, cada tanto, el ejército entraba golpeando a quien se le pusiera delante, rompiendo los vidrios de las aulas y destruyendo los laboratorios de química, que para ellos eran fábricas de bombas. En fechas sensibles, para evitar la ocupación militar, los estudiantes y algunos profesores se tomaban la ciudad universitaria y colocaban vigías que les impidieran la entrada. Ahí empezaba la guerra.

—¡Maestro, se están entrando por Ingeniería! —gritaba un estafeta en el curso de Historia del Arte.

Papá se levantaba del escritorio, sacaba un bastón y llamaba a los que quisieran seguirlo.

En esas peleas contra la tropa nunca lo hirieron, pero el «bastón del maestro» era el terror de los soldados. Alguna vez, en alguna toma, papá y mamá se quedaron varios días en la ciudad universitaria. Mamá organizando ollas de agua de panela y caceroladas de arroz, y papá participando en las rondas de defensa y las asambleas políticas.

Pablito y yo nos quedábamos en la casa con Delia y a veces con Toño, que venía con la ilusión de tentarla. Jugaba con nosotros. Nos hacía chistes. Se escondía. Su deseo no le daba reposo y soñaba con hacerle nacer la gana a punta de favores y risas. Pero Delia nunca cedía. La única vez que Toño fue capaz de insinuarse en época de huelgas estudiantiles chocó contra el férreo brazo de Delia.

—No, Toñito, si quiere abusar de mí tendrá que ser con el permiso del padre Blas.

No había manera. Ni por cansancio aflojaba la defensa. Su estrategia flaqueaba y le hacían falta nuevas ideas. ¿Qué más inventarse? Su primo Jerónimo siempre decía: «A ésta me la levanto a versos», y no fallaba; no había dos piernas que no se abrieran con sus rimas. Pero él no era poeta, ni muy inteligente siquiera. Y para conquistar mujeres había que tener alguna gracia: cantar, echar chistes o bailar. Él era tímido. Plata no tenía. Lo único que le sobraba era paciencia. Saber esperar era su única gracia.

El padre Blas Gerardo también iba a la universidad durante las tomas, y a pesar de las advertencias del episcopado se enfrentaba a la policía hombro a hombro, al lado de los estudiantes. «¡Fachas hijos de puta!», era su grito, y cargaba con los puños delante contra la tropa que todo podía imaginar menos que ese hombre de brazos correosos y agilidad de marmota fuera un sacerdote. Blas Gerardo sabía pelear y, según dijo una vez, también armar y desarmar fusiles.

—Cualquier pendejo puede manejar un arma —sentenció—. Lo grave es la facilidad con que uno aprende a odiar.

Papá no se extrañó, pues lo conocía bien y sabía que el sacerdote había peleado en el Llano, allá por el año 50, con las columnas del Mono Mejías.

En la universidad, Blas Gerardo tenía amigos que eran enlaces de la guerrilla, pero una noche, en el techo de la facultad de Ingeniería, el párroco le confesó a papá que la lucha guerrillera ya no le interesaba.

—Lo más jodido de todo —dijo aspirando el humo de un Nacional— es que estar del lado de los débiles, de las víctimas, de la gente que quiere paz... En suma, estar con los buenos, no es ninguna garantía para ganar. No sé por qué demonios en este mundo la fuerza y la victoria están siempre del lado de los hijos de puta.

—No siempre, padre —reviró papá—. Mire lo que pasó en Cuba.

—No seas ingenuo, a esos muchachos se los van a comer los rusos —respondió Blas Gerardo con rabia—. Y los rusos son unos hijos de puta. No se te olvide lo que hicieron en España. Si queríamos una pistola había que pagarla al precio de tres fusiles.

—Las cosas cambian. Ahora se viven otros tiempos.

—Qué otros tiempos ni qué hostias... ¿Sabes lo que me jode? Que en este mundo sea más fácil ser «facha». Los fascistas son más solidarios, se ayudan y nadie les pide cuentas. Yo no quiero oír hablar de guerrillas. Me sobra con el trabajo en la parroquia.

Al regreso de estas aventuras papá y mamá se dedicaban a nosotros, y entonces las noches volvían a poblarse de historias. Y así fue que apareció en nuestra vida el pirata Pata de Palo, el héroe de los mares.

Pata de Palo vivía en una isla repleta de palmeras en la que casi siempre estaba lloviendo y por eso nadie podía encontrarlo cuando regresaba de sus correrías por el mar. Una tarde Pata de Palo izó velas y salió al océano con sus valerosos corsarios, y llegó al puerto de una ciudad llamada Villa Dolores, cuartel general de los soldados del rey Segismundo, un rey que le quitaba las tierras y el ganado a los labradores. Allí los soldados del rey planeaban sus maldades y por eso Pata de Palo estaba muy decidido. Al avistar sus muros, muy tarde en la noche, los malvados soldados estaban reunidos festejando alrededor de una hoguera. Entonces Pata de Palo hizo apagar las luces del barco y entró a la costa dirigiendo una nave fantasma. Con la daga en la boca se acercó nadando a la playa y desde allí, al ver que no había peligro, llamó a sus compañeros. Los corsarios se dispersaron por la isla y los soldados, que no habían notado nada y que hacían bailes monstruosos y emitían chillidos en torno al fuego, se vieron sorprendidos.

Al grito de «¡Piratas al ataque!» los corsarios se abalanzaron sobre los soldados, los amarraron y los dejaron encerrados en el sótano de un castillo cerca de la playa. Luego fueron hasta el palacio del rey Segismundo y lucharon con la guardia a fuego de mosquete. Al atardecer los vigías se retiraron, y con ganchos y cuerdas los corsarios de Pata de Palo treparon los muros hasta alcanzar la sala del trono. Pero el malvado Segismundo había huido por un túnel con un cofre repleto de joyas y doblones de oro. Algunos corsarios lo siguieron pero no pudieron alcanzarlo ni encontrar la salida, pues las cavernas se convertían en un laberinto. Tal vez Segismundo tampoco pudo salir y el tesoro quedó perdido. Nunca se supo. Entonces Pata de Palo dejó un vigilante y regresó a su isla, cantando canciones de piratas en el barco y contento con su victoria. No hubo botín. El botín fue la alegría de los labradores. A pesar de tener una pata de palo y un loro en el hombro, él era bueno. Su canción decía:

¡Por estos mares soy libre,
por estos mares yo voy,
con mis hombres y mis dagas
y una botella de ron!

En esas noches yo también navegué hacia la isla de Villa Dolores, y aún escucho los pasos de Pata de Palo sobre la piedra del túnel cuando bajaba a buscar el tesoro. Sss... ¡Toc! Sss... ¡Toc! Sss... ¡Toc! El pirata encendía una antorcha y se internaba en las cavernas. La pata de palo era un arrullo y de vez en cuando el loro, que se llamaba Diógenes, le decía al oído: «Pata de Palo, regálame un caramelo.»

Toño vivía cada vez peor la indiferencia de Delia, pues lo que sentía, lo que abrasaba sus entrañas, era amor de verdad. Tanto que buscó consejo con una bruja de la plaza de Berrío, una pitonisa que se anunciaba con afiches pegados en los postes y que cobraba cinco pesos por consulta. Toño fue a verla y le contó quién era Delia, le confesó lo que sentía por ella y se explayó en el problema del desamor. Precisó que había perdido el apetito, que había bajado cinco kilos y que no dormía por la taquicardia, que en su caso, según le habían dicho, era una «arritmia cardíaca de amor». La opinión de la pitonisa, tras escuchar los detalles, fue que empezara por ganarse la confianza del párroco, siguiendo el consejo que Delia le había dado. En otras palabras: que le siguiera el rastro.

—El animal herido siempre deja un rastro —sentenció la bruja.

Y él sonrió. Claro, Delia estaba herida. Con esa idea regresó a Robledo. «Qué bobada —pensó—. Cómo no se me ocurrió antes. El curita. Qué bobada.» Y urdió un plan.

Blas Gerardo no sabía del amor de Toño y por eso no le pareció extraño que el joven se acercara en busca de instrucción. Toño estaba muy decidido y calculó que si tocaba pasar por el cura pues pasaría. «El amor debe mover montañas», había leído. Y él iba a moverlas: montañas, cordilleras y mares. A partir de ahora el universo iba a echarse a temblar. Entonces fue a hablarle un domingo, cuando el sacerdote y la joven estaban a punto de terminar el arreglo de la cocina.

—Es que usted sí conoce el mundo, padre —le dijo Toño al sacerdote—, usted es una persona formada y culta y yo apenas un ignorante.

—¡Pero qué dices! —protestó Blas Gerardo—. ¿Y lo que te enseñan en la escuela? ¿Lo que lees en los libros de texto?

—Eso son migajas. Yo quiero la sabiduría de verdad, la que se aprende con la vida. Y ésa no está escrita en ninguna parte, padre.

Delia, desde el rincón, vigilaba la escena poniéndose roja, pues de vez en cuando Toño le picaba el ojo. Algo le temblaba cerca del ombligo.

El joven logró convencer al párroco y poco después comenzaron las clases. Debían ser los domingos, mientras él preparaba con Delia el caldo para los mendigos.

Y así, al domingo siguiente, el primer rayo de luz sorprendió a Toño haciendo guardia en la puerta de la sacristía.

—El mundo se divide entre la gente sana y los hijos de puta —sentenció Blas Gerardo—. Los hijos de puta, y perdona la expresión, se aprovechan de la gente sana.

—¿Y cómo se reconocen, padre?

—Mirándolos a los ojos. El hijo de puta no es capaz de sostenerte la mirada.

Toño, angustiado, fue a mirarse al espejo del baño. ¿Sería él un hijo de puta? ¿Sería por eso que Delia no salía con él? Se miró un rato largo pero no vio nada extraño.

—Pero hay una cosa que no entiendo, padre Blas —preguntó el joven—. Si Dios es la pura bondad, ¿por qué deja que haya hijos de puta en la Tierra?

—Porque se ha vuelto viejo y caprichoso, y porque cree que todo lo que hace es perfecto. El problema de Dios es que ya no tiene con quién hablar.

—Yo hablo con él todas las noches —intervino Delia.

—Sí, pero él no te contesta —respondió el padre—. Ése es el problema, que sólo escucha. Por eso hay que despertarlo. Nuestra misión es abrirle los ojos y que se entere, de una puta vez, de todo lo que estamos haciendo para defenderlo.

—Pero él está siempre de parte de los buenos, ¿no, padre? —preguntó Toño.

—Debería. Lo que pasa es que ya ni el propio Dios sabe quiénes son los buenos. Cualquiera puede ser bueno o malo e incluso hay gente que hace daño con su bondad. Ésos también son peligrosos y, por eso, escúchame bien, y tú también, Delia: todos somos ambas cosas, ¿me explico? Una persona buena puede ser un hijo de puta. Por eso debemos vigilar lo que hacemos a cada momento.

—Huy, padre —respondió Toño impresionado—, pero eso debe de ser dificilísimo.

—No tanto. Cada día este mundo te ofrece la posibilidad de ser un hijo de puta. La gracia está en darse cuenta y no serlo.

—O sea, padre, que cada cosa que uno hace lo pone en peligro —reflexionó Toño—. En peligro de ser un hijo de puta, quiero decir.

—Mira, te voy a explicar algo —repuso Blas Gerardo levantándose de la silla—. Cuando uno no sabe qué está bien y qué está mal puede actuar con buena fe y sin embargo hacer daño. Lo difícil es saber qué es lo justo, qué es lo correcto.

Volvió a quedarse en silencio un segundo. Luego continuó:

—Una vez que lo sabes, una vez que estás seguro, si no lo haces eres un hijo de puta.

—Ah, o sea que si uno se va a convertir en malo se da cuenta antes —dijo Toño aliviado.

—No siempre, no siempre... Sé que esto es contradictorio, pero mi deber no es darte respuestas.

—¿Y entonces?

—Mi deber es llevarte a las preguntas correctas. Las respuestas las debes buscar solo.

El padre se acercó a la ventana. Encendió un cigarrillo y observó en silencio el perfil de la ciudad. Luego se dio vuelta y miró a Toño de forma que él comprendiera que la lección había terminado.

Al quedarse solo, el padre elevó las manos al cielo y dijo: «Dios, ya que no me dejas creer en ti, al menos haz que crea en las palabras que digo en tu nombre.» Luego abrió una gaveta y sacó una botella de aguardiente. La primera copita la tomó a la salud de Toño. Con la charla, algo que estaba muy dormido en su interior había vuelto a despertarse.

A la llegada de Blas Gerardo, Bogotá era una ciudad de color gris. Así la veo ahora, y aunque trato de imaginar el ruido, la algarabía de algunos cafés como el Automático, el Café Colombia o el El Gato Negro, la verdad es que sólo oigo el sordo y corrosivo rumor de la llovizna, el paso rápido de los transeúntes envueltos en gabardinas refugiándose en los aleros de las casas, el chirrido del tranvía sobre los rieles húmedos de la plaza de Bolívar, las fachadas de las mansiones de arquitectura colonial que aún estaban en pie antes de que llegara esa fiebre urbanística que lo derribó todo para construir edificios modernos, siluetas sin alma que hoy parecen cadáveres de suciedad, espectros de polvo y cascajo. No hay una relación entre esa ciudad gris y la actual. Sólo la presiento con el olor del ropero en la casa de mi abuelo, allí donde él guarda su gabardina y los sombreros que ya no usa. En ese lugar hay un olor que es de otro tiempo.

Terminaba la presidencia de Alfonso López Pumarejo, un liberal que había continuado la línea de gobiernos liberales iniciada con Enrique Olaya Herrera en 1930, cuando los «rojos» lograron romper la hegemonía conservadora de los «azules», que venían gobernando el país desde 1886. Colombia era ahora liberal y los liberales hacían proyectos para seguir en el poder durante mucho tiempo. Pero el mundo estaba muy convulsionado. Al otro lado del océano se iniciaba la guerra mundial y en Colombia todos se hacían la misma pregunta: «¿Quién vencerá?» Los liberales, que en 1938 volvieron a ganar la presidencia con Eduardo Santos, simpatizaban con los aliados, mientras que los conservadores, bajo el impulso de Laureano Gómez, veían con interés las ideas de Hitler. Esto bastó para que Blas Gerardo se hiciera liberal desde que puso un pie en Santafé de Bogotá, es decir cuando bajó la escalerilla del avión Douglas de la Braniff que lo trajo desde México, tras un vuelo de dieciocho horas por encima del Caribe.

La guerra lo perseguía tras la derrota en España y la orden franciscana que lo recibió en Bogotá le pareció repulsiva. El prior, un cura de apellido Saavedra, tenía un retrato de Francisco Franco en el comedor, en el que se veía al Caudillo recibiendo una luz que emergía del cielo.

—Fíjese, padre —le dijo el prior—, la victoria de Hitler va a restituir las cosas a su lugar. Va a acabar con los judeo-masones de la Unión Soviética y le va a pegar un tirón de orejas a los norteamericanos que, no nos engañemos, también están manejados por los judíos. Y aquí, en Colombia, se podrá acabar con la plaga liberal del gobierno. Usted todavía no lo sabe porque acaba de llegar, padre, pero la mayoría son masones.

La segunda presidencia de López Pumarejo llegó en 1942 y los liberales se sintieron más seguros, aunque en medio de un mar de dudas. Hitler estaba ganando la guerra en Europa y la situación económica era difícil. El gobierno liberal, por solidaridad con Washington, le declaró la guerra a Alemania y expulsó o confinó en arresto domiciliar a los alemanes que vivían en Colombia.

Blas Gerardo estuvo poco con la orden franciscana. Dos semanas después de su llegada rehízo su maleta y se fue a vivir a un hotel cerca de la casa natal del novelista José María Vargas Vila, en el barrio de La Candelaria, mientras se preparaba para emprender su sueño antiesclavista en la Amazonia. Pero cada mes aplazaba su viaje a la espera de que la guerra terminara. En las horas de insomnio, Blas Gerardo se planteaba si su deber no era ir a luchar contra los nazis, como hacían todos los amantes de la libertad. Pero volvía la contradicción: «Mi vida es más útil que mi muerte», se decía. Tras haber combatido el fascismo en España, su nueva lucha estaba en las selvas. Y así se fue quedando, año tras año, hasta que una mañana el periódico *El Tiempo* trajo la noticia en primera página: los aliados habían ganado la guerra; Alemania capitulaba; Hitler había muerto.

Esto sucedía allá lejos, del otro lado del océano, mientras Colombia entraba a la campaña electoral para las elecciones presidenciales de 1946. Los conservadores iban muy fuertes con Mariano Ospina Pérez. Los liberales, en cambio, estaban divididos: de un lado Gabriel Turbay, candidato oficial, y del otro el líder popular Jorge Eliécer Gaitán, salido de las bases pero sin el apoyo del aparato oficial. Gaitán había sido ministro de Educación durante la primera presidencia de López Pumarejo y se hizo famoso por organizar una marcha de estudiantes uniformados que azotaron las calles a paso militar.

Pero lo que hacía atractivo a Jorge Eliécer Gaitán para alguien como Blas Gerardo era su discurso: Gaitán hablaba de la «revolución de los descamisados contra la burguesía» y acusaba a las grandes familias de perpetuarse en el poder. «Siempre los mismos con las mismas», clamaba desde el palco del Teatro Nacional en los viernes culturales o viernes de discurso, reuniones multitudinarias en las que exponía sus ideas con una elocuencia que hipnotizaba a todo el mundo: desde los liberales pobres, campesinos y obreros, hasta los doctores de cuello blanco. Blas Gerardo fue varias veces y vibró con la palabra de Gaitán, con ese modo pausado de iniciar, muy lento, que iba creciendo como un torrente. Le decían la Voz, y la Voz llenaba cada rincón del teatro y de la carrera Séptima, pues los discursos se trasmitían por megáfonos a la calle.

Gaitán era un hombre de origen humilde. Había estudiado Derecho y Jurisprudencia en Bogotá leyendo con pasión a los grandes tratadistas del Derecho Penal y, sobre todo, al profesor italiano Enrico Ferri. Más tarde viajó a Roma y se graduó en Derecho Penal con una tesis que hizo historia: *Sobre la posible premeditación en los elementos atenuantes de un crimen*. Luego viajó a París, como hacían todos los jóvenes latinoamericanos que se paseaban por Europa, y allí visitó los lugares en los que había vivido el poeta José Asunción Silva, el cementerio de celebridades de Père-Lachaise, y, cómo no, los museos del Louvre y de l'Orangerie, para «mirar originales».

En Bogotá, se acercaban las elecciones y los liberales intentaban no presentarse divididos, acordar una candidatura única. Pero no había forma. Gabriel Turbay decía que su candidatura era más sólida pues tenía el apoyo del Directorio Liberal, es decir de los líderes históricos del partido.

Turbay intentó convencer a Gaitán de que se retirara por el bien del partido, pero Gaitán no dio su brazo a torcer, y comenzó a atacar a su rival liberal: «¿Saben quién es el tercer candidato? —decía en sus discursos refiriéndose a Turbay—: ¡Un jugador de polo! ¡¡Y cómo va a ser presidente de Colombia un jugador de polo y no un hijo del pueblo!!»

Si los liberales salían divididos perderían la presidencia en un momento en que las relaciones políticas eran muy tensas. Se olía la guerra civil y en muchas casas campesinas los hombres limpiaban los rifles. Para evitar que Gaitán se retirara, Laureano Gómez ordenó a varios jefes de su partido apoyarlo en las manifestaciones. Las multitudes debían hacerle creer que tenía la victoria.

La estrategia laureanista tuvo éxito. Gaitán renunció a su candidatura e intensificó los ataques contra Turbay, usando venenosas consignas: «¡Turco no, turco jamás!», decía, pues la familia de Turbay era de origen libanés. Luego vino otro grito: «¡Que vivan los vientres colombianos!» El resultado fue previsible. Los conservadores, con Ospina Pérez, ganaron la presidencia. El segundo lugar fue para Gabriel Turbay y el tercero para Jorge Eliécer Gaitán. El liberalismo había sido derrotado a pesar de tener la mayoría. Ese 5 de mayo, en plena jornada electoral, Blas Gerardo salió a recorrer las calles de Bogotá. Había corrillos en las esquinas. Los tranvías iban y venían repletos de votantes que gritaban consignas. Los liberales agitaban trapos rojos y se enfrentaban a empujones con los conservadores, que mostraban carteles con la cara de Ospina Pérez.

A media tarde Blas Gerardo entró a un café del centro y al rato empezó a hablar con su vecino de mesa. Era un joven cubano, negro, que había llegado hacía poco a Bogotá procedente de Venezuela. Se hicieron amigos al comprobar que ambos sentían aprecio por Jorge Eliécer Gaitán, aunque los dos sentían en la atmósfera que el liberalismo iba a ser derrotado. Tomaron un par de cafés y salieron a caminar por la plaza de Bolívar, en medio de las filas de votantes, hasta las escalinatas de la catedral. El cubano contó que había estado en España durante la Guerra Civil, en Valencia, y que era antifascista.

—Allá se supo quién era quién —dijo el cubano—. Se vio quiénes eran las personas decentes de este mundo.

Blas Gerardo le confesó que era cura pero que había luchado con los republicanos en el País Vasco.

—Yo peleé a mi modo —dijo—. Sobre el crucifijo tenía el *Diario de un cura de provincias*, de Bernanos. Una cosa es ser cura en España y otra ser un hijo de puta en la guerra. A mí me da vergüenza el comportamiento de muchos clérigos. Por eso decidí irme.

El cubano se rió.

—Los sacerdotes de La Habana no hablan así —le dijo—. Allá todos le rezan al Caudillo.

Caía la tarde cuando el cubano le propuso tomar un trago en su hotel, mientras esperaban las noticias de la radio.

—Hacía rato que no me ponía gabardina —dijo el cubano—. Y perdone que le diga, padre, pero esto es más incómodo que una sotana...

Tomando sorbos de ron y fumando un puro, el cubano le contó la emoción que había sentido al conocer el Orinoco y el lago de Maracaibo. Le habló de Caracas, de Cúcuta, del camino por tierra hacia la capital. Dijo que tenía muchos amigos en Bogotá, pero que ese día, por las elecciones, todos estaban en sus casas. Lo habían dejado solo; por eso estaba contento de haberlo conocido. Blas Gerardo vio un montón de cuadernos desparramados y le preguntó qué escribía.

—Es que soy poeta —dijo el cubano—. Por cierto, no nos hemos presentado...

Le tendió la mano.

—Me llamo Blas Gerardo —dijo el sacerdote.

—Nicolás Guillén —dijo el negro—. Si va a La Habana venga a verme. Allá todos me conocen.

Un poco más tarde escucharon las noticias. Ospina Pérez era el nuevo presidente de Colombia. Desde la ventana del hotel, que daba a la calle Doce, vieron pasar varias patrullas con las sirenas encendidas. En algún lugar del centro había disturbios. Entonces, deseándose suerte, se despidieron.

—No se olvide —dijo el poeta dándole un abrazo—: Guillén. Allá en La Habana lo espero.

El 6 de mayo, Jorge Eliécer Gaitán levantó una copa entre sus partidarios prometiendo que en las siguientes elecciones los liberales volverían a la presidencia. Sin saberlo, el líder estaba firmando su sentencia de muerte.

Las alcobas se parecen a sus propietarios. Las virtudes y vicios secretos, los que sólo afloran en soledad, acaban por esculpir su relieve en los muros y el decorado. La tristeza ensombrece; la angustia agrieta; la felicidad y la pasión dan luz. El libertino dejará su rastro de placer en cubrecamas y sábanas. Las cavilaciones del ambicioso dejarán huellas en la alfombra. El envidioso escupirá con rabia y dará golpes al armario. El narciso, enamorado de sí mismo, dejará los espejos lustrados. Las estanterías del avaro estarán repletas de objetos inútiles; las del generoso, en cambio, quedarán vacías.

La alcoba de Delia era el templo de su personalidad más íntima. Estaba situada en la parte posterior de la casa y daba al patio central por una puerta que casi siempre permanecía cerrada. La cama estaba colocada en uno de los rincones, dejando espacio a un armario y a un pequeño tocador. Al fondo había una puerta y detrás un baño. La mesa de noche estaba cubierta de fotografías; una de ellas, en forma de óvalo, mostraba a sus papás. Era una foto de estudio con retoques, él de corbatín y ella de largo. En otra se veía a Delia al lado de un río, rodeada de parientes, abrazando a un niño más pequeño que debía de ser su hermano. Otra foto, más grande, mostraba al padre Blas Gerardo en la puerta de la casa cural. Las imágenes del párroco de Robledo, siempre sonriente, ocupaban gran parte de los portarretratos. Además de la que había en la mesa de noche, tenía otras dos en la mesa y una en el tocador, al lado de un crucifijo de porcelana. El misal y el Sagrado Corazón en forma de almohadilla estaban también en el tocador disputándose el pequeño espacio con un cenicero lleno de botones, tres velas, una camándula, un tubo de labios, una cajita de sombras y dos cepillos para el pelo.

Esta piadosa decoración contrastaba con lo demás. En la pared opuesta a la cama colgaba un calendario de la Texaco con fotos de paisajes de Santander. Debajo, pegada con una tachuela, se veía una foto de Pedro Infante vestido de charro con un lema que decía: «Desde México con amor.» Las puertas del armario también mostraban su pasión mexicana. Había reproducciones de portadas de discos de Chavela Vargas y de Jorge Negrete y una copia impresa de la canción *Ella* con las primeras frases subrayadas: «¡Me cansé de rogarle, me cansé de decirle, que yo sin ella, de pena muero!» Alguien se lo había regalado pero la firma y la fecha estaban tachadas con rabia. La ropa estaba organizada en los cajones con decoro. Tres vestidos de flores, un uniforme de doméstica y dos pantalones colgaban de las perchas. En los cajones laterales había varias camisas y camisetas. La ropa interior y las medias se guardaban en el último cajón.

Un libro de álgebra, una *Historia de Colombia*, una cartilla de Religión y otra de Comportamiento y Salud, en el cajón de la mesa de noche, llevaban el sello de la Escuela Francisco de Paula Santander de Ocaña. Allí había cursado hasta 5.° elemental. A pesar de haber terminado la primaria hacía varios años, Delia los conservaba para consultas y lectura. También tenía un *Devocionario Ilustrado de la Virgen María*. Hojas en blanco y sobres de correo.

El baño era de baldosín azul. Siguiendo la ancestral costumbre de la mujer criolla, usaba los grifos de la ducha para colgar los calzones recién lavados a mano. Sobre el sanitario había otro crucifijo. Ése era su rincón. Allí pasaba las horas del final de la tarde, escuchando radio o leyendo, y allí escribía sus larguísimas cartas. La mamá y la prima eran sus corresponsales; resumía en esas hojas de cuaderno, garabateadas con tinta azul, su vida: Medellín, el trabajo en la casa, la admiración y el cariño que sentía por el párroco Blas Gerardo. Todo estaba en esas cartas.

Un buen día el hombre llegó a la luna. Llegó, dio unos pasos tímidos, clavó una bandera de Estados Unidos, hizo un saludo a las cámaras y hundió la mano entre las rocas lunares. La misión del *Apollo XI* había despegado hacía algunos días y el acontecimiento ya estaba anunciado, por eso se habían hecho múltiples preparativos. Era el 21 de julio de 1969, una fecha histórica, y por eso desde temprano Pablito y yo oímos hablar de la Luna, ese disco gris que aparece en la mitad del cielo por las noches. ¿Qué es? Pregunté curioso, y papá, con la ayuda de mamá, juntos los dos, comenzaron con la respuesta, una respuesta nada sencilla. La Luna es el único satélite de la Tierra y la Tierra es el planeta en el que todos vivimos. ¿Por qué es el único satélite? Espera, espera Estebanito, no te adelantes, que si no entiendes lo primero nunca podrás entender lo segundo. No sabes qué es un satélite, ¿verdad? Pues es un planeta más pequeño que gira alrededor, como una roca en el aire, y que nunca se aleja ni se acerca. Ésa es la Luna para la Tierra. Siempre le vemos la misma cara porque gira al mismo tiempo que la Tierra, ¿ves? Y yo veía el dibujo sobre la cartulina y me costaba creer que eso que pasaba en el papel pudiera también pasar en el cielo. ¿Hay árboles en la Luna? No, Estebanito, no puede haber porque la superficie no es de tierra, como la nuestra, sino una mezcla de meteorito y cenizas de volcán. Ay, papá, dinos eso en palabras que podamos entender, y él y mamá no tuvieron más remedio que hacer dibujos y más dibujos hasta que comprendimos que sobre ese suelo no podía nacer vegetación, igual que sobre el vidrio no crecía el musgo, y que aún menos podía haber vida. ¿Vida? No, imposible, por las mismas razones, lo que pasa es que cuando decimos que alguien vive en la Luna significa que es desatento, que no se da cuenta, y eso es porque se pasa el tiempo mirando hacia arriba, como becerro enamorado de la Luna, ¿sí ven? También explicaron que la Luna era el símbolo de los amantes y que producía las mareas en el mar, y que en ella, como íbamos a ver en el televisor, las cosas parecían flotar, pues el aire era denso. La noche anterior, con mamá, habíamos estado mirándola. ¿Por qué tiene esas manchas? Son las montañas y sus cráteres, los hoyos excavados en su superficie por el roce con los cuerpos celestes. Son las montañas de la Luna. Tiene continentes, cordilleras y cadenas montañosas, pero no tiene mares ni océanos.

La llegada de los astronautas se transmitió a todo el mundo, pero como en Villa Rosa no había televisor mamá debió tomar medidas. Pablito y yo fuimos con Delia a la casa de los papás de Toño; allá sí tenían. Era un gigantesco aparato Motorola, una pantalla gris empotrada en un mueble de madera con repisas para porcelanas y cajones de cristalería. Sobre el televisor había una cubierta de vidrio, dos floreros y un portarretratos con fotos familiares. Allí, junto a los catorce hermanos de Toño y un grupo de parientes que había venido desde Santa Fe de Antioquia, vimos al primer hombre bajar de una nave en un traje espacial y caminar por la Luna. Papá y mamá no pudieron quedarse pues tenían clase en la universidad, así que nos dejaron con Delia, que se vistió muy elegante. Toño se sintió feliz, pues era la primera vez que ella iba a su casa. Entonces la presentó a la familia y pudo imaginar en silencio que todos la recibían como a una nuera. Él se alegraba de que el hombre llegara a la Luna, pero luego, sin ser filósofo ni nada, se preguntó para qué diablos servía que el hombre llegara tan lejos si era tan difícil acercarse a otra persona. Cualquier ser humano, Delia por ejemplo, era complejo e infinito. Y ahí dejó de pensar, asustado de las cosas que se le ocurrían, diciéndose que las charlas con Blas Gerardo le estaban llenando la cabeza de ideas que todavía le quedaban grandes.

Rugía el viento. Las olas del mar eran picachos nevados rompiendo contra la quilla, pero el *Anábasis*, el barco de Pata de Palo, le ponía el pecho a la tormenta. El Caribe tiene sus caprichos y Pata de Palo los conoce, por eso no los teme. Él mismo lleva el timón de la nave y desafía los truenos con su canto:

> *¡Por estos mares soy libre,*
> *por estos mares yo voy,*
> *con mis hombres y mis dagas*
> *y una botella de ron!*

El velamen pudo ser recogido antes de la tormenta y por eso el *Anábasis* se mantuvo a flote, pero ahora debía mantener con buen pulso el rumbo, pues las cordilleras de agua amenazaban con voltear la nave.

En ésas estaba Pata de Palo cuando un fuerte remolino se acercó por babor. La cabina se llenó de espuma salada, muchos nobles corsarios cayeron al mar y el *Anábasis* se dio media vuelta, tocando el agua con el castillo de proa. Parecía el fin, pero como Dios protege a sus buenos piratas, Pata de Palo, que no había abandonado su catalejo, vio una isla detrás de las espesas cortinas de agua. «¡Tierra! —gritó— ¡Estamos salvados mis nobles corsarios!»

Salvados a medias, pues era la isla del pirata Puerco Espín, feroz enemigo y aliado del malévolo rey Segismundo. El barco chocó contra un arrecife y la quilla se quebró, entrando agua a las bodegas, pero los piratas se sintieron agradecidos. Ah, nobles corsarios, las desgracias apenas comenzaban, pues de inmediato los hombres de Puerco Espín, al reconocer las banderas piratas, empezaron a disparar con sus mosquetes. Pata de Palo y los suyos se refugiaron detrás de los cocoteros y una bala le cortó el penacho al loro Diógenes, que no se atrevió a pedir más caramelos y se asustó tanto que fue a buscar refugio en el morral de su dueño.

Después de una noche de fiero combate Pata de Palo izó una bandera blanca, parlamentó con sus enemigos y se entregó con lo que quedaba de su tripulación. Los elementos, el hambre y las heridas se ensañaban contra el noble pirata. Entonces Puerco Espín lo llevó a las mazmorras de su fortaleza y lo encadenó al muro. Los ratones se paseaban sobre su cuerpo tendido pero no se atrevían a morderlo. Las cucarachas lo miraban desde el techo. Al loro Diógenes se le respetó la vida y pudo permanecer en la misma mazmorra. Puerco Espín quería el tesoro del rey Segismundo, y así, cada noche, los corsarios oían los gritos de su jefe soportando las torturas de Puerco Espín. Pero Pata de Palo era fuerte y soportaba el dolor. Sus gritos eran cantos de guerra para sus corsarios, que fueron envejeciendo a su lado en las mazmorras vecinas.

Hacía calor en Medellín. Las puertas de la casa dejaban entrar el viento y yo jugaba oyendo la música que salía del radio de Delia. A veces, cuando estaba cocinando, ella se ponía a cantar y nos ensañaba las letras. «Lloran, lloran los guadales, poooorque, también tienen aaaalma», y nosotros repetíamos, y ella se moría de risa y nos dejaba probar la jalea de guayaba, el dulce de breva o lo que estuviera haciendo en los fogones.

Por esos días ocurrieron más cosas extraordinarias, pues Toño, incansable en sus trabajos de amor, decidió iniciarse en la lectura para apuntalar con hierro y cemento las enseñanzas sobre la vida que le daba el padre Blas Gerardo. Entonces empezó a venir para que papá le prestara libros de su biblioteca. ¿Qué le gustaría leer? Toño dijo que para comenzar prefería autores colombianos, pues alguien con cabeza de piedra como él necesitaba entrenar la memoria y la concentración antes de lanzarse a nadar solo en aguas profundas.

—Si fuera posible —pidió Toño—, me gustaría leer algún autor de aquí de Antioquia.

Papá le prestó los cuentos de Tomás Carrasquilla en una edición de bolsillo, que aún conservo, del Primer Festival del Libro Colombiano.

Toco el libro y puedo imaginar las manos rugosas de Toño pasando estas mismas páginas, leyendo hasta muy tarde en su dormitorio con la profunda convicción de que la lectura lo haría un hombre mejor, una persona inteligente y libre, un hombre de bien y no un hijo de puta, como decía el padre Blas Gerardo. Por eso leía. Esperaba que la lectura lo convirtiera en alguien respetable y que, así, Delia le permitiera acercarse, aceptara salir con él y, quién sabe, con el tiempo, tal vez besarla. Su arma era la paciencia. Toño soñaba y leía, y entonces más soñaba. Delia tenía que acabar por quererlo. El amor tenía que nacer en esa altiva mujer, así le tocara tragarse todo el aire de Antioquia.

Y es que de tanto fantasear Toño ya iba en su mente por el tercer hijo. Les tenía nombre, color de ojos, les oía la voz y les conversaba. Imaginaba a Delia alzando al más pequeñito y a él llevando a los otros dos, paseando por parques o yendo al estadero Las Margaritas, por la vía al mar. Todo eso veía Toño cuando la miraba de lejos, en el fogón de la sacristía, pero la triste realidad era otra, patética, dolorosa: hacía más de un mes que Delia le hablaba con monosílabos y era como si las clases con el párroco, en lugar de acercarla, la estuvieran alejando. ¿Pasará algo? ¿Tendrá otro amor? La veía distraída, con los ojos alzados hacia una franja intermedia del horizonte; él sabía por las novelas que así miraban las mujeres enamoradas, algo que le cubría el corazón de negros nubarrones. Cuando se la cruzaba en la tienda o cuando la veía en la casa removiendo la hierba del aguacatal, Delia tenía esa mirada reblandecida y ausente. Lo atravesaba con la vista como si fuera de aire, sin tocarlo; sin dejarle una mota de afecto.

¿Qué más hacer? Clavándose las uñas en la palma de la mano hasta hacerse sangrar y pensando que el consejo de la pitonisa no había sido suficiente, decidió hablar con la señora Bárbara, es decir con mamá. Si Delia tenía algún amor, ella debía de saberlo, y si sí, se iría de inmediato para la guerrilla a tragarse allá el despecho; en el liceo tenía amigos que le habían hablado, y la verdad es que la propuesta lo atraía.

—Delia no tiene a nadie, Toño —le dijo mamá sin soltar el pincel—. A lo mejor se enamoró de algún galán de radionovela. Ahora se pasa el día con la oreja pegada al radio.

Toño dio un respiro. Se sintió feliz y muy fuerte en su orgullo por haberse atrevido a preguntar, diciéndose que sin duda ésos eran los efectos de la lectura: no tener vergüenza y ser digno. Se quedó tranquilo, aunque picado por los celos, y al llegar a su casa fue directo al costurero y le preguntó a su hermana menor, Clarita, cuál era la radionovela que estaba de moda por esos días.

—Se llama *Nacida libre*, Toñito, ¿por qué?

—No, por nada... Me han comentado que es buena.

Pasó la semana oyendo la historia. Una joven de la costa, Serena, llegaba a la ciudad a trabajar como institutriz de unos niños pequeños en una casa de una familia muy rica. Allí se convertía en la confidente espiritual del hijo mayor, Genaro, de 25 años, estableciéndose entre ellos una amistad «próxima como sólo pueden tenerla los amantes, pero que no debía llegar al beso», según la voz del narrador. La madre del joven se oponía, pues veía en esa amistad un peligro para la familia, aunque sin atreverse a contarle sus temores al marido, el papá del joven, un señor muy ocupado que estaba siempre de viaje «en el extranjero». Por eso la mamá conspiraba en silencio contra la amistad de los jóvenes obligándolos a crueles separaciones que sólo servían para acrecentar sus ansias, para unirlos más.

Ahí iba la novela esa semana y Toño imaginó que los suspiros de Delia eran por Genaro, a quien se describía como «un joven elegante y fresco, siempre dispuesto a la charla amena y a la sonrisa». Ajá, gritó Toño. Él sería el Genaro de Delia, y a partir de ese día comenzó a estudiar su lenguaje para representarlo ante la joven. Delia acabaría reconociéndolo. Estaba seguro.

Entonces tomó atenta nota de los diálogos y, sobre todo, muy importante, de las frases de las cartas que el joven le escribía a Serena desde un oscuro internado inglés al que la malvada madre lo había enviado. Una de esas cartas decía: «Del amor tomo el respeto, de la amistad la virtud. Ésas serán mis armas para quererte desde la penumbra lejana.» Su hermana Clarita se fue convirtiendo en cómplice pues a ella le parecía regio emparentar con Delia, y por eso cada día le copiaba una selección de frases de la novela. También le ayudaba a practicar lo que ella bautizó, con pretensión científica, los «acercamientos al objeto amado», haciéndole repetir una y otra vez las frases con diferentes entonaciones, respiros y suspiros, cambio de miradas, movimiento de manos, torso inclinado, y los peinados, y lo que ella, en su jerga técnica, denominaba «la mirada del amor». Toño se dejaba cuadrar, empujar, vestir; repetía con obediencia las frases hasta que su hermana aprobaba:

—O.k., ése es, ése... —decía Clarita—. Ese tono con la mirada que te dije antes... Llevás la mano hasta la frente y te acomodás el pelo despacio. Luego le das la espalda y te vas. Si no cae privada será que tiene el corazón de plástico.

No pasó mucho tiempo antes de que Toño tuviera oportunidad de ejercer lo aprendido. Una tarde que fue a devolver un par de libros, la vio saliendo del cuarto de los niños. Entonces la detuvo en el marco de la puerta y le dijo:

—Delia, ¿sí se dio cuenta que el sol salió hoy más temprano para mirarla?

Ella lo escuchó sorprendida. Tenía subidas las mangas del delantal y llevaba una matera con las dos manos.

—Permítame, que esas manitas de ángel se le van a quebrar —le dijo y trató de quitarle la matera, pero ella se negó y lo hizo a un lado.

—Déme permiso, Toño...

—Del amor tomo el respeto, Delita —siguió diciendo el joven—, de la amistad la virtud...

Y ahí se le enfrió todo pues, de pronto, al cruzar los ojos con ella, la mente se le puso en blanco. ¿Qué seguía? Metió las dos manos al cerebro y lo estrujó, pero nada, no había forma de encontrar el resto de la frase. Su silencio fue cada vez más fuerte, ensordecedor, hasta que el rostro de Delia se empezó a dilatar y la boca se abrió muy grande, y los ojos se le aguaron, y del fondo más profundo de su ser prorrumpió una estruendosa carcajada que llegó hasta los huesos de Toño, una carcajada que hizo huir a los copetones, que descascaró el muro, que removió el polvo del baldosín y tumbó dos frutas todavía verdes del papayo.

—«Ésas serán mis armas para quererte desde la penumbra lejana» —recitó Delia por encima de la risa, y agregó, colocando a Toño en el asador—: Yo creí que esas pendejadas las oíamos sólo las mujeres...

Y se fue hacia la cocina cuando ya le salía una segunda carcajada trágica, dejándolo maltrecho y avergonzado. Con un nudo ciego en la cabeza, lleno de odio hacia sí mismo.

—Yo pensé que... —acertó a decir.

—Ay, Toñito, usté sí es mucho personaje —le dijo, dándose la vuelta—. De verdad que sí.

—Es que... Yo creí que a usté le gustaban...

Delia se limpió las lágrimas de la carcajada con el antebrazo y se le acercó.

—Me gusta oírlas, pero en el radio —le dijo, y sin mediar palabra le dio un beso en los labios—. Hoy sí me hizo reír, Toñito, para qué.

Delia se fue por el corredor y él se quedó pegado a ese débil perfume, a ese aliento tibio que por un segundo había rozado su boca.

Toño intensificó las visitas y, por supuesto, las charlas con papá, que por cierto se interesaba mucho en las lecturas del joven. Había hecho grandes progresos y cada vez sus lecturas eran de mayor enjundia. El único problema, según Toño, es que se emocionaba tanto mientras leía que los ojos se le aguaban y debía parar, secarse las lágrimas y seguir; que por eso se demoraba tanto con cada libro.

—Yo soy un sentimental, don Joaquín —le decía a papá—. Usté ya me conoce.

Al fin y al cabo la pitonisa no se había equivocado en su consejo, pues Delia también admiraba la cultura, fuera por boca de Blas Gerardo o a través de los libros prestados en la biblioteca de nuestra casa. Cuando lo veía con un libro en la mano se sonrojaba de orgullo, pues en el fondo ella también sabía que tarde o temprano debían aclararse. Tenían las edades perfectas: él un poco mayor, como mandan los estrictos cánones del amor, y ella muy jovencita. Pero lo más importante: Toño era un muchacho bueno, un trabajador sin vicios, comprensivo y sentimental. Delia no conocía los detalles del futuro tanto como Toño, que en sus sueños ya iba con los dos varoncitos en la universidad y la niña casada con médico, viviendo en el barrio El Poblado, la zona más *jai* de Medellín. Ella sólo podía presentirlo; por eso lo iba cocinando a fuego lento, a punta de miradas y risas. Aunque una pregunta la atormentaba: ¿qué iba a decir Toño al comprobar que no era virgen?

Blas Gerardo, después de varias charlas políticas, pasó a contarle a Toño historias de su vida, de esa época brumosa del sacerdote en las selvas y el Llano de la que tan poco hablaba.

—Una noche, jovencito, y esto se queda entre tú y yo, nos fuimos en avanzada por un río que hay al pie del Llano y que se llama el Guayabero. Era la época de Laureano y la tropa de chulos. De los hijos de puta, vamos. Para que me entiendas. Teníamos que cruzarlo con treinta familias y ya estábamos cerca, pero abajo, mirando desde el cerro, se veía una columna de humo.

El padre encendió un Nacional, aspiró con fuerza y se empezó a mirar las manos.

—Agarramos rifles y dinamita y nos fuimos por delante a sorprenderlos, pues el descuido de los gritos nos hizo pensar que no esperaban a nadie por ese lado del cerro. Y así fue. Los agarramos con fuego cruzado mientras cenaban y yo te juro, muchacho, que debí poner delante de mis ojos la imagen de los niños destrozados por las bombas, de las mujeres violadas. Todo eso tuve que ver para poder dispararle a esos mocosos.

Hizo una pausa, se alisó el pelo y volvió a fumar con fuerza.

—Ese día le fue mal al gobierno. Les quitamos más de setenta rifles.

—Pero la justicia estaba del lado de ustedes, padre, y entonces, ¿qué problema?

—Yo creía lo mismo, muchacho. Pero no se puede uno volver peor, ni siquiera igual que los que está combatiendo. Además, los que están al frente no son todos iguales, a algunos los obligan. Te voy a contar otra historia.

Fue hasta una de las estanterías, abrió un cajón y escarbó un rato entre viejos papeles. Por fin encontró una foto. Le sopló el polvo y se la mostró a Toño. Era una foto de Madrid.

—Yo estuve defendiendo esta ciudad contra los hijos de puta antes de venir a tu país. Eso sí que era un infierno, día y noche granadas y bombas cayendo sobre la ciudad. Bombas construidas en Alemania por los nazis y enviadas a los nacionales para que las dispararan contra el pueblo. Pero un día, después de un estruendo, de una polvareda y un muro roto, vimos que una bomba no había explotado. Alcanzó un edificio del centro, rompió dos paredes y cayó en el dormitorio de unos guardias. Imagínate. Cuando llegué, la madera del piso todavía echaba humo.

Marcó un silencio y, ante los ojos muy abiertos del joven, Blas Gerardo continuó.

—Era una granada de veinticuatro centímetros, más o menos del tamaño de un perro joven. Se hizo salir a todo el mundo y vinieron los artilleros a desmontarle la espoleta. Dentro del casco metálico encontraron un papel envuelto en cable de cobre que decía: «Camaradas, no tengan miedo. Los obuses que yo cargo no explotan. Un obrero alemán.» ¿Ves? Ésa fue una gran lección para mí.

Dicho eso, se quedó en silencio. Un silencio espeso y lleno de recuerdo. Luego le hizo a Toño gesto de que ya, de que podía irse. Era suficiente por el día.

La originalidad era que Gaitán no era socialista. Al menos no en el sentido de la época. Lo dijo siempre Darío, nuestro tío abuelo, que trabajó a su lado como director de *Jornada*, el diario liberal del gaitanismo, y lo dijeron todos: Jorge Eliécer Gaitán nunca se entendió con el partido. Sentía por ellos una profunda antipatía, tanta que su escolta se les enfrentó muchas veces a puñetazos. Otra cosa era que Gaitán tuviera un discurso parecido, con sus frases incendiarias: «El hambre no es liberal ni conservadora, y el paludismo no es liberal ni conservador. Afecta a la gente del pueblo, a la gente de arriba no los afecta.» Era eso lo que traía su voz: «¡Hay que hacer que los ricos sean menos ricos, para que los pobres sean menos pobres! —y agregaba, emocionado por sus propias palabras, sudando, tocado por un temblor místico, atravesado por un torrente de sentido—: El pueblo es superior a sus dirigentes. ¡¡Yo no soy un hombre, soy un pueblo!!»

Su primera victoria después del fracaso en las elecciones del 46 llegó un año después, en 1947, cuando venció a la «oligarquía liberal» imponiéndose en el directorio del partido. A partir de ese momento Gaitán fue el líder indiscutible del liberalismo y todos sus rivales se fueron: Gabriel Turbay a París, donde moriría en circunstancias trágicas. Carlos Lleras ya se había ido, lo mismo que Alfonso López. Todos se fueron de Colombia convencidos de que Jorge Eliécer Gaitán llevaría al desastre al Partido Liberal.

Satisfecho por su triunfo, Gaitán le pidió al tío abuelo Darío un editorial celebrando la victoria. Por esa época el diario *Jornada* vendía tiradas diarias de 60.000 ejemplares, lo que era mucho, y se mantenía con las acciones compradas por la gente humilde: sirvientas, mensajeros, obreros, cocineros... *Jornada* era su periódico. Los sucesos de los humildes llenaban las páginas de *Jornada*, pues su credo consistía en retratar la vida de las barriadas, los dramas íntimos de los que no tenían voz. En suma: un periódico para el pueblo, algo que Jorge Eliécer Gaitán practicaba en sus discursos al no hacer florituras ni alejandrinos. La elocuencia era muy valorada entre los políticos de la época —aún hoy, en el Congreso, está prohibido leer los discursos—, y por eso se acostumbraba hacer símiles clásicos y poéticos. Prometeo y Palas Atenea, Pericles y Rousseau, Chateaubriand y Laforgue, eran nombres frecuentes entre los oradores, pues la Bogotá de esos años se preciaba de una gran cultura. Era la Atenas del Sur. A estos discursos, incomprensibles para los «descamisados», Gaitán oponía los suyos: «¡¡¡Yo no soy un extranjero. Yo soy un indio y posiblemente un negro como son todos ustedes. Yo soy un hombre del pueblo. Yo tengo su misma raza!!!» Y las plazas ardían. Ardían los corazones.

Entonces esa tarde, en las oficinas de *Jornada*, el tío Darío escribió la *Oda civil a la Victoria*, un texto que exaltaba el triunfo del pueblo a través de Gaitán. La familia conserva una copia de esta *Oda*, un papel amarillo y envejecido que ya no representa lo que significó esa noche. Gaitán sabía que en Colombia se preparaba una gran revolución política, algo sin precedentes dirigido por la masa de la que él era portavoz. Eran días de fervor. Tras leer el texto, Gaitán mandó comprar una botella de brandy y, en su oficina, brindó por la victoria en las elecciones presidenciales de 1950. Elecciones a las que, sin embargo, él no llegaría.

Fue por esa época que empecé a aficionarme a los animales. Primero a las hormigas, que siempre me habían gustado. Luego a las arañas y también a los pájaros. En el jardín correteaba copetones y manoteaba alegre cuando aparecía algún colibrí. Papá, que estaba en pleno furor antropológico, había hecho un viaje con el científico alemán Gerardo Reichel Dolmatoff a la sierra del Perijá, cerca de la frontera con Venezuela, y había traído una cantidad de regalos: cerámicas, chumbes tejidos, lanzas de madera, arcos y flechas, marionetas, vasijas y, sobre todo, una hermosa y verde lora, una lorita que, tras conciliábulo familiar, bautizamos con el nombre de Pascuala.

La lora fijó su residencia cerca de la alberca de la casa, pues le gustaba el agua, y nosotros, al principio, le teníamos miedo. Nunca se había visto por el solar un animal parecido: hacía ruidos e imitaba la voz. Papá la ponía a repetir: «Pascuala, ¿quiere cacao?», y la lora abría el pico y cada día parecía acercarse más a las palabras, hasta que al final, después de varias semanas, la lora las decía, y ya en confianza nos caminaba por el brazo hasta la cabeza. Era extraño sentir esas garras apretando la piel de la espalda, trepando por el cuello, y muy lindo verla con su color verde vivo y su pico amarillo, fuerte, grueso como una aldaba. Comía granos de café, semillas, fríjol. Comía de todo la Pascuala.

A mí me gustaba espiarla en la alberca, verla agacharse a tomar agua, refrescarse cuando hacía mucho calor. La lora se metía al agua, que estaba bien fría, y al salir hacía un ruido con el pico, como si dijera «Brrr, qué fresquita está». Era hermoso verla porque salía con las plumas brillantes y los ojos muy abiertos.

Delia le cogió mucho cariño y cuando oía radionovelas se la cargaba en el brazo y le cantaba. De ahí que la Pascuala imitara el sonido del radio haciendo gárgaras de ruido, pues el pobre transistor de Delia tenía tal cantidad de interferencias que era como si la música tuviera que atravesar un panal de abejas. «Grrttzzzllkkkzz....», decía la lora, y Delia entendía que tenía ganas de oír radio.

Yo me enamoré de la lorita. La veía ir y venir, le hablaba y jugaba con ella cerca del agua. Entonces un día sucedió: ya sin miedo, sintiéndome muy amigo, la agarré por las patas. Pican las garras en la piel. Impresiona. Le digo que repita: «Lorita, ¿quiere cacao?», y Pascuala me contesta con un largo ronroneo, y entonces la llevo hasta la alberca para verla bañarse, para verla salir del agua sacudiendo el copete, moviendo las alas mojadas. La sumerjo en el agua y la suelto, y Pascuala se demora un poquito en salir, un tiempo breve en que la superficie del agua se cierra, y de pronto aparece con el pico amarillo, picoteando en el agua, lora chistosa, tratando de volar hasta el borde de la alberca; otra vez la sumerjo y de nuevo sale, un segundo después, y así muchas veces, porque cada vez la lora abre más los ojos y a mí me gusta mirarle la cara y verla aletear, ojalá yo pudiera aprender.

Hasta que la lora no salió. La metí demasiado al fondo y Pascuala, que ya buceaba, se desplazó hacia la parte cubierta de la alberca, allá donde el agua no salía a la superficie. Pobre lora. Se ahogó sin ver la luz.

Sentí tristeza al ver que no salía. Mucha tristeza y después culpa. Sobre todo cuando comprendí que la lora se había ahogado, lo que equivalía a decir que la lora ya no existía. Así de injusta es la muerte cuando llega a meterse en los juegos sin que la llamen. Sin que nadie la quiera. Y no quedó más remedio que enterrar al pobre animal, al fondo del jardín, en una caja de bocadillos veleños que hizo las veces de ataúd. Así era la vida, aprendí. Frágil. Fácil de perder. Toño la envolvió en una hoja de periódico y la recostó en la caja, y después, para que hubiera dónde recordarla, le hizo una pequeña cruz a la sepultura. De este modo la casa empezó a rodearse de una cierta fatalidad animal: primero la confusión trágica que le costó la vida al gato pomerania, y luego la lora.

Pero el funeral de Pascuala engendró un bien, y fue que Delia, con la cara triste, se recostó en la espalda de Toño y le puso la mano en la cintura. A él se le entumeció el cuerpo y el corazón le latió tan fuerte que casi le tumba los botones. También se le paró, pero esto ella no alcanzó a notarlo. Entonces la fértil imaginación de Toño se disparó hasta rellenar algunas lagunas de su vida futura, llegando al momento en que la niña, la que se casó con el médico, llamaba a anunciar que se iba a Estados Unidos porque al marido lo trasladaban a un hospital importantísimo, y a decir que en las siguientes vacaciones les mandaba pasajes para que fueran a conocer porque, sorpresa, ya estaba en camino el primer nieto, un varoncito que se iba a llamar Toño, como el abuelo.

Imagínese, prima, que el tipo ese que le conté, Toño, anda de lo más chistoso. Molestando y fregando la vida. Resulta que ahora le dio por aprenderse lo que dicen en la radionovela de *Nacida libre* para decírmelo a mí, qué risa, y lo peor es que se le olvida y lo dice mal. Ay, yo casi me muero. Qué pena porque el otro día le solté la carcajada en la nariz y el pobre casi llora. Me arrepentí después. Yo no sé si es que él anda oyendo también la novela o qué, pero sí me pareció raro que un hombre se ponga en ésas. Lo del radio es como de mujeres, ¿no cierto? Me imagino que será para molestarme no más, porque él es un tipo muy trabajador y yo no me lo imagino con lo de Genaro y Serena. ¿La está oyendo usté también? Yo no sé si allá se oigan las mismas novelas que aquí en Medellín. A mí me gustan más las de amor que las radionovelas de héroes, ésas de Kalimán y Solín que están llenas de aventuras y de malos. El otro día, por curiosa y metiche, la oí un rato. Huy, qué susto. A Kalimán dizque lo tenían amarrado en una cueva llena de culebras. Ya lo iban a matar y me mordí las uñas y todo. Claro que al final lo salvaron, pero qué susto. Por eso no me gustan. Dígame si allá oye *Nacida libre* y si no entonces se la cuento. Porque es chévere. Aquí hemos estado muy tristes porque resulta que a Estebanito, el pequeño, le dio por jugar con la lora en la alberca y la ahogó. Lástima. Era lo más linda. Don Joaquín la había traído allá de Perijá. El padre Blas vino ayer a la casa y preparé un ajiaco. Me quedó rico. Al padre le gusta con habas y yo se las conseguí en la tienda de abajo, a escondidas de los señores, y le gustó tanto que me mandó una copita de vino dulce de una botella que había traído para la comida. Lo más de rico el vino. Ahora está como lloviendo y yo ando resfriada. Me tomé una aspirina para que no me suba la fiebre y ya me siento mejor. Toño, el que le dije, me llama por teléfono a cada rato y siempre me dice que vayamos al cine, o a pasear. Yo le digo que no. Esa película de Pedro Armendáriz que usté dice no la he visto. Aquí no la han dado. Cuando la den voy y después le escribo. No me la vaya a contar. ¿Y quihubo de Leonel? Me dijo que la había invitado a la verbena pero luego no me contó más. ¿Cómo le fue? Cuente, no se haga la dura. Yo me imagino que la anda enamorando, y por lo que usté dice me parece buen tipo. Huy, ya son las siete. Me voy a la cocina. Esta noche voy a recalentar lo del almuerzo que sobró con unos patacones. Me saluda a los tíos. A la ingrata de Rosita que escriba aunque sea una línea. Chao.

Delia.

A veces entraba al taller de mamá. Me gustaba el olor de la trementina, de los óleos y los disolventes. Y me quedaba mirando las figuras de equilibristas pintados en plumilla atravesando cuerdas que comenzaban detrás del cuadro y se perdían por delante, hacia el infinito... ¿Adónde iban? Yo me hacía estas preguntas mirándolos: figuras desnudas, sin rostro y con las bocas muy abiertas. A veces se encontraban con otros equilibristas que cruzaban el espacio en dirección contraria. Siempre en un profundo silencio. Perplejo, sentía que en medio de esa soledad, de esos espacios vacíos y esas figuras tristes, había un profundo sentido que no era capaz de explicar. También es difícil explicar un color o el sabor de una fruta.

Junto a estos cuadros estaban las acuarelas. Aún hoy siento un inmenso amor por los colores disueltos en agua, por esas barritas que se ablandan con el pincel mojado. Papá y mamá las secaban en enormes caballetes de madera y yo las veía con deleite: una hoja rugosa absorbiendo el color como una esponja. El color seco de la acuarela tragándose el papel. Y más allá los óleos con figuras amplias y paisajes, con naturalezas muertas, bodegones y floreros; objetos dispersos y el misterio de lo que está detrás. Los óleos se pintaban con los colores fabricados en la casa, en cuyo centro estaba el blanco que le había costado la vida al gato.

De afuera venían amigos con otras técnicas. Estaba, por ejemplo, Saúl Jaramillo, un amigo de papá y mamá que hacía murales en cerámica y que a veces nos daba clases. Él nos producía una mezcla de curiosidad y miedo, pues tenía un vozarrón paisa que hacía temblar los vidrios. Pero en el torno y con las manos llenas de greda se convertía en un ser dulce, alambicado. El torno era su pasión; esa figura aplastada y húmeda que gira y que de repente, con la presión de los dedos, se va convirtiendo en figura. Lo áspero acaba liso y en cada giro se extrae la forma del barro. ¿O estaba en los dedos? Ése era el misterio.

Estaba también Pedro Gil, que hacía grabados y acuarelas repletas de detalles, y que al contrario de Saúl Jaramillo era un hombre pausado, de voz elegante. La historia de Pedro Gil, su increíble historia, explicaba su pasión por las formas. Criado en una finca, hijo de una familia de paisas campesinos, nadie notó que sus retinas tenían un defecto progresivo de miopía que lo fue alejando de las cosas. El pequeño Pedro creía que el mundo y la vida eran así, pues no conocía otra cosa, y mientras estuvo en la finca no hubo sobresaltos. Su defecto se manifestó al viajar a Medellín e iniciar estudios, muy tardíos, a los 12 años. Al principio, con la ternura típica de los colegios públicos, se le anunció a los familiares que el niño no era capaz de seguir lo que se hacía en el tablero de clase. Luego dijeron que la niñez en el campo le había adormecido algunas facultades y que retirar esa pegajosa capa de idiotez requería demasiado tiempo y esfuerzo, razón por la cual, si la familia estaba de acuerdo, se aconsejaba dirigirlo hacia algún oficio más acorde con sus limitaciones.

Las conjeturas duraron hasta que una tía materna entró en sospechas. Entonces, por fin, lo llevaron al oculista y, tras hacer varias pruebas, el doctor se agarró la cabeza con las dos manos: «¡¡Cómo es posible que este niño no tenga gafas!!» Entonces sucedió el milagro: con los lentes el niño descubrió que las figuras tenían contornos, principio y fin. Y así el niño se enamoró de las formas. Pasaba horas mirando cualquier objeto; por ejemplo la hoja de un árbol; apreciando sus detalles: las rugosidades, las hebras, las sombras del relieve, los desniveles del color, las porosidades... Todo. Y no sólo eso, también las caras; su propia cara y la de su madre, sus manos, su piel. Todo lo que miraba era nuevo. El mundo empezó a ser otro y él decidió empezar a pintarlo.

A veces las circunstancias, como el agua, buscan su propio equilibrio. Y el equilibrio llegó a nuestra casa en forma de mujer: 36 años, buenas piernas, viuda campesina recién llegada a Medellín de clase media baja y tres cuartos, socia capitalista del gallinero familiar con el aporte de sesenta culecas traídas de su finca, socia en la venta de los huevos y gran trabajadora. Se llamaba Cordelia Suárez Escobar, pero se presentaba como Cory. «Cory a secas», y soltaba una risita. Su marido, un campesino paisa, se había caído de un caballo con muy mala suerte, pues al rodar a tierra perdió el conocimiento y quedó con la cara metida entre un charco de barro.

Toño no sabía de la llegada de Cory a la casa y lo primero que vio de ella fue un par de sandalias. Unas horribles sandalias dentro del gallinero. Cory estaba subida en una escalera clavando un cable eléctrico. Entonces él entró y las vio ahí, apoyadas en el sexto escalón. De las sandalias salían dos piernas recias, un par de muslos y, al final, envuelto en un trapo rosado, un portentoso culo, redondo y firme. Un culo que era como el sol de Antioquia, pensó Toño. No es que Cory estuviera desnuda. Es que al estar en la escalera la breve falda se convertía en caperuza de su espigado cuerpo. Un cuerpo que, como se verá, había sido poco transitado por el marido y que, tras la viudez, andaba pidiendo guerra.

Y ahí se quedó el joven, mudo, paralizado, con el setenta por ciento de su sangre concentrada en la cintura, hasta que la mujer notó su presencia.

—Usté debe de ser Toño —le dijo.

—Sí... —titubeó—. Mejor dicho: sí...

—No se quede ahí como una estatua —volvió a decir ella—. Ayúdeme a bajar.

Le dio la mano y Cory descendió muy despacio, escalón por escalón, hasta llegar al último. Al tocar tierra con el pie las dos narices quedaron a un centímetro.

—Yo soy Cordelia —le dijo—. Mis amigos me llaman Cory.

—Mucho gusto señora Cory...

—¡Huy! Qué es eso de «señora». Dígame sólo Cory, que tampoco soy tan vieja. ¿Le parezco vieja o qué?

—Nooo... —dijo él, colorado como un pimiento—. No, sólo que por respeto...

—Pues no me respete tanto —le dijo, picándole el ojo.

Por fin Cory se alejó un poco de su cara y Toño pudo respirar. Pero sólo por un segundo. Al dar un paso atrás la vista se le enredó en un brassier negro. Detrás del encaje había un par de apetitosas tetas.

—Sí me habían hablado de usté, pero se les olvidó decirme que era tan pispo... —agregó Cory.

Un estruendo de loza los interrumpió; algún plato se había hecho añicos en la cocina. Entonces Toño se dio vuelta para mirar hacia la alberca y quedó petrificado. Delia vigilaba la escena con ojos que echaban fuego.

—Ay, carajo —dijo Cory—. Es la sirvienta.

Toño sintió una hoguera dentro del estómago: ¿Cómo se atrevía a decirle «sirvienta» a Delia? Empujó la puerta del gallinero y salió al prado.

—Mucho g... gusto, señ..., perdón, Cory —logró decir.

—Lo mismo, bizcocho. Y ya sabe, si alguna tardecita anda perdido búsqueme en el tercer piso del edificio Echevarría. En el parque Cerrito.

Se alejó caminando torcido, tapándose la parola con un rollo de cable. Delia lo vio venir hacia la casa y se alejó de la ventana, pero Toño ya se iba. Sin pasar al interior salió a la calle y se fue cuesta abajo haciéndose muchas preguntas: ¿Habría roto el plato adrede para que él la viera? ¿Qué querían decir esos celos? Cuánto le habría gustado tener un amigo, un confesor que le ayudara a comprender lo que pasaba. Y luego estaba esa tal Cory. La sangre se le había calentado y ahora le dolían los testículos. ¿Tendría el coraje de ir a visitarla? Con gesto nervioso sacó una muesca de lápiz del bolsillo y un pedazo de papel. Escribió: «Edificio Echevarría. Parque Cerrito.» Era la primera vez que una mujer se le insinuaba. Y estaba buena, para qué. Era mayorcita, por ahí de 35, pero buena. Madre mía si estaba buena.

Poco antes del crimen, en febrero de 1948, Blas Gerardo fue a la plaza de Bolívar a escuchar a Jorge Eliécer Gaitán sin saber que era la última vez que lo veía. Se trataba de una «manifestación silenciosa». La idea de Gaitán era hacerle una advertencia al gobierno de Ospina Pérez, pues en los últimos meses la violencia política había ido subiendo y la policía conservadora, proveniente de las veredas del norte de Boyacá —en especial de La Uvita, Boavita y Chulavita—, estaba siendo repartida en las ciudades en donde había mayorías liberales. En Manizales, Bucaramanga, Popayán, en regiones campesinas del Valle y del Cauca, cada semana se contaban seis, nueve, cinco muertos. Casi siempre muertos liberales caídos bajo las armas de la policía.

Ésa fue la razón de la «manifestación silenciosa», y sólo en Bogotá acudieron al llamado más de cien mil personas. Desde una esquina, cerca del atrio de la catedral, el padre Blas Gerardo aguantó el frío y la llovizna emocionado por la multitud, a la espera del discurso de Jorge Eliécer Gaitán. Y Gaitán llegó y fue fiero. Tronó.

—Las multitudes que demuestran su entusiasmo con aplausos,

con gritos, con ademanes emotivos, aquí están recatadas en el más absoluto silencio —dijo la Voz—. ¡¡Porque aquí están congregadas muchas de las viudas y huérfanos de las víctimas de la barbarie conservadora!!

Blas Gerardo se acordó de España. Así habían empezado ellos. Ése había sido el origen de toda esa muerte que ahora él también llevaba adentro. Que le llenaba el recuerdo de imágenes sombrías.

—Venimos a decirle al señor presidente de la República que no queremos más sangre —continuó diciendo Jorge Eliécer Gaitán—. Que nuestra capacidad de liberales ha sido muy grande... Y repito: aquí se está contradiciendo la psicología de las masas, porque este silencio que ahora se manifiesta puede desbordarse el día en que le digamos al partido que asuma la legítima defensa.

Gaitán dejó sentada su posición. Las mayorías liberales colombianas decían a través de él: «No nos vamos a dejar matar.»

Blas Gerardo se retiró a su hotel llevando en la mente la efervescencia del discurso. Pero antes de dormir debió de beberse varias copas de aguardiente, pues estaba emocionado y orgulloso. Tal vez había encontrado en este país el sueño de otra vida. La de España, su pobre España. Asfixiada por los tricornios y las sotanas negras.

Pero la situación no paraba de enredarse: el día de la «manifestación silenciosa» hubo once muertos en Manizales. Once liberales cayeron al suelo pues la policía disparó a ciegas contra la multitud, que estaba desarmada.

Fue entonces que vino la gran provocación: en abril de 1948 se debía celebrar en Bogotá la Novena Conferencia Panamericana, la más importante reunión política del continente. El gobierno conservador tenía en su poder la elección de los delegados colombianos a la conferencia, y fue ahí que Ospina Pérez se sacó el clavo al no llamar a Jorge Eliécer Gaitán como líder de las mayorías liberales. En la lista aparecían otros jefes del partido como Darío Echandía, Carlos Lozano, Carlos Lleras Restrepo y López de Mesa. Pero el nombre de Gaitán no estaba por ningún lado. Entonces, la furia liberal siguió creciendo. Una delegación del partido, encabezada por Darío Echandía, fue a palacio a pedir que se incluyera a Gaitán como jefe. Pero el gobierno conservador no aceptó. Para los conservadores, la mayoría liberal del Congreso era falsa. Decían que se había obtenido con 1.800.000 cédulas falsas; es decir, con votos falsos. Basado en ese argumento, Ospina Pérez no aceptó el mandato de la mayoría.

—Las mayorías del Congreso no pueden hablar en nombre de todo el Congreso —dijo el presidente Ospina—, porque en él hay también una minoría que debe ser acatada, escuchada y respetada.

Esa frase selló la ruptura del gobierno de Unidad Nacional, pues el gabinete, a pesar de ser en esencia conservador, contenía algunos jefes liberales para apaciguar la violencia. Los liberales, en protesta, dejaron sus cargos, pero el gesto poco le importó al Partido Conservador.

Las consecuencias no tardaron en llegar. El Partido Conservador se lanzó a una fiera cacería de liberales en los campos. Boyacá, departamento conservador, llegó a extremos feroces con los pocos liberales que tuvieron el valor de quedarse en sus tierras. En Chita fueron torturados por la policía, que además quemó sus ranchos; en Ramiriquí fueron arrojados por los precipicios; en Paipa se colocó dinamita en las casas y los almacenes liberales.

En este ambiente llegó la Novena Conferencia Panamericana, que además coincidía con la primera reunión de jóvenes latinoamericanos convocada por la Unión Internacional de Estudiantes. Los jóvenes querían protestar por las dictaduras que asolaban a varios países de América: la de Odría en el Perú; la de Somoza en Nicaragua; la de Pérez Jiménez en Venezuela; la de Trujillo en Santo Domingo...

Toño seguía viniendo por las tardes a charlar de libros con papá y a hacerle arreglos al gallinero, pues otra vez se había metido un runcho y otra vez habían tenido que dispararle, lo que dejaba un boquete enorme en la malla por el que salían las gallinas. A veces estaba Cory y él la miraba de lado, escondiendo el deseo. Se la imaginaba empelota. La veía sentada en un sillón con las piernas abiertas. Él ya había conocido mujer donde las putas, pero la verdad es que los nervios y el trago le habían hecho jugarretas: o no se le paraba o se venía muy rápido, sin alcanzar a sentir.

—Qué dice el buen mozo —le decía Cory, viéndolo de lejos—. ¿Qué hubo pues de esa visita que me prometió?

Y él se ponía color rojo, zapote o zanahoria. Y después empalidecía. Le daba miedo que Delia oyera.

Con todo, el joven trabajaba muy fuerte, siempre al sol, con miradas laterales a la ventana de la cocina. Delia andaba brava y él lo sabía. Una rabia que en el fondo eran celos y que, pensó, no estaba del todo mal. Eso quería decir amor, cualquiera lo sabe. Ya llegaría el momento de la verdad.

Luego, después de echarse un par de manotadas de agua fría en la nuca, Toño se iba a la biblioteca a ver qué otro libro le prestaba papá. Ahora se sentía más seguro con la lectura y entonces, una tarde, se llevó *Tom Sawyer*, de Mark Twain. Papá le había contado algo de la historia y lo que más le había gustado a Toño era lo del río, ese enorme río que era el Misisipí al que los personajes iban a nadar y a pescar. A Toño le gustaba la pesca. Le encantaba cuando papá lo invitaba a pescar tilapias al embalse del Peñón.

—Este libro le va a recordar nuestros paseos —le dijo papá.

Y con eso fue suficiente.

Antes de llevárselo para su casa y leerlo en tres días, sin respirar ni comer y con los ojos enrojecidos de sueño, Toño decidió pasar por la cocina para ver en qué iba la cafuchera de Delia. Y se quedó electrizado: estaba linda, con cofia de carey agarrándole el pelo y un delantal blanco que le sacaba el color moreno. Entonces se animó a decirle un piropo.

—Hoy amaneció con los ojos como perlas.

Delia lo miró extrañada y se dio vuelta muy seria. Seguía de mal humor.

—¿Y luego las perlas no son blancas? —respondió de espaldas—. Ni que estuviera yo enferma.

Toño se quedó perplejo y buscó otra frase. Las chimeneas de su cerebro se pusieron al rojo y soltaron fuego.

—Las perlas comunes sí son blancas —se escuchó decir, improvisando—. Pero yo digo las negras, Delita, que son las más finas y raras.

Eso estuvo mejor; Delia sintió una corriente bajando por la espina dorsal que le dejó la piel repleta de volcanes y superficies lunares. Un zumbido le llenó los oídos y un torrente de flujo le dejó el calzón empapado. Pero no bajó la guardia.

—Y los ojos de la vieja esa, ¿de qué color son?

—Son ojos muertos —respondió sin pensar.

Delia echó una risita sin mirarlo, ocupadísima en lavar por cuarta vez un plato.

Toño se quedó sorprendido de su hazaña y, con miedo a dañar la victoria, se retiró.

Huy, prima, estoy hecha una furia. Ni me va a creer cuando le cuente. Imagínese que llegó a la casa una vieja de lo más atrevida. Atrevidísima la hijuemíchica. Anda de mucho pantalón caliente y de falda alta mostrando todo. Y dizque es viuda. ¿Qué talito? Resulta que un día vino a comprar huevos al gallinero y le propuso a la señora que le criara unas gallinas que tenía y que se repartieran las ganancias. Y entonces con esa disculpa viene aquí a meterse a cada rato, y claro, a Toño lo tiene bizco. Ya la he visto provocándolo y él como es todo bueno ni se da cuenta y le sigue el jueguito. Ella muestre piernas, pechos y sonrisitas, y Toño mírela como un pendejo. Me muero de la ira. No son celos ni nada, prima, no vaya a creer, que yo con Toño usté ya sabe... Mejor dicho, me cae bien y es un buen amigo, pero nada más, a pesar de los piropos que me dice todo el día. Por eso me da rabia que el mamarracho ese le ande pasando el escote. Y viera el perfumito que se echa. ¡Noo! Para que se lo huelan a dos cuadras. Se pone tacones de un escalón de altos y una falda por encima de la rodilla que parece que dijera venga y mire, venga y levante. Un horror. Bueno, yo digo pobre Toño, pero también me tiene enfurecida porque no hay derecho a ser uno tan pendejo. Ésa de viuda no tiene nada. Una viuda debería ser respetable pero qué va. Me imagino los cachos que le debió de poner al marido, que era un tal Gumersindo Nosequé y que murió cayéndose de un caballo. Al menos eso fue lo que contó al llegar a la casa. Seguro se cayó por el peso de los cachos, o se los clavó. ¿Y la rabia que me da cuando me pide un café? Lo pide como si yo fuera la sirvienta de ella y me dan ganas de tirárselo a la cara. Huy, es que la odio. Ah, se me olvidaba: se llama Cordelia pero pide que le digan Cory y cuando dice el nombre pone esos labios que tiene embadurnados de rojo en círculo, echados para afuera; ni que estuviera metiéndose a la boca una cuchara de sopa caliente. A mí me va a dar algo si esa vieja sigue viniendo a esta casa. Qué pena escribirle con tanta rabia, prima, pero es que no tengo con quién desahogarme. Se podrá imaginar que no voy a irle con estos cuentos al padre Blas. Él es una persona tan elevada que estas mirringas ni las verá. Ojalá todos fuéramos como él. Bueno, prima. Dígale a los tíos que gracias por las saludes. Que por aquí todo bien y que cuándo vienen por Medellín para atenderlos. Dígales. Chao.

Delia.

Dicen los psicólogos que uno recuerda el momento en que aprendió a leer pues es justo ahí cuando se inicia la verdadera memoria. La que va a acompañarnos toda la vida. Esa memoria, al parecer, sólo comienza en el niño con la lectura. Lo que está antes, la vida neblinosa de la primera infancia, no proviene de un recuerdo directo. Es un tejido de olores y atmósferas que se mezcla con historias oídas a los mayores, con imágenes de fotografías. Ése eres tú, Esteban, mira. Y ése de allá es Toño. Mira lo grande que estás aquí. Éste fue el año en que aprendiste a leer y éste era tu colegio.

Una tarde la profesora llamó a la casa.

—Esteban ya sabe leer, señora, ¿ustedes le enseñaron?

—No —dijo mamá sorprendida.

—Pues sabe leer, esta tarde leyó la mitad de la cartilla.

Bárbara, mamá, se quedó perpleja y fue a preguntarle a papá, pero él puso la misma cara de sorpresa. No podía ser, pues era muy niño, y entonces comenzó la investigación. Lo primero fue preguntarme: «¿Verdad que ya aprendiste a leer?» Yo los miré sorprendido, pero al verles la cara preferí no arriesgar y lo negué. No, ¿leer yo? No. Papá trajo la cartilla pero, nervioso, me quedé en silencio. Mis ojos ya no reconocían las letras.

El misterio duró hasta que papá y mamá, espiando mis correrías, me vieron sentado al lado de Pablito, que ya sabía leer, repitiendo lo que él decía en voz alta. Pablito tenía el secreto: él era el maestro. Cuando repasaba sus clases de lectura me traía a su lado y me hacía repetir, mostrándome los signos con el dedo. Palabras completas y frases cada vez más largas. Cuando íbamos en el jeep, sentados en las bancas traseras, jugábamos a leer los nombres de los almacenes, como todos los niños. Recuerdo la primera vez que pude leer la palabra «horizonte». Qué cosa tan difícil. Y peor para mamá que debió explicarme qué era:

—Es la línea donde todo se termina, lo último que ves detrás.

Yo quería verlo: ver el horizonte. Caray, qué complicado. Y así la vida se fue llenando de palabras, y entendí que no todo lo que tiene un nombre puede verse. Los «pesares», por ejemplo, otra palabra que me gustaba por una canción: «Qué me dejó tu amoooor, que no fueran pesaaaaaares...»

Ese año, al terminar los cursos, debí aprender de memoria una poesía. La aprendí y la recité en la sesión de clausura del colegio: «Mi vaquita parece que no trabaja...» La dije hasta el final sin equivocarme, acompañándola con muecas y piruetas que hicieron morir de orgullo a mis papás. Al final una marioneta me regaló un libro con una dedicatoria que decía: «Para Esteban, el niño que aprendió a leer solo.»

Dos semanas después se decidió: se puso la pinta del día domingo, se perfumó con agua de colonia, compró un paquete de cigarrillos Chesterfield y un ramo de flores, y se dirigió con decisión hacia el parque Cerrito. No era lejos de la cuesta. Sólo había que cruzar una parte del cerro por el costado oriental, bajar por detrás de la iglesia de la Trinidad, cruzar la plaza y entrar por una de las laterales. Allí estaba el parque Cerrito y, en uno de los costados, el temido edificio Echevarría. ¿Estaría en la casa? No sabía qué piso era, pero le preguntó a un niño que jugaba al frente con un trompo.

—¿El piso de la señora Cordelia Suárez?

—¿La nueva? —preguntó el jovencito.

—Sí.

—Vea: es en el último. Ése de allá —dijo señalando con el dedo el cuarto piso.

Toño ya se iba cuando el niño le preguntó:

—¿Usté es familiar?

—No, soy un amigo... ¿por qué?

—Por nada —dijo—. Las señoras de la cuadra le tienen miedo. Dicen que es un diablo.

Toño se sintió incómodo.

—Qué va, puros cuentos.

Antes de dirigirse a la puerta del edificio, Toño se sentó en una de las bancas del parque, indeciso. ¿Entraba o se devolvía? Moría de ganas al recordar las caderas de Cory, pero le daba miedo. Y más con lo que acababa de decirle el mocoso. Se sintió ridículo con el ramo de flores, cuando de pronto escuchó una voz que lo llamaba.

—¡Toñito, mijo! —era Cory, saludándolo desde la ventana—. Venga, es aquí...

Subió las escaleras arrepentido de lo que hacía, tratando de improvisar alguna disculpa, cuando la vio esperándolo en el rellano. Una descarga eléctrica le bajó por la espalda y se le acomodó entre las piernas. Cory tenía puesto un short de flores.

—Llegó preciso, mijito —le dijo—. Me estaba por servir un aguardientico de puro aburrida... ¿Me acompaña o prefiere un sabajón?

—Un aguardiente, Cory, rico... —respondió, entrando a la casa—. Yo le traía estas flores para la visita. Una bobada.

—¡Ay, qué es esta belleza! —las agarró, las acercó a la nariz—. Ya mismo las pongo en agua. Claveles. Mi flor preferida.

Toño se sentó en un sofá cerca de la ventana. En la repisa había un tocadiscos portátil. Sonaba la voz de Lucho Gatica: «Tú me acostumbraste, a todas esas cosas...» Había floreros por todas partes y muchos adornos. Era un lugar alegre.

Un segundo después apareció Cory con las flores en una jarra. Las puso en la mesa de centro y volvió a irse diciendo;

—¡Quedaron divinas!

Luego regresó con una bandejita. Seis rodajas de naranja, dos copas, un plato con maní, papas fritas y la botella de aguardiente Antioqueño.

—¡Ay, qué delicia de visita! —dijo—. Brindo por eso...

Brindaron desocupando los vasos y ahí mismo sirvió la otra ronda.

—¿Le gusta la música, Toñito? Si no cámbiela. Mire, ahí tengo de todo.

Toño repasó las carátulas de los discos: Manzanero, Nelson Ned, Leonardo Favio...

—Todos me gustan, Cory. El que suena está lindo.

—Siquiera le gusta —dijo volviéndose a sentar—. Yo es que soy muy romántica. Pero bueno, ahora sí cuénteme: ¿cómo le va?

—Bien será... Gracias.

Cory le contó a pedacitos algo de su vida: que había nacido en Cali pero que había crecido en Pereira. Que luego, de jovencita, se había ido a vivir a Necoclí porque el papá era médico rural, y que en esas conoció a su marido, un finquero de la región de Dabeiba. El hombre era rudo y muy mayor. Tenía 52 años y ella 19. Imagínese la diferencia. Cory no quería casarse pero le tocó porque así es allá. Él la había pedido a la familia y no hubo nada que hacer. Por eso odiaba al marido, que se llamaba Gumersindo. Le decía Gumer, pero nunca lo quiso. Por eso no le dio hijos. Cuando la requería ella chupaba estómago para trancar la fecundación, y cuando él se dormía iba al baño a lavarse, bien adentro, hasta que saliera la última gota, que, según dijo muerta de risa, al fin y al cabo no eran muchas.

—Ay, Toñito, usté no sabe lo peligrosa que puede ser una mujer desatendida.

¿Lo había matado ella? ¿Se había vengado dejándolo en el bosque para que pareciera un accidente? Todo parecía posible con esta recia mujer. Pero en fin.

Toño no sabía que fuera tan tímido: miró con atención el techo, se revisó las puntas de los zapatos, se dedicó a buscar hebras sueltas en la tela del sofá. Cory, en cambio, era lanzadísima. Se le acercaba con cualquier pretexto, le ponía en la nariz los pechos cuando se agachaba para alcanzar el plato de maní. Se moría de risa con cualquier bobada y se le recostaba sobre la pierna, resbalándole un dedo hasta la cremallera y diciendo: «¡Huy!»

La fiesta prosperaba. Cuando iban por la mitad de la botella Toño se sintió seguro y pensó que era lo bueno del trago: hacía desaparecer la timidez. Cory se levantó a cambiar de música y se resbaló sobre el tapete. Estaba borracha. Luego puso un disco de Jorge Negrete.

—Bueno pues, Toñito —le dijo de pie, tendiéndole el brazo—. ¿Es que no me va a sacar a bailar o qué?

—Soy muy malo para eso, Cory —dijo Toño—. A ver si le piso los callos.

—Déjese guiar por el sentimiento y lo verá —reviró Cory colgándosele del cuello—. Cierre los ojos y sienta la música en el corazón.

Toño le olió el perfume. Le dio vergüenza porque se le estaba parando y ella le restregaba las caderas. Luego le pasó la mano por una de las nalgas y sintió un lunar. Tenía los pantalones muy apretados.

—¿Si ve, Toñito? —le dijo Cory—. Se está moviendo lo más de bien.

Bailaron en silencio y Cory le acercó la cara. Toño prefirió no abrir los ojos al sentir una lengua entrando en su boca. Le apretó la cintura y ella tiró un suspiro. Luego le chupó el cuello y le metió la lengua en la oreja.

—Venga, papito —le dijo Cory, quitándose el short—, venga para acá.

Toño se quedó perplejo al ver que no tenía calzones. Sólo una raja negra y peluda entre los muslos. Nada más. Cory lo ayudó a desnudarse y le lamió las tetillas. Luego se recostó en el sofá separando las piernas.

—Papito, venga para adentro, ¿sí?

Se le trepó por delante, echó atrás el culo y la embistió con fuerza. Cory pegó un grito. Un cilindro de carne la había atravesado. Un obús. Una verga paisa.

—Máteme, Toñito... ¡¡Me rindoooo!! Rájeme, pártame, cómame, vióleme... —le gritó en la oreja, contoneándose como una serpiente herida—. ¡Que me duela...!

Rodaron del sofá al tapete, recorrieron el salón volcando sillas. De la mesa cayó uno de los vasos de aguardiente y se hizo añicos. La aguja del tocadiscos portátil quedó atrapada en un rayón. Al llegar a la puerta de la cocina Toño se agarró de un borde y empujó con fuerza.

—¡Qué bestia! —celebró ella—. ¡Qué animaaaal!

Siguieron rodando hasta llegar al lavaplatos y Cory se trepó trenzándolo con las piernas. La espalda de Toño se llenó de arañazos y, su cuello, de chupones. La lengua de Cory le trepanó la oreja. De pronto ella pegó un grito:

—¡Soy una sireeena!

Y sintió una explosión. Sus músculos se crisparon; Cory se contrajo y lo mordió, con fuerza, luego se derrumbó dejándole un charco de babas en el hombro.

Un rato después Cory, envuelta en una bata de toalla, servía café con galletas.

—Qué hombre, Toñito, ¿quién diría? —se sentó en sus piernas, le dio un beso y le sirvió una taza.

Más tarde se despidieron con la promesa de volver el sábado. Cory, en la puerta, le metió la lengua a la boca y le acarició los testículos.

—Tráigame más de esto, ¿me promete?

—Prometido, Cory...

Bajó las escaleras y notó que las rodillas le temblaban. Le había extraído hasta la última gota y ahora sólo quería llegar a su cama. Pero al salir se llevó una sorpresa: un grupo de vecinos lo esperaba en las bancas del parque y apenas lo vieron se dieron vuelta. Lo crucificaron con la vista.

—La próxima vez métale un trapo en la boca, jovencito —dijo uno de los hombres—. Aquí somos gente decente.

—Sí, o llévesela a un hotel —agregó otro.

Toño pidió disculpas. Trató de insinuar que había un malentendido, pero los hombres lo cortaron de cuajo.

—Usté no es el único que viene a hacerla gritar, pendejito —dijo el primero—. Ella llegó hace poco y ya la conocemos. Sólo queríamos decirle eso. Métale un trapito en la boca, o la mano. Nada más. Mire que por aquí hay menores.

Lo cuento como me lo contaron, pues yo no lo viví. Mi abuelo salió muy temprano de la casa, mucho antes de que se regara la noticia de la muerte del líder y empezaran los disparos y los incendios. Mamá tenía 7 años y lo recuerda como una voz de metal que salía del radio. El centro estaba en llamas. La catedral y la plaza de Bolívar repletas de cuerpos sin vida. En los techos de los edificios había francotiradores disparando sobre los transeúntes. Los tranvías eran antorchas móviles. El cadáver de Juan Roa Sierra, el asesino de Gaitán, era arrastrado por una multitud a lo largo de la carrera Séptima en dirección al Palacio de Nariño. El presidente Ospina Pérez pedía deponer las armas y prometía una investigación. Todo eso lo escuchó mamá sin entender, quedándose con ese metal de la voz que salía por la rejilla del radio. No entendía lo que pasaba pero entendía que era importante.

Gaitán salía de su oficina en el edificio Agustín Nieto, en la carrera Séptima con calle Catorce, exactamente a la una de la tarde del 9 de abril. Estaba reunido con algunos amigos liberales —Plinio Mendoza, Pedro Eliseo Cruz, Jorge Padilla y Alejandro Vallejo— para celebrar el triunfo en el proceso del teniente Jesús María Cortés, una sentencia favorable dictada la madrugada anterior. El teniente Cortés estaba acusado del asesinato de un periodista y Jorge Eliécer Gaitán lo había defendido con el argumento de la defensa propia y de la defensa del honor de la institución. Aquella victoria era el mayor triunfo de su carrera de litigante y suponía, de paso, el apoyo de las Fuerzas Armadas. El proceso se había convertido en símbolo y cada una de las audiencias, incluida la de la víspera, habían sido transmitidas por radio en La Voz de Bogotá.

Plinio Mendoza propuso que fueran juntos a almorzar. Y así se hizo.

Abajo, en la puerta del edificio, un joven bajito, mal afeitado y de vestido gris, esperaba cerca de la pared fumando un cigarrillo Pielroja.

El ascensor bajó al primer piso y al abrirse los cinco amigos caminaron por el corredor hacia la salida. Plinio Mendoza tomó a Jorge Eliécer Gaitán del brazo y se adelantó con él, pues tenía algo importante que decirle. Llegaron a la puerta y, al salir a la calle, se escuchó el primer disparo.

El primero de una serie de cuatro que dejaron a Jorge Eliécer Gaitán tendido en el andén, agonizante en medio de un charco de sangre y con los ojos muy abiertos por la sorpresa, por lo inesperado de eso que tal vez alcanzó a percibir como la muerte.

El joven bajito intentó escapar de espaldas protegiéndose con la pistola. Avanzó unos metros a tientas, pero dos portales más allá, frente a un almacén de fotografías Kodak, fue apresado por un policía que, tras desarmarlo, debió protegerlo de los golpes de la gente. Una multitud se reunió en torno al cuerpo del líder clamando venganza.

¡Mataron a Gaitán! ¡Los godos mataron a Gaitán! Fue el grito que se escuchó en las calles aledañas. Se escuchó en el Café Colombia, frente al lugar del crimen, pero también en la avenida Jiménez y luego por toda la carrera Séptima hasta la plaza de Bolívar, en el centro de Bogotá... ¡Mataron a Gaitán! ¡Venganza!

La gente se acercaba, sacaba pañuelos y los empapaba en la sangre del líder. Hubo gritos de dolor, llantos, caras transfiguradas por la tristeza, mejillas bañadas en lágrimas, reclamos... Vendedores de periódico, emboladores, taxistas, empleados de banco, vendedores, desocupados que tomaban café, transeúntes, doctores de corbata y gabardina... Todos lloraban de rabia. La tensión crecía.

Lo llevaron, aún respirando, al Hospital Central, pero al cabo de diez minutos expiró. Según los médicos la bala mortal fue la primera: la que le entró al cráneo por el hemisferio izquierdo. Se intentaron varios procedimientos de urgencia, inyecciones intracardíacas, respiración artificial. Pero fue inútil. Gaitán había muerto.

El asesino, Juan Roa Sierra, entró escoltado por dos policías a la droguería Granada, sobre la carrera Séptima, pues si lo dejaban en la calle sería imposible evitar el linchamiento. Los amigos de Gaitán, los que estaban con él, pidieron que se le protegiera la vida para saber quién había ordenado el crimen.

Pero el pueblo quería venganza. Cuando Roa Sierra estaba en brazos del policía que lo detuvo, un embolador levantó su caja de zapatos y le dio un golpe en la frente. Ahora se agazapaba en uno de los rincones de la droguería temblando de pánico, con sangre coagulada en el pelo. La gente seguía gritando hasta que la fuerza de la multitud abrió las puertas de la droguería. Y lo sacaron.

Roa Sierra gritó, pidió ayuda, imploró, pero los golpes de las cajas de los emboladores, las heridas que le fueron haciendo con estilográficas, con llaves, con todo lo que fuera punzante, las patadas y los puños, acabaron por derribarlo. Todo el mundo quería herir al asesino, y cuando la multitud lo tuvo en su poder, sobre la carrera Séptima, Juan Roa Sierra era ya un cuerpo inerte, lleno de tierra y heridas.

Entonces, alguien gritó que lo llevaran a palacio, para devolvérselo a Ospina Pérez. ¡Ospina Pérez asesino! ¡Godos asesinos! Los gritos fueron subiendo y la turbamulta se dirigió al Palacio Presidencial arrastrando el cadáver de la corbata, gritando mueras a los conservadores, al presidente Ospina Pérez y al canciller Laureano Gómez.

La noticia corrió como reguero de pólvora y los liberales tomaron los puntos claves de la ciudad. El noticiero radial Últimas Noticias anunció que el gobierno de Ospina Pérez acababa de asesinar a Gaitán y llamó a la lucha. La Radio Nacional, tomada por un comando universitario, arengó al pueblo liberal dando instrucciones muy precisas de salir a la calle, entrar a las ferreterías e improvisar armas, hacer cócteles Molotov y dirigirse al centro, en donde se estaban librando los primeros combates.

A media tarde empezó a caer un fuerte aguacero. El Palacio de San Carlos estaba en llamas, el Palacio de Justicia echaba fuego por las ventanas y la mayoría de las casas aledañas a la catedral y a la presidencia también ardían. La turbamulta saqueaba almacenes, incendiaba edificios. Ríos de aguardiente corrían por las gargantas dolidas de los rebeldes, de la gente que pedía venganza. Hubo más saqueos y robos.

Al interior del Palacio de Nariño, el presidente Ospina Pérez organizó la defensa al lado de su esposa, doña Bertha de Ospina, que llevaba un revólver calibre 38 en la liga. La situación se les escapaba de las manos. Continuamente llegaban informes de batallones del ejército y de la policía que se sumaban a la rebelión. Gaitán era muy popular entre los liberales uniformados y mucho más ese día, tras la victoria en el juicio del teniente Cortés.

La Guardia Presidencial, algunos soldados de cuarteles cercanos y la División de Confianza del presidente se repartieron las cuatro esquinas del palacio y repelieron a tiros a la multitud. Pero ésta seguía atacando cada vez con más fuerza, subiéndose a los techos, colocando francotiradores en las torres de la catedral, en la iglesia del Carmen, en los edificios más altos del centro.

La gente arremetía contra la tropa poniéndole el pecho a las balas y así lograban acercarse cada vez más a la presidencia. Desde su despacho, Ospina Pérez se comunicó con los jefes conservadores de Boyacá para pedirles hombres. El ferrocarril de Sogamoso había sido destruido por los liberales, pero a eso de las cuatro de la tarde lograron reunir un centenar de vehículos que salieron rumbo a la capital repletos de tropa. Así comenzó la guerra. Una guerra que el primer día dejó tres mil muertos en Bogotá.

Papá pasó ese fatídico 9 de abril comiendo piña en la cerca de piedra de la finca en la que lo criaron, en Las Mesitas, lejos de los fogonazos nocturnos, de los disparos ciegos desde los techos, de las ejecuciones, de los comités de asalto... La violencia encendió el campo, bajó a los Llanos Orientales y al centro de las cordilleras. La guerra civil entre milicianos liberales, la policía y el ejército conservador fue dejando muertos en la zona cafetera, en la costa, en los páramos, en el sur. Por todas partes quemó cosechas, desocupó pueblos, incendió ranchos.

Se dice que las guerras civiles son más crueles que las otras, las que son entre países, pues en ellas se odia más. Es más fácil odiar al que se conoce. Al que es igual. Tal vez haya sido así, pues esta violencia ahorcó y violó mujeres, degolló jóvenes y ancianos con el funesto «corte de corbata», que consistía en sacar la lengua por el cuello y dejarla colgada sobre el pecho; rompió a culatazos cráneos de recién nacidos, desolló y quemó niños de brazos, mutiló, castró, torturó, humilló... Pueblos liberales del Llano y del norte debieron escapar a Venezuela. Columnas de civiles huyeron por las trochas que atraviesan las cordilleras y fueron bombardeados por la aviación militar; la fuerza aérea colombiana disparándole a ancianos, mujeres y niños. Niños liberales.

Yo esto no lo recuerdo, claro. No podría. Lo leí y lo escuché. Y lo sigo leyendo y ahora lo escribo, porque estas cosas uno tiene el deber de recordarlas. No por venganza sino para que haya justicia, pues las páginas de un libro son también el lugar por el que hablan los que ya no están; donde se cuelan y gritan las voces del pasado. Porque la Historia tiende a ser injusta y casi siempre reparte la culpa entre el verdugo y su víctima.

Blas Gerardo, el 9 de abril, estaba visitando a un colega jesuita en el barrio del Divino Salvador, un sacerdote que, como él, creía que el pueblo debía luchar por su libertad. Fue allí, a mitad de la tarde, cuando se enteró de la muerte del líder, y de inmediato salió a la calle dispuesto a pelear al lado de los liberales, pues lo poseyó el mismo odio, la misma frustración que ellos sentían. Pero no llegó muy lejos, pues al acercarse a pie a la calle Veintiséis escuchó ráfagas, vio que empezaba a oscurecer y se dio cuenta de que su propósito era temerario e inútil. Entonces regresó a la casa del jesuita y allí permaneció, atento a las noticias.

Desde el silencio y la oscuridad se alcanzaban a oír las explosiones del centro. La destrucción que cambió para siempre la fisonomía de la ciudad y la dejó como yo la conocí veinticinco años después. Como es ahora: un lugar en el que parece imposible que alguna vez se haya sentido ese frío y esa soledad que se ve en las fotos de hace cuarenta años; en el que ya no hay hombres de gabardina y sombrero, ni tranvías, ni casas solariegas en el centro. Una ciudad nueva. Una ciudad recién nacida.

Pero estamos en Medellín, en 1969, y el 9 de abril pasó hace ya tiempo. Los que no lo vivimos, los que oímos hablar de él, tenemos una imagen lejana: la de las realidades que nos llegan a través de la palabra. La palabra de los mayores. Nosotros preguntábamos: ¿Y tú dónde estabas? ¿Qué hiciste cuando empezaron a disparar? ¿Disparaste tú?

Las semanas siguientes fueron extrañas. Toño venía poco a la casa y cuando venía procuraba estar alejado de Delia. También evitaba a Cory y sólo se cruzaron dos veces, una en la puerta de entrada y otra en el gallinero. Pero Delia los vigilaba y por la forma de mirarse entró en sospechas. Entonces decidió espiarlos, informarse, saber. Una tarde averiguó en la sacristía el lugar donde vivía Cory y luego se puso a hacerle preguntas a los vecinos de ese barrio.

—Es una mujer muy rara —le dijo una señora que sí la conocía—. Es viuda pero no tiene ningún recato. Recibe hombres en la casa y hace fiestas. A veces hasta tardísimo.

—Claro, y ya tendrá su novio —preguntó capciosamente Delia.

—Han visto entrar a un muchacho joven —dijo abriendo los ojos—. Imagínese: ¡una viuda! Qué pensará el finado viéndola desde allá arriba.

Delia salió con una piedra en la garganta. Seguro que era Toño. Segurísimo. Lo presentía, lo olía. En su habitación, rayando páginas con rabia, se lamentaba de no haberle hecho caso antes. Se arrepentía de haberlo humillado con lo de las radionovelas. No había podido evitarlo. ¿Qué hacer?

Toño había vuelto a la casa de Cory, había tomado aguardiente y se la había comido. Pero eso, en su fuero interno, no quería decir que no siguiera amando a Delia. Al revés, pensaba él: esto le permitía acercársele con el amor más limpio, sin el mugrecito del ansia. Delia era el espíritu y Cory el cuerpo. Cory no le pedía nada más y era todo lo que él quería darle. Se divertía con ella, se sentía halagado. Era suficiente y necesario. A su edad cualquiera habría hecho lo mismo. Ya lo dijo su tío Agamenón, mecánico de la localidad de Bello:

—Joven de veinte años que no tenga pintada una cuca en la frente será que es marica.

Sin saber qué pensar, Delia decidió asincerarse con Blas Gerardo, que al fin y al cabo era un sacerdote y que, para seguridad, era su mejor y único amigo.

—Él me gusta, padre, pero fíjese... Quiere de mí lo que quieren todos los hombres.

—Eso no es tan grave —le respondió Blas Gerardo—. Es natural, está hecho para que sea así.

—Pero es que yo ya... —Delia se sonrojó; en un segundo se arrepintió de haber ido a hablar con el padre.

—¿Qué pasa? ¿Ya no eres virgen? ¿Es eso? Mira, tú eres una joven mayor, fuerte y sana. Si algo de lo que has hecho te pesa en la conciencia descárgate. Si no, olvida las culpas.

Le contó de un joven en Ocaña. Le confesó que primero se habían tocado y que dos veces lo habían hecho, una en el río y otra en el desván de la casa. Tenía 18 años cuando eso pasó. Que no le había dolido pero que sí se había sentido haciendo algo malo, y que había jurado no hacerlo más, nunca más, hasta que no tuviera marido. Por eso le tenía miedo a Toño. Él la quería antes del altar.

—Pero ¿él te gusta? ¿Lo quieres? —El padre la miraba a los ojos con sus pupilas azules y la joven sentía que podía hablar.

—Sí, padre, me gusta. Pero lo quiero para marido.

—Entonces déjame, que yo lo arreglo.

La joven se quedó sentada en el taburete mirando las baldosas.

—Dime, Delia, ¿hay algo más?

—Sí, padre —respondió—. Me parece que está saliendo con otra mujer, una viuda que vino a trabajar en el gallinero de la casa. Se llama Cordelia pero todo el mundo le dice Cory.

—Sé quién es, Delita. ¿Estás segura de lo que me dices?

—No, sólo me parece. Es que les he visto cruzarse unas miradas muy raras. No sé, padre, pero se lo cuento porque me estoy llenando de cosas feas. Celos y odios.

—Eso también es normal —le dijo, acariciándole la mano—. Qué bueno que me contaste. Déjame, yo hablo con él.

Se dio la vuelta, se levantó la casulla y fue a guardarla en la repisa del fondo. Luego hurgó en los bolsillos de una vieja chaqueta hasta encontrar un paquete de Imperial. Encendió uno, dio una bocanada y acompañó a Delia hasta la puerta.

—Quédate tranquila, que yo lo arreglo. Eso sí, vete preparando.

—Gracias, padre.

La miró irse, caminar lenta por la cuesta hacia Villa Rosa, y pensó que todos, aún los seres más limpios, necesitan de vez en cuando apoyo. Hacía tiempo que había dejado de creer, pero eso no le impedía seguir cumpliendo con su trabajo de sacerdote. No tenía fe pero podía engendrarla en otros, igual que hay personas que trasmiten una enfermedad sin padecerla. Ése era su secreto. Por eso sentía un ligero malestar cada vez que alguien veía en él una esperanza.

Entonces fue a buscar a Toño.

—Necesito tener una charlita contigo, Toño. De hombre a hombre —le dijo.

Toño estaba en una de las tiendas de la plaza. Sobre la mesa había siete botellas vacías de cerveza Póker.

—Me parece muy bien, pero eso no puede ser, padrecito, con todo respeto —respondió Toño, borracho, apagando un cigarrillo—. No puede ser porque usté es cura.

—Podré ser cura, pero debajo de la sotana tengo un par de huevos, so cabrón. Vamos afuera a conversar un rato, jovencito irrespetuoso.

Toño pagó las cervezas y salió de mala gana. El padre lo agarró del brazo y lo condujo hasta una de las bancas del parque.

—Tenemos que hablar de una mujer, así que quita esa cara de regañado.

Toño se sorprendió; nunca había oído hablar en ese tono al padre. Se alisó el pelo, pidió disculpas y dijo:

—Lo escucho, padre.

—Se trata de Delia. —Se agarró la barbilla, encendió un cigarrillo y continuó—: ¿Qué es exactamente lo que quieres de ella?

—No sé de qué está hablando, padre —Toño se tapó los ojos.

—¡Sí sabes de lo que estoy hablando, gilipollas! —Le agarró el cuello con las dos manos—. Delia. La misma que te quieres beneficiar, gran pendejo... ¡¿Ya sabes de quién estoy hablando?!

Las manos de Blas Gerardo se cerraron como dos tenazas en torno al cuello de Toño y el aire empezó a faltarle. Estaba muy rojo.

—Yo... Yo la quiero enamorar, padrecito, eso es todo... ¿Qué tiene de malo?

Las tenazas aflojaron, pero un brusco empujón lo dejó tendido en la hierba. Antes de poder abrir los ojos el padre ya había saltado sobre él doblándole un brazo detrás de la nuca.

—¡Dime la verdad, so pendejo! ¿Para eso viniste a que te diera clases? ¿Para verla a ella? ¡¡¡Dime la verdad o te parto el brazo!!!

La borrachera se le había pasado. Toño intentó hablar sobreponiéndose al dolor.

—Sí, padre, fui por ella... Creí que si me convertía en alguien mejor, en una persona digna, Delia iba a fijarse en mí.

—¡¡Y una vez que te la folles la vas a dejar tirada, como hacéis todos!!

—No padre, se lo juro.

El brazo volvió a quedar en su lugar y él sintió astillas de vidrio. El padre se arregló la camisa, se limpió el sudor y le dio la mano para que se levantara.

—Entonces vamos a hablar. De hombre a hombre.

—Sí, padre, vamos —respondió el joven—. De hombre a hombre.

Aún quedaba un poco de sol. Los ruidos de Medellín llegaban desde el fondo de las azoteas. Entraron de nuevo a la tienda y fueron al mostrador.

—Dos cervezas —dijo Toño sobándose el brazo.

—Nada de cervezas —ordenó el cura—. Una botella de aguardiente y gajos de limón, que la cosa es grave.

El joven se tomó un trago y comenzó a explicarle su relación con Delia: las miradas en la cocina, las llamadas por teléfono, la forma en que lo hacía sufrir negándole una cita y su convicción de que con ella haría una familia. Al quinto trago empezó a asincerarse con el proyecto de tener tres hijos. Le dijo los nombres, los detalles físicos, las profesiones, le hizo un recorrido por los primeros 25 años de cada uno sin olvidar el viaje a Estados Unidos de la niña con el marido médico.

—Tres no más, padre, es lo que quiero —dijo Toño—. Tres hijitos con Delia. Y la vida por delante.

—¿Y por qué a Estados Unidos? —preguntó el cura.

—¿Estados Unidos?

—Lo de la niña, la que se va a casar con el médico. Dices que se va a Estados Unidos —precisó Blas Gerardo—. ¿Por qué?

—Pues porque... No sé. ¿Qué tiene de malo?

—Que vaya a otra parte —sentenció el cura—. Después te explico por qué. Sigue.

Toño hizo una descripción detallada de las cuatro casas en las que pensaba que vivirían, una después de la otra, a medida que fueran progresando con un negocio de exportación de colores naturales que pensaba abrir con don Joaquín, sumado a las ganancias de una pequeña tienda de dulces caseros y buñuelos que se sostendría con el trabajo de Delia y de su hermana Clarita, que ya estaba de acuerdo. Primero vivirían en Robledo, en el apartamento que construyó encima del garaje de su casa la señora Elisabeta Jaramillo, dueña del lavaseco La Piel de Zapa. Es un espacio pequeño pero acogedor si se le sabe dar un toque familiar. La segunda casa sería ya más grande, con un garaje hacia alguna avenida importante, por ejemplo la de Berrío, con posibilidad de construirle un taller al fondo, en el jardín, para la maceración de los colores y el bodegaje de las piedras.

—¿Y cómo vas a traer las piedras? —lo interrogó el padre.

—Con el jeep Nissan de don Joaquín. Cuando él progrese y lo cambie yo se lo voy a comprar. ¿Y sabe qué? Le voy a poner radio para que Delia pueda escuchar las novelas. Así además los niños se distraen oyendo música en los viajes.

—¿Y tú tienes pase para manejar?

—No, padre, pero voy a sacarlo el año próximo.

—Entonces olvídate del carro por ahora, a mí no me engañas. Sigue con otra cosa.

Habló de los viajes a Cali y a Popayán, en los que llevarían mercancía. E incluso, pensó, no sería malo ir mirando la posibilidad de establecer algún punto de venta fijo... por ejemplo en Popayán.

—Pero en todo lo que llevas contado no me has dicho nada de la familia de Delia.

—Mire, padre, mi idea es la siguiente: cada Navidad de año par la pasamos con la familia de ella en Santander, y cada año impar con la mía aquí en Medellín. También he pensado que venga a vivir con nosotros alguna hermana de Delia, pues si no ella se va a sentir triste y le va a dar duro estar lejos de la casa.

—Bien, eso me gusta —aprobó Blas Gerardo sirviendo otra ronda—. Sigue.

Le habló de los hijos y de las carreras universitarias: uno ingeniero y el otro abogado. A los dos años, ambos habrían obtenido becas para ir a universidades mejores.

—No, eso no está bien —dijo Blas Gerardo ofreciéndole más aguardiente—. Uno no debe contar con la caridad pública. Eso quítalo. Tú les pagas los estudios por caros que sean, y si no que estudien otra cosa.

—Está bien, padre. Lo quito.

Blas Gerardo tampoco estuvo de acuerdo con que la hija, Marcelita, la casada con médico, tuviera una casa en el señorial barrio de El Poblado.

—Si la dejas ir allá van a tratarla como a una mierda —bramó el padre—. Es mejor que se quede aquí. Y además, ¿por qué precisamente a El Poblado? Me parece que te estás volviendo arribista, jovencito. Eso no fue lo que te enseñé.

—Es que es el barrio bueno de Medellín, padre, usté tiene que entender...

—Bobadas. La gente que vive en El Poblado desprecia a los que son como tú y como Delia. ¿Quieres que tu hija sienta vergüenza de sus padres? No lo acepto. Que la niña viva en otro barrio.

—Bueno, padre, yo decía El Poblado por hacer feliz a Delia. Pero lo podemos cambiar.

—No la vas a hacer feliz en un lugar en donde la van a tratar como a una sirvienta.

—Está bien, padre, que Marcelita viva en otra parte.

Era ya muy tarde. La propietaria de la tienda no se había atrevido a cerrar por respeto a Blas Gerardo. Ni siquiera el agente de servicio que se había acercado a preguntar por qué estaba la luz encendida se atrevió a intervenir.

—Vea, señor agente —le dijo la dueña al policía—, es que el padre y ese joven están resolviendo un problema grave.

—Ah, bueno —respondió el uniformado—. Si es así no me los molestés.

Al salir, caminando por la cuesta, Blas Gerardo le puso la mano en el hombro.

—Y ahora respóndeme otra pregunta: ¿te estás follando a Cordelia?

—Padre, yo...

—Ahórrate cuentos: sí o no.

—Sí, padre, pero... En fin, sólo tres o cuatro veces...

—Bueno, no te disculpes, que si no fuera sacerdote a lo mejor yo también me la follaba.

—El cuerpo me lo pide, padre. Es algo incontrolable: Cory me viene a la mente y me enciendo. No le cuento por respeto, padre, pero esa mujer es una chispa...

Se rascó la cabeza, se tambaleó un poco pero recuperó el equilibrio en el siguiente paso.

—He pensado que Cory me limpia la gana, y que así puedo querer tranquilo a Delia. Esperarla tranquilo.

—Bueno, dicho así parece que Cory le estuviera haciendo un favor a Delia.

—Bueno, si Delia quisiera estar conmigo sí.

—Claro que quiere estar contigo, gran zoquete, o si no por qué crees que vine a buscarte.

Toño sintió una luz cálida. ¿Había mandado al padre a que le hablara? Las cosas iban por buen camino. Había esperanza.

—Una última preguntica, joven: ¿Y Cordelia qué quiere de ti?

—Lo que le dije, padre. Ella sólo quiere que vaya de vez en cuando y que pichemos, con perdón. Ella no está enamorada. Sólo busca compañía.

—¿No irás a tirarla al cesto sin poner la cara, no?

—No, padre, claro que no.

—Mañana hablas con ella y le explicas lo de Delia. Si después quiere seguir follando pues te la follas. Pero primero que sepa.

Se despidieron en la puerta de la casa de Toño.

Pero al quedarse solo el padre no se fue a dormir. Había algo rondando en su interior que no estaba del todo claro. ¿Qué era? Caminó hasta la cumbre de la cuesta, pasó al lado de la casa de los Hinestroza y siguió hacia el cerro. Detrás de él las luces de Medellín brillaban en la oscuridad, como una piedra preciosa tirada en el barro. Siguió trepando por una trocha hasta llegar a una roca desde la que se veía el valle. Muchas veces, en ese lugar, había encontrado respuestas. Pero esta vez era algo distinto: la respuesta ya estaba dentro y sólo debía hacerla emerger, aceptarla. Poderla decir con su propia voz.

La quería. Lo que sentía por Delia no era sólo el amor del sacerdote. Había algo humano en ese amor. Por eso había actuado así con Toño, por eso le había exigido tantas respuestas. Ahora debía ser fuerte y retirarse. Pero el hombre, ese que, según le dijo a Toño, acechaba detrás de la sotana, pedía una oportunidad. Echó de menos su fe. Sólo con ella habría podido borrar las imágenes de esa jovencita.

Una ligera llovizna empezó a refrescar la noche cuando Blas Gerardo emprendió el camino de regreso. Tenía las mejillas mojadas y la camisa se le pegaba al cuello. Ahora necesitaba alivio. Alejarse de esa turbia conciencia a cuya superficie había logrado llegar con esfuerzo.

No sé si usté alguna vez ha sentido ganas de casarse, prima. A mí me parece que una mujer de mi edad ya debería empezar a pensar en eso. No sé. Por estos días estuve hablando con el padre Blas y él me dijo que sí, que ya era hora y que comenzara a echarle ojo a alguien para marido. Yo ya le he contado que Toño me anda requiriendo y que me hace invitaciones y me friega la vida. Para serle sincera es el único de por aquí que se me ha acercado. Claro que cuando bajo a la tienda siento miradas. Hay una construcción a dos cuadras y los trabajadores, vez que paso, me dicen de todo, que tan linda y que de dónde caí y quién sabe cuántas cosas. Hasta me silban. También el otro día en el bus un señor me armó charla y al final, cuando ya me iba a bajar, me pidió el teléfono. Yo no se lo dije, ni que fuera boba, pero esto se lo cuento para que vea que de todos modos los hombres se fijan. Toño, el que le conté, es una buena persona. Es trabajador y galante. Le gusta la casa y es romántico. A mí me gustaría más un santandereano que un paisa, pero qué hago si vivo aquí. Tampoco me voy a ir de Medellín por eso, ¿no cierto? Huy, ya se me está pegando el habladito paisa, prima, qué vergüenza. Bueno, le decía lo de casarse. El padre Blas, que es una persona tan seria, me dijo que empezara a buscar y a mí me dio pena decirle que no me gustaba ninguno. Toño está ahí, como le decía, pero yo no siento nada. Mejor dicho: me parece que sería un buen marido pero a mí no me pone ni a ver estrellitas ni a soñar ni nada de esas cosas que dicen que sienten las mujeres enamoradas. ¿Usté ha sentido alguna vez eso o serán cuentos? Lo que diga el padre Blas para mí es orden, así que voy a ver si me veo con Toño por fuera de la casa. A lo mejor si lo conozco más de cerca siento todo eso que dicen. Le voy a aceptar una salida al cine a ver y luego le chismoseo, prima. Pero escríbame y déme consejo. Yo ando medio perdida. Ah, y es que le cuento una cosa: si no me avispo a salir con Toño la bruja se lo traga. ¿Se acuerda de la viuda esa que anda por la calle medio empelota? Ya como que le anda haciendo invitaciones y yo no quiero ni creer que se ven por fuera. Si es así le pongo la crucecita a Toño, pero como no me consta me hago la boba. Si usté viera a esa vieja se moría. Ay, prima, es que la mujer paisa es de cuidado. No todas, claro, pero hay unas que Dios mío. Bueno, me cansé de escribir y es tardísimo. Dígale a Rosita que me acordé de ella el día del cumpleaños y que apenas pueda le hago llegar alguna bobadita. Chao.

Delia.

De la estancia de Blas Gerardo en las selvas del Amazonas y el Putumayo se sabía poco. Apenas que convivió con algunos grupos indígenas, que aprendió dos lenguas nativas, que sufrió enfermedades y que fue curado con hierbas. Vivió siete meses cerca de Leticia en un paraje llamado Santa Sofía, a orillas de la quebrada Tucuchira, en una aldea de indios yaguas. Allí la autoridad religiosa era un grupo de capuchinos españoles que dependían del Vicariato Apostólico del Caquetá y el Putumayo. Luego estuvo en la población de Arara, con los ticunas, exáctamente hasta el mes de febrero de 1951, cuando se creó la Prefectura Apostólica de Leticia. La burocracia religiosa lo espantaba.

En realidad se quedó poco con los indios pues, al conocerlos, comprobó que su vida era bastante menos poética de lo que suponía. Y había otra cosa: la experiencia de Bogotá y la muerte de Gaitán lo habían llenado de coraje. De nuevo quería luchar. Entonces se fue hacia el norte, a la zona de la serranía de La Macarena y del río Guayabero. En esa región vivían familias de campesinos escapados de la violencia de Antioquia y del Tolima. Según nos contó a retazos formó parte de una de las columnas de liberales rebeldes comandadas por el Mono Mejías. Participó en ataques al ejército y combatió a bala contra los conservadores.

Regresó a Bogotá después de la amnistía que el general Rojas Pinilla decretó en 1953 para los guerrilleros del Llano. Blas Gerardo no era guerrillero pero como su grupo se deshizo decidió volver a la ciudad. Entonces trabajó unos meses en los pueblos de la sabana, con los obreros de Cota, y luego en Chía, con una comunidad campesina. Pero la espuela que vino a sacarlo de la capital, la aguja que se le clavó en el corazón y que lo llevó a hacer maletas fue la muerte de Guadalupe Salcedo.

Si el crimen de Gaitán lo empujó a la lucha, el de Guadalupe lo encerró en sí mismo. Guadalupe, para Blas Gerardo, era el combate del llanero liberal contra la violencia conservadora. Dos veces lo había visto. La primera en Villavicencio, recién salido Guadalupe de la cárcel. Le decían el Negro y era un llanero de piel curtida y ojos buenos, con un bigote muy fino sobre el labio. Ya en esa época Guadalupe era famoso por su rebeldía contra el gobierno de Laureano. Y tenía su mito: que se había bajado a veinticinco soldados en un combate cerca de Villavicencio. Que derribaba aviones.

Que aguantaba una semana sin agua. De todo se decía. Pero Guadalupe era sólo un llanero que luchaba con los rifles que le quitaba a los chulavitas. Luego se le fue encima el ejército. Miles de soldados bajaron al Llano con tanques, bombarderos Douglas y los temibles G-47, aviones que tenían catorce ametralladoras calibre 50 y que hacían llover plomo sobre los rebeldes y sobre el ganado, la gran riqueza de los liberales.

Cuando Rojas Pinilla le dio el golpe de estado a Laureano y decretó la amnistía, la rebelión liberal ya estaba a punto de tomarse Bogotá, en tenaza por dos frentes: por el sur desde el Huila y el Tolima, con los líderes rebeldes de esas zonas y del Sumapaz; por el norte desde Boyacá y los Santanderes, con luchadores fieros dispuestos a unirse a los liberales del Llano.

Rojas Pinilla paró la guerra cuando ya estaba ganada y Guadalupe Salcedo fue uno de los primeros en pactar la entrega de armas, tal como se le pedía a los rebeldes liberales desde el Directorio en Bogotá. Fue ahí, entregando las armas, que Blas Gerardo lo vio por segunda vez. En Monterrey, un pueblo del Casanare. A Blas Gerardo le volvió a impresionar la figura de Guadalupe, muy agrandada por el mito. A los militares y policías que andaban con él, celebrando la paz, se les notaba el miedo. El miedo y un temblor de emoción por estar cerca de Guadalupe Salcedo. De emborracharse con él, de oírle cantar joropos y tocar el tiple con las mismas manos con las que había matado a centenares de policías y soldados del gobierno conservador.

Esos mismos policías lo mataron en Bogotá, una noche en que Guadalupe andaba muy borracho. Había almorzado y bebido en el restaurante La Bella Suiza —nosotros viviríamos en ese barrio mucho después— con algunos jefes del Partido Liberal de Bogotá: Germán Zea Hernández, Jaime Soto, Juan Lozano y Lozano, y con otros jefes rebeldes del Llano.

Hubo una pelea en un café cerca de la estación de flotas que van a Villavicencio y la policía supo que Guadalupe andaba borracho. Fue una tragedia, porque Guadalupe ya estaba salvado, pero se devolvió a socorrer a uno de sus compañeros. Y ahí lo agarraron. Murió Guadalupe Salcedo y el padre Blas Gerardo no soportó estar en Bogotá. Así era el párroco.

Al domingo siguiente Delia entró a la sacristía con su llave y encontró a Blas Gerardo tendido en la cama.

—¿Qué le pasa, padre, está enfermo? Usté acostado a estas horas... Eso sí que es una novedad.

El sacerdote la vio entrar, cerrar la puerta y acercarse. Entonces comprendió que llegaba el momento. La joven empezó a abrir ventanas y a correr cortinas. Luego fue al fogón y puso a calentar agua para hacer café.

—Delia, ven. Trae esa silla que tenemos que hablar.

—¿Pasó algo? No me asuste, padre.

Agarró un butaco, lo colocó cerca de la cama y se sentó recogiéndose el delantal entre las manos.

—En cierto modo sí, Delita.

La figura espigada, la barba encanecida y los ojos levantados. Blas Gerardo parecía un personaje de El Greco. Buscaba fuerzas para hablar.

—Creo que no vas a poder volver aquí los domingos.

—Pero... ¿hice algo mal, padre? —la joven se angustió, lo miró con lástima.

—No, Delita. Ojalá fuera así.

—¿Entonces...?

—Quiero que pases los domingos con Toño. Tú no tienes edad para andar metida en una iglesia. ¿Recuerdas la charla del otro día?

—Sí, padre... Claro que sí.

—Pues bien, hablé con él y encontré que es una persona seria. Sus intenciones contigo son buenas. Escúchalo y verás.

Delia enrojeció. Blas Gerardo sintió que su cuerpo era una brasa al fuego.

—Puedo seguir su consejo, padre, pero dígame, ¿por qué no voy a poder verlo a usté?

—Porque estarás con él, Delia, ya me escuchaste.

—¿Y qué tiene que ver una cosa con la otra?

—Tiene que ver, niña, tiene que ver...

Los ojos del padre se aguaron. También los de la joven se llenaron de lágrimas.

—Tiene que ver porque yo te quiero mucho, Delia.

—Y yo, padre —dijo ella—. Usté es una de las personas más buenas que he conocido. ¿Es por eso que no voy a poder volver?

Era difícil traicionar la ingenuidad de esa joven que lo miraba sin entender; que posaba sobre él sus ojos con toda limpieza. Los mismos cuyo recuerdo lo mantuvieron despierto toda la noche. Su rostro humano, ese que sólo él conocía y que creía olvidado, era una grotesca deformación de sí mismo. El monstruo que tanto combatió durante su vida lo había vencido.

—Sí, Delia, por eso. Porque el amor que te digo...

Dudó, perdió fuerzas, tomó aire y sintió una cortina de lluvia en sus ojos, ya muy enrojecidos.

—... no es el amor del sacerdote. Y ahora por favor vete. No me hagas hablar más.

La joven se levantó de la silla. Se dio vuelta y corrió hacia la puerta tirando otro de los taburetes. Al llegar a la calle corrió hasta la casa de los Hinestroza y entró a su habitación muerta de pánico, con las mejillas empapadas en lágrimas.

El padre no se movió de su lugar. Se quedó observando la luz que entraba por la ventana acobijado hasta el mentón. Parecía un enfermo. No le interesaba sobreponerse al dolor.

Delia no volvió ni a la sacristía ni a la iglesia. En las misas el padre se empinaba en el altar, buscándola entre la gente, pero nada. En vano miraba hacia la puerta por la que ella había entrado la última vez. Sentía un amor de adolescente pero no tenía ánimo para buscarla. Por las noches, Blas Gerardo salía a caminar hasta la piedra del cerro y pasaba horas en silencio, atisbando en la oscuridad. A veces se tiraba al piso, hacía flexiones y abdominales hasta empapar la camisa de sudor. O bebía aguardiente junto a la ventana de su dormitorio. La respuesta no llegaba.

Al domingo siguiente Delia se dio cita con Toño. Estaba muy coqueta, con un vestido de flores que se levantaba con el viento. Comieron pizza al mediodía en la plazuela del Nutibara, y luego fueron al cine al Novedades, cerca de la calle Junín, a ver *Un puente sobre el río Kwai*, pues a Toño le fascinaban las de guerra y a Delia le daba lo mismo. Al apagarse las luces él empezó a escurrirle la mano por debajo del vestido y ella se dejó. Le acarició la piel del vientre, le palpó las tetas y le apretó los pezones. Le dio besitos en el cuello, le metió la lengua en la oreja. Ella se dejaba hacer de todo. Un rato después ya le tenía la mano debajo de la falda, detrás del calzón. Le sintió los pelos mojados y al empujar hacia adentro ella le habló en la oreja.

—Lleváme a algún lado, Toñito... Pero ya.

Salieron a la carrera del cine y Toño paró un taxi. El Residencial Violín Gitano no quedaba lejos, en la avenida La Playa. Llegaron, pidieron el cuarto número 13, con vista a los árboles de la avenida, y al entrar y cerrar la puerta Delia se metió al baño. Toño se quedó esperándola sin saber qué hacer. ¿Debía desnudarse? Tal vez sí. Entonces se quitó zapatos, pantalones y camisa, y se metió debajo de las cobijas. Estaba muy ansioso y emparolado. Se concentró para escuchar los ruidos del baño esperando oír el sonido de la cisterna vaciándose, pero no oyó nada. Pasó un tiempo eterno hasta que por fin vio abrirse la puerta del baño.

—Cerrá los ojos —la escuchó decir.

Los cerró. La oyó caminar con los pies descalzos sobre la alfombra. Luego sintió que levantaba la colcha, la cercanía del cuerpo desnudo y el olor del perfume.

—Ya podés abrir...

Estaba a su lado. Le dio un abrazo y la besó. Luego le recorrió el cuerpo con la mano y vio que también se había quitado los calzones. Se le fue acercando despacio, besándola en la boca y mordiéndole los labios. Le pasó la lengua por el cuello. Le chupó las tetas y Delia se estremeció de placer. Luego le acarició los muslos, le metió el dedo. Se le trepó y le abrió bien las piernas, pero cuando iba a metérselo ella dijo para, espera, para...

—¿Qué pasa, Delita, amorcito mío, qué pasa?

Toño le habló chupándole el cuello, redoblando las caricias en las tetas y en la oreja.

—¡Para, por favor...! No puedo.

—Pero Delita, ¡si vos misma...!

Delia se levantó y se vistió muy rápido. No quería calmarse: quería irse. Irse ya mismo. En ese instante pudo verle el cuerpo desnudo.

—No me preguntés, por favor, dejáme... —le dijo.

Dicho esto salió corriendo del cuarto. Toño se quedó pálido. ¿Había hecho algo malo? El sueño de amor se le había escapado como agua entre los dedos. Estaba impregnado de olor, del sabor de sus tetas. Entonces, triste, metió la mano debajo de las cobijas.

Delia fue a la avenida La Playa y subió al primer bus para Robledo. Hizo el viaje llorando. Al llegar corrió a la sacristía. La imagen de Blas Gerardo pálido en la cama, con su barba encanecida, repleta de sudor, y sus ojos rojos, la había perturbado. Había intentado olvidar oyendo radionovelas, trabajando hasta torcerse la espalda, pero nada. Incluso irse a la cama con Toño, pero no había funcionado. Tomó aire y pensó que ya pronto vería al sacerdote. Al llegar a la sacristía abrió la puerta con su llave y encendió la luz. Tenía la respiración agitada por la carrera.

Papá y mamá habían venido a trabajar a la Universidad de Antioquia aceptando un sueldo que correspondía a su título de graduación en la Escuela de Bellas Artes de Bogotá, pero al llegar a Medellín y cobrar el primer cheque papá vio con desánimo que la cantidad, en su caso, era menor. Bastante menor. Y desde el primer mes fue a la ventanilla de pagos a hacer el reclamo.

—No es lo que me ofrecieron —dijo.

—Se le ajustará, profesor, no se preocupe —le respondió el encargado de sueldos—. Debe de haber un error.

Pero al año siguiente se repitió la situación. El sueldo había aumentado pero no lo suficiente. En el sueldo de mamá no hubo problemas, y sólo por eso decidieron quedarse. Pasó el tiempo y mis padres se acostumbraron a vivir apretados. Pablito y yo ni lo sentíamos, pues ellos eligieron siempre lo mejor dentro de sus posibilidades: una casa en un barrio modesto, en realidad un pueblo alcanzado por la ciudad, en la que había jardines y mucho espacio.

El tercer año fue igual para papá. De nuevo su sueldo no llegaba a ser lo esperado y entonces la cara del cajero de pagos volvió a arrugarse para explicarle que había problemas de presupuesto y que ya era mucha gracia tener un trabajo. Con el tiempo el cajero empezó a decir que en sus cuentas la cifra exigida por papá no resultaba por ningún lado.

—A ver, profesor, ¿tiene algún papel membreteado con la oferta y una firma autorizada?

Papá era poco amigo de los juegos y ese día le dijo al empleado que dejara de ser marica y que se hiciera un tratamiento de neuronas. Y se fue.

Pero debió volver al cuarto año, esta vez con muy mala cara. Ya papá no quería historias tristes, ni siquiera palabras amables. O le pagaban lo prometido o se iba. Entonces presentó la carta de renuncia. La dirección del departamento de Humanidades entró en crisis pues ya había empezado el curso y no tenían cómo reemplazarlo.

—Le arreglamos a fin de año con un pago extraordinario, profesor —le dijo esta vez uno de los contables—. ¿Cómo se va a ir ahora que ya comenzaron las clases?

—Venga, profesor —dijo el director administrativo—, aquí le firmo este sueldo para el año entrante, y se acaba el problema, ¿cierto?

En esas condiciones papá continuó el curso, pero a fin de año, tras entregar notas y actas firmadas, recibió una carta certificada. Era una carta de la gerencia en la que aceptaban la renuncia que había presentado ocho meses antes, y que con el acuerdo no había sido destruida. En suma: lo habían engañado. Papá tuvo un ataque de cólera. No por haber perdido el trabajo, sino por la mentira. ¿De quién habría sido la idea? Ahora debía buscar algo, pues con el sueldo de mamá no alcanzaba para sostener la casa.

La necesidad es creativa y papá tuvo una idea. Desde la época de estudiante en la Escuela de Bellas Artes, y por sus estudios de Antropología, él fue un gran aficionado a las piezas precolombinas. Sabía reconocer las piezas originales por el olor, por las características, por la absorción del líquido. Tenía mil trucos para saber si las figuras eran buenas y reconocía de inmediato las falsas, las envejecidas con malicia.

Entonces un guaquero de Medellín, que le llevaba piezas para reconocer, le vino con una oferta: 120 cabezas en cerámica de la cultura tumaco por 45.000 pesos. Papá sabía que el material era bueno, pero no tenía la plata.

—Imposible, es demasiado.

—Hágame una oferta, don. A lo mejor arreglamos.

Papá tenía en el banco los seis mil pesos de la liquidación de la universidad. Pero había gastos: el alquiler de la casa, los colegios. Fueron a sentarse a una tienda y pidieron dos cervezas heladas.

—Podría darle cinco mil pesos —le dijo papá.

El guaquero se agarró la cabeza con las dos manos. Cerró los ojos y lanzó un sonoro: «¿¡¡qué!!?».

—Cinco, cinco mil. Se los podría pagar en varias cuotas.

El guaquero se abanicó la cara con la página de deportes de *El Colombiano*. Respiró profundo y dijo:

—Trentaicinco mil si es de contado.

Eran las cuatro de la tarde y hacía calor. Las montañas que encajonan el valle se veían crepitando por el sol. La punta de la torre de Coltejer parecía un lápiz en el aire; las nubes formaban pequeños oasis de sombra. Pero hacia las cinco el viento empezó a soplar bajando fresco de la cordillera. Los árboles de las avenidas ondearon; las hojas secas de encina y hurapán atravesaron andenes y calles. Se refrescó el ambiente. El centro de la ciudad se llenó de tráfico.

—Dieciocho mil, última oferta —dijo el guaquero, limpiándose el sudor.

La luz comenzó a irse por el occidente mostrando la ruta al mar. El alumbrado público se encendió, casi sin brillo. Los escaparates metálicos de los almacenes de la plaza de Berrío, la avenida Junín y el parque Boston empezaron a cerrarse con estrépito. La gente manoteaba haciendo parar desvencijados buses. Nadie creería que tales reliquias podían lograr aún el milagro del movimiento.

—Quince, quince mil y nos vamos.

Un poco antes de la hora de la comida el trato quedó cerrado: diez mil pesos en dos cuotas de cinco mil. Una al día siguiente y otra a los treinta días. La camisa del guaquero tenía dos aros de humedad debajo de los sobacos. Se habían tomado siete cervezas cada uno. Entonces fueron al almacén del guaquero y papá cargó las piezas en su Nissan Patrol.

Al llegar a la casa papá y mamá empezaron a planear la estrategia. Una amiga de la facultad tenía una galería en el centro y la idea era hacer una exposición-venta de las figuras tumaco. Entonces empezaron a limpiarlas, pieza por pieza, para sacarles los grumos de tierra acumulados y dejarlas bien lavadas. Compraron madera para hacerles pedestales y Toño pasó tres tardes limando y barnizando las bases. La galerista aceptó la exposición de figuras tumaco a cambio de una jugosa comisión, pues este tipo de muestra era una verdadera novedad.

Papá pagó los cinco mil pesos de la primera cuota y luego pasó dos noches sin dormir por la preocupación, pues la plata que tenía en el banco, sumado a lo que tenía mamá, no alcanzaba para pagar, diez días después, ni la mensualidad de los colegios ni el alquiler de la casa. Hubo que invertir, además, cuatrocientos pesos en la madera de los pedestales y en unas telas para hacerles un fondo que las resaltara. También se compró algo de tomar y unas galletas para ofrecerle a los invitados el día de la inauguración.

La noche anterior ninguno de los dos pudo conciliar el sueño. Mamá sabía que podía pedirle algo prestado a su familia en caso de desastre, pero tendría que ser a escondidas, pues papá nunca lo aceptaría.

Y llegó la inauguración. Papá, con vestido azul oscuro y corbata; mamá elegantísima y la propietaria de la galería con un gesto de incredulidad que sólo puede tener alguien que, en cualquier caso, no pierde, pero que sí puede ganar. Todo estaba listo. Una selección de cuarenta figuras —no las colocaron todas, pues papá creyó que había que dosificar y dejar para los días siguientes— puestas en sus pedestales, con los fondos bien estirados. El vino y las galletas en una mesita y Delia de uniforme preparada para servir. A la hora en punto se abrieron las puertas...

Pero no entró nadie.

Dos veces papá salió a la calle a ver si venía algún invitado, pero nada. Y pasó un tiempo de angustia: diez, quince minutos. La invitación era a las 6.30 de la tarde y ya iban a ser las siete. Nada. Nadie.

Papá y mamá fueron a sentarse al fondo del salón y le pidieron a Delia una copa de vino. Brindaron y se dijeron, qué carajo, que valía la pena intentarlo. Algo se haría. Pero en ese instante la puerta sonó y entraron cuatro personas. Luego otras dos. Y tres más y otras cinco, y a los veinte minutos papá tuvo que mandar a Delia a comprar más vino y galletas porque la gente seguía llegando. Y no pararon de llegar hasta las ocho y media de la noche, y a las diez, cuando se fue el último y pudieron sumar, se dieron cuenta que habían vendido treinta y seis piezas tumaco y que restando la comisión de la galería ya tenían 27.000 pesos de ganancia. Papá le dijo a los invitados que había más figuras que serían expuestas los días siguientes. La gran mayoría prometió volver.

Y así comenzó un buen negocio. Se pagó lo que se le debía al guaquero, se pagaron alquiler y colegios e incluso dio para una buena comida en Las Margaritas: bandeja paisa, arroz con pollo, lengua en salsa, fríjoles y cerveza para todos. Con una parte de las ganancias, papá compró otra colección de piezas de oro sinú y la vendió muy bien, y luego empezó a viajar al Ecuador a comprar precolombinos. También fue a Pasto, a Cali, a Bucaramanga y Cúcuta. En todas las ciudades encontraba piezas de valor pues un contacto lo llevaba a otro, y éste al siguiente. Consiguió figuras en oro de los quimbayas, vasijas tumaco, animales tallados en piedra de río, máscaras, narigueras y pectorales. Y no sólo precolombinos: también cuadros coloniales de Arce y Ceballos, tallas de santos en madera y platería. De todo encontraba. Pero al final de ese año, el último de Medellín, llegó la noticia que tanto habían esperado: ya había lugar para ambos en la Universidad Nacional de Bogotá. Los esperaban para el semestre siguiente y debían venir rápido a firmar los contratos; papá en Ciencias Humanas y mamá en Bellas Artes. Era el resultado de su trabajo, pero también de la oportuna y generosa ayuda del maestro Eugenio Barney Cabrera, quien les tenía especial aprecio desde que fueron sus alumnos en la Escuela de Bellas Artes.

Ése fue el final feliz del negocio familiar de precolombinos y antigüedades, el cual dejó muchos réditos, pues antes de regresar a Bogotá papá y mamá pudieron comprar un apartamento en el centro de Medellín.

Oiga prima, le quiero preguntar una cosa pero me guarda el secreto y si dice algo la mato, ¿oyó? Quiero que me diga qué es lo que a los hombres les gusta que uno haga. ¿Me entiende? Usté ya es grande y los conoce y ha estado varias veces y con muchos. No la critico ni nada, no es por eso. Es que de lo mío con Próspero ya casi ni me acuerdo de tanto que lo he maldecido. Se me borró de la mente y sólo sé que me dolió y que me salió sangre, pero nada más. Después, un día que vaya allá o en otra carta, le cuento qué fue lo que pasó. Mejor dicho: lo que está pasando. Ahorita necesito que me aconseje y que me hable como si estuviéramos charlando frente a frente y en secreto. Quiero saber qué es lo que uno debe decirle a un hombre en ese momento. Qué toca hacer para que él sepa que una está enamorada y que lo está haciendo por amor y no por vicio. Usté me entiende, prima. Yo no tengo ni idea. En la otra carta usté me decía que uno sentía las cosas en el corazón, pero eso yo no lo entiendo. Yo siento por todos lados. Y me da pena porque también siento ahí. ¿Si sabe? Ahí. En la entradita. Pero cuando siento me da vergüenza y se me quita. Ojalá estuviera allá con usté. Mire que estoy colorada de lo que le estoy diciendo. Es como si dentro de mí fuéramos dos. Una que siente y quiere soltar y otra que frena. ¿Cuál de las dos tiene razón? A mí me da miedo porque si una muestra la gana quién sabe qué va a pensar el hombre, ¿verdad? Entonces es mejor dejarse ganar a la fuerza, para que él vea que una aguantó hasta el final porque es virtuosa. A mí me da miedo ir de bruta a decir algo que no toca, que no se debe, y que luego me salga el tiro por la culata. Ya sé que los hombres y las mujeres deben estar juntos, pero lo que quiero es saber cómo hay que comportarse. Bueno, le cuento un poquito para que no se pique tanto de curiosidad y no se ponga a imaginar quién sabe qué. Hay un hombre que quiero. Un hombre serio. Y creo que va a tener que pasar eso con él y por eso no quiero decir alguna bobada. Le escribo corto para no demorar la carta. Contésteme rápido.

Chaíto.

Delia.

Al verla el padre se quedó mudo. La joven entró, fue hasta uno de los taburetes y se sentó recogiéndose la falda. Blas Gerardo estaba en la cama, al fondo de la habitación. Tenía una compresa de agua fría en la frente y, al lado, un viejo ejemplar del *Último diario de Livingstone*.

—No pude, padre —le dijo al cabo de un rato.

El sacerdote la siguió mirando en silencio. Las venas del cuello iban a reventar. Con dos dedos se retiró del labio una gota de sudor. La frase de Delia se quedó en el aire y Blas Gerardo pareció mirarla, como una nube en el centro del cuarto. Sin embargo no habló.

—Hice un esfuerzo por seguir su consejo, por estar con él... —Se quitó una lágrima—. Pero no pude.

Un poste de luz reflejaba hacia dentro un chorro amarillo que se metía por la ventana, al lado de los fogones. La habitación estaba en orden, con esa limpieza austera de los sacerdotes que en realidad no tienen nada. Blas Gerardo hizo un gesto de cansancio y se dispuso a hablar.

—Te dije que no volvieras. Te lo pedí.

—Eso también fue imposible, padre...

Delia estaba realmente angustiada. Los ojos, rojos de lágrimas, se hicieron pequeños. Tenía los pómulos inflamados. Tomó aire y continuó:

—Pero si usté quiere me voy. Ya mismo. Decida usté, padre.

—No puedo decidir sobre tu vida. Tu deber es estar con muchachos... Como Toño.

—Fuimos a un hotel y nos desnudamos...

Blas Gerardo volvió a sentir un tableteo en el cuello. La fe es una piel que protege y él ya no la tenía. Una costra dura. Entonces llevó los ojos hacia arriba y chocó con los de ella. Su inocencia era la única protección.

—Pero no resultó —siguió diciendo—. No pude.

Otra vez ese silencio denso. Otra vez las miradas buscando no encontrarse en el aire.

—No pude porque no podía dejar de pensar en... —Dudó, se recogió los faldones—. En nuestra charla del otro día.

—No tengas vergüenza —dijo Blas Gerardo—. Con tu actitud no ofendes a nadie. Ni siquiera a Dios... Quiero que regreses con Toño. La respuesta a tus dudas la tiene él. No yo.

—Pero es que yo no tengo dudas, padre... Estoy segura.

—No quiero saber de qué estás segura. Si quieres una confesión pasemos a la capilla. Háblame como a un sacerdote.

—¡No! —dijo ella—. Hablo con el mismo hombre que...

—¡No sigas! Eso quedó atrás.

La culpa planeaba sobre su cabeza, invisible; era como un olor muy fuerte.

—Quedó atrás, te lo repito.

Blas Gerardo se levantó de un salto. Tenía una sudadera de lona azul oscura y estaba descalzo. Se puso las pantuflas y una ruana. Luego agarró un manojo de llaves.

—Ven, sigamos hablando en la capilla.

—¡No!

La joven le estrechó las dos manos y cayó de rodillas. El párroco la miró temblando.

—¡Levántate!

—¡No!

—¡Por el amor de Dios...!

Los brazos de la joven lo aprisionaron. Delia se enroscó en su cuerpo, se pegó a su camisón empapado y buscó con fuerza su boca. Afuera estalló un fogonazo, y luego otro. En un instante la noche se iluminó. La lluvia comenzó a golpear los cristales y así permanecieron, abrazados. En medio de esa oscuridad llena de truenos.

Bogotá, 1971

En París continúa el mal tiempo. El lugar en el que escribo esta relación de hechos y opiniones, es decir mi pequeño estudio de Gentilly, continúa bloqueado por la nieve. Por eso los rostros de todos siguen hablando y es una multitud de voces. La memoria es generosa con los que se quedan en casa. Afuera la vida sigue.

El regreso de la familia a Bogotá, en el viejo Nissan Patrol repleto de trastos, fue una dura prueba, pues en esa época viajar por las carreteras del país era asunto de valientes. Fue una jornada extenuante repleta de calor, camiones largos como serpientes, seis perros y dos gatos atropellados, una avería que papá arregló con un cordón de zapato, dos pinchazos y una recalentada. Los carros se cansan con la loca topografía del país. Hasta que, en medio de las últimas nubes, llegamos a la ansiada sabana.

No nos disgustó el frío, como a otros, ni la llovizna, ni la niebla o los cambios bruscos del clima. Más bien nos sentimos felices de estar de nuevo entre los cerros verdes y ese cielo de un azul intenso que en algunas tardes, cuando no hay nubes, toma un tono escarlata. Era Bogotá. Nuestra ciudad. El lugar en el que todos habíamos nacido.

Fuimos a vivir a la calle Cincuenta y nueve con carrera Cuarta, en el barrio Calderón Tejada, frente al parque de Portugal, a la misma casa en la que papá había pasado sus años de adolescencia. Ese lugar tenía una pesada historia pues en su origen había sido la herencia de mi abuela paterna a sus hijos, lo que hizo que papá, copropietario, tuviera que comprarla poco a poco a sus hermanos.

Poco después nos llegó la noticia: Delia y Blas Gerardo se habían ido a vivir a una casita en Envigado. Blas colgó los hábitos y devolvió la parroquia de Robledo. De despedida, la archidiócesis de Medellín lo excomulgó.

—Los ataques de esos fascistas hijos de puta son elogios para mí —opinó Blas Gerardo.

Fue una historia de amor que sorprendió a todo el mundo y que en el barrio ocasionó muchos comentarios. La gente común también sacó las garras y el nuevo párroco, el que vino a reemplazarlo, los instigó para que lo repudiaran.

—Yo sí le había visto algo raro —comentó alguien—. Una mirada lasciva.

—Es el problema de los extranjeros —dijo otro—, como uno no les conoce la familia...

Una mujer, en privado, aseguró que Blas Gerardo le miraba entre las piernas cuando se sentaba. Que le ponía el ojo en los calzones.

A Delia le tenían lástima. Decían que era la víctima del «Satanás español».

Pero a ellos poco les importaba. Vivían en una casita modesta, con un jardín que Delia cuidaba con esmero, en un barrio en el que nadie los conocía. Tras enterarse de la historia, papá hizo algunas llamadas a amigos de la Universidad de Antioquia y Blas Gerardo acabó dictando un curso de Historia de Europa en la facultad de Ciencias Humanas.

Las cartas de Delia llegaban puntuales. Nos invitaba a su casa y preguntaba por nosotros, sus dos amores. En Navidad nos mandaba regalos, bolsas de caramelos y carritos de plástico.

También se supo de Toño, pero esas noticias eran, en cambio, preocupantes. Despechado, adolorido por el desamor, decidió meterse a la guerrilla, al Quinto Frente de las FARC, que operaba en la zona del Urabá antioqueño.

Clarita, su hermana menor, le contó los detalles a Delia. Y Delia, claro, se lo contó a mamá.

El día de la partida, Toño salió de la casa muy temprano, sin despedirse de nadie. Clarita fue con él hasta la estación de buses y ahí se despidieron, frente a un puesto de gaseosas Lux. A la hora prevista el bus arrancó y lo que Toño nunca supo fue que Clarita corrió para verlo irse desde el otro lado de la avenida, soltando lágrimas a medida que se alejaba. Clarita lloró como una novia. A ella le parecía bien que Toño se fuera a hacer la revolución, pues la verdad era que en el país había mucha pobreza y sobre todo una gran injusticia. Todo estaba mal repartido en Colombia y por eso Clarita se sentía orgullosa de su hermano. Él iba a dar la vida, si fuera el caso, para que los pobres no fueran tratados mal. Pero le daba pánico. La verdad es que hubiera preferido que la revolución la hicieran otros, pues Toño era el varón joven de la familia. En toda casa hace falta un varón joven, pero qué se iba a hacer. Toñito se había ido a hacer la revolución y ahora tocaba acomodarse.

Una mañana, cuando la familia ya estaba muy preocupada, alguien tiró un sobre por debajo de la puerta. Era una carta de Toño. La madre la leyó en voz alta a los hijos y al marido. Toño decía que se había ido a cumplir con su deber de patriota; que era un soldado del pueblo y que debían sentirse orgullosos; que la nueva Colombia, la de todos, se iba a levantar con el sacrificio de jóvenes como él.

Pero el papá, que era muy conservador, se enfureció. Fue a la cocina y sacó la escopeta.

—¡Qué guerrilla ni qué carajos! —gritó—. Me voy a traer a mi hijo.

La mamá lo agarró del brazo.

—Antonio, cálmese, si lo ven con eso por la calle lo llevan preso —le dijo—. Y ni siquiera tiene cartuchos.

A Clarita le mandó otra carta al salón de costura. Ahí le contaba que el viaje había sido eterno y que en la misma flota iban otras dos personas para la guerrilla, pero que por seguridad el jefe no le había dicho cuáles eran. Por eso se había pasado el viaje tratando de reconocerlos, pero que no había estado ni frío, pues al final resultaron ser un señor mayor y una jovencita campesina. Contó que los habían hecho esperar varios días en una finca cerca de Necoclí y que ahí les habían dado la primera instrucción. Que sólo hasta una semana después los habían dejado escribir una carta y que por eso se había demorado tanto. Que el estafeta que las mandó las había leído, no fuera a ser que alguno contara detalles peligrosos. Ahora él estaba «alzado» y todo lo que hacía era clandestino. Por eso tocaba tomarse muy en serio la seguridad. Clarita se lo contaba a Delia y se reía, pues la verdad es que ella era pésima para guardar secretos. Con esto de Toño le iba a tocar aprender.

Al año de estar instalados en Bogotá, papá y mamá decidieron darnos a cada uno un cuarto en el segundo piso. Una habitación propia. En ellos pusieron una cama, una mesa de noche, una estantería, una silla y un cuero de vaca que hacía las veces de tapete. El resto debíamos decidirlo nosotros. ¿Qué pongo en las paredes? Lo que quieras, Estebanito. Una libertad que tuvo sus abusos, pues un día, hipnotizado por un libro de tanques de guerra, decidí arrancar las hojas y pegarlas en la pared. Ante tal demostración de fuerza mis papás debieron creer que habían engendrado un monstruo, pero respetaron sus propias reglas y esperaron. Al final la única víctima fue la pared, que se descascaró al retirar las horrendas imágenes, y yo tuve mi primer contacto con el cemento y la pintura. Fueron toses y carraspeos del libre albedrío.

La vida en Bogotá supuso el regreso a la familia que habíamos dejado. Tíos, primos, abuelos. Ahora teníamos de todo. Entonces cualquier día, al oscurecer, sonaba el golpeador de la puerta y al abrir aparecía el tío Mario con algún amigo. Papá encendía la chimenea, servía copas y los recibía en la sala.

Federico era uno de esos amigos. El tío Mario lo había conocido en el colegio y eran inseparables, aun si Federico tenía un gravísimo problema de aprecio por la vida. O en otras palabras: no le tenía ningún aprecio. Más bien le fastidiaba. Por esa razón, a sus 25 años, ya había intentado quitársela en once ocasiones. Después de cada intento, las hermanas lo internaban en una casa de reposo de Chía, a las afueras de Bogotá. Al regresar a la casa lo recluían en una alcoba especial con barrotes en las ventanas, sin nada que tuviera filo o acabara en punta, pues Federico era muy creativo para transformar cualquier objeto inocente en arma mortal. Podía leer, pero le arrancaban las tapas a los libros. Comía con cucharas de plástico numeradas que luego le retiraban. Su ropa estaba en otro cuarto, pues una vez había intentado tragarse un pantalón para asfixiarse. Sólo podía fumar estando acompañado. Con el tiempo, cuando empezaba a reponerse, le permitían salir a dar una vuelta, casi siempre con Mario, pues la compañía de mi tío parecía ser un antídoto. Cuando estaban juntos, Federico se olvidaba de la muerte.

Entonces venían a visitarnos.

A Federico le gustaban los libros y con papá y mamá hablaban de novelas, de esos latinoamericanos que estaban tan de moda en las librerías, y se enzarzaban en sabrosas discusiones; Mario decía que Vargas Llosa era el mejor novelista. ¿Ah sí? Le reviraba papá, ¿y García Márquez qué? Entonces Federico decía que no, que el mejor era Onetti, y mamá opinaba que Puig, pues acababa de leer *La traición de Rita Hayworth*, y luego Federico polemizaba hablando de Carlos Fuentes y *Aura*, que era como un concierto de piano, y Mario decía que sí, pero que había intentado leer *Cambio de piel* y no había entendido nada, y entonces papá decía que lo mejor era *La muerte de Artemio Cruz*, y todos decían sí, y Federico hablaba de Juan Goytisolo, pues acababa de leer *Señas de identidad*, y Mario decía que era el escritor latinoamericano más importante de España, y papá decía ojo, que es catalán, y mamá decía bueno, será catalán pero escribe en español, y mamá decía que también Borges con *El aleph*, y papá decía que era el mejor cuentista, y Federico volvía a decir que de todos modos para qué discutir si Thomas Mann y *Los Buddenbrooks* a los 20 años, y Mario decía que de todas formas Dickens y *David Copperfield*, y papá atacaba con Balzac y *Las ilusiones perdidas*, y con el personaje de Lucien de Rubempré imprecando a París desde el cementerio de Père-Lachaise, y seguía Stendhal con Julien Sorel y Fabrizio del Dongo, y Federico hablaba de Joyce y de Stephen Dedalus, y papá volvía con el Balzac de *La piel de zapa* y el estudio sobre los deseos, y entonces mamá recordaba a Proust y decía que su personaje favorito era Albertine, y Mario opinaba que no entendía que uno empezara un libro con un personaje que se queda dormido, pues él, en esa misma página, también se adormecía. Y entonces papá le decía no, hombre, hay que saber leer, y Mario decía que lo mejor era el cine y que Frank Capra, y mamá decía que Fellini con Mastroianni y Anita Ekberg, y a Federico le gustaba Richard Burton y papá decía que tenía nariz de borracho, y eso qué, respondía Mario, y Juana, la empleada del servicio, entraba diciendo pasen a comer que ya está servido, y delante del plato de pasta a la carbonara Mario decía que Vietnam y que Ho Chi Minh, y Federico que los gringos eran unos maricas, y papá que el cura Camilo Torres, y mamá qué tal les parece la pasta, huy, deliciosa, Bárbara, decía Federico, y Mario volvía a decir que si en un libro no había un misterio en las primeras tres páginas seguro era de Henry James, y papá decía que Frank Sinatra, al fin y al cabo, resultó ser el gran amor de Ava Gardner, y abrían otra botella de vino español Rioja y Mario decía que en diciembre los Beatles volvían, que la china de mierda tenía la culpa, y mamá le decía caray, Mario, que están los niños en la mesa, y Federico decía *Let it be! Let it be!*, y papá decía que en la universidad seguían reclutando jóvenes para la guerrilla y le echaba la madre al presidente Misael Pastrana, y Mario decía que era un godo pendejo, y Federico opinaba que con el nuevo concordato el presidente quería convertir el país en una sacristía de pueblo, y mamá decía que Flaubert y *Madame Bovary*, y Federico que Dostoievski, y Mario que Tolstoi mejor, pues Dostoievski parece un cura, y que en cambio Hermann Hesse, ése sí, y Mario que Althusser había dicho que el respeto era superior al amor, y que en París se estrenó una exposición de Picasso, y Federico que él prefería a Modigliani, y mamá que Giacometti, y papá que Giotto, que Ghirlandaio y que Mantegna, y Federico que por qué será que en el arte hay tanto desvarío, y Juana que si traía un poco más, que en la cocina hay otra olla entera de pasta, y todos que bueno, pero hay más locos que no son artistas que artistas locos, decía Mario, y mamá que eso no importaba, que dejaran de ser tan cuerdos, y Federico que de veras, y que además Camus dijo que en el fondo toda belleza es inhumana, y mamá que eso ya lo escribió Calvino en *El vizconde demediado*, y papá que Jane Fonda se va a separar de Vadim, que ya estuvo casado con Brigitte Bardot, y Mario que cuando se muera habrá que cortarle el distinguido miembro y ponerlo en una urna en el Museo del Hombre de París, qué suertudo, y volvían a los libros, y a la música, y al cine, y de pronto mamá miraba el reloj y nos decía niños a la cama, y nos despedíamos con dolor, y desde arriba, asordinado por la distancia, seguíamos escuchando el rumor de las voces, ya sin entender las palabras, sin saber qué decían, pero reconociendo en ese rumor un afecto, algo que, sin duda, alejaba los negros heraldos que acorralaban a Federico, el enamorado de la muerte, y le hacían encontrar una razón para postergar su intento.

Una mañana nos llevaron a un edificio de muros grises en la Autopista Norte, a la altura de lo que en esa época se llamaba el Puente Subterráneo. Era el colegio italiano Leonardo Da Vinci. Allí íbamos a estudiar los años de primaria.

Al llegar una señora nos recibió con gestos amables, agachándose para hacer esas preguntas estúpidas que los adultos hacen a los niños y que éstos sólo contestan por temor a recibir un pellizco o una cachetada. Luego mamá se fue y Pablito y yo nos quedamos solos en un corredor. Hacía mucho frío y lo único que me reconfortaba era la compañía de mi hermano. Esperamos un rato, en silencio, con nuestros pantalones de paño gris hasta la rodilla, hasta que vino un profesor y nos obligó a entrar a salones separados.

El mundo se derrumbó.

Estar solo fuera de la casa era algo desconocido. Y lo peor: solo frente a un grupo de niños que ya eran amigos, que estaban organizados y para los cuales mi llegada era una novedad, un cambio en la rutina; solo frente a su mirada dura y curiosa, pues ser «nuevo» era una desventaja cruel; solo en ese salón repleto de ojos fríos y hostiles, apretando la maleta de cuero que nos había comprado mamá para guardar los útiles y pensando en mi cuarto, en mis juguetes y mis libros como algo perdido para siempre. La niñez es una época llena de crueldad.

Cuando acabé de instalarme en un viejo pupitre la profesora se dio vuelta y continuó la clase. Yo me quedé mirando los signos del tablero, intentando contener la angustia que se agolpaba en mi pecho. Por haber aprendido a leer de forma precoz me habían hecho saltar un curso, y ese detalle me creaba una gran inseguridad pues en todas partes yo era el más joven

Pero el Leonardo Da Vinci supondría un grave problema. Si bien era un colegio más de Bogotá, éste tenía la categoría de «colegio extranjero», es decir que pertenecía a la elite de los colegios privados, que son los más caros. En ellos los niños aprenden a hablar otros idiomas, algo sin duda muy bueno y, sobre todo, sumamente elegante, pues quiere decir que el vástago de la familia hablará un inglés perfecto, como si hubiera nacido en el barrio de Chelsea, en Londres; o un francés de Neuilly-Sur-Seine. En suma, los niños hablarán tan bien esos idiomas que casi se podrá decir que son extranjeros, y así cumplirán el sueño de sus padres, que consiste en tener un hijo lo menos colombiano posible. Los que aprenden idiomas ya grandes, la clase media del bilingüismo, no lograrán jamás la soltura ni el acento de la lengua materna... ¡Y ahí está la gracia! Eso es lo que justifica que sus papás hayan pagado fortunas por esos colegios. Los usurpadores, los recién llegados a los idiomas a través de las academias para pobres de la avenida Caracas, podrán hacerse entender, pero jamás tendrán la soltura de quienes lo aprendieron de niños.

El colegio italiano parecía diferente, pues la lengua de Dante no tenía mucho prestigio en los salones sociales, y fue por eso que papá y mamá lo eligieron. Pero adentro nos esperaba algo peor. Si bien las familias de los alumnos no eran tan ricas como las de otros colegios extranjeros, sí había una terrible diferencia, un muro que no se podía saltar: la nacionalidad. Los que éramos colombianos, para decirlo rápido, estábamos realmente jodidos. Los niños, con la complicidad de los profesores, acabaron el trabajo, y muy pronto aprendimos que entre esos muros de cemento había una terrible jerarquía. En lo más alto estaban los alumnos nacidos en Italia; luego, según el grado de lejanía y pureza de sangre, se ocupaban los demás lugares. Sin ser ricos, con un apellido español del País Vasco y nacidos en la clínica Marly de Bogotá, nosotros estábamos bastante mal situados.

La historia de Toño, vía Clarita y Delia, continuó en las siguientes cartas. Una vez que llegó a Urabá debió esperar en una finca, cerca de Necoclí, hasta que un estafeta del Quinto Frente bajara a recogerlo con los demás compañeros. Esos días los aprovecharon para aprender a usar el revólver y el machete, pues la zona a la que iban era muy tupida y había que saber abrir trocha. También para aprender a no asustarse en la noche cuando estuvieran de guardia. Ya les había pasado con los novatos, que al oír un ruido de animal les entraban nervios y hacían disparos que podían atraer a la tropa. Pero, según Clarita, la sorpresa mayor de Toño fue cuando llegó al campamento, ya en la montaña, y vio que el famoso Quinto Frente eran sólo veinticuatro muchachos, todos bastante jóvenes, dirigidos por un comandante que venía del Secretariado

Central, un tal Lucho, que había estado en Marquetalia cuando los bombardeos, al lado de Jacobo Arenas y Tirofijo.

De la vida diaria contó que se levantaban temprano, que hacían gimnasia y luego se ponían a recoger el campamento. Había que estar alerta por si venía un ataque, aunque ya les habían dicho que era sobre todo por disciplina, pues el ejército casi nunca subía al monte a buscarlos. También se reunían a hablar de política y armaban grupos de discusión sobre la historia de Colombia. Clarita le contó a Delia, con orgullo, que su hermano destacaba en estas charlas porque era muy leído; que todos lo comentaban allá en la guerrilla. Al mediodía salían las comisiones: a conseguir comida, a delimitar terreno y sobre todo a hacer «inteligencia», que consistía en preguntar a los campesinos de las faldas del monte si habían visto al ejército, si había llegado alguien nuevo al sector y si habían oído pasar helicópteros.

Así pasó Toño sus primeras semanas de guerrillero, según Clarita. También contó que había insistido en la seguridad, y que se acordara bien de decir, si alguien preguntaba, que él se había ido a trabajar a un taller de mecánica a Bogotá. Eso era lo que le decían a todo el mundo en Robledo, aunque muchos sabían que era mentira. Una vez, contó Delia, Toño le mandó una nota a Blas Gerardo. Una nota que decía: «Me vine al monte para ser una persona sana, padre, y para pelear contra los hijos de puta. Que Dios le dé vida y que me cuide mucho a Delita.» A Delia se le aguaron los ojos y Blas Gerardo también se emocionó. Que los dos habían llorado.

Ah, y se le olvidaba: dizque una vez, hace como dos semanas, fueron de la policía a preguntar por Toño. Según Clarita, el papá estuvo muy fiero diciendo que su hijo estaba en Bogotá y que ellos eran una familia de bien, conservadora; como que los sacó con cajas destempladas diciéndoles que se dedicaran a meter a la cárcel a tanto ratero que anda por ahí suelto. Los policías dijeron que tenían miedo de que Toño se hubiera metido con los «alzados», pero el papá les contestó que si su hijo se metía en eso él mismo se iba al monte a sacarlo de una oreja, que no se preocuparan por su familia, que para eso él era bien paisa, bien antioqueño y bien verraco. Los policías se fueron y pidieron disculpas, contó Clarita, pero la mamá se quedó asustada y por un tiempo dejó de salir a la calle.

Un día, el tío Mario llegó con la cara descompuesta. Federico había tenido una fuerte recaída y ahora estaba en el Hospital Militar. ¿Qué había hecho esta vez? Había almorzado con las hermanas, dormido la siesta y, al despertarse, pedido que lo acompañaran a la calle a comprar cigarrillos. Pero cuando estaba por atravesar la carrera Trece, había saltado a las ruedas de un bus. El bus frenó y no alcanzó a destriparlo, pero el golpe lo hizo rodar varios metros. Una ambulancia lo había recogido y ahora estaba en urgencias.

Papá se puso una chaqueta y fue corriendo con Mario al hospital.

Tenía una contusión en el cráneo y tal vez debían operarlo, aún no se sabía. En ésas estaban, con las hermanas llorando y culpándose, cuando llegó el psicólogo, un hombre bajito de ojos saltones y espeso bigote, enérgico en su modo de andar, que si en lugar de terno llevara guerrera sería un mariscal. Se llamaba Murcia. El doctor Murcia.

Tras calmar a las hermanas y preguntarle a los médicos por el estado de su paciente, Murcia fue al salón a rascarse la barbilla. Entonces papá lo agarró del brazo y lo llevó a la ventana.

—Tampoco lo logró esta vez, por lo que me dijeron... —dijo Murcia—. No lo van a operar, tiene sólo lesiones externas.

—Qué vaina con Federico —dijo papá—. Parecía mejor últimamente.

Murcia explicó que eran actos impulsivos. «Son la lucha entre el cerebro y la médula», dijo con los ojos puestos delante de la ventana. Abajo se veía Bogotá. Un avión acababa de despegar del aeropuerto.

—El miedo es el manómetro del instinto de vida —continuó Murcia.

Papá lo miró sin entender. El tío Mario, nervioso, se acercó con un cigarrillo en la mano.

—Cuanto más desarrollado esté el instinto de vida más sometido estará el individuo a los sentimientos de temor. Casi diría, al terror por la vida. Entonces el instinto se da vuelta y zas. —Se pasó un dedo por la garganta—. ¿Me explico?

Papá y el tío Mario quedaron perplejos.

—Las dos manifestaciones fundamentales de la vida son el hambre y el amor —les dijo, ya despidiéndose—. Háganlo comer bien y procuren que se levante alguna viejita. Aunque les digo una cosa...

Murcia bajó la voz.

—No sé cuánto logremos mantenerlo vivo, ¿entienden? Ésta es una pulsión imposible de desactivar. Cada vez que elimine las restricciones va a ceder al impulso.

El tío Mario, intrigado, preguntó:

—Pero... ¿por qué?

—¡Ah, viejo! —respondió Murcia—. Ahí está lo jodido. Federico tiene una fisura en el espíritu. Lo que he visto en el primer nivel de su inconsciente sacaría corriendo a Atila, el rey de los Otros. Ja. Y ojo, hablo sólo de lo que está encima, de lo más superficial.

Dicho esto, se fue, dejando en el aire una estela de agua de colonia. ¿Fisura en el espíritu? A juzgar por las palabras de Murcia su amigo estaba condenado a muerte.

La historia de Federico era una suma de tragedias. Cuando tenía 7 años su papá murió en un accidente de tránsito. A los 12 le tocó el turno a la mamá, tras una larga y dolorosa afección al hígado que luego se supo que era cirrosis, pues la noble señora, en la viudez, abrazó la fe del Russovskaya y otros destilados. El cuadro familiar, que parecía un Goya de la época oscura, se completó con una fuerte educación religiosa, con letanías y rezos nocturnos, tanto que cada noche, antes de dormir, la mamá lo obligaba a rociar su dormitorio con humo de incienso. Según Murcia, el impulso suicida de Federico era el deseo de un regreso, un añorado retorno a los inicios para intentar de nuevo la vida. Él no quería escapar sino retroceder; no buscaba castigar a nadie suprimiéndose, lo que quería era una segunda oportunidad.

El tío Mario sabía, por haber leído a Sábato, que la pulsión suicida tiene un enemigo mortal: el afecto. Si hay una persona en el mundo a quien se ama, la decisión se posterga.

—Claro —explicó Murcia—, por eso el impulso se busca sus defensas, ¿cuáles? Fácil, poner una gruesa fibra entre su corazón y los demás.

De ahí que Federico fuera huraño, agresivo, silencioso y muchas veces antipático. Sólo quien lograba levantar esa coraza podía conocerlo de verdad, y esto, en consecuencia, lo alejaba de las mujeres. El tío Mario había fracasado en los intentos por presentarle amigas. Era demasiado obvio y Federico, o más bien esa parte que conspiraba contra él, se alejaba de ellas como un animal del fuego. ¿Qué hacer?

La idea fue de mamá.

Se trataba de organizar una reunión en la casa con algunos alumnos de la universidad y, sobre todo, alumnas. Que Mario y Federico llegaran sin saber, a ver qué pasaba. Mamá tenía algunas alumnas jóvenes que podían congeniar con él. Entonces esperaron a que Federico estuviera repuesto.

El mundo del colegio se completó con otro en el que también era nuevo: el barrio. La salida al barrio, que en realidad fue la salida a un bello parque, el parque de Portugal, fue bastante lenta, pues yo era tímido y allí todos se conocían. El parque tenía columpios, una rueda y un rodadero; en el centro había un círculo de arena y al lado un pino, que muy pronto se convirtió en fortaleza, más otros árboles frondosos de los cuales colgábamos lazos para balancearnos. Dos senderos lo cruzaban de lado a lado y uno de ellos se convertía en la escalera que bajaba por la calle Cincuenta y nueve, frente a nuestra casa. El barrio, al pie de la montaña, era bastante inclinado.

Ahí conocí a Ismael. Yo estaba en el parque buscando un carrito Mustang color azul que había escondido poco antes cerca de un muro de piedra. Me había desorientado y llevaba un rato tratando de encontrarlo.

Un niño de aspecto enfermizo, recostado contra un árbol, me miraba en silencio.

—Está allá —dijo señalando el final del muro—. Detrás de la piedra grande.

—¿Cómo sabe? —le pregunté sorprendido.

—Porque lo vi.

Me sentí incómodo. No me gustó que viniera a inmiscuirse en mis juegos. Pero le hice caso y encontré el carrito.

—¿Puedo verlo? —me dijo.

—Sí, claro que sí —respondí.

Lo agarró como si fuera un lagarto; lo miró con interés antes de hablar. Era un niño bastante extraño.

—Es bonito.

Se quedó con él en la mano, sin saber qué hacer.

—¿Tiene más?

—Sí —le dije.

—¿Puedo verlos?

Metí la mano al bolsillo del pantalón y saqué otros: un Jeep amarillo, un Ford Cortina verde, un Boogie y una camioneta pick up. Los miró con ansia.

—¿Puedo? —me dijo.

—Sí.

Los fue cogiendo uno a uno. Los probó sobre el murito de piedra haciéndolos rodar y los parqueó en fila.

—Son todos muy bonitos.

—Si le gustan escoja uno —le dije—. Se lo regalo.

—¿De verdad? —preguntó con desconfianza.

—Sí —asentí—. Que no sea este Mustang, que es mi preferido.

Los miró con atención. Volvió a hacerlos rodar; se los puso encima de la nariz, intentó abrirles las diminutas puertas.

—Gracias —dijo al final de la inspección—. Pero no puedo aceptarlo. Gracias de todos modos.

Qué extraño, pensé al verlo alejarse por el parque de La Salle. Pero al caminar unos metros se dio vuelta y me dijo:

—Mañana voy a estar por aquí a la misma hora.

—Entonces nos vemos —le dije.

—Me llamo Ismael, adiós.

—Y yo Esteban.

Fue así que comenzamos a ser amigos. Él era tímido; un mechón de pelo le caía con insistencia sobre la nariz y era bastante flaco. Su apariencia parecía transmitir el siguiente mensaje: «Soy un niño de clase media. Jamás he ido a comer hamburguesas, no hago álbumes ni como chicles de Joe Bazooka y hace rato que no veo una película de Walt Disney. Hasta ahora nadie se ha tomado el trabajo de preguntarme qué es lo que realmente quiero. Trato de ser un niño normal.» El único juguete que llevaba al parque era un ratoncito de caucho.

Su casa quedaba al otro lado del Colegio La Salle y la primera vez que me invitó sentí un poco de miedo. La sala era oscura y algo desarreglada; sobre la mesa de centro había tazas de café sucias, ceniceros repletos de colillas. Olía a encerrado.

—Mire, éste es mi teleférico —me dijo mostrando dos vagones de madera.

Era un juguete viejo. Descolorido. Yo saqué algunos muñecos del bolsillo y los pusimos dentro. Luego Ismael le dio vueltas a una manivela y puder ver, fascinado, que los vagones subían y bajaban. Era el único objeto bello de la casa.

Así pasé muchas tardes, jugando con el teleférico, hasta que un día escuché una voz que me estremeció.

—¡Ismael! —gritó alguien—. ¡Ismael!

Era una voz cavernosa; venía de uno de los dormitorios del fondo. Ismael, al escucharla, se levantó de un salto y salió al corredor.

—Es mamá.

Ni siquiera sabía que Ismael tuviera una mamá, pues la única persona que había visto en la casa era una empleada gruñona que nos servía leche con galletas.

—Mamá está enferma y no puede salir del cuarto —me dijo Ismael al volver—. Yo tengo que cuidarla.

Me contó que tenía dos hermanas mayores que vivían con los abuelos en Zipaquirá. Que venían de visita entre semana.

El domingo siguiente me aventuré hasta la casa de Ismael y toqué el timbre; esperé un rato y, al ver que nadie abría, volví a timbrar; una, dos, tres veces. Nada. Fui al parque a jugar al escondite con los demás y al cabo de unas horas volví a intentarlo. Pero nada. Tres días después, se lo comenté.

—Es que los domingos nunca estamos.

Su respuesta, algo seca, me dejó perplejo. No agregó nada. Pero yo empezaba a conocer a Ismael y sabía que esos misterios eran normales.

Además de él había otros amigos. Los Pérez, por ejemplo, que eran dos hermanos. Se llamaban Carlos y Camilo y su casa, frente a la nuestra, era una gigantesca construcción de paredes blancas rematada hacia lo alto con una torre que parecía un faro. Camilo era muy loco y tenía una gran agilidad. Carlos, el mayor, era bajito y estaba orgulloso de su recia musculatura. Muy pronto nos convertimos en inseparables. Corríamos por el parque; jugábamos a básket, béisbol y fútbol; entrábamos y salíamos de nuestras casas como si fueran una, y esto a pesar de que el papá de ellos, un exiliado español borrachín y enfermizo, que izó la bandera de la República Española cuando murió Franco, nos daba bastante miedo. Al grupo se fueron uniendo niños de otras casas, casi siempre de la periferia del parque, hasta que se formó una verdadera pandilla.

Lo mejor era irse por las calles que subían al cerro a explorar saltando muros. Muchos de nosotros no teníamos permiso para alejarnos del parque, pero igual lo hacíamos, desafiando las prohibiciones, y cada calle descubierta nos parecía un territorio ganado para nuestras vidas, para nuestra corta experiencia. La razón de la prohibición era que arriba, detrás de la última calle, estaban los tugurios de la gente pobre. Nosotros llegábamos hasta el límite y los observábamos con una mezcla de miedo y tristeza: dormían en casas de lata y cocinaban sobre fuegos de leña; los niños de nuestra edad jugaban a la pelota descalzos y mal vestidos; los más pequeños tenían juguetes sucios de tierra, muñecas con las piernas quebradas que habían recogido en la basura de las casas de abajo. Después de estas escapadas volvíamos al parque sudorosos, con las rodillas peladas, a contarnos una y otra vez lo que habíamos vivido, a repetir las caídas del uno o los tropiezos del otro, a reírnos y disfrutar con las osadías realizadas. Ibamos a la tienda Kon Tiki a tomar gaseosa Kist, a preguntar si habían llegado nuevos ejemplares de la revista *Billiken*, que llegaba de Buenos Aires, y a comer chocolatinas Jet para coleccionar las figuritas. En medio de esa vida apacible soñábamos con más aventuras e imaginábamos qué haría cada uno en el futuro, jurándonos que toda la vida seríamos iguales.

Pero Ismael no era amigo de los otros niños. Cuando yo lo invitaba a jugar con ellos decía que no, y se iba pensativo. Le preocupaba la salud de su mamá y no le gustaba estar lejos. Tampoco le gustaba correr, ni jugar a fútbol. Sólo se divertía con algunos de los muñecos que yo llevaba y, sobre todo, charlando con su ratón de caucho.

Un día yo estaba en su casa y la mamá lo llamó a gritos. Ismael desapareció por el corredor y al rato vino muy agitado.

—¡Se está incendiando el edificio de Avianca! —me dijo—. Mamá oyó la noticia y dice que mejor usté se vaya para su casa.

Me fui corriendo y, al llegar, encontré a papá y a mamá con la oreja pegada al radio. Por el camino escuché ruido de helicópteros. La gente, en la calle, tenía caras de angustia.

Ese incendio fue la tragedia más grande que se vivió por esos días. ¡Tan apacible era la Bogotá de entonces! Todo comenzó con un cortocircuito en la mitad de la torre; luego las llamas, empujadas por el viento, se fueron tragando la construcción hacia arriba. La lucha de los bomberos duró toda la tarde, pues a partir de cierta altura no había forma de que el agua llegara hasta las llamas. Entonces debieron subir piso por piso con las mangueras y rociarlo desde las azoteas de los edificios vecinos, que por desgracia no eran muy altos. No hubo forma de controlar la potencia del fuego y éste sólo se extinguió cuando ya no tuvo más combustible.

Nosotros fuimos a verlo arder desde los cerros. Fue un día triste, pues era el edificio más alto de la ciudad, una construcción atrevida que presagiaba riqueza y modernidad. Ahora se convertía en ceniza delante de nuestros ojos. Los helicópteros del ejército rescataron a quienes lograron subir a la azotea, pero pronto el humo les impidió acercarse. Entonces hubo historias atroces: secretarias que intentaron saltar desde las ventanas a las azoteas de otros edificios, empleados que quedaron atrapados en los ascensores, muertos por asfixia; cuerpos chamuscados en las escaleras. ¡Cuánto dolor! Rostros desfigurados, cadáveres, sangre, hollín, destrucción... Fue algo horrible que provocó un duelo nacional.

Este incendio fue la mecha de un lento apocalipsis, pues muy pronto vendría el fuego de otras catástrofes a llevárselo todo. La apacible vida de Bogotá había terminado. También la de Medellín, Cali, la Costa y el campo, los Llanos y el sur... Todo el país habría de convertirse en una inmensa hoguera que aún está encendida y que sigue desfigurando rostros, dejando cadáveres entre el polvo, cuerpos irreconocibles en medio del hollín y las cenizas. Llegó la mafia y regresó el terror. Llegó la corrupción. Regresó la muerte. El país comenzó a matarse otra vez, como había hecho en los años 50. La gente de bien debió replegarse. Los violentos sacaron sus pistolas y se fueron quedando con las tierras. El campo se convirtió en tierra baldía y las ciudades se llenaron de gorditos de bigote ralo y collares de oro que cantaban a gritos, lanzando dólares al aire, las canciones de José Alfredo Jiménez.

Estaba por comenzar la gran venganza.

La mafia destruyó lo que había. Los guerrilleros se dedicaron al secuestro y a proteger cultivos. Llegaron las autodefensas y continuó la masacre. ¿Y nuestros insignes políticos?, ¿los padres de la patria? Ahí están, robando a manos llenas, vaciando las escuálidas arcas del Estado, y ahí siguen, todavía hoy, peleándose las cenizas, insultándose por obtener una tajada mayor de ese cuerpo en el que tienen clavadas sus garras; porciones del mismo cadáver que remataron a golpes de puñal y que yace a la deriva, entre dos océanos. La gordura les obstruyó el cerebro y sus rosados culos gordos ya no caben en las curules que ocupan. Traseros adiposos que llevan el nombre de insignes e históricos partidos. Gorduras sostenidas con ríos de whisky y secadas en polvo blanco, el mismo que nos llevó a la ruina, gastando a manos llenas los dineros de este generoso país que cometió el error de parirlos.

La chimenea creaba una atmósfera cálida. La mesa de centro estaba repleta de pasabocas: aceitunas, salame, papas fritas, galletas para untar con paté. Brillaban las copas de brandy, los vasos de ron y de ginebra. Se charlaba con animación bajo un fondo de música suave. Juana entraba y salía trayendo más hielo, rellenando los platicos de pasabocas, recogiendo ceniceros para cambiarlos por nuevos. Por ser tan jóvenes, mis papás eran muy amigos de sus alumnos. Y ahí estaban: Jorge el filósofo, Clara e Isabel, de Bellas Artes, Marta y Gilberto, de Antropología, Esperanza y Miriam, de Ciencias Humanas. Una reunión a la que iba llegando gente y cada vez que sonaba el golpeador, Pablito y yo corríamos a abrir la puerta; nos disputábamos el privilegio de hacer seguir a los invitados, de recibirles las chaquetas.

Pasadas las ocho, sonó la aldaba. Era el tío Mario con Federico.

—¿Hay reunión? —preguntó el tío haciéndose el sorprendido.

—Sí —le dije—. Sigan.

Federico miró con desconfianza, pero aceptó entrar. Papá se levantó del sofá y los presentó a todos. «Mi hermano menor y un amigo.» Se apretaron muchas manos y Juana llegó con dos vasos.

Mario se sirvió un ron con hielo y Federico un vaso de Coca-Cola. Mamá se sentó al lado de Federico. Le contó que ese día terminaban semestre y que habían decidido improvisar una comida para celebrarlo.

—¿Son todos de la Nacional?

—Sí —respondió Bárbara—. De Artes y Ciencias Humanas.

Federico se hundió en un sillón observando a la gente, hasta que la conversación empezó a interesarle. Miriam había estado hacía poco tiempo en Cuzco y contaba con entusiasmo lo que había sentido en medio de esas luminosas montañas. Mario y él hablaban siempre de hacer un viaje en moto al Perú. Querían conocer Machu Pichu.

—Es muy barato —dijo Miriam—. Desde Cuzco se va en un tren que demora como tres horas, y el paisaje es divino porque atraviesa el Valle Sagrado. Todo el Perú es barato. Los hoteles no valen nada y la comida es riquísima.

La reunión fue progresando hasta que la gente empezó a hablar en grupos. Federico, atrincherado en su rincón, empezaba a sentirse realmente a gusto.

Entonces sucedió lo que todos esperaban. Isabel, estudiante de Artes, se le acercó atraída por su silencio. Federico era bien plantado, se vestía con bluejeans y buzos de cuello de tortuga que le daban un vago aire revolucionario. Él, al principio, le contestó con monosílabos, pero ella parecía no darse por enterada y siguió haciéndole preguntas.

—¿Y tú que estudias? —preguntó Isabel.

—Por ahora, nada —dijo Federico—. Hice un poco de Filosofía, también empecé Derecho. Leo mucho, pero estoy en receso.

—Haces bien —respondió ella—. A veces tanta clase, tanta fotocopia y tanto trabajo aturden.

—Sí, eso es lo que pienso.

Intentó hundirse en uno de sus silencios, pero Isabel se lo impidió con más preguntas:

—¿Y has viajado?

—Sí, pero sólo por Colombia.

Federico se arrepintió de haber entrado a la casa. Pensó que tal vez Mario, con la complicidad de papá y mamá, le había montado esta trampa. Ya se la pagaría. Ahora debía alejar a esta jovencita imprudente.

—Estás pálida —le dijo—, ¿tienes alguna enfermedad contagiosa?

—No —respondió Isabel algo molesta—. Lo que pasa es que tengo la regla y como soy virgen sangro mucho. Pero no te procupes, ya me iba.

Hizo ademán de levantarse. Federico sintió vergüenza y la retuvo.

—Perdona, no sé por qué... Espera, ¿te sirvo más vino? Quédate.

—Sírveme un poquito, gracias.

Tenía una sonrisa dulce. De pronto se quedó sin nada que decir. Con las dos manos apretó el vaso de Coca-Cola.

—Supongo que no tendrás novia —dijo ella—, se ve que te gusta sacar corriendo a las mujeres. ¿Eres homosexual?

Ambos se rieron.

—Bueno —dijo Federico—. Ya hubo empate. Cuéntame qué haces en la universidad.

—Estudio Bellas Artes. Soy alumna de Bárbara. Entonces qué, ¿tienes o no tienes novia?

Federico se sintió incómodo y permaneció en silencio.

—Perdona —dijo ella—, no sé por qué te pregunto cosas tan personales.

—No importa —dijo él—. ¿Y tú tienes?

—No —respondió Isabel—. Tuve una experiencia dolorosa hace dos años y desde ahí no he logrado.

—¿Una relación rota?

—No, nada que ver con eso —dijo ella—. Hm, fíjate, ahora eres tú el que hace preguntas personales. A lo mejor lo haces para evitar las mías.

Federico se rió. Luego se reclinó en la silla y clavó los ojos en lo alto de la chimenea.

—¡Hey, sigo estando aquí! —dijo ella—. No me importa que me preguntes, eso te lo puedo contar. Mi analista dice que es bueno que lo haga.

—¿Vas donde un analista?

—Sí, por lo que te dije.

Se tomó un trago largo de vino, encendió un cigarrillo y empezó su historia:

—El problema empezó con la muerte de mi hermano menor.

Vivíamos juntos, estábamos muy unidos... Eso me complicó las cosas a la hora de acercarme a otros hombres. No se trata de incesto, no vayas a creer.

Se quedó en silencio un momento.

—Es que él se suicidó.

El vaso que colgaba de los dedos de Federico cayó al tapete. Su mano izquierda, como un resorte, fue a alojarse al cuello buscando algo para rascar.

—Se tomó unas pastillas y murió. Fue horrible. Yo llegué a la casa una tarde y lo vi dormido. A él le gustaba dormir siestas después de estudiar. Pero por la noche, cuando lo llamé a comer, no logré despertarlo. Si lo hubiera llevado al hospital por la tarde se habría salvado.

Los ojos se le llenaron de lágrimas. Federico sintió un río de hormigas picándole la espalda. Por fin se atrevió a hablar.

—¿Sabes por qué lo hizo?

—No. Llevo dos años tratando de saberlo. El psicólogo me dijo que es algo que ciertas personas llevan dentro.

Federico sintió que Isabel buscaba alivio. Le puso la mano en el brazo.

—Lo siento mucho, hay cosas que no tienen explicación.

—He tratado de leer lo que él leía —dijo Isabel—. De oír su música, de hablar con sus amigos. Pero nadie sabe nada.

—Hay un libro de Camus... —empezó a decir Federico.

—*El mito de Sísifo*, sí. Ya lo leí, pero no me dio ninguna respuesta. El mismo Camus dice que nadie se suicida por llevar hasta el extremo una lógica.

—Pero esa lógica puede crear un cierto desapego, una temperatura interior que predispone, no sé. Hay ideas que se vuelven obsesiones. Como la religión.

—La religión condena el suicidio —replicó Isabel.

—Sí, pero le da sentido a la muerte. Es muy complejo. Además todos somos distintos. ¿Cómo se llamaba tu hermano?

—David. Tenía veintidós años.

—Era muy joven.

—Sí... Fíjate, yo pienso en todo lo que él nunca podrá conocer. Otros países, miles de personas, libros, música. No puedo creer que uno renuncie a tanto. Estaba empezando a vivir.

La reunión, a espaldas de ellos, se animaba. Papá había destapado otra botella de ron y un grupo fue al estudio a ver las pinturas de mamá.

—¿De verdad eres virgen? —preguntó Federico.

—No, por Dios. Qué voy a ser.

—Lo dijiste muy segura.

—No —se sonrojó antes de concluir la frase—. Te lo puedo demostrar.

Ambos se rieron. Federico la miró con afecto.

Los leños de la chimenea chisporrotearon un poco más hasta apagarse. De repente alguien miró un reloj y dijo «es tardísimo». La gente empezó a levantarse y Pablito y yo salimos disparados a traerles las chaquetas. Todos se despidieron. Federico e Isabel intercambiaron números de teléfono. En sus miradas se vio el deseo de prolongar la charla.

Muy pronto volvieron a encontrarse. Tres días después, se dieron cita en la puerta de la ciudad universitaria, sobre la carrera Treinta, y fueron a comer empanadas a la avenida Caracas. El tío Mario acompañó a Federico hasta el lugar y luego lo dejó solo. Sintió nervios, pero decidió jugársela. Federico no había parado de hablar de Isabel y le parecía improbable que intentara algo ese día. Por las dudas, el tío se quedó espiándolo desde lejos hasta que ella llegó. Al verlos caminar por la Cuarenta y cinco buscando un bus, decidió dejarlos.

La conversación de Isabel y Federico volvió al mismo tema: el suicidio del hermano.

—¿Y tú por qué crees que lo hizo? —preguntó Federico.

—Es un misterio —respondió Isabel—. He estudiado las hipótesis más frecuentes: el grito de ayuda, la búsqueda egocéntrica, la culpabilización de los demás, el trastorno mental. Pero con ninguna logro una respuesta.

Ahora caminaban por la avenida Chile hacia la Séptima. Un viento fresco bajaba del cerro. En la carrera Once entraron a una cafetería a tomar un refresco.

—Dicen que todas las personas tienen un límite para soportar el sufrimiento —analizó Federico—, y que alcanzado ese límite el suicidio es una liberación. ¿Él sufría?

—No, no al menos que yo sepa.

—¿Y no crees, entonces, que haya podido ser una simple elección?

—No —dijo ella, categórica—. A menos que seas una especie de Rimbaud, a los veintidós años no eliges algo así.

—Recuerda que uno no eligió vivir. Ninguno de nosotros firmó un papel aceptando las condiciones.

—Sí, pero para poder decir eso necesitas estar vivo primero, y entonces es como renegar de una comida que ya te has comido. No señor, no me convence.

Federico la miró con interés. Salieron a la calle y caminaron hasta la Séptima.

—Nadie tiene la obligación de vivir una vida que no ha pedido, y menos para darle gusto a los demás.

—O. K., pero si has aceptado el cariño de otros, luego no puedes largarte sin que te importe lo que los demás sienten. Es un engaño. Acuérdate de lo que dice Sábato en *Sobre héroes y tumbas*: el soldado no eligió estar donde está, pero si decide desertar durante la guardia porque la guerra es horrible, es un canalla.

—Es un ejemplo tendencioso —replicó Federico, sintiendo gotas de sudor corriendo por su espalda—. La aceptación que los demás hacen de la vida sólo los compromete a ellos.

—¿Estás diciendo que David hizo bien al suicidarse?

—No —respondió Federico—. Estoy tratando de que tú encuentres una respuesta.

Caminaron varias cuadras en silencio. El viento se hacía cada vez más frío. Miraron hacia el cielo y vieron varios nubarrones grises espesándose. Poco faltaba para que empezara a llover.

—¿Te acompaño a tu casa? —dijo Federico.

—No, gracias. Prefiero ir sola.

Le alargó la mano a un bus, saltó al escalón y le hizo adiós con la mano. Federico se quedó en el andén, ya con las primeras gotas de la lluvia, sintiendo bullir en su cabeza una gran cantidad de preguntas. Entonces lo atrapó una oleada de miedo por la súbita libertad en la que se encontraba. Paró un taxi y se fue a su casa. Al llegar, le contó a las hermanas sobre Isabel. Les prometió invitarla un día a la casa para que la conocieran.

Tal vez fue un viernes.

Ismael no había llegado aún del colegio pero la sirvienta me hizo pasar y, con un gesto, me invitó a subir al segundo piso a esperarlo en el cuarto. Acepté a pesar de que la casa me daba un poco de miedo, pues Ismael no debía tardar, y comencé a jugar con los muñecos que llevaba en el bolsillo.

Un rato después sentí ganas de orinar y salí al corredor, pero al llegar frente al baño vi que la puerta del dormitorio de la madre estaba abierta. No pude resistir la curiosidad y entré muy despacio, tratando de no hacer ruido. Era el lugar más inhóspito de la casa: tan oscuro que no se veía la pared del fondo; olía a cigarrillo, alguien había regado azúcar en el suelo. Di dos pasos, entre tinieblas, hasta escuchar un ruido. Me di vuelta y pegué un grito. Allí estaba la madre, mirándome.

—Buenas tardes, señ... —traté de decir.

—Buenas —dijo.

Sentí un olor ácido en el aire. Era alcohol y venía de su aliento, o tal vez de una botella transparente puesta sobre la mesa. Cuando me acostumbré a la oscuridad pude verla mejor. Su mirada emergía del fondo de dos cavernas. Tenía puesta una bata de toalla raída, el pelo agarrado en un moño y dos pantuflas. Sobre la mesa había un gigantesco Cristo de porcelana. Sin dejar de mirarme, agarró la botella por el pico y llenó un vaso que enseguida bebió de un trago. Su rostro, demacrado y pálido, aún expresaba bondad.

—Ismael está por llegar —dijo—. Espéralo.

Trató de volver a llenar el vaso, pero su mano, torpe, tumbó la botella. Sólo en ese instante dejó de mirarme.

—Sí señora —dije asustado—. Gracias.

Quise ayudarla con la botella, pero al acercarme noté que ya la había levantado. Escuché el chorro del líquido entrando al vaso y de nuevo vi cómo se lo llevaba a los labios. Tosió antes de hablar.

—Ve a jugar, Esteban. Estás en tu casa...

Cuando Ismael llegó le conté que la había conocido. Entonces me miró preocupado.

—No ha debido verla. Está muy enferma.

—Ella es muy amable —respondí—. Sabe mi nombre.

—Yo se lo dije.

Ismael estuvo bastante serio ese día. Cuando me despedí me pidió que no le contara a nadie que la había visto. Se lo prometí y salí a la calle bastante nervioso.

El fin de semana vino a buscarme.

—¿Le contó a alguien lo de mamá?

—No —respondí—. Le prometí que no.

—Ah, bueno.

—Si no se lo dice a nadie, le cuento otro secreto —me dijo.

—Se lo prometo.

—¿Me lo jura?

—Jurado.

Ismael se levantó, fue a la ventana y habló de espaldas.

—Ella está así porque papá está en la cárcel. Los domingos, con mis hermanas, vamos a visitarlo.

—¿Y por qué está en la cárcel? —pregunté, curioso.

—Eso no se lo puedo decir.

Acto seguido se arrodilló sobre el cuero de vaca y agarró uno de mis muñecos.

—Ahora juguemos... Y no me lo vuelva a preguntar nunca.

—Bueno —le respondí.

La infancia está repleta de héroes. Batman era un melancólico aristócrata que arrastraba una tragedia ocurrida en su niñez, pues los padres habían sido asesinados. Supermán, cuando no estaba volando por los aires, era un periodista del diario *The Globe* llamado Clark Kent, enamorado de una colega de sección. Tarzán era un inglés que andaba en taparrabos por la selva. Linterna Verde, un señor de clase media al que, de todos modos, le alcanzaba para contratar a un mayordomo chino que tenía la obligación de atacarlo cada vez que llegaba a su casa. El Llanero Solitario, alias *Kemo Sabay*, era un vaquero que nunca se podía cambiar de ropa porque no llevaba maletas, y Toro, su amigo y fiel servidor, le servía de enlace con los indios. El grito de «¡Arre, Plata!», dirigido al caballo blanco, era una de las frases que más repetíamos corriendo con una escoba entre las piernas.

—¿Cuál es su héroe preferido? —le pregunté un día a Ismael.

—Ninguno —dijo.

—¿Ninguno?

—No —me respondió—. Qué importa si no existen.

—Pero si existieran, ¿cuál sería su preferido? —insistí.

—Tendría que verlos primero.

Clarita contó, según Delia, que la última carta de Toño era lo más de linda. Que había ido a hacer una marcha por las montañas hasta bien adentro de la selva y que había visto una cantidad de animales raros. Un oso, por ejemplo; dizque es un animal de pelo oscuro brillante y enormes ojos azules. Que les había costado trabajo agarrarlo, pero que ya lo tenían casi domado y que le habían puesto de nombre Fidel. También había contado que ya no eran ventipico guerrilleros sino más, como sesenta, y que la revolución ya estaba cerca, y que había aprendido a hacer emboscadas aunque todavía no le hubiera tocado echar un solo tiro. Menos mal. Claro, Toño decía que si disparaba era contra los enemigos, pero que de todos modos le daba impresión porque detrás del uniforme había personas y que sobre todo eran colombianos, aunque tampoco se olvidaba que eran los mismos que tenían oprimido al pueblo y que le habían vendido el país a los gringos, decía Clarita que había escrito Toño, y que al fin y al cabo colombianos también habían sido los que bombardearon Marquetalia.

Pero Clarita dijo que se había atrevido a preguntarle que para qué seguían acordándose de algo que pasó hace ya tanto tiempo, y él contestó que lo que pasaba era que todo seguía igual y que se podía decir que a Marquetalia la bombardeaban todos los días, y era por eso que debían luchar. Entonces, por fin, Clarita decidió pedirle en una carta que no le contara tanto de política, que ella para eso era una bruta, y que más bien le dijera qué comía y si tenía ya novia y que cómo eran sus amigos.

Toño, en la siguiente, le dijo que todavía no tenía novia pero que le estaba caminando a una caleñita lo más linda de 19 años. Contó que a veces se iban juntos a comisión de inteligencia y que ya dos veces les había tocado armar cambuche solos, porque los guerrilleros cuando más andan es por la noche. De noche caminan y de día estudian los senderos. Dijo que a la guerrillera le gustaba la salsa y las baladas; obvio, siendo caleña, y Clarita le preguntó a Delia si podía imaginarse a una mujer en esos trajines, con todas las dificultades íntimas, ¿cómo harán en medio del monte, sin baños ni nada? Clarita dijo que ella no serviría para la revolución porque era una floja y sobre todo muy miedosa. Toño le había contado que en la montaña, cuando se pagaba guardia, asustaban. Que había ruidos y que a veces se agarraba al fusil encalambrado de pánico. Pero bueno, dizque la guerrillera como que sí le paraba bolas a Toñito, y que ahí andan. Clarita dijo que quién sabe cómo se hará en la guerrilla para enamorar a una mujer: si será igual que en Medellín, que un hombre le hace visitas y la lleva al cine. Claro, tan boba, a qué cine la iba a llevar en ese monte, pero por eso preguntaba cómo harán allá para enamorarse.

Dijo Toño, y esto a Clarita sí la preocupó, que comían sobre todo arroz con plátano, y que desayunaban agua de panela con una galleta que llaman «cancharina». Claro, se preocupó porque con esa caminadera por el monte le hará falta un buen caldo de carne, el frisol y la verdura. Dizque estaba más flaco pero no en los huesos, que lo que se le había ido de gordo le había salido de músculo, y que ya no tenía ampollas en los pies ni se andaba cayendo en los caminos, como le pasaba al principio. Y otra cosa: que las llagas de los mosquitos, de «la plaga», como él dice, ya se le habían pasado con unas yerbas hervidas, y que con el tiempo se había acostumbrado y ahora era capaz de dormir sin botas, con los pies descalzos, sin que se le metiera el jején. Clarita le dijo a Delia que con ese cuento sí la había matado porque ella hasta el miedo se lo aguantaba pero no los zancudos, pues ella era muy blanca y no más ahí en Robledo, cuando alguno la picaba, se le formaban unos lamparones morados que duraban días en sanar. Lo que sí le gustó fue que en la carta contó del encuentro con un amigo del mismo Liceo, un joven que era mayor que él y que conocía a alguna gente de Robledo. No le contaba quién era por seguridad, pero ni se podía imaginar. Clarita le dijo a Delia que teniendo allá a alguien conocido la cosa era a otro precio, porque si le pasaba algo al menos alguien valía por él, y dijo que eso era lo bueno de haberse ido a Urabá, tan cerquita de Medellín. Seguro que a alguien conocido se iba a encontrar.

Las hermanas de Federico acogieron a Isabel en la casa como a una salvadora, y el doctor Murcia, encrespándose el bigote, le dijo al tío Mario que ésa era la mejor terapia.

—Si una novia no le devuelve las ganas de quedarse en el mundo es porque Federico ya está muerto —dijo circunspecto—. Un polvito a tiempo es la pura vida. ¿De quién fue la idea?

—Suya, doctor —respondió Mario—. ¿No se acuerda? En el hospital, la última vez...

—Hm, yo ya ni sé, pero a lo mejor ése es el milagro que estábamos esperando.

Las hermanas no se atrevieron a hablar con Isabel del problema de Federico, y confiaron, por consejo de Murcia, en que mientras estuviera con ella no reincidiría. Este insólito cambio en la situación los tenía a todos bastante esperanzados.

Salían los sábados, paseaban por el centro o por el parque Nacional y por la noche entraban a los cines de la calle Cuarenta y cinco. El tío Mario los acompañaba y luego conversaban hasta tarde en alguna taberna, comentaban la película o hablaban de los libros que estaban leyendo. Otras veces Isabel les preparaba algo de comer en su casa y luego Federico se quedaba a dormir con ella. Por esos días sus visitas a nuestra casa se hicieron más frecuentes y todo el mundo se sentía optimista. Se veía que se querían mucho. Su relación, eso sí, estaba regida por el tema de la muerte.

—El suicidio no es algo tan extraño, Isabel —explicó Federico—. Fíjate, según estadísticas mundiales alguien lo hace cada ochenta y cuatro segundos. Esto quiere decir que es una de las diez causas más frecuentes de muerte entre los adultos.

—Bueno —repuso Isabel—, pero tú ya sabes cómo son las estadísticas. ¿Se supone que lo que mucha gente hace debería dejar de preocuparnos o qué? Obvio que mucha gente se suicida. Pero, ¿y...? También hay un porcentaje de personas que matan a su madre, o que se acuestan con su perro, o que comen tierra... Es muy difícil hacer algo y ser el primero.

—Eso te permite relativizar —replicó Federico.

—Sí, tal vez sí, pero nada más. Saber que a mucha gente le duelen las muelas no me quita mi dolor, ése es el error de las estadísticas.

Federico le apretó la mano. Cruzaron la Caracas y subieron

por las escalinatas del pasaje Libertador. Hacía poco habían estrenado *La naranja mecánica*, de Stanley Kubrick. El tío Mario les había dicho que era extraordinaria, y a pesar de que Isabel protestó al saber que era un poco violenta, se dejó convencer atraída por una frase de mi tío:

—En el fondo es una historia muy contemporánea.

Con eso fue suficiente. Entonces se fueron a pie hacia el parque de Lourdes.

—Tú, que estás metida en el mundo del arte, deberías entender mejor el suicidio —siguió diciendo Federico—. ¿No se supone que el artista quiere cambiar la realidad? Es una forma de negarla.

—Sí, pero no todas las ideas tienen por qué llevarse a la vida. Son dos cosas muy distintas.

—Hasta cierto punto —dijo Federico—. Los surrealistas lo hacían.

—Y por eso les fue tan mal —dijo ella riéndose—. ¿Quién lee hoy la poesía de Breton? Los estudiantes, nadie más. Es poesía para poetas y profesores de Poesía. El que no haya estudiado sus manifiestos no podrá entender ni una palabra. Ni lo que pintaban, ni lo que escribían y mucho menos la forma en que querían vivir.

—Bueno. —Ahora era Federico el que se reía—. Tampoco exageres.

La cola era infinita. Las últimas personas salían del pasaje hasta la carrera Trece, y por eso pensaron que tal vez sería mejor volver más temprano otro día. Entonces fueron a la cafetería San Fermín y pidieron un par de cafés.

—Tú sabes mucho del tema del suicidio —le dijo Isabel, de repente—. ¿No estarás pensando tú también...?

Federico se sintió incómodo. Una gota de sudor le recorrió la espalda.

—No, claro que no, pero lo he estudiado con la idea de escribir algo. Un artículo, o de pronto hasta un libro. Estos días he repasado el tema para hablar contigo.

Isabel se recostó sobre la mesa y le dio un beso en la boca.

—Muy considerado de tu parte, caray —dijo—. A ver, cuéntame qué es todo lo que sabes.

Federico le contó de los primeros suicidas: Abimélec, en la Biblia, le pidió a uno de sus soldados que lo rematara luego de que una mujer le quebrara la cabeza lanzándole una roca desde lo alto de una muralla, en el sitio de Tebes. El rey Saúl, derrotado por los filisteos, se arrojó sobre su propia espada para no ser hecho prisionero. Aquitófel se colgó. Zimrí le prendió fuego a su palacio y se entregó a las llamas en el sitio de Tirsá. Sansón, al derribar las columnas del Templo, se provocó la muerte por aplastamiento, lo mismo que Eleazar, que mató a un elefante a sabiendas de que éste, al caer, lo aplastaría. La más cruel fue la del rey Razias, citada por Montaigne: Razias, horrorizado ante la idea de caer en manos de los idólatras comandados por Nicanor, se atravesó el pecho con una espada. El golpe no fue certero y, con la vida que le quedaba, saltó desde lo alto de un muro sobre sus enemigos. Pero éstos lo esquivaron y Razias cayó de cabeza sobre el empedrado. Los hombres de la antigüedad eran duros y Razias seguía vivo. Con el último hálito de fuerza corrió hasta un lugar rocoso, se arrancó las entrañas con las manos y las tiró a sus enemigos injuriándolos. Hecho esto, murió.

—Qué horror —dijo Isabel—. Me estás dañando el café con esas historias. Cuéntame otras que no sean tan crueles.

—Bueno —dijo Federico—. Está el suicidio de Judas. Después de vender a Cristo por las famosas treinta monedas se colgó de una higuera. Se colgó por la culpa y porque lo engañaron; los romanos le habían prometido no hacerle daño a Cristo.

La mesera los interrumpió para dejar una canastilla con dos empanadas de pollo bien calientes. Isabel pidió una gaseosa Colombiana.

—También está el otro Judas —siguió diciendo Federico—, Judas el Galileo, fundador de la comunidad de los zelotes. Para no rendirse a las tropas romanas en Masada propuso un suicidio en masa. Novecientos zelotes se mataron. Fíjate que en esa época era muy común el suicidio para salvar el honor.

Federico continuó las historias de suicidios ante la mirada absorta de Isabel. Cuentos de amantes despechadas, con los casos emblemáticos de la princesa Dido, desdeñada por Eneas de Troya, y de la cortesana Safo, de Lesbos. Dido se quemó viva y Safo saltó por los aires desde el poético peñón de Léucade. O el caso de las doncellas de Mileto, mujeres devotas que para no perder la castidad, es decir para evitar que los usurpadores les abrieran las piernas, se entregaron a la muerte.

—Bueno —se rió Isabel—. Eso sí me parece exagerado. ¿Crees tú que la virginidad vale tanto?

Y el caso más sonado de la antigüedad clásica: el suicidio de Cleopatra. La reina egipcia era experta en venenos, pues los experimentaba con los prisioneros que llegaban a sus mazmorras. Gracias a esas pruebas, Cleopatra sabía que la forma más dulce de morir la provocaba una de sus serpientes o, como escribió Plutarco, «la mordedura del áspid»: un sopor letárgico que llevaba a la muerte como al sueño. Llegó el momento en que Marco Antonio, su amante, ya no soportaba la vida. Sus tropas lo habían abandonado y creía que Cleopatra había muerto. Entonces le ordenó a uno de sus criados que lo matara. Pero el joven, de nombre Eros, prefirió suicidarse antes que matar a su jefe. Ante esta situación, Marco Antonio se dio un tajo en el vientre con su espada, y cuando estaba a punto de morir, en las últimas brumas de la vida, apareció Cleopatra. La reina se desgarró las vestiduras al verlo moribundo, se untó los dedos con su sangre y se arañó el cuerpo. Tras sepultarlo, Cleopatra le ofreció uno de sus senos al colmillo mortal de la serpiente.

—Caramba otra vez —dijo Isabel—. No sabía que esa historia fuera tan trágica.

—Bueno —siguió diciendo Federico—, fíjate que a Shakespeare le intrigaba el suicidio. Cleopatra, Romeo y Julieta, la Ofelia de Hamlet, Timón de Atenas... Sus obras están llenas de suicidios, tal vez porque la persona que se da muerte sólo lo hace después de una profunda inmersión en la vida.

—Puede ser —Isabel acabó la empanada y pidió otro tinto—. ¿Sabes una cosa? Con todas tus historias empiezo a ver lo de David con otros ojos.

Federico, envalentonado, volvió al tema con más bríos. Le habló del suicidio como libertad última del hombre, encarnado en la muerte de Catón. «Ahora soy mío», dijo el político romano antes de hundirse el filo de la espada, una espada que, por cierto, sus familiares y servidores le habían escondido. El emblema del arrepentimiento es el suicidio de los asesinos de Julio César, Casio y Bruto, enloquecidos por la culpa. El suicidio por parodia es el de

Peregrino, descendiente de Diógenes. Peregrino se arrojó a una hoguera delante de un público de griegos queriendo parodiar el espectáculo que ofrecían los mártires católicos. ¡Qué idea peregrina! Los romanos eran orgullosos y cometían suicidios filosóficos: Lucio Aruncio se suprimió para «huir del porvenir y del pasado». Silvanio y Estacio Próximo, condenados a muerte, fueron perdonados por Nerón, pero ambos se suprimieron para que su vida no dependiera de la gracia de un emperador perverso. Poco después, el mismo Nerón se hizo apuñalar por un esclavo. Entre los filósofos está la cicuta de Sócrates, quien según dicen se fue muriendo despacio, de los pies a la cabeza, y alcanzó a tocarse las extremidades yertas. Pitágoras, según Diógenes Laercio, le puso el cuello a sus enemigos, pues prefirió entregarse antes que poner los pies sobre un campo de habas: «Mejor morir que pisar estas habas», habría dicho. Demóstenes, como Sócrates, tomó el veneno. Dicen que Empédocles se lanzó a las entrañas del volcán Etna. Séneca bebió la cicuta y luego entró al baño turco, para que la sangre corriera más veloz por su cuerpo y apresurara el fin.

—Bueno, suficientes muertos por hoy —dijo Isabel de pronto, levantándose—. Ahora ven a mi casa, que te preparo unos buenos espaguetis. Te invito a ver el noticiero echados en la cama.

Y fueron.

Tras comer la pasta y estar un rato en el dormitorio, Isabel se quedó dormida. Federico no se acostumbraba a dormir al lado de una mujer, y por eso se levantaba por las noches, insomne. Fue al salón y trató de distraerse, pero temía hacer ruido y se quedó en la oscuridad, en silencio. Y en ésas estaba cuando se le ocurrió ir a echar un vistazo al cuarto de David. Según Isabel, el cuarto permanecía igual al día de su muerte.

Se fue acercando por el corredor hasta llegar a la puerta, abrió la chapa sin estar muy convencido y dio un paso adelante en la oscuridad. Cuando se acostumbró a la luz notó que, en efecto, todo estaba igual; incluso la cama parecía tener ese leve desorden de la siesta. Se animó a encender la lámpara y, al hacerlo, descubrió una tenue luz amarilla. Entonces empezó a revisar la habitación. Los cajones del armario con la ropa intacta; el escritorio repleto de cuadernos; los estantes de libros. Los autores eran los que leía cualquier joven de su edad: Kafka, Stevenson, Wilde... Comenzó a hojearlos uno tras otro, leyendo algunos subrayados, hasta que llegó a la edición de los *Cuentos* de Kafka. Lo abrió al azar en «Informe para una academia» y se demoró un rato en las primeras frases. Pasó las páginas leyendo por encima hasta que vio un subrayado y una nota en «De las alegorías». La nota decía: «Ver página 276 de libro número 53». En ese momento Federico se dio cuenta de que David tenía numerados los libros. Empezó a buscar el 53 y no lo encontró: estaban el 52 y el 54, pero no el 53. Trató de ubicarlo en los demás estantes, pero nada. ¿Qué libro podía ser? Releyó la frase de Kafka subrayada y trató de imaginar qué libro le sugería a él. El subrayado era el siguiente:

Cuando el sabio dice «Anda hacia allá», no quiere decir que uno deba pasar al otro lado, lo cual siempre sería posible si la meta del camino así lo justificase, sino que se refiere a un allá legendario, algo que nos es desconocido, que tampoco puede ser precisado por él con mayor exactitud y que, por tanto, de nada puede servirnos aquí.

Sintiéndose en confianza, se recostó en la cama con el libro de Kafka, tratando de comprender hacia dónde podía conducir esa alegoría, y, de repente, mirando hacia el techo, vio algo que llamó su atención. Era una ranura sobre el armario que no podía verse desde el resto del dormitorio. De inmediato trajo una silla, estiró el brazo y lo abrió; adentro estaba el libro número 53: *Recuerdos de otras vidas*, de autor anónimo.

Federico bajó de la silla y comenzó a revisar el libro. En la página 276 había un asterisco en lápiz y una flecha señalando un párrafo:

Si dudas, Acude a tu Maestro
Si dejas de creer, Él tiene la Respuesta
Si has perdido la Fe, ve a Él
Él está en ti aunque no lo veas
Él te guía, porque te pertenece
Tú y Él son lo mismo
Siempre ha sido así
Desde siempre.

Tenía algunas litografías, pero la reproducción era bastante artesanal. Una de ellas mostraba un pueblo medieval con un castillo en llamas, y un ser alado que soplaba avivando el fuego. Otra mostraba una serie de animales mitológicos huyendo por un bosque. Eran los demonios. La copia de David era una de esas ediciones piratas que venden en los cementerios. Federico conocía el libro, había leído algunos capítulos sobre la muerte y la resurrección hacía varios años y recordaba vagamente su contenido: teorías sobre las vidas pasadas, ejemplos históricos de reencarnación y metempsicosis, fórmulas para entrar en contacto con otras experiencias; era una especie de manual muy leído por los aficionados al «más allá». Hojeó despacio hasta llegar al pie de imprenta; entonces vio un papel suelto. Lo abrió y leyó: «Cuando termines de leer me lo devuelves, por favor. Mi teléfono es el 2295641. No te conozco pero tus ojos me inspiran confianza. Miriam.» Arriba tenía garabateada una fecha imprecisa: «Sábado. 3.00 a.m. Café Arquímedes.» Federico volvió a la sala llevando el libro; ¿cuánto hacía que David se había quitado la vida? Creía recordar que dos años.

Al día siguiente, antes de salir, se lo preguntó a Isabel.

—¿En qué fecha fue la muerte de tu hermano?

—El 23 de abril —respondió ella, vistiéndose—. ¿Por qué me lo preguntas?

—Quería saberlo, nada más —dijo, pensativo—. Ya se van a cumplir dos años.

—Sí, el mes entrante.

Prefirió no contarle lo que había descubierto. Luego Isabel tomó un café, agarró su mochila y se fue para la universidad. Él estuvo todavía un rato mirando el libro. Después revisó un calendario y calculó que el suicidio había sido un día jueves. ¿Quería decir eso algo? No lo sabía, pero la mención del sábado en la nota le había causado curiosidad. Después de bañarse y tomar otro café se quedó mirando el papel firmado por Miriam. ¿Quién sería? ¿Esperaría aún el libro? Le dio vueltas a una idea y al final se decidió. Entonces levantó el auricular del teléfono y marcó el número. Un timbrazo, dos, tres...

—¿Aló? —dijo una voz de mujer.

Federico se quedó un instante en silencio hasta que decidió hablar.

—Buenos días —dijo—. Quisiera hablar con Miriam, por favor.

—Miriam ya no vive aquí —respondió la voz—. ¿Quién la busca?

—Un amigo —se atrevió a decir—. Tengo un libro que quisiera devolverle.

—Ah, ya —replicó la mujer—. Lo que pasa es que Miriam ya no vive en Bogotá, ¿no sabía?

—No señora, hace tiempo que no sé nada de ella.

—Ella se fue a vivir a Zipaquirá.

—¿Y tiene teléfono?

—No, pero tiene un apartado postal. Se lo doy para que le envíe el libro, ¿bueno?

—Es usted muy amable.

Le dio los números, se despidieron y Federico colgó. ¿Quién podrá ser esa mujer? Luego, sintiendo que quería llegar hasta el final, sacó la guía de teléfonos y comenzó a buscar el Café Arquímedes. Lo encontró y copió la dirección. Quedaba en el barrio Palermo.

Con esa información y con el libro en su bolso salió a la calle. Tal vez Miriam supiera algo de David que Isabel ignoraba. A lo mejor ésa era la punta del ovillo que estaban buscando.

En Bogotá las mañanas son frías. Cuando hay sol, el pasto mojado desprende el vapor de la llovizna y crea en el aire una cortina de humedad. Pero si es muy temprano y todavía llueve, las gotas se meten por el cuello y el frío cala hasta los huesos.

El bus del colegio nos recogía a las siete de la mañana y por eso había que saltar de la cama muy temprano. Entonces la voz de mamá llegaba hasta el sueño, ¡afuera! Yo abría los ojos y la veía, tratando de acostumbrarme a la luz, y sentía dolor al tener que dejar las cobijas. El único aliciente era el agua caliente de la ducha. Entonces iba al baño, abría los grifos y me sentaba entre los vapores. Tras el desayuno salíamos con Juana, ya muy despiertos, al paradero del bus frente al Colegio La Salle, y era ahí que chocábamos con el aire húmedo del cerro y la luz mortecina del amanecer. Todos los días de mi infancia deseé que el bus del colegio no llegara y que pudiéramos volver a la casa. Hice fuerza maligna, invoqué a dioses y luciferes, pedí a los héroes, pero nada, el bus siempre llegaba. Su chasis color naranja aparecía en la esquina del parque y paraba frente a nosotros abriendo sus puertas. Algunas veces llegaba tarde, eso sí, entonces yo miraba las manecillas del reloj del Colegio La Salle sintiendo cada segundo como un tiempo precioso de libertad. Luego subíamos al bus y nos sentábamos en la primera banca. El chofer, que era buena persona, me dejaba pasar a su lado y apretar el botón rojo que abría y cerraba las puertas. Encima de la caja de botones había instalado un radio, un transistor sostenido por varias vueltas de cable. La emisora que a él le gustaba traía una voz optimista que cantaba:

> *Buenos días, viejo sol,*
> *buenos días, viejo sol,*
> *no digas nada, por favor.*

Y al segundo agregaba: «Marinos de Colombia: ¡Buen viento y buena mar!» Después de recogernos, el bus seguía por las sinuosidades de la carrera Quinta hasta la calle Sesenta y cinco, bordeando el cerro, y luego bajaba a la Séptima. El recorrido era largo hasta el Puente Subterráneo y al aproximarnos por la Ciento veintisiete veíamos de lejos los muros grises del liceo. Sentíamos un nudo en el estómago.

A Ismael, en cambio, sí le gustaba ir al colegio, tal vez por estar alejado de la casa. El edificio de su colegio quedaba en el barrio y era una vieja casona con un cartel a la entrada que decía: «Liceo Abraham Lincoln.» Un micro lo recogía antes de las siete de la mañana y, según me dijo, en su curso había sólo catorce alumnos. Estudiaba todo en español, lo que para mí era algo insólito, pues en el Leonardo Da Vinci hasta los cursos de gimnasia eran en italiano.

Un día, comiendo frunas en el murito de la tienda Kon Tiki, Ismael me preguntó:

—¿Usté qué es lo que más odia?

Pensé un rato y respondí:

—Madrugar para ir al colegio.

Él se quedó en silencio un momento.

—¿Y usté? —le pregunté yo.

—No sé. No sé si haya algo que yo odie. Tendría que pensarlo bastante.

Luego bajó del muro y me dijo:

—¿Le gustaría conocer a mis hermanas?

—Claro que sí —respondí.

Nos fuimos saltando muritos y vadeando antejardines. Al entrar a su casa me sorprendió ver un grupo de personas que no conocía. Era extraño que hubiera visitantes en ese lugar inhóspito.

—Ésta es Nubia y ésta es Silvia —dijo—, y éste es mi amigo Esteban.

Las dos eran mayores que él. Ambas tenían en la cara el mismo gesto bondadoso, casi espiritual, que aún sobrevivía en los demacrados rasgos de la madre.

—Ismael nos ha contado muchas cosas de ti.

No supe qué responder pues, la verdad, Ismael jamás hablaba de ellas. Tal vez era un cumplido y yo tenía poca experiencia. Me limité a sonreír con amabilidad.

—Vengan —dijo una de ellas—. Ya vamos a partir la torta.

—¿Torta? —pregunté.

—Es que es el cumpleaños de Silvia —respondió Ismael—. Se me había olvidado decirle. Por eso están mis abuelos y el tío.

Sentí vergüenza por no haberla felicitado y busqué la oportunidad para hacerlo, explicándole que no lo sabía. Pero al minuto apareció la madre con una torta de chocolate llena de velas encendidas. La madre tenía la misma bata de toalla raída y un cigarrillo colgando de la boca. Entonces la abuela, sin levantarse del sofá, propuso el *Happy birthday*, y todos lo empezaron a cantar en voz baja. Yo era el más entusiasta, pero al darme cuenta de que mi ánimo no correspondía a la situación bajé la voz. Silvia sopló las velas y, al apagarlas, fui el único en aplaudir; al darme cuenta me sonrojé y metí las manos al bolsillo, pero nadie se dio cuenta porque ninguno miraba hacia la mesa. La mamá partió las tajadas de torta y de inmediato se sirvió un vaso de licor transparente que apuró de un trago; luego se sirvió un segundo y propuso un brindis que nadie escuchó. En ese instante la abuela le tendió un regalo a Silvia. Ella lo recibió y, al quitar el papel de colores, vi con sorpresa su contenido: dos pares de medias grises. El regalo de la mamá era una camisa blanca para el uniforme del colegio, y el tío, un hombre circunspecto que además era bizco, le dio un paquete de dulces de café. Silvia agradeció dándoles a todos un beso y luego ordenó sus regalos, doblando con cuidado el papel de colores, dentro de un maletín de viaje. La verdad es que era una familia bastante triste.

Entonces la mamá nos sentó a los niños a la mesa a comer unos espaguetis con pollo. La torta vendría después.

—¿Cuantos años cumpliste? —le pregunté a Silvia.

—Once.

—¿Y por qué no viven aquí en Bogotá, con Ismael?

—Porque vivimos en Zipaquirá.

Noté que mis preguntas obtenían respuestas algo secas y preferí callarme. De pronto Ismael les dijo a sus hermanas:

—¿Saben? Esteban habla italiano.

—¿De verdad? —preguntó Nubia.

—Sí —dije sintiéndome un poco avergonzado—. Lo que pasa es que estudio en el Da Vinci.

—Di algo —pidió Silvia.

—No. —Me negué, sonrojándome.

—Di algo, lo que sea —insistió.

Me sentí bloqueado, tímido, temeroso. No me atreví a alzar la vista y, cuando lo hice con esfuerzo, vi delante los ojos de Silvia. Dos esferas tristes, suplicantes.

—Dime «feliz cumpleaños» en italiano. Te lo pido por favor.

Me quedé perplejo. Pensé que lo correcto era hacer lo que me pedía y hablé en voz baja.

—*Buon compleanno!* —logré decir, con las mejillas coloradas.

—Qué bonito —exclamó.

Se acercó y me dio un beso en la mejilla. «Fue el regalo más lindo —y agregó—: Gracias por el aplauso cuando apagué las velas.»

De pronto la tristeza se iluminó, y Silvia, con sus rizos negros, me pareció una pequeña diosa.

—Venga, quiero mostrarle algo —me dijo Ismael levantándose de la mesa.

Subimos corriendo, pero yo me quedé pegado a los ojos de Silvia. Algo me impedía dejarlos. Ismael me llevó a una especie de desván que quedaba sobre el estudio y al que había que llegar trepando por una escalera de pintor. Nunca habíamos subido allí. Era una habitación aún más oscura que el resto de la casa. Sólo una pequeña ventana mal iluminaba un salón de techos inclinados y bajos. Estaba llena de afiches con partes del cuerpo: el hígado, el cerebro, el corazón. Olía a encerrado. Un vientecillo gélido se metía por las rendijas de la madera.

Yo seguía atrapado en los ojos de Silvia como una hoja seca que da vueltas en un remolino de agua. Ni supe cómo llegamos allá arriba cuando ya estaba sentado, mirando a Ismael que, de rodillas, se esforzaba por sacar un bulto del fondo de un armario. Por fin lo logró y me dijo:

—Mire.

Abrió la boca del bulto y lo puso delante de mis ojos. Yo pegué un grito y salté hacia el hueco por el que habíamos entrado. Me descolgué por la escalera de pintor y me encerré en el baño, con el corazón saltando como una pelota de caucho.

La relación de Federico con Isabel seguía su curso. Las hermanas la recibieron como una más y por eso Isabel, casi todos los días, salía de clase en la facultad de Artes y se iba con sus carpetas de dibujo a la casa de ellos. Por esa época comenzó una serie de retratos de Federico en témpera, y él, literalmente, renació. Echó un poco de barriga, se dejó el pelo largo y se hizo el «afro». Compró ropa y volvió a tocar la guitarra.

Una noche vinieron a la casa con el tío Mario. Estuvieron hasta muy tarde charlando con papá y mamá, tomando copas de vino y cantando. Nunca habíamos visto a Federico tocar guitarra y a todos nos impresionó. Dijo que tenía oído absoluto y que también tocaba piano, clarinete y violín. Era otra persona. Entre otras cosas, empezaron a planear con el tío Mario el ansiado viaje al Perú, pues dentro de poco vendría Rebeca, una novia gringa del tío que nadie supo nunca de dónde había salido.

El tío Mario era un entusiasta del Perú. Se había enamorado de ese país leyendo las novelas de Vargas Llosa, a quien consideraba el mejor escritor latinoamericano.

—Es que Vargas Llosa tiene la virtud de hacerle ver a uno, con dos líneas, lo que está pasando —decía, entusiasmado.

Acababa de llegar a Bogotá, en la edición de Seix Barral, la novela *Pantaleón y las visitadoras*. Todos la comentaban.

—Es la primera vez que Vargas Llosa me hace reír —decía papá.

—Y la selva —decía Federico—. Parece que hubiera nacido allá.

—A mí también me encantó —dijo Isabel.

—¿Quieren más coñac? —preguntó mamá.

Mamá estaba leyendo *El obsceno pájaro de la noche*, de José Donoso; el mundo oscuro y abigarrado del Santiago de Chile que encontró en esas páginas la tenía perpleja.

—Parece escrito con resentimiento —dijo—. Se ve que sufrió mucho en esa ciudad.

Hablaron también de *La increíble y triste historia de la cándida Eréndira y de su abuela desalmada*, de García Márquez, y de *Libro de Manuel*, de Cortázar. El preferido de Isabel era Cortázar. En su cuarto tenía un afiche con una foto del gigantón, flaco y de dedos largos. Era su adoración.

—Quisiera ir a París a conocerlo —dijo—. De todos los escritores me parece el más sensible.

A papá, que había aprendido a leer con Tolstoi y con Balzac, Cortázar le parecía un poco lejano.

Yo miraba los lomos y las cubiertas de los libros en la biblioteca y trataba de descubrir su magia. Debía de ser un mundo muy grande el que cabía entre esas dos carátulas para que le dedicaran tanto tiempo; tantas veladas de charla al lado de la chimenea bebiendo vino o el delicioso coñac que yo ya había probado metiendo el dedo en el vaso de mamá.

Después de los libros venía la política: en Chile el gobierno de Allende estaba en problemas. Los mineros hacían huelgas; se sospechaba que detrás estaba la mano del Pentágono.

—La semana pasada vino una delegación de la Universidad de Chile —dijo papá—. Dieron dos charlas en el Auditorio y explicaron la política del gobierno.

—Dan ganas de irse para allá a ayudar —dijo Isabel—. Es una experiencia linda.

—Lástima que no los dejen gobernar —replicó el tío Mario—. Les están haciendo una guerra encubierta.

—Ojalá no tengan que tirarse a los brazos de los rusos —dijo papá.

Al filo de la medianoche los tres se iban. Federico e Isabel acompañaban al tío Mario hasta su casa, que era todavía la del abuelo, y luego se iban juntos.

Por la noche, ya solos, regresaban por un rato a su tema preferido. Era, a fin de cuentas, el tema que los había hecho encontrarse.

—Cuéntame más historias de suicidas, sabelotodo —le pidió Isabel a Federico—. Me hace bien oírte.

—No —respondió él—, esta noche no tengo ganas.

—Sólo un poquito, por favor... Mientras me duermo.

Federico se recostó boca abajo abrazando la almohada y empezó a contarle. En la época antigua, con la influencia de los estoicos, el suicidio era una especie de filosofía, de acto supremo sobre la vida. Pero claro, con el cristianismo las cosas fueron cambiando pues, como bien recordó san Agustín, es Dios quien da la vida y el único que puede quitarla. Y es que entre los cristianos, en una época, hubo un exagerado amor por el martirio y la autoflagelación, que en ocasiones provocaba la muerte, y eso era suicidio, ni más ni menos. La gran enseñanza de Cristo era ver la vida como vehículo del alma, y no tenía sentido amar al prójimo como a uno mismo si estaba permitido matarse. Sin embargo, suicidios hubo, y cuántos. La muerte del filósofo Giambattista Vico es un caso que todavía se discute. Murió enfermo, desfallecido y desmemoriado, y parece que en las últimas semanas se negó a alimentarse. Uno de los suicidios más famosos, por ironía, fue literario: el del joven Werther, personaje de Goethe. Por lo visto Goethe estuvo a punto de matarse por penas de amor y en lugar de hacerlo transfirió la pulsión a su héroe. Ésa fue su terapia, pues a partir de ahí Goethe vivió tranquilo, aunque muchos jóvenes lectores sí se suicidaron por la influencia del *Werther*. En la época de la Revolución francesa el suicidio por excelencia fue el del marqués de Condorcet. Él quería demostrar que toda la historia del hombre era una línea recta que llevaba hacia el bien y la felicidad, y para eso escribió su *Ensayo de un cuadro histórico del progreso del espíritu humano*, afirmando que el progreso del hombre debía ser necesariamente positivo. Hacia el bien. Ciorán, que era malo, llamó a ese libro la «biblia del optimismo», y lo irónico fue que Condorcet, de la Academia de Ciencias de París, presidente de la Asamblea Legislativa y miembro de la convención que debía redactar la Constitución francesa, cayó en desgracia por estar con los girondinos en contra de los *sans-culottes*, y fue condenado a muerte. Condorcet huyó, buscó refugio, cambió varias veces de escondrijo hasta que un día, cansado de errar por los bosques a las afueras de París, entró a una taberna, compró algo de comida y una pelliza de vino. El tabernero lo reconoció y lo denunció. Fue arrestado y, al día siguiente, los guardias lo encontraron muerto. Al parecer tomó un veneno que siempre llevaba escondido en la recámara de un anillo.

—Me divierte que sepas tanto del tema —lo interrumpió Isabel.

—No te deslumbres —respondió Federico—. Éstas son las típicas cosas que sabemos los autodidactas: nombres, fechas, cosas que sólo sirven para contarlas a los demás...

—A mí me sirven. Me gusta la forma en que las cuentas.

Isabel se arropó entre los brazos de Federico.

—Pero ya no me cuentes más —le dijo bostezando—. Suficiente por hoy. Hasta mañana.

De nuevo Federico prefirió no mencionar su hallazgo. No era oportuno hasta no saber qué había detrás. Al día siguiente, cuando caía la tarde, Federico se despidió de ella temprano y caminó por los anchos andenes del barrio Palermo hasta encontrar el Café Arquímedes. Empezaba a oscurecer. Era un local poco visible con un cartel de madera en la entrada: «Café Arquímedes.» No parecía ser un sitio muy de moda; la estructura de la casa era bastante vieja y los marcos de las ventanas estaban pintados de negro. Federico empujó la puerta y entró.

Adentro, el ambiente correspondía a la imagen exterior: poca luz, música suave, sobrios sillones de madera. El techo era un mosaico de planchas de hicopor pintadas de azul oscuro, representando un cielo por la noche, cuyas uniones estaban algo levantadas; una filtración de humedad había excavado varios agujeros negros en ese espacio estelar, tan antiguos que en algunos el hicopor estaba literalmente podrido. De ese techo, repleto de desniveles y con estrellas blancas pintadas, pendían alambres con esferas de balso de varios colores. Eran los planetas. Marte era de color rojo. Saturno era amarillo y tenía sus anillos algo caídos. Hacía tiempo que nadie se procupaba por ajustar la decoración, como suele suceder en los bares con clientela fija. El nombre de «Arquímedes» debía de ser un homenaje al padre de la astronomía.

La decoración de las paredes tenía otros mensajes de signo astrológico. Un muralista aficionado había pintado una alegoría con cada una de las imágenes del zodíaco, y así Capricornio era una especie de mujer desnuda con patas de cabra y un laberinto circular en el corazón. Detrás de la barra dos jóvenes conversaban sin notar su presencia.

Federico se sentó en una de las mesas advirtiendo que el local estaba vacío. Dando un vistazo al lugar, le pareció que era bastante natural que David hubiera recibido allí *Recuerdos de otras vidas*. Pensó que tal vez habría conocido a Miriam en una de estas mesas aquel sábado, antes de las tres de la mañana; supuso que hablarían de la reencarnación y que ella, entusiasmada por el interés del joven, decidió prestárselo. Lo que no sabía era cuánto tiempo había pasado entre ese momento y la decisión de suprimirse.

Poco a poco fue llegando gente al café y Federico advirtió que se trataba de personas muy diferentes entre sí; algunos parecían estudiantes; otros, de corbata y maletín, tenían el aspecto de haber abandonado hacía poco alguna oficina pública. La música se acomodaba a la decoración de planetas y estrellas. Entonces Federico se acercó a la barra y le preguntó a uno de los jóvenes que atendía.

—¿Conoce por casualidad a una persona llamada David Benavides?

El joven lo miró a los ojos sin alterarse.

—¿A quién?

—David Benavides... —repitió—. Venía por aquí hace un par de años. Era un estudiante.

—Un momento —dijo el joven.

Lo vio irse detrás de una cortina, pero la luz interior proyectaba su sombra y Federico notó que hablaba con alguien. Poco después volvió a salir acompañado de un señor mayor, de grandes bigotes y barba espesa.

—¿Qué se le ofrece? —Se dirigió a Federico.

—Pregunto por David Benavides.

El hombre miró hacia las demás mesas; se recostó sobre la barra antes de responder.

—¿Y usted quién es?

—Un amigo.

—Si de verdad fuera un amigo no me haría esa pregunta —dijo en tono seco—. Respóndame: ¿quién es usted?

—Soy el novio de Isabel —dijo Federico—. La hermana de David.

—Ya me parecía que usted no era cliente nuestro —agregó—. Aquí todos nos conocemos.

Hubo un silencio. El joven del principio lo llamó, pero el hombre le hizo con la mano un gesto que quería decir: espera, espera un momento...

—Entonces usted conoció a David —le dijo Federico.

—Lo único que he dicho es que a usted no lo conozco, y fíjese, eso me inquieta. —El hombre encendió un cigarrillo Pielroja, tiró el humo y siguió hablando—. Me inquieta que alguien venga a mi café a hacer preguntas.

—Tal vez lo que le inquieta es la respuesta a mi pregunta —reviró Federico—. El mundo está lleno de gente desconocida. ¿Y entonces? ¿Lo conoció?

Los ojos del hombre brillaron. Parecía molesto y no intentaba ocultarlo.

—Voy a contar hasta diez con los ojos cerrados —dijo—. ¿Y sabe qué? Cuando termine y los abra no quiero verlo.

Cerró los ojos y empezó a contar. Federico no se movió.

—Seis, siete, ocho...

Al abrirlos la cara de Federico se iluminó de un fogonazo; había encendido un cigarrillo.

—Veo que tiene agallas —dijo el hombre.

—No crea —respondió Federico—. Lo que tengo es una gran curiosidad. Una curiosidad que aumenta al ver que mi pregunta, algo tan sencillo, produce semejante malestar... ¿No le parece? Podría haberme dicho simplemente no, no conozco a David Benavides, y punto.

—¿Es de la policía?

—Ya le dije quién era.

El hombre se agachó para sacar algo del mostrador. Extrajo una botella de brandy y se sirvió en un vaso.

—¿Quiere? —le ofreció a Federico.

—No pruebo el alcohol, gracias.

—Yo tampoco lo pruebo —dijo el hombre—. Sólo me lo tomo.

Se quedó mirando a Federico.

—Usted va por mal camino: primero hace preguntas y luego me dice que es abstemio. Odio a los abstemios. ¿Cómo se le ocurre decirle eso al dueño de un bar?

—Usted, en cambio, me parece una persona interesante —replicó Federico—. Pero no entiendo una cosa: ¿A qué viene tanto misterio? Sé que David estuvo al menos una vez en este sitio. Quiero saber qué vino a hacer aquí.

—Satisfacer su curiosidad no va a devolverle la vida —dijo el hombre, bebiéndose de un trago el brandy.

—A David no, pero sí a su hermana.

—No la conozco —dijo.

—No se altere por eso... Es otra de esas miles de personas desconocidas. Todos somos extraños hasta que abrimos la boca, ¿no le parece?

—¿Quién es usted?

—Ya se lo dije.

—Hace un momento estuve a punto de agarrarlo por las solapas y sacarlo a la calle —dijo el hombre—. Pero no sé. Algo me impide tratarlo con violencia.

—¿Se define usted como una persona violenta? —preguntó Federico.

—Ya entiendo... Usted es un psicólogo. —El hombre sonrió, bajó la mano y volvió a servirse—. Sólo un psicólogo diría eso.

—Digamos que conozco bien a los psicólogos... —respondió Federico—. O sea que usted sí trató a David, y además sabe que está muerto. Es bastante como para no querer hablar de él.

—Ya le dije que no respondo a preguntas de desconocidos —insistió.

—Yo hice lo mismo hasta los doce años —repuso Federico—. Mi mamá me lo tenía prohibido.

El hombre esbozó una sonrisa.

—Voy a ser sincero, muy sincero... —dijo—. Otra vez estoy sintiendo el impulso de agarrarlo por las solapas, pero no sé si esta vez pueda contenerme.

—Inténtelo. Es un buen ejercicio. Cuente hasta cinco y dígase: «Aún no lo he hecho...»

Antes de terminar la frase, Federico sintió un golpe y las baldosas del suelo se levantaron hasta su nariz. Luego una fuerza superior lo alzó, abrió la puerta y lo depositó sin suavidad en el antejardín de la casa.

—La paciencia, como todo lo humano, tiene su límite —dijo el hombre desde la puerta—. Si quiere conversar conmigo, estimado filósofo, venga otro día sin esos humos de cachorro metido a perro. Al menos ya no será un desconocido.

Abrí el grifo del agua y me refresqué los ojos, que me quemaban. Sentía pánico por lo que había visto y ni siquiera era capaz de recordar con exactitud qué era aquello. De repente alguien golpeó a la puerta y me quedé paralizado. Los golpes volvieron a sonar y escuché las voz de Silvia.

—Esteban, ¿estás bien?

Su tono me tranquilizó y fui a abrirle. Estaba con Ismael.

—Me dijo que te lo había mostrado.

No me atreví a responder. No podía. Empleaba toda mi fuerza en no llorar.

—Ven, ven a sentarte un rato.

En el cuarto de Ismael, Silvia me dio un vaso de gaseosa.

—Lo que viste son sólo unos huesos —dijo ella.

Recordé, con horror, la imagen de una calavera con todos sus dientes y algo de pelo en el cráneo. Supuse que en algún momento todo eso le perteneció a alguien.

—Papá era médico y por eso los guardó —dijo Ismael, sin darle importancia—, no te asustes por estas cosas.

—Son los huesos de nuestro tío —agregó Silvia.

—¡Niños, bajen! —gritó la abuela desde el primer piso.

Nos precipitamos por la escalera y al llegar al salón vi un espectáculo que me llenó de inquietud. La madre de Ismael, dormida sobre uno de los sillones, había dejado caer una copa al suelo. Tenía un cigarrillo apagado entre los dedos.

—Queremos hacerles una foto —dijo la anciana, como si el espectáculo que ofrecía su hija fuera algo normal.

Nos pusimos al frente y la abuela sacó la foto. El flash nos deslumbró un segundo y enseguida noté que todos estaban bastante borrachos. El abuelo arrastraba las palabras y tenía un aliento ácido. La madre, de vez en cuando, levantaba la cabeza y trataba de fumar.

—Venga —me pidió Ismael—. Es mejor que se vaya a su casa.

—Bueno —respondí—. Despídame de sus hermanas.

—No le cuente esto a nadie —me dijo—. Se lo pido por favor.

¿El tío? Hasta ese momento no creía posible que uno pudiera guardar huesos humanos en su casa. Quise comentarlo con papá y mamá, pero preferí guardar el secreto.

Al sábado siguiente Ismael vino a buscarme.

—No debí mostrarle los huesos —me dijo—. ¿Se asustó mucho?

—Un poco, pero ya me pasó.

—Lo que pasa es que papá era médico. Él trató al tío hasta que murió... Por eso guardamos los huesos en la casa.

—¿Y por qué está en la cárcel su papá?

—Eso no se lo puedo decir.

Caminamos un rato por el parque. Los demás niños jugaban en un círculo de arena y yo los saludé desde lejos. Nos invitaron a jugar, pero Ismael no aceptó.

—No me gusta estar con ellos —dijo—. Ninguno entiende.

—¿Entiende qué?

—Lo que yo digo.

Me quedé perplejo.

—Usté es distinto —agregó.

De pronto se dio vuelta y se fue. Pero al alejarse me dijo desde lejos.

—Silvia le mandó saludes.

—Gracias —respondí—. Dígale que lo mismo. Que saludes.

Pasaron los días y yo sentía miedo de ir a buscarlo a su casa. Lo veía en el parque o en la tienda, pero cada vez que me invitaba a jugar con el teleférico daba largas.

Pasó un tiempo sin que llegara carta de Delia, pero un día volvió a escribir y pudimos saber más detalles de la vida de Toño en la guerrilla. La gran novedad, y qué tremenda novedad, era que lo habían visto. Había bajado del monte a Medellín y se había encontrado en un lugar secreto con Clarita. Ella se puso como loca de la felicidad y se puso a prepararle buñuelos, le llevó la plata que tenía ahorrada, le compró ropa interior y una camisa blanca. Toño le dijo que era una hermana generosa y bobita pues sabía que en la guerrilla usaban uniforme, que era verde como el de los soldados. Clarita le dijo que lo había pensado, que tampoco era tan sonsa, pero había imaginado que allá en la guerrilla también tendrían un día de descanso y a ella le gustaba pensar que su hermano iba a estar bien vestido, porque digan lo que digan la gente se ve en la ropa; él le contestó que no, que no fuera tan ingenua, esas son enseñanzas de una educación que no sirve, la ropa es lo de menos y lo importante es lo que hay por dentro, en la cabeza y en el pecho, y Clarita le respondía, según contó Delia, que claro, pero que lo de vestirse es un modo de decirle al otro, al que lo ve a uno, yo lo respeto, lo respeto y por eso me visto así, y eso también es prueba de que uno es educado, y es una forma de quererse; si uno no se quiere menos va a poder querer a los demás, y ya lo dijo Nuestro Señor, citó Clarita, que había que amar al semejante, y amar es respetar, ¿o no? A lo que Toño respondió, según dijo Delia, dejemos de hablar de estas cosas, hermanita, yo le agradezco los regalos y más bien cuéntame cómo están los viejos, qué dice papá, ¿me odian?, ¿les han tratado de averiguar de mí?, ¿han tenido problemas? Y ella no, todos bien, nadie te odia, so bobo, si eres hermano, uno no puede odiar a un hermano y menos a un hijo, y le contó que lo único era que vivían angustiados porque salían noticias de batallas y de muertos, y cada vez que había foto o nombre de muerto se les subía el corazón a la garganta, porque un día podría ser él, ¿cierto? Y que Toño le dijo que había estado en varios combates pero que no se preocupara, que era difícil entender, sabía, pero debía meterse en la cabeza que él era un soldado y que su muerte, en caso de que le tocara, no sería ni más grave ni menos que la de cualquier otro compañero, porque allí todos estaban peleando por la patria; sí, le dijo Clarita, eso yo se lo entiendo, pero lo que pasa es que el hermano mío es usté y no los otros, y claro que a mí me da dolor que maten a cualquiera, pero la verdad es que cada vez que miramos el periódico se nos va la vida, y cuenta Delia que pasaron un rato abrazados, con los ojos encharcados de lágrimas, y que todavía Toño le preguntó por ella, por Delia, y que según Clarita aún le quedaba un brillo al fondo del ojo cuando hablaba de Delia.

Los fines de semana eran del campo. Y así el viernes, después del colegio, tomábamos la carretera de la sabana por detrás del aeropuerto hacia los pueblos de Mosquera y Madrid, comprábamos mogollas chicharronas, y luego, después del Alto de la Tribuna, iniciábamos el descenso hacia Albán y las tierras cálidas. A pocos kilómetros, justo antes de llegar a Sasaima, había un parador llamado La Montañuela, y unos metros más adelante un camino sin asfaltar que entraba a una vereda. Al fondo de ese camino estaba la finca del abuelo paterno, una enorme casa que él mismo había construido, en piedra y madera, rodeada de jardines y pequeños lagos de peces.

La casa tenía dos pisos muy grandes. En el primero estaba la habitación del abuelo y la del tío Mario, ambas con dos camas y baño, más la sala de visitas, el comedor y la cocina. En el segundo, al que se llegaba por una amplia escalera de madera, había tres cuartos grandes, y lo mejor de todo: sus tres salones. Éstos estaban separados por estanterías de madera repletas de botellas de colección, pues el abuelo, a pesar de ser abstemio, recibía licores de sus pacientes. El primero de los salones tenía muebles de hierro y fique, más un bello ventanal que daba a los jardines. En el segundo había un *comptoir* de madera sobre tres barriles de fermentación en los que se preparaban mistelas, y en el tercero, el último, había muchas plantas: helechos, chefleras, calabazos e higueras. Era un lugar hermoso. Pieles de vaca servían de tapete, los muebles eran de mimbre y las botellas, con el sol de la tarde, creaban bellos reflejos en los muros. Los tres salones estaban decorados con objetos únicos. Una estatua en porcelana de Johnny Walker con su levita roja, su bombín y su bastón. Una vieja rueda de carreta. Lámparas construidas sobre botellas con caperuzas de mimbre. Esteras de formas concéntricas, estatuillas y porcelanas.

En el piso de abajo había un poema enmarcado que papá había escrito al inaugurar la casa:

Éste es el hogar de todos
y la casa de ninguno.
Levántate cuando quieras
y ordena tu desayuno.

Pero el lugar más misterioso era el dormitorio del abuelo. Ahí él guardaba llaveros, muñecos publicitarios de marcas médicas, juegos de dominó de la casa Bayer, relojes de arena y de bolsillo, encendedores, pipas, navajas; un universo de objetos. En el ropero, además, había botas de caucho y herramientas de trabajo: palas, barretones, machetes, hachas y cuchillos. También impermeables y guantes; todo un equipo para trabajar bajo la lluvia, pues su gran pasión era mantener limpio el acueducto, un ingenioso sistema de canales aéreos en guadua que traían el precioso líquido hasta los tanques del techo. En los jardines, fuera de la casa, había construido canales de agua con flores a los lados que subían y bajaban, llegaban a los laguitos y caían en sonoras cascadas atravesando el jardín.

En los lagos el abuelo había criado varios tipos de peces: golfis, bailarinas y neones tetra que con el tiempo se acostumbraron a convivir con los habitantes salvajes del lugar, es decir con las ranas, los sapos y las lagartijas. Estos laguitos tenían islas con helechos y sus bordes estaban repletos de trinitarias. El abuelo, que era una persona distante y silenciosa, había plasmado sus sentimientos en estos jardines. Desde la muerte de la abuela estaba muy solo y, según decían quienes lo conocieron, era apenas una sombra de lo que había sido en su juventud. A esa finca íbamos todos, pues lo que sí le gustaba era tener huéspedes y amigos. El tío Mario y Federico, cuando iban, le ayudaban a destapar las cañerías del agua, que a veces se obstruían con las hojas de los pomarrosos.

Una tarde sonó el teléfono en la casa de Federico. Su hermana Vicky contestó y vino a llamarlo.

—Es para ti, una tal Miriam.

El corazón le dio un vuelco. Le había escrito al apartado postal hablándole de David y del libro; le había dado su número de teléfono rogándole que lo llamara.

—¿Aló?

—Soy Miriam. Usted debe de ser Federico.

—Sí, mucho gusto —dijo.

¿Por dónde empezar?

—Tengo algo que creo que es suyo —le dijo Federico—. Como le expliqué en la carta, es un libro: *Recuerdos de otras vidas*. Usted se lo prestó a David Benavides hace un par de años y yo acabo de encontrarlo.

—Sí —respondió ella—. El libro es mío. Le agradezco la molestia.

—Me gustaría devolvérselo —dijo él—, y charlar un poco sobre David.

—Puede quedarse con el libro si quiere —dijo Miriam—. La verdad es que ya no me interesa.

—Ah...

Hubo un silencio. Federico no supo qué decir.

—Y sobre ese muchacho, ¿qué quiere saber? —preguntó ella.

—Soy un amigo de la hermana —respondió—. Estamos buscando a los que lo conocieron...

—Ya pasó mucho tiempo —dijo Miriam—, y yo lo vi muy pocas veces.

—Me gustaría que usted me hablara de él... —se apresuró a decir Federico.

—Fue algo horrible, ¿no es cierto?

—Es por eso que queremos comprender, Miriam.

Dudó un poco. Una pequeña llovizna se interpuso en la línea.

—Si quiere que hablemos va a tener que venir hasta acá.

—Claro —dijo Federico—. Sólo dígame cuándo y dónde.

—El próximo domingo, a las cuatro —respondió—. Me encontrará en el convento de clarisas. Pregunte por la hermana Helena, y por favor sea puntual, sólo tenemos una hora de visitas.

Un domingo Ismael llegó a mi casa muy temprano y dijo que quería contarme algo. Lo invité a mi cuarto a jugar con los muñecos de plástico, y ahí, arrodillado sobre el cuero de vaca, comenzó a hablar.

—Ya le dije que mi papá era médico... Y un médico muy bueno. Pero entonces llegó el problema de la enfermedad del tío, que era una cosa gravísima, una enfermedad que nadie conocía. Papá se encargó de cuidarlo en el hospital, día y noche, y cuando venía a la casa, en lugar de dormir, se ponía a estudiar libros de medicina con la idea de encontrarle una cura. A veces el tío se mejoraba y lo cambiaban de cuarto; entonces podíamos visitarlo. Él hablaba, se reía, nos hacía chistes. Lo queríamos mucho al tío. Pero otras volvía a agravarse y se lo llevaban a una parte del hospital adonde no podíamos ir; cuando preguntábamos por él, papá se ponía triste y miraba a mamá; y ella, con una lágrima colgando del ojo, le pasaba la mano por la cabeza.

Mientras hablaba, Ismael iba tratando de representar las cosas que decía con los muñecos.

—En esa época vivíamos todos juntos, en la casa, y los fines de semana íbamos a jugar en los aparatos de la Ciudad de Hierro. Mamá no estaba enferma y trabajaba en un colegio enseñando español; mis hermanas estudiaban conmigo. Esto era antes de que las dos se fueran a Zipaquirá a vivir con los abuelos.

Al decir esto, Ismael agarró tres figuras de plástico en la mano y las colocó en el cojín de la silla.

—Luego vino una época en que papá andaba todo el día de mal genio. Con cualquier cosa se ponía a gritar y mamá nos decía que jugáramos en silencio; que no hiciéramos ruido porque papá estaba nervioso. Decía que como no dormía por las noches estaba así, pero que cuando el tío se curara se le iba a pasar. Entonces, cuando él llegaba, nosotros nos metíamos a nuestros cuartos para no molestarlo, y a la hora de la comida nadie hablaba. Él, junto al plato, ponía un libro de medicina y un cuaderno, y a medida que iba comiendo tomaba apuntes de lo que leía. Antes de la enfermedad del tío, las comidas en la casa eran muy alegres. Papá ponía música y nos daba premios si adivinábamos qué instrumento sonaba. Los premios eran paqueticos de frunas o chocolatinas, y si era sábado y no llovía salíamos a comer helados.

Ismael, de repente, se quedaba callado. Yo lo miraba sin entender, pues me parecía que se daba ánimos, o que buscaba las palabras; a veces los silencios eran tan largos que yo creía que había terminado, pero no me atrevía a decir nada para no interrumpirlo.

Había algo teatral en sus cuentos. De repente hacía saltar un muñeco desde el borde de un estante y seguía con la historia.

—Un día, el tío se quedó dormido y no volvió a despertarse. Estaba vivo, respiraba y movía las manos; pero no abría los ojos ni hablaba. Una sola vez fui a verlo cuando estaba así. Había una pantalla con una bolita que subía y bajaba y que hacía un ruido metálico. La bolita quería decir que estaba vivo, según nos dijo mamá. Nos llevaron a verlo por última vez, y lo que mamá quería, en realidad, era que papá nos viera. Él, por esos días, se quedaba en el hospital con el tío, día y noche, y sólo venía a la casa a cambiarse cuando no estábamos. A veces venía en la madrugada, se daba una ducha y volvía a irse sin despertarnos. Entonces mamá, llevándonos al hospital, le estaba diciendo que ahí estábamos nosotros, sus hijos, y que a pesar de todo él seguía teniendo una familia; que no estaba solo. Nos dejaron quedarnos un rato y luego papá hizo un gesto para que nos fuéramos. Papá estaba muy flaco y se le caía el pelo. A mí me daba miedo hablarle y cuando me hacía alguna pregunta tenía que apretar los dientes para no llorar. Me acuerdo que al salir del hospital le pregunté a mamá por qué el tío tenía tantos cables metidos en el cuerpo, y ella me dijo que como estaba dormido tenía que respirar y comer por esos cables. Que gracias a eso podía resistir.

La cara de Ismael no expresaba ningún sentimiento al hablar. Parecía estar contando la historia de otro, de otra familia, algo visto en una película o leído en un libro.

—Entonces llegó la Navidad y para que papá estuviera más tranquilo nos fuimos a Zipaquirá, con los abuelos. El tío seguía sin despertarse y mamá no se atrevió a preguntarle si quería que hiciéramos la comida de Nochebuena en la casa. Desde la semana anterior habíamos ido a armar el pino y el pesebre. A mis hermanas les gustaba hacer pesebres muy grandes, de varios pisos; me acuerdo de las ovejitas blancas de plástico y del agua de las fuentes, que la hacíamos con algodón. También salíamos al campo a quitarle el musgo a las piedras para hacer el pasto; cortábamos ramas y hacíamos árboles; recogíamos arena para el desierto. El abuelo construía casas con madera de balso y nosotros las pintábamos con témpera. Luego estaba el pino, que era inmenso. Con una escalera le poníamos las bolitas de colores y las tiras de papel brillante. Quedaba muy bonito el pino. Debajo poníamos los regalos que habíamos pedido y algunas bombas. El día de Nochebuena estábamos muy agitados y queríamos que llegaran las doce. Mamá y la abuela habían pasado la tarde en la cocina preparando un pavo y, como a las siete, se oyó un ruido en la puerta. Fuimos a mirar y era papá. ¡Papá, que venía a pasar la Navidad con nosotros! Mamá le dio un abrazo y él nos alzó a los tres. Traía regalos para todos y los colocó debajo del pino diciendo que eran sorpresa y que nadie podía mirar hasta después de la cena. De repente estábamos felices. El abuelo sacó una guitarra y cantamos villancicos. Yo tenía una armónica y mi hermana Silvia una flauta. Después de las canciones, papá sacó un paquetico con pólvora y salimos a quemarla a la terraza. Volcanes, mariposas, totes. La vida volvía a enderezarse y era como si nunca hubiera pasado nada. Nadie se atrevió a preguntar por el tío.

Otra vez Ismael se quedó en silencio y yo sentí nervios. Supuse que la historia no podía tener un final muy feliz y que algo iba a ocurrir. Y así fue.

»—Entonces, cuando estábamos sentados en el comedor y mamá partía el pavo, oímos unos golpes en la puerta. El abuelo se levantó a abrir y, un segundo después, volvió con la cara deshecha.

»—Ismael —le dijo a papá, que se llama igual que yo—. Hay unos señores que preguntan por ti. Están esperando en la puerta.

»—Diles que estoy ocupado —respondió papá—. Que me dejen razón.

»Como papá era médico, estas cosas eran normales.

»—Ya les dije, Ismael —replicó el abuelo—. Pero insisten en que es urgente. Son de la policía.

»Esto último se lo dijo en voz baja, pero yo alcancé a escucharlo. Él se puso bastante pálido, se levantó y salió a la puerta tratando de disimular, sonriéndonos a todos y diciendo ya vengo, un momento sólo, sigan comiendo tranquilos que yo ya vengo. Sin hacer caso, salí disparado al estudio del abuelo, pues desde la ventana se veía la puerta de entrada. Y entonces los vi: eran tres señores y dos agentes. Le mostraban a papá un papel y él hacía gestos con las manos. Por fin volvió a entrar y al llegar al comedor nos dijo que era algo urgente y que tenía que salir, pero que apenas estuviera resuelto volvía. Mamá lo miró preocupada y lo acompañó al corredor. Se dijeron algo al oído y él se fue. Entonces el ambiente se volvió muy tenso porque todos nos dimos cuenta de que papá ya no volvía. Mamá trataba de no llorar para no inquietarnos, pero los esfuerzos que hacía eran muy visibles. Para tranquilizarse se sirvió un vaso gigantesco y se lo tomó de un sorbo; luego otro, y otro, hasta que le volvieron a salir colores en las mejillas y pudo sonreír sin que se le deformara la cara. Los abuelos prefirieron no decir nada y nos comimos el pavo bastante callados, hasta que de pronto mi hermana Silvia dijo con voz tímida: "Feliz Navidad. Ya son las doce."

Levantó otro muñequito de plástico y lo acercó a una de las patas de la silla, volando. Luego volvió a colocarlo al lado de los otros. Con la boca hizo el ruido de un helicóptero.

—Yo me enteré de lo que había pasado poco después, antes del Año Nuevo. Mamá estaba charlando con la abuela en la cocina de nuestra casa, en Bogotá, y yo las oía desde el patio de ropas. Resulta que la noche de Navidad, desesperado, papá había decidido arrancarle todos los cables al tío. Mamá dijo que papá lo había hecho para que el tío tuviera un final decente. Eso dijo mamá y yo entendí que los policías que vinieron a buscarlo en realidad se lo estaban llevando preso. Por eso él está en la cárcel.

La vida de Blas Gerardo y Delia se vio, de pronto, atravesada por una tragedia. Según le contó a mamá, se había quedado embarazada y al sexto mes había perdido el niño. Esto la había hecho sufrir pues, según opinó, la vida de una familia no podía realizarse sin hijos, y confesó que era ya la segunda vez que les pasaba. Un médico la había visto y le había dicho que tenía no sé qué defecto en el útero y, avergonzada por contar cosas tan íntimas, dijo que ya no iba a poder quedarse embarazada porque podía morir. Que Blas Gerardo la había calmado con sus palabras, siempre tan reconfortantes, y que sólo gracias a eso había dejado de llorar, pero que se preguntaba si no sería ése el castigo del Señor por lo que habían hecho... Mamá trató de explicarle que esas cosas no dependían de nadie, y que si era un problema médico con cualquiera le habría pasado lo mismo. Pero ella estaba muy nerviosa; para Delia se trataba de una señal y creía que algo malo iba a pasarles.

De Clarita contó que las cosas seguían más o menos iguales. Las cartas de Toño llegaban con regularidad y lo grave es que ya varias veces había ido la policía a hacerles preguntas. Incluso una vez, contó Clarita, notó que una persona la seguía por la calle. Había salido temprano para su salón de costura cuando vio a un tipo de camisa grisecita fumándose un cigarrillo y mirando un periódico. Después, en el bus, se olvidó del tipo, pero al llegar a la avenida La Playa otra vez lo había visto. Al principio creyó que era uno que la estaba molestando, pero luego, al asomarse a la puerta del salón y verlo en el sillón de un embolador, se empezó a poner nerviosa. Como las cartas de Toño no le llegaban por correo, sino por personas que ella no conocía, pues no se inquietó tanto, pero de todos modos le avisó que tuviera cuidado, y que Toño le había contestado que a partir de ahora las comunicaciones iban a tener que ser más espaciadas y con más seguridad.

Una tarde de domingo, el tío Mario llegó corriendo a la casa con el rostro pálido. ¿Qué pasaba? Tomó aire antes de hablar y cuando pudo nos explicó: Federico había desaparecido. Había salido temprano de la casa y nadie sabía dónde estaba. Las hermanas, que por cierto se llamaban Yolanda y Vicky, estaban desesperadas pues creían que estaba con Isabel, pero Isabel había llamado a las tres de la tarde preguntando por él. Fue ahí que se dieron cuenta.

—Pero, a ver... —dijo papá—. ¿A qué horas salió de la casa?

—A las nueve de la mañana —respondió el tío Mario, ya más calmado—. Yolanda y Vicky llamaron a las urgencias del Hospital Militar, de Marly y del Country, pero nada. En el San Juan de Dios les dijeron que sí había algunos heridos, pero que había que ir personalmente.

Papá sacó el carro del garaje, que ya no era el Nissan Patrol sino una camioneta Renault 12 color yema de huevo, y se fueron volando para la Hortúa, al sur de la ciudad. El conjunto de edificios de ese viejo hospital, situado entre la avenida Caracas y la carrera Décima a la altura de la calle Primera, siempre inquietó a papá pues fue ahí donde el abuelo dio clases de medicina. Por eso lo asociaba a macabras historias de heridos que llegaban cargando bolsas con su propia sangre o llevando en talegos miembros amputados. La algarabía de la avenida Caracas en esa parte del sur era la típica de una zona popular, al inicio del barrio Policarpa Salavarrieta: ventas de pollo asado, oficinas de apuestas, tiendas, vendedores ambulantes de paraguas y bolígrafos, cigarrilleros, voceadores del *Almanaque Bristol*, más una legión de hombres mal vestidos que pasaban el día recostados contra los muros a la espera de una oportunidad para conseguir algunos pesos entre los familiares de los enfermos que entraban a los bloques del hospital, construido sobre los antiguos terrenos de la hacienda La Hortúa. El asfalto de la avenida, a esa altura, tenía cráteres que con las lluvias se habían llenado de agua. Las señales de tráfico que aún sobrevivían estaban oxidadas, tenían perforaciones de bala o escritos en spray con frases como «¡Viva Millos!» o «¡Gobierno Hijueputa!». En los andenes se concentraban gruesas capas de basura, tierra y arena. Un poco más arriba por la calle Primera, ya en las faldas del cerro, estaba el temible barrio de Las Cruces, famoso por la delincuencia y porque de sus cantinas, los sábados por la noche, provenían la mayoría de los heridos que luego llegaban a los servicios de urgencias del San Juan de Dios.

Al cruzar la avenida para entrar al parqueadero vieron la calle lateral tapizada de funerarias con pequeños ataúdes de color blanco apilados en las vitrinas. En una de ellas se leía: «Funeraria *Para que no me olvides*, servicio de pompas fúnebres. Abierto 24 horas. Nuestro lema: "Eficiencia, respeto y asistencia profesional en el momento más difícil de la vida: la pérdida del ser querido."» Otra, cerca de la esquina, tenía un aviso pegado al vidrio que decía: «Descuentos para suegras.»

Al llegar al vestíbulo central buscaron a un médico amigo del abuelo, el doctor Marcos Otálora, y con él fueron a la zona de urgencias. En la lista de ingresados no estaba el nombre de Federico, así que fueron a consultar los decesos.

—Hmm... —respiró Otálora con las gafas en la mitad de la nariz—, ¿cómo dijeron que se llama?

—Federico, Federico Llano —dijo el tío Mario con un hilo de voz.

El doctor leyó un papel de registro de arriba abajo, escrutó, acercó el ojo y luego los miró.

—Aquí no aparece, pero hay algunos decesos que no están identificados. ¿Los quieren ver?

Papá y el tío Mario dijeron que sí y los tres bajaron al depósito de cadáveres. La Morgue estaba situada en un semisótano al que se accedía por el patio central y que, llegando desde el costado sur del complejo, coincidía con el primer piso. Un guardia gruñón que escuchaba radio saludó al doctor y les abrió la puerta de metal sin mirarlos. Luego bajaron.

Era un salón bastante despedidor, de techos bajos y paredes color crema. En el centro había tres mesas metálicas con grifos y gabetas laterales para los instrumentos. Las tres tenían las patas oxidadas. Hacía frío y se escuchaba el golpe seco de una gota de agua cayendo al suelo. Olía a detergente. Cuatro lámparas hacían óvalos de luz sobre un suelo de granito morado.

—Ni un muerto soporta este olor —le dijo papá al tío Mario, en secreto.

—Sí. Y qué frío.

—Bueno, veamos... —se adelantó el médico.

Al fondo del salón había otra puerta de metal. Otálora la abrió y un vaho de formol se les metió a los tabiques. Luego encendió el interruptor de luz.

—Por aquí, señores —les dijo.

Papá sintió un temblor en las rodillas. Mario se tapó la nariz con el brazo. Sobre la mesa central había siete cadáveres de color verde perfectamente alineados. En los tornillos de la mesa había coágulos de sangre seca. Los miraron rápido y vieron que ninguno era Federico. Luego se dieron vuelta para salir pero Otálora los retuvo.

—Un momentico, señores —les dijo—. Éstos son los muertos en «tránsito», pero no estaría mal que revisáramos también aquí.

Al fondo, contra el muro, había una gigantesca nevera en donde se guardaban los cadáveres que aún no habían sido procesados. Al abrirla vieron varios cuerpos cubiertos con sábanas. El médico les fue destapando la cabeza y ambos dijeron: «No, no, no.» Así una decena de veces. A los cinco minutos papá sentía nostalgia de la vida. También al tío Mario ésta le parecía algo lejano y perdido. Por fin salieron. Al llegar al patio el doctor Otálora les miró las caras.

—¿Quedaron impresionados? —comentó—. Yo siempre lo digo: no somos sino mierda. Y dicen que el infierno es mucho peor.

—Quién sabe... —dijo papá— Los dibujos que he visto del infierno me parecen más hospitalarios.

—Ay —reviró Otálora—, es que los artistas no tienen ni idea de lo que es la vida. Y mucho menos la muerte. ¿Cómo está Alberto?

—Bien —le respondió papá—. Tiene mucho trabajo en su consultorio.

—Dile que le mando un fuerte abrazo, y que por aquí lo extrañamos mucho.

La búsqueda continuó en el Hospital San José, frente a la plaza España, en la calle Décima con carrera Dieciocho. Antes de entrar a los pabellones del centro médico, una vez más, papá y el tío Mario debieron abrirse paso entre una multitud de casetas que vendían ropa de segunda mano; de «deshuesaderos» de carros, esas tiendas de repuestos adonde van a parar las piezas de los centenares de automóviles robados cada día en Bogotá; de expendios de lotería, puestos de dulces y buñuelos; de casetas de frutas y consultorios de especialistas en una categoría paramédica muy requerida en el sur de la ciudad: los «sobanderos», muchos de los cuales se precian de haber sido disectores de medicina legal y que curan golpes, contusiones, artritis, huesos dislocados y otras dolencias a punta de crema y sobijo. La Morgue del San José también era un lugar desapacible y frío. El único adorno de las paredes era un crucifijo y el hombre que los atendió, un médico al que le decían Frankenstein Fonseca, llevaba el pelo engominado, bata blanca y botas pantaneras de caucho, pues el baldosín del suelo y las mesas de autopsia se lavaban con manguera después de cada intervención.

—A ver, por favor, ¿me miran aquí? —les dijo Frankenstein Fonseca levantando algunas de las sábanas cubrecuerpos.

—No, no es ninguno de éstos —dijo el tío—. Muchas gracias.

—Entonces —dijo el médico—, mi consejo es que esperen hasta mañana y vayan temprano a Medicina Legal.

Ni rastro de Federico. De ahí se fueron a encontrar a las hermanas Llano.

Yolanda y Vicky habían hablado con un teniente amigo en la

Dirección General de la Policía y desde hacía dos horas lo estaban buscando. Las dos estaban pálidas.

—¿Han llamado a Isabel? —preguntó papá.

—Sí —dijo Yolanda—. Hace veinte minutos hablamos con ella, pero nos dijo que no lo había visto. Como ella no sabe... Hm, como no sabe lo que le pasa, pues no se preocupa.

—Claro —dijo el tío Mario—. Claro.

—Bueno, sólo nos queda esperar —concluyó papá.

Y esperaron. A las ocho de la noche papá llamó a la casa a poner a mamá al corriente de todo y a decirle que el tío Mario y él se quedaban con las hermanas Llano a la espera de noticias. Todo el mundo se preparaba para una incómoda velada.

Pero, de repente, todo terminó. Primero se escuchó el ruido de una llave, luego una puerta que se abría y unos pasos. Era Federico.

—¿Y ustedes qué hacen aquí? —dijo al ver a papá y a Mario sentados en la sala.

Yolanda y Vicky soltaron el llanto y lo abrazaron. Le gritaron que era un despiadado egoísta, le dieron besos y cachetadas y lo tocaron de arriba abajo para comprobar que estaba bien. Federico miraba sin comprender qué estaba pasando. ¿Dónde se había metido? Sí había estado entre los muertos, pero sólo de paso.

—Estuve en el cementerio —dijo muy tranquilo—. Fui a los Jardines de Paz a ponerle flores a papá y mamá. Me demoré un poco porque casi no consigo flota para volver. ¿Hay algo de comer? Me muero de hambre.

«Pendejo», le dijeron las hermanas, y fueron a servirle espaguetis y jugo, que era lo que había en la cocina, felices de tenerlo otra vez en la casa. Papá y Mario le contaron todo y él se disculpó. Dijo que había pensado llamar pero que el único teléfono público de los Jardines de Paz se tragaba la moneda.

Más tarde, tomando una taza de infusión para calmar los nervios, les contó a papá y a Mario que había sentido la necesidad de ir a charlar un rato con los viejos. Era la primera vez que iba al cementerio desde que los habían enterrado y había un montón de cosas que quería decirles. Les habló, sobre todo, de Isabel. Por cierto, ¿había llamado? Le dijeron que sí y fue un momento al teléfono. Al rato volvió y siguió contando.

—Les arreglé un poco las tumbas —dijo—. Estaban montadas de pasto y ya no tenían sino flores secas.

Murcia, el psicólogo, les dijo después que ese acto era significativo. Que tal vez las cosas empezaban a enderezarse en la cabeza del pobre Federico y que si andaba tratando de poner orden en su vida era porque la apreciaba.

—Este asunto se pone muy interesante —sentenció Murcia—. Vamos a ver en qué acaba...

Pero ese domingo las cosas sucedieron de otro modo, como le contó más tarde al tío Mario. Sí había ido al cementerio, un rato, pero el objeto central de su escapada fue otro.

Federico, esa mañana, había subido a una flota rumbo a Zipaquirá para encontrarse con la hermana Helena. Había llegado cerca del mediodía a la plaza Central, almorzado «mondongo» en una de las bancas de fritanga del mercado, y luego tomado el café en una tienda cerca de la catedral, leyendo las noticias de *El Espectador*. Un poco más tarde preguntó en la sacristía por el convento de clarisas, y para allá se fue a esperar la hora de la cita con puntualidad.

El edificio del convento era una construcción imponente a cuatro calles de la plaza, con un altísimo muro de piedra que rodeaba toda la manzana. Federico cruzó un portón, atravesó un patio de claustro y se dirigió hacia una puerta en la que había un letrero que decía: «Oficina de Visitas.»

—¿Qué se le ofrece, joven? —le dijo una monjita de cara arrugada y hábito negro.

—Vengo a ver a la hermana Helena. Tengo una cita.

—¿Me puede dar su nombre, por favor?

—Federico Llano. Yo hablé con ella por teléfono y me dijo...

La monja buscó el nombre en un cuaderno en el que tenía anotada la fecha del día. Pasó el dedo por una columna hasta que se detuvo.

—Sí, Federico Llano... —le dijo con una sonrisa—. Aquí lo tengo. Espere un momento que ya se la llamo.

La oficina tenía un cuadro de la Virgen y una imagen del Sagrado Corazón de Jesús pintada al fresco en la parte alta del muro. Había varios crucifijos y un afiche de la visita del papa Pablo VI a Colombia. En ese ambiente de quietud Federico sintió, de forma simultánea, una sensación de seguridad y una oleada de angustia.

—Señor Llano —le dijo la monja—. Venga por aquí.

Abrió una puerta y lo condujo por un corredor hasta un salón en el que había varias poltronas cerca de la pared, delante de una hilera de rejillas de madera numeradas.

—Lo está esperando en el ocho —le dijo la monja.

Se acercó sorprendido, tomó asiento en la poltrona correspondiente al número y esperó un rato, mirando la rejilla de la pared. Un instante después, la monja de la entrada le acercó una mesita y le ofreció un café. Federico aceptó.

—Buenas tardes —escuchó de pronto; era un hilo de voz que provenía del otro lado de la rejilla.

—Buenas tardes —respondió Federico tocando la madera—. ¿Miriam?

—Sí, soy yo. Aquí me llamo hermana Helena.

—Disculpe, hermana, no sabía que...

—Éste es un convento de clausura —respondió la voz—. Debí decírselo cuando hablamos por teléfono.

—No importa —dijo Federico—, ya me acostumbré.

—¿Qué es lo que quiere saber de mí?

Federico intentó organizar las ideas. Tomó un sorbo de café y acercó la cabeza a la rejilla.

—Es sobre ese libro que usted le prestó a David —dijo—. Me gustaría que me contara por qué se lo prestó. Por qué precisamente ese libro.

Hubo un largo silencio. Tal vez ella intentaba organizar sus ideas. Por fin la voz volvió a escucharse.

—Él hablaba de la reencarnación y de la metempsicosis, y yo en esa época estaba muy metida en el tema. Las ciencias ocultas. Hay un sitio en Bogotá que se llama el Café Arquímedes. Allá iban los que se interesaban por estas cosas.

Federico prefirió no decirle que ya había ido. La hermana continuó:

—En ese café lo conocí, una noche.

—Hábleme de él, ¿cómo era?

—Era un joven muy atractivo y lleno de vida. Por eso me inspiró confianza.

—¿Por qué le prestó el libro?

—Ya le dije. Era un tema que le interesaba: las vidas pasadas, la metempsicosis... Él siempre hablaba de lo que estaba detrás del umbral de la muerte, ¿entiende a lo que me refiero?

—Sí, supongo que sí.

—David estaba muy interesado en esa parte de la existencia que transcurre detrás de la vida. No sé cómo explicarle... Yo también me sentía atraída por eso. Y entonces le presté ese libro, que habla del tema y pone muchos ejemplos. Él sentía cosas que lo ponían en relación con experiencias de lo que él llamaba «vidas anteriores». Por eso se lo di.

—¿Recuerda qué tipo de experiencias tuvo David?

De nuevo hubo un silencio. Era extraño hablar a través de una rejilla; mientras la escuchaba, Federico se preguntó qué aspecto tendría.

—Había sentido, en sueños, voces que le llegaban de muy atrás. Y parecía muy seguro de lo que decía... Yo le aseguro que uno lo oía hablar y le creía, él tenía una labia poderosa. Y perdone que le diga, señor Federico...

—Dígame Federico a secas, tengo veinticinco años...

—Bueno, Federico, le decía que para explicarle algo de lo que me produjo la charla con David, tengo que hacer un rodeo y contarle algunas cosas un poco... personales, sí, personales.

—No hay problema, hermana Helena, yo vine aquí para escucharla.

Dejó de hablar unos segundos. Federico carraspeó y, un momento después, la monja empezó su historia.

—Yo me crié en una casa rica, en la zona alta de Santa Ana, al norte de Bogotá —dijo—. Fui la cuarta hija de una familia muy grande y como mis hermanos eran mayores crecí bastante sola. Mamá ya estaba cansada de criar hijos y papá nunca aparecía; él andaba siempre subido en un avión, en viajes de negocios o en su oficina. Entonces crecí sola. Mis hermanos, que me llevaban dieciséis, dieciocho y veintiún años, me cuidaron mientras fui niña, pero luego, cuando empecé a crecer, se desentendieron. Yo pasé la adolescencia en casas de amigas, siguiendo las reglas de comportamiento que les inculcaban a ellas y aplicándomelas a mí sin que nadie me dijera nada. Si a mis amigas las obligaban a llegar a la casa a medianoche después de una fiesta, yo hacía lo mismo. Sólo iba a los paseos que iban las demás, y, cuando empezamos a salir con muchachos, pues igual. Mejor dicho: a mí me educaron las mamás de mis amigas, al menos hasta los 15 años. Fue en esa época cuando empecé a sentir cosas raras. Por ejemplo, me despertaba por las noches muerta de angustia y no sabía por qué. Tiritaba de pánico, me metía entre las cobijas y no me atrevía ni a respirar; y ahí me quedaba hasta que amanecía; los ruidos de la casa, el subir y bajar de los empleados o el sonido de un baño me tranquilizaban y podía dormir un poco, hasta las seis y media, cuando sonaba el despertador. Eso pasó una vez, y luego otra, y así, hasta que se fue agravando y empezó a sucederme a diario. Yo le contaba a mis amigas, pero ellas me decían que debía de ser el desarrollo, que todas sentían lo mismo y que no le parara bolas. Pero yo sabía que era algo distinto, y cuando se hacía de noche el corazón me daba saltos. No me atrevía a hablar con mamá porque ella andaba siempre de mal genio por mis notas, y claro, ¿qué iban a ser buenas si yo no podía dormir? En el colegio se me caía la cabeza de sueño y tenía que dormir siestas en los recreos, recostada en el pasto; así no podía atender a las clases y entonces me iba mal. Todo eso duró hasta un sábado en que salí con dos compañeras a caminar por Chapinero y, al llegar a la altura del Gimnasio Moderno, un grupo de muchachos nos propuso tomar una cerveza. Una de mis amigas los conocía y nos fuimos a una tienda cerca de la avenida Chile. Allí, muertas de risa, nos tomamos como tres cervezas cada una. Entonces algo dentro de mí se transformó: ya no sentí esa angustia que no me dejaba respirar, ya no tenía ese bloque de granito frío oprimiéndome el pecho. Esa noche dormí bien, y al día siguiente me encontré regia. Pero hacia media tarde volví a sentir la angustia y, desesperada, abrí el bar de la casa y me tomé unos sorbos de brandy. La angustia se diluyó, pero adquirí el hábito de saquear el bar cuando sentía dolor en el pecho. Claro, las salidas de los sábados se hicieron cada vez más largas porque el trago me animaba y ya no quería parar, y así empecé a salir con un grupo de gente de Santa Ana que tocaba guitarra y se reunía todos los días. Me convertí en una gran bebedora hasta descubrir que al otro día, con el guayabo, la angustia volvía a subirme. Una noche, uno de los amigos del grupo sacó una bolsita con unas hierbas secas y armó un cigarrillo. Era marihuana. La probé y ahí mismo regresó esa sensación de alivio. Me sentía, además, muy libre. Creía que podía volar y que era muy fuerte; que el mundo me cabía en la palma de la mano. Pronto averigüé dónde podía comprarla y empecé a fumar todos los días, escondida en la casa. Mire, yo le cuento esto en la mayor confianza, pues aquí dentro no tengo con quién hablar.

—No se preocupe, hermana. Le agradezco su sinceridad. Considero un secreto lo que me está contando.

—Gracias, Federico. Entonces, poco a poco, fui adquiriendo el hábito de fumar, y como me fui acercando a la gente que fumaba muy pronto aparecieron otras drogas: cocaína, hongos, papeletas de ácido... De todo. Cada vez necesitaba algo más fuerte para calmar la angustia, y como yo no sabía qué tenía pues no había escapatoria. Claro, perdí el año en el colegio, me rebelé y no quise seguir estudiando. Quería ser dueña de mi vida, pues estaba convencida de que el motor de mi angustia era la soledad. Mamá, que no sabía nada, trató de ayudarme de forma equivocada y lo que hizo fue empujarme más adentro del problema. Empecé a salir con un joven que me hacía sentir libre y con el que fumábamos marihuana todo el santo día, hasta que una tarde descubrí que estaba embarazada. Ahí se me vino el mundo encima, ¿qué podía hacer? Dios me perdonará por lo que hice, pero mi decisión fue perderlo. Tras la operación me sentí peor y caí más profundo en lo de las drogas, tanto que un día empezó a sangrarme la nariz y tuve un ataque histérico en el que le rompí toda la casa a ese muchacho con el que salía. Fue entonces cuando apareció en mi vida el Maestro Pedro. Él era muy popular entre los jóvenes con problemas. Lo primero que me gustó de él fue que supo escucharme. Le conté todo, desde el principio, sintiendo que me escuchaba con interés, que se concentraba en mis palabras; de algún modo, él sentía lo que yo decía... ¿Me comprende? Yo, hasta ese momento, no había tenido la posibilidad de hablar sin tapujos, pues cada vez que trataba de contarle esos problemas a mi novio él decía que era por mi educación de niña rica, que una empleada del servicio no sentía angustia existencial porque no tenía tiempo y debía ganarse la vida, y que mis depresiones eran delirios ociosos que no tendría si tuviera sobre mis espaldas el peso de una responsabilidad económica. Por eso yo no hablaba con nadie, pues me sentía culpable. Pero con el Maestro Pedro fue distinto y tras una larga charla me dijo que descansara, que había hecho un gran esfuerzo contándole todo y que al día siguiente empezaríamos a ver qué era lo que me provocaba esa angustia. Comencé a ir todos los días al Café Arquímedes, pues allí, en el segundo piso, él tenía un salón de reuniones en el que daba sus consejos y hacía sus consultas. Lo primero que hizo fue pedirme una serie de datos que le permitieran ubicarme desde el punto de vista de los astros, y luego me pidió que escribiera un diario en el que debía poner todo lo que se me cruzara por la mente en los momentos de angustia. Así lo hice y él empezó a estudiar esos escritos tratando de buscar correlaciones y coincidencias de palabras. Yo no sabía bien para dónde iba con eso, hasta que me entregó el famoso libro del que usted habla, *Recuerdos de otras vidas*. Lo leí de un tirón y comencé a estudiarlo, sintiendo que tal vez el origen de mi angustia podía estar en alguna experiencia pasada. Él decía que todos los seres humanos éramos únicos, pero que había un hilo estelar, una especie de destino eterno, que nos mantenía unidos a un centro en donde residía la semilla de lo que éramos, un centro hacia el cual retornábamos cada vez que concluía nuestra vida. Al ver que había una posible explicación a lo que me pasaba, comencé a sentirme mejor y me convertí en asidua visitante del Café Arquímedes. El Maestro Pedro me ayudó a dejar las drogas, y cuando iba a su bar sólo me servía té de menta y agua. Claro, poco a poco, con el cuerpo desintoxicándose, experimenté una franca mejoría. ¿Lo estoy aburriendo?

—Al contrario, hermana —replicó Federico—. Siga, por favor.

—Con el tiempo me convertí en una especie de secretaria del Maestro Pedro. Le ayudaba a recibir a los jóvenes que venían a consultarlo, le preparaba el salón, le ordenaba las citas. Él hacía sesiones de espiritismo en las que se ponía en contacto con las vidas anteriores de quienes él consideraba preparados, y yo, en secreto, esperaba que me llegara el momento de hacerlo, de poder ir yo misma hacia atrás para saber qué era lo que me atormentaba. Fue en esa época cuando conocí a David Benavides. Llegó presentado por otro asiduo del bar, y desde la primera charla con el Maestro Pedro causó una impresión muy grande. Tenía en su vida muchos signos que lo unían a experiencias pasadas, y el Maestro se dedicó a él con absoluta abnegación, pues decía que David le estaba enseñando cosas nuevas. Yo, le confieso, sentí un poco de envidia, pues cuando David llegó llevaba más de seis meses frecuentando el café y aún no me llegaba el momento. Él en cambio vino, tuvo tres o cuatro reuniones y enseguida el Maestro me pidió que le ayudara a prepararlo para una sesión. Ese hecho me hizo sentir una gran admiración por David, y fue cuando le di mi libro. Le dije que debía leerlo con mucho cuidado, analizando cada ejemplo, intentando detectar en su propia vida algo de lo que ahí estaba escrito. Y así fue. Se llevó el libro y yo comencé a preparar la sesión, que debía ser pocos días después. El Maestro Pedro estaba bastante concentrado en su caso y descuidó los de otros, y cuando llegó el día de la sesión, o mejor dicho, cuando llegó la noche, porque las sesiones se hacían por la noche, el Maestro nos pidió a los demás que saliéramos de la sala, argumentando que, por tratarse de un caso tan especial, tenía que estar solo con el joven. Así se hizo y ambos se encerraron durante toda una noche. Yo me quedé afuera con otros dos secretarios, y sólo de vez en cuando la puerta se abría y el Maestro se asomaba para pedirnos más té o vasos de agua. Cuando salieron, ambos parecían muy cansados y de inmediato, sin decir nada, se fueron a dormir. Esa mañana, pues serían como las siete de la mañana, fue la última vez que vi a David. Pocos días después supimos que había muerto. Como el Maestro Pedro no hizo ningún comentario, nadie se atrevió a preguntar qué había pasado.

La hermana guardó silencio.

—Ese hecho, y por eso fue que me decidí a hablar con usted, me llevó a considerar lo que se hacía en el café con otros ojos, y de pronto sentí un miedo terrible de que llegara el momento de hacer mi sesión. Ignoro qué supo David esa noche, pero estoy segura de que algo tuvo que ver con su decisión de matarse. No volví y, al poco tiempo, fíjese cómo es la vida, recibí el premio de la fe. Y aquí me tiene, Federico, por fin, reconciliada conmigo misma.

El reloj señalaba las cinco y siete minutos; la monja de la oficina se le acercó.

—Ya le va a tocar irse despidiendo, señor Llano. La hermana tiene que retirarse a la capilla.

Entonces, Federico se dirigió a la rejilla.

—Hermana Helena, dígame una última cosa: ¿en sus charlas David le habló alguna vez de su deseo de suprimirse?

—No, nunca —respondió—. Ahora tengo que irme. Gracias por haberme escuchado.

Federico regresó a la plaza de Zipaquirá con la cabeza llena de preguntas. ¿Qué había pasado esa noche? Sólo una persona podía decírselo.

Desde que me contó la historia de su familia, Ismael redobló su confianza y su amistad por mí. Nos veíamos muy seguido, y cuando iba a su casa ya no sentía la opresión de antes. Llegó incluso a parecerme normal ver a su mamá ojerosa, siempre con un vaso en la mano, pues notaba que a pesar de la calamidad ella hacía grandes esfuerzos por seguir demostrando afecto. Faltaban cinco años para que el papá saliera de la cárcel, pero el abogado les daba ánimos diciendo que la buena conducta y un informe positivo de la comisión médica podrían hacer que estuviera de vuelta mucho antes. Era cuestión de paciencia. Las dos hermanas, Silvia y Nubia, estaban al cuidado de los abuelos desde el arresto del padre; Ismael, por ser el más pequeño, se había quedado con la mamá.

—¿Y por qué guardan los huesos del tío en la casa? —le pregunté.

—Mamá los reclamó un año después del entierro para poder enterrarlo otra vez cuando papá salga —me dijo Ismael.

Para él era bastante normal tener ahí esos huesos, y de vez en cuando subía al desván con sus hermanas y los miraban. Me dijo que a pesar de estar así, en una bolsa, ellos le tenían cariño porque sabían que de algún modo «eso» era el tío. El tío querido. La madre les había explicado que la decisión de arrancarle los cables había sido un gesto de amor, pues lo único que quería era evitarle más sufrimientos. Así lo entendían todos.

Un día Ismael llegó a mi casa trayéndome un papel.

—Es una carta de mi hermana Silvia —me dijo—. Para usté.

Sentí una emoción muy grande al saber que ella se había acordado; que había usado una parte de su tiempo para escribir unas líneas, buscar un sobre y entregarlo a Ismael. Al mismo tiempo sentí algo de vergüenza.

—¿Lo va a leer ahora? —me preguntó—. Si quiere me voy.

—No, quédese —le dije—. Lo leo después.

Le resté importancia, pero por dentro el corazón daba saltos. No veía la hora de encerrarme a leer lo que ella había escrito, pues imaginaba que debía tratarse de algo bello: un mensaje de amor o algo por el estilo. Quise creer que Silvia se había fijado en mí y que, a pesar de ser bastante mayor —tres años—, me quería. Ismael y yo pasamos la tarde jugando con los muñequitos de plástico, pero en todas las historias hubo para mí una parte secreta: el sentimiento de Silvia. Me vi salvándola, liberándola de una torre en llamas; la vi subiendo a mi automóvil —un Ford Cortina— con un bonito vestido azul; la escuché mil veces decirme al oído que era un valiente, que la había salvado, que era el héroe de su vida. ¿Y la carta? Ahí estaba, sobre la cama. Su contenido era aún secreto, pero yo ya lo había leído de muchas formas. La espera y el fingido desdén acrecentaban mis expectativas. ¿Contendría una confesión? ¿Una propuesta? ¿Todo junto? El solo hecho de escribir una carta ya era revelador. Ay Esteban, me dije: algo completamente nuevo está germinando. Algo que será definitivo.

Cuando me quedé solo, regresé corriendo al cuarto y agarré el sobre entre mis manos. Busqué algún olor y creí encontrarlo. Era un perfume de eucalipto; supuse que había salido al campo a escribirla sobre un tronco. La carta decía:

Gracias por ser tan amigo de Ismael. Él es un niño silencioso y raro, pero bueno. Habla mucho de ti. Dice que tú eres la única persona que lo entiende. Yo también me di cuenta de que eres un niño muy bueno. Eres su mejor amigo y todos en la casa te queremos mucho. Espero que vengas a nuestra primera comunión. Creo que vamos a hacer una fiesta en la casa. Le voy a decir a mamá que te mande una tarjeta. Chao.

Un torrente de sentimientos contrarios chocó en mi interior. Decía «te queremos mucho», es decir que me quería, pero también me llamaba «niño», y eso no estaba del todo bien, no encajaba con lo que yo había imaginado. Sentí una desconocida mezcla de alegría y frustración, pues al fin y al cabo la carta no decía mucho sobre mí. La seguí leyendo a lo largo de la tarde y cada vez que sostenía el papel en las manos encontraba algo nuevo. Por momentos me convencía de que, en realidad, el escrito tenía como fin invitarme de puño y letra a su primera comunión, para que yo comprendiera que quería verme; pero luego sentía un desasosiego y notaba que la carta pretendía sólo reforzar mi amistad con su hermano para que éste no estuviera solo. ¿Por qué hablaba siempre de «nosotros» en lugar de decir «yo»? Era incomprensible, y no me atrevía a pedirle a Pablito, a papá o a mamá una ayuda. Por la noche me acosté pensando en ella y corrigiendo la carta, poniendo sobre el papel las palabras que yo hubiera querido leer: «Querido Esteban: me sentiría muy feliz si vienes a mi fiesta de primera comunión. Qué bueno que seas tan amigo de Ismael, pues gracias a eso pude conocerte. Sé que mamá te va a enviar una invitación, pero quería invitarte yo también, en secreto.» ¿Por qué no había escrito algo así? Me habría sentido tan feliz al leerlo... De repente me entraba un poco de rabia y me decía que no iría a su fiesta, y entonces la veía timbrando en mi casa, con el vestido de primera comunión; y veía a la empleada diciéndole no, el joven no está, y a Silvia llorando, arrepentida por no haber escrito algo más romántico...

Pocos días después llegó la invitación, y yo me abalancé para ver si contenía algo especial. Pero nada. Simplemente una fecha y una esquelita. ¿Debía ir? Decidí que sí, pues al fin y al cabo era una atención de toda la familia y quedaría muy feo rechazarla. Eso sí: le haría ver mi decepción ante su carta de un modo muy sutil, mostrándome ligéramente indiferente.

Y llegó el día.

La casa estaba muy concurrida. Habían venido otros niños del antiguo colegio de las hermanas y algunos familiares que no conocía. Silvia estaba muy linda con un vestido rosado, y al llegar le entregué el regalo que mamá, por consejo mío, había comprado: un libro, *El club de los siete secretos*, de Enid Blyton. Ella lo destapó y me dio las gracias con un beso en la mejilla, pero yo me mostré bastante frío. Enseguida me retiré hacia donde estaba Ismael y cuando él me propuso subir a jugar a su cuarto con otros niños, me fui sin darme vuelta. Me pareció extraño que Silvia no mencionara la carta, aunque supuse que yo también habría podido decirle algo tipo «gracias por tu carta», o mejor: «recibí tu carta, gracias». En fin, tenía toda la tarde para decírselo.

Un rato después, la abuela nos llamó a partir la torta, y al bajar a la sala me quedé petrificado: Silvia, muy oronda, charlaba con un joven mayor. ¡Le estaba mostrando con entusiasmo y coquetería los regalos! Noté que el mío, el libro, estaba caído por detrás de un montón de regalos mejores. Al verlo, maldije el momento en que se me ocurrió darle precisamente eso. Sentí las mejillas arder. El joven era mayor y su atuendo, un vestido azul y una luminosa corbata, era muy distinto del mío. Me sentía ridículo con mi pantalón gris, mi buzo blanco de cuello de tortuga y mi bleiser. Estaba francamente humillado. El pedazo de torta con gaseosa me supo a petróleo. Me pareció, además, que Silvia no había siquiera notado mi elaborada indiferencia. Qué iba a sentirla si estaba deslumbrada con... Por cierto, ¿quién era?

—Un primo nuestro —me dijo Ismael—. Se llama Carlos y tiene 14 años. Casi nunca lo vemos.

Cuando acabamos los platos, Ismael me propuso volver a su cuarto a jugar con el teleférico. Entonces, sintiéndome ridículo, supliqué de ella una mirada. Pero Silvia tenía sus antenas puestas sobre el primo y yo me había convertido en un niño invisible. Me sentí irritado y, al mismo tiempo, impotente. Tenía ganas de reprocharle su indiferencia, pero me di cuenta de que todo estaba en mi cabeza y que, en realidad, no había nada que reprochar. Silvia no tenía la menor obligación de corresponderme. Mis sentimientos no la obligaban a nada y eso me pareció cruel. No quedaba otra cosa que alejarse en silencio.

La siguiente carta de Delia llegó puntual, y por ella supimos una cantidad de detalles sobre una «toma guerrillera» en la que Toño había participado. Fue un pueblo de Córdoba y, según contó Clarita, varios hombres, entre ellos Toño, llegaron al amanecer y desarmaron a las autoridades, que no eran muchas. Les quitaron un par de rifles a los policías de la estación y una escopeta de fisto al guardia de la Caja Agraria, gracias a Dios sin tener que pegar un solo tiro. Toño contó que la gente del pueblo les colaboró y que los llamaban «los muchachos», algo que lo había llenado de orgullo. Que a pesar de haber sido un riesgo enorme, hicieron una arenga en la plaza y le dijeron a la gente que estaban luchando por un país mejor. Según contó Clarita, Toño dijo que oían con interés las palabras de los líderes, y que hasta los guardias de la Caja Agraria les habían ayudado a abrir la caja fuerte, que tenía menos plata de lo que ellos esperaban, pero que de cualquier modo era algo. Que se habían llevado medicinas de la farmacia y algo de provisiones, y que salieron cuando anochecía pues empezaba el sobrevuelo de un helicóptero del ejército. Ellos sabían que el primer sobrevuelo era la señal, pues a partir de ese momento disponían de un par de horas antes de que los soldados llegaran. Toño explicó que hacían estas incursiones no porque fueran cuatreros ni nada, sino para financiarse, y que se llevaban la plata de la Caja Agraria porque, según dijo, ésa no era una corporación que ayudara al campesino sino a los terratenientes, como se había visto muchas veces en la región de Córdoba. Por eso la atacaban, para «recuperar» esos fondos que eran del campesino colombiano y usarlos en la lucha de liberación. Clarita se lo contó a Delia con pánico, pues quería decir que Toño ya estaba haciendo cosas más peligrosas, pero al mismo tiempo le notó algo de orgullo, pues al fin y al cabo eso quería decir que su hermano era una persona respetada en la guerrilla; se imaginaba que para esas cosas tan peligrosas no iban a llevar a los torpes, ¿no? Pero además del cuento de la «toma» hubo otra historia de más peligro: una emboscada en la que el ejército los había agarrado a fuego cruzado. Según Toño, ésa fue la primera experiencia de armas: que subían por un cerro después de hacer lo que ellos llaman una «llanera», que consiste en confiscar algunas vacas para hacer carne asada, cuando se les apareció la tropa por dos flancos, con helicóptero y todo. El grupo de guerrilleros era pequeño, por ahí de unos veinticinco muchachos, y se tuvieron que dispersar a la carrera. Toño dijo que aguantaron la balacera unos veinte minutos devolviendo plomo, y que le había impresionado ver las salpicaduras de barro que levantaban los tiros de metralleta alrededor de ellos. Habían terminado con los uniformes color barro y así habían tenido que avanzar, en grupos de dos y de tres, por el monte. Contó que a él le tocó con dos jóvenes menores y que tuvieron suerte porque agarraron una cañada y por ahí lograron subirse hasta el punto de encuentro, que era bien arriba. Claro, en esa vuelta duraron tres días, y cuando por fin encontraron a los otros compañeros supieron que les habían hecho cuatro bajas y que otros tres estaban desaparecidos, o sea que no se sabía. Toño dijo que no lo habían herido, pero le confesó que tenía tres rasgaduras de bala en el uniforme y dos en el morral, o sea que la cosa estuvo tiesa. Delia, al contárselo a mamá, parecía preocupada por todo lo que estaba haciendo Toño, y una vez le confesó que si algo llegaba a pasarle allá en el monte, ella se iba a sentir culpable. Mamá le decía que no, que él se había ido por motivos políticos, pero ella sentía miedo y aseguraba que al fin y al cabo de esa decisión suya sólo estaban resultando tragedias.

Una tarde, al volver del colegio, papá y mamá nos estaban esperando en la casa. Venían del Icetex, que es el instituto de estudios en el exterior, y traían la noticia de que muy pronto nos iríamos a vivir a Italia. La razón era que les habían concedido una beca para hacer estudios de Pedagogía del Arte en Roma. Al principio Pablito y yo nos quedamos estupefactos, pero luego, al comprender de qué se trataba, nos pusimos felices. ¡Por fin conoceríamos ese lejano país del que tanto habíamos estudiado en el colegio! Italia iba a dejar de ser un mapa estampado, una colección de fotografías. ¡Sería un país real! Nosotros cantábamos su himno nacional todos los días, antes de entrar a clase; comíamos su comida y aprendíamos en su idioma hasta las matemáticas. Ahora podríamos verlo con nuestros propios ojos.

Roma, 1974

El viaje coincidió con algo trágico. El día de nuestra llegada al aeropuerto de Fiumicino, por la noche, un comando palestino hizo un atentado en uno de los muelles internacionales y hubo una docena de muertos. Los noticieros mostraron las imágenes grabadas por las cámaras de seguridad y era algo aterrador, pues se veía a varios encapuchados disparando a ciegas contra la gente y a los viajeros buscando protegerse detrás de las sillas, en las salas de espera.

Pero nosotros llegamos ilesos, pues nuestro avión de Alitalia, procedente de Madrid, aterrizó en las primeras horas de la tarde. Aunque hay que decir que estuvimos a punto de perderlo y por lo tanto poco faltó para que nos topáramos a bocajarro con los terroristas palestinos. La causa fue una malvada paella, una seductora paella valenciana que papá pidió en el restaurante del aeropuerto de Barajas, donde hacíamos el trasbordo a Roma y al que habíamos llegado al mediodía, procedentes de Bogotá. El servicio del restaurante se demoró una eternidad en traerla, y cuando por fin llegó a nuestra mesa faltaban sólo diez minutos para el embarque. Como una paella valenciana, en España, es una señora paella, papá, Pablito y yo agarramos con decisión los tenedores y le trabajamos con ahínco. Pero fue la multiplicación de los arroces entintados por el azafrán. Más comíamos y más aparecían. Debajo de cada cucharada se escondían otras dos, otras mil. *La paella, la paella, toujours recomancée!* y entonces era cada vez más grande, crecía y se multiplicaba hasta que los altavoces empezaron a llamarnos en el castizo acento de don Pío Baroja y tuvimos que correr arrastrando bolsas y maletines, yo con unos pantalones que se me escurrían y papá llevando en la mano nuestro televisor Telefunken portátil, que alguien nos había jurado que en Italia servía.

Pero llegamos, sanos y salvos. Al salir de inmigración, empujando un coche repleto de maletas, vimos a mamá con los brazos abiertos, pues ella había viajado a Roma un poco antes para intentar, en vano, encontrar un apartamento. Era el mes de diciembre y hacía frío. Un frío más fuerte que todos los fríos que hasta ese momento habíamos vivido y para el que habíamos comprado unas gruesas chaquetas impermeables. Esas chaquetas debían ser nuestra segunda piel en los meses de invierno. Entonces, como no había apartamento a la vista, nos fuimos a vivir a las residencias estudiantiles, pues la beca de papá y mamá les daba derecho a un dormitorio en el CIVIS, lugar de encuentro de los estudiantes extranjeros que llegaban a Roma atraídos por los estudios artísticos.

Roma, en esos primeros días navideños, era un enorme carrusel de personas que entraban y salían de las tiendas cargadas de regalos. Hacía frío y a mí me dolía la garganta. Tanto que el cuello empezó a hincharse como un globo hasta que el médico tranquilizó a todo el mundo y dio su veredicto: paperas. Papá y mamá tuvieron que esconderme, pues en las residencias estaba prohibido alojar niños, y menos si estaban enfermos. Las autoridades habían cerrado un ojo a nuestra llegada, pero esto ya era demasiado. Pablito fue confinado a estar cerca de mí para que se le contagiaran y así matar dos pájaros de un tiro, lo que en efecto no tardó en suceder, y por eso los dos pasamos el año nuevo con las gargantas hinchadas, tragando con dolor el *panettone*, o sea el exquisito pan dulce con frutas. Los regalos y mi cumpleaños nos llegaron con fiebres de 39 grados. Comenzaba el año 1975 y en el CIVIS se hizo una estruendosa fiesta en la que cada uno, del país que fuera, trajo su música y preparó algo de su comida típica. Mi año romano, así, comenzó con lágrimas y tos. Con ardientes brebajes que quemaban al ser tragados.

El Tíver, el Castel Sant'Angelo, la Piazza del Popolo, el Coliseo, las Termas de Caracalla, el Foro, la Columna Trajana, Villa Borghese, el Vaticano... Roma, más que una ciudad, es un inmenso museo. Conocíamos un pedacito cada día y nos quedábamos asombrados. Alguien dijo que todos los occidentales somos hijos de Roma, así hayamos nacido en el exilio. Nuestro exilio era la lejana Colombia, pues aquí todo era distinto: el color ocre y sepia de los edificios, el ruido de las motocicletas, la orientación endiablada de las calles, los árboles y palmeras, el olor a pan recién horneado de los callejones, el río y sus bellos puentes, sus siete colinas. En fin, todo. En los bares, que eran como nuestras tiendas, vendían leche fresca y la guardaban junto a los helados. Los carros eran más pequeños que en Bogotá, pero lo que más notamos fue que el idioma de la calle era muy diferente del que Pablito y yo habíamos aprendido en el colegio Da Vinci. Cambiaba el acento, ese *romanaccio* que al poco tiempo aprendimos.

Papá y mamá nos llevaban a los museos y nos contaban las vidas de los grandes maestros, como Leonardo y Miguel Ángel. Nos mostraban los frescos de la Capilla Sixtina, los Caravaggio de la iglesia de Santa María del Popolo, es decir *La Conversión de Pablo*, cuando el santo todavía es soldado y cae del caballo, y *La crucifixión de Pedro*, que retrata la mirada del santo recién clavado en la cruz. Las visitas se alternaban con la vida diaria, el ir y venir en tranvías y metros, en buses que bordeaban el Tíber y paraban en la zona del centro, de donde nos lanzábamos en largas caminatas. Las compras las hacíamos en una especie de Sears llamado Standa, una cadena de almacenes que tenía la sección de juguetes más hermosa que yo había visto. Y había una razón: ya pronto empezaba el Carnaval y las vitrinas de las jugueterías estaban llenas de disfraces de pirata, de espadachín, de Sandokán... Pablito y yo mirábamos los disfraces sin atrevernos a pedirlos, pues sabíamos que la exigua beca que tenían papá y mamá no alcanzaba para darse gustos. Ellos prefirieron ir a Roma así, aceptando de antemano las privaciones con tal de poder estar juntos. El precio era ése: mirar las vitrinas desde afuera con el deseo congelado. Tocar las telas de los disfraces y seguir de largo. Soñar con ellos, sólo soñar. Hoy sigo soñando con esos bellísimos disfraces, y pienso que si los hubiera tenido tal vez ya los habría olvidado. El niño vive y sueña con pasión. El adulto recuerda y de vez en cuando escribe. Pero tener es a veces sinónimo de olvidar, pues uno recuerda mejor lo que no tuvo o lo que, abruptamente, perdió.

Pasado un tiempo, papá y mamá encontraron un apartamento en la Via Oderisi Da Gubbio. Era un espacio muy pequeño, lo mejor que pudimos encontrar con nuestros magros ingresos: un salón, un cuarto y una cocina en un quinto piso. Papá y mamá dormían en el dormitorio. Pablito y yo compartíamos el salón, pues uno de los sillones se volvía cama y además estaba el sofá. Ya instalados, pudimos ir a la escuela del sector, que era la Scuola Vincenzo Cuoco. Por ahí andan unas viejas fotos en las que se nos ve a Pablito y a mí con delantales azules y morrales. Recuerdo que en la Scuola nuestros compañeros eran rollizos niños italianos. En las clases de educación física, que se hacían en un gimnasio cubierto, Pablito y yo exhibíamos nuestra agilidad de gacela obtenida en la finca, y ésta contrastaba con la lentitud de nuestros compañeritos, criados con pizzas y espaguetis. Lo bueno era que no existían esas diferencias sociales tan hirientes que señoreaban en el Liceo Da Vinci de Bogotá. Nuestros compañeros en la Scuola eran los hijos de la gente del barrio, tanto del dueño del bar como del carnicero o del médico. Todos éramos iguales.

Y estaba también la vida del barrio, que en Roma se llama el *cortile* o patio común, y de la *palazzina*, que quiere decir «edificio». El resto eran los helados Motta, los chocolatines Baci, los cómics de Topolino, que es el nombre italiano del Ratón Mickey, del Zio Paperone, que es el Pato Donald, y de un vaquero llamado Tex Wyler. En Italia se hacían muchas revistas con una cantidad increíble de personajes que no conocíamos. Había uno que se llamaba Zagor y que era una especie de indio comanche. O el Hombre de Hielo, un tipo de color blanco que andaba por el espacio en una tabla de surf.

Estos personajes nos acompañaron en las mil correrías romanas, correrías en las que nuestra obsesión principal, la de Pablito y mía, era encontrar tiestos, fragmentos de vasijas antiguas. Las búsquedas las hacíamos en las ruinas del Foro Romano o del Coliseo. Ignoro si esto podría ser considerado tráfico de obras de arte, pero lo cierto es que al poco tiempo cada uno tenía su buena colección. Diminutos fragmentos, algunos con rastros de color, fueron a parar a cajitas de cartón debajo de nuestras móviles camas.

Los amigos del *cortile* eran muchos y pronto entramos a formar parte del grupo: se jugaba a Escondidas, a la Lleva, a Un Dos Tres Cruz Roja, o se improvisaban juegos entre dos equipos, de vaqueros, por ejemplo, y pasábamos la tarde en durísimas batallas por todo el patio, que tenía una zona verde. Lo bueno de disparar tanto en la infancia es que después a uno se le acaban las ganas. De niño uno pasa el día disparando y no hay caja de cartuchos que alcance. Recuerdo el rifle de Tex Wyler, las pistolas Beretta de James Bond, la ametralladora zumbadora que ofrecía por Navidad la casa de juguetes Toyco. En Italia las reproducciones de pistolas eran muy veraces. La Magnum, la Smith & Wesson. Uno las agarraba en el puño y se sentía Roy Rogers. Terminada la infancia dejé las armas, pero a los 10 años siempre andaba armado. Y no sólo con rifle y pistola, también con cuchillos. Recuerdo que en los juegos del *cortile* uno salía con cuatro pistolas, dos metidas en cartucheras y dos escondidas entre las botas. Había un amiguito que, además, sacaba unas estrellas de plástico que, según él, eran mortales porque eran de los ninjas. El pobre nos tuvo que explicar una cantidad de cosas para que le creyéramos, pues por esa época los ninjas no eran muy populares.

Por la noche veíamos televisión en el viejo Telefunken, que al final sí funcionó, y seguíamos las historias del inspector De Vincenzo. A veces había suerte y daban películas del Gordo y el Flaco, que en Italia se llaman Stanley y Olio. La RAI empezó a ser un nombre familiar para nosotros. De espadachines había una película: *El caballero Tempestad*. Pero las noticias del Telegiornale nunca hablaban de nuestro país, pues en esa época los continentes estaban mucho más alejados. Uno decía Colombia y los italianos creían que se trataba de Columbia, en Estados Unidos. Es decir, que nos tomaban por gringos. Nuestro país era algo remoto que nadie conocía. De Esteban pasé a ser Stefano, y mi apellido se deshacía en su torpe pronunciación: «Inetztrottza», decían, pues en italiano la «z» es palatal sonora. La televisión también tenía los apoteósicos shows de Rafaella Carrá y una cantidad de concursos que nos llenaban la casa de señoritas en minifalda y botas blancas. En medio de ese mundo yo recordaba los juegos con Ismael y, claro, venía a mi mente la imagen de Silvia. Silvia con su vestido de Hada Madrina; Silvia en bluejeans corriendo por el campo; Silvia pensativa escribiéndome. En alguna de las cajas de trasteo en Bogotá, junto con mis cosas, estaba su dolorosa carta. Todo ese mundo parecía haberse quedado allá, muy lejos.

Otra compañía de las noches era *Cuore*, de Edmundo D'Amicis. Papá y mamá nos lo hacían leer en voz alta, y la lectura se hacía muy difícil en ciertos pasajes tristes, como cuando el papá muere al caer de un andamio. Leíamos y se nos escurrían las lágrimas ante la orfandad del niño. Nos turnábamos el libro, cada uno dos páginas, y así avanzábamos un capítulo cada noche. Luego venían los porqués, las charlas pidiendo explicaciones que papá y mamá nos daban. Cuando no había libro, había historias de familia. Papá fue siempre un gran contador de cuentos y muchas de las noches nos reunía en su cama y nos contaba historias de su infancia, de la época en que estaba interno en el Colegio La Salle con los hermanos cristianos. Esas historias, junto a las de la finca Gratamira, eran nuestras preferidas. Los cuentos del internado se parecían a las historias de Dickens que ya leíamos en libros ilustrados, y entonces, a través de su voz, veíamos los corredores desiertos del edificio, los ventanales que daban al cerro de Monserrate, y temblábamos con él ante la macabra ocurrencia de los curas de proyectarle a los internos las películas de el hombre Lobo. Luego, en los dormitorios con vista a las montañas, no había quién pudiera cerrar ojo por el miedo. Papá nos contaba que se quedaba vigilante, con la mirada clavada en la torre de la iglesia de Monserrate, iluminada de forma tenue por la luna, y cada ruido, cada contracción de la madera o del techo, lo hacía saltar de la cama.

También nos contaba viejas historias familiares, como cuando a una tía bisabuela se la comió un caimán en el río Magdalena. A mediados de siglo, es decir cuando los nuestros eran ricos, la familia tenía propiedades campestres en el pueblo de Ambalema. Los días de calor armaban paseo para bañarse en los remansos y salían de la casa desde muy temprano con una legión de criados que llevaban mecedoras, parasoles, telas para hacer tiendas, canastas con comida y refrescos, domésticas que arreglaban los vestidos de recambio, en fin, una caravana para instalarse a la vera del río, preparar un asado y pasar la tarde al fresco. Las mujeres se bañaban en camisón y, al parecer, una tía cuyo nombre no recuerdo se aventuró hacia el centro de la corriente. Dicen que el caimán la agarró por debajo y la sumergió hasta que la pobre mujer, con los pulmones llenos de agua, dejó de patalear. Acto seguido, el lagarto la arrastró hasta un islote, al frente del tenderete montado por los criados, y ante los ojos aterrorizados de la familia procedió a comérsela, con toda tranquilidad. Nadie fue capaz de lanzarse al agua para socorrerla por miedo a los otros caimanes, y como a ninguno se le ocurrió traer carabina o rifle para espantarlos no hubo nada que hacer. Desde ese día ningún miembro de la familia volvió a bañarse en un río.

Entre historias y visitas transcurrieron los primeros meses en la Ciudad Eterna, hasta que un día papá trajo a la casa a un nuevo personaje que para nosotros fue una grata sorpresa: era un Fiat Cinquecento, el famoso Fiat Topolino, de color azul oscuro. Qué alegría. Lo celebramos con un primer viaje al lago de Castelgandolfo, allá donde el Papa tiene su residencia de verano, y nos dimos cuenta de que el campo que está a los alrededores de Roma es muy verde, casi tan verde como la sabana de Bogotá. El Topolino, que papá bautizó con el nombre de Cupertino, voló por la autopista a 60 kilómetros y nos depositó en menos de una hora a las orillas del lago.

El Fiat Topolino nos cambió la vida. Antes, los fines de semana los pasábamos en los parques, en Villa Ada o Villa Borghese, adonde podíamos llegar en bus; pero ahora podíamos irnos un poco más lejos y así descubrimos el lago Bracciano, que le permitió a papá volver a una de sus pasiones más antiguas: la pesca. Mamá llevaba su equipo de acuarelas y ambos pintaban, pero papá, un rato después, sacaba las cañas de pescar y nos íbamos a la orilla. No recuerdo si alguna vez pescamos algo, pero lo cierto es que aprendimos la disciplina de la pesca: silencio y paciencia, algo de lo que la infancia carece. A la hora del almuerzo sacábamos los sándwiches de atún con huevo preparados en la casa, el paquete de papas fritas y la Coca-Cola familiar. Siempre había un buen pedazo de pan, patés y fruta: duraznos, uvas y manzanas.

La vida en el *cortile* de Oderisi Da Gubbio era bastante apacible. Tras el colegio, terminadas las tareas y comida la merienda, bajábamos con Pablito a jugar en el patio y ahí empezaban a llegar los amigos. Andrea era hijo de un policía. Antonella y su hermano Claudio eran los hijos del dueño del bar, donde mamá compraba la leche fresca. El hijo del portero se llamaba Lorenzo. Como en las películas del neorrealismo italiano, la comunicación del *cortile* era a los gritos, de balcón a balcón. Uno salía y gritaba, cual Roland haciendo sonar su olifante, y al segundo todos los amigos estaban asomados. Entonces nos dábamos cita abajo y empezaban los juegos. Pablito y yo, educados en el barrio Calderón Tejada de Bogotá, éramos buenos para correr y saltar. Los juegos de espadachines eran muy comunes, con el inconveniente de que siempre algún niño acababa con la mano herida. Entonces venía el llanto y la pelea, y el grito de dolor atravesaba el aire del *cortile* hasta llegar a los oídos de las mamás, que se asomaban al balcón y gritaban. A veces la mamá del niño herido y la del agresor se trenzaban en griterías ensordecedoras. Todo el *cortile* se enteraba. Las mamás eran señoras gordas que siempre estaban sudando y que salían de las humaredas y los vahos de la cocina. Tan distintas a mamá, que era joven y bonita y que estaba en la universidad. Papá y mamá, por esa época, tenían los mismos años que tengo yo ahora. Eran jóvenes de 30 años.

Los propietarios de nuestro apartamento eran el señor y la señora Darpeti. Pero no eran un matrimonio, sino madre e hijo. Ella tenía más de 70 años y él rondaba la cincuentena. La señora Darpeti tenía una pasión: los gatos. Tenía once, once pequeños felinos subiendo y bajando por sus muebles, arañando y comiendo, cada uno de color y tamaño distinto. «Dios creó al gato para que el hombre pueda acariciar al tigre», dicen por ahí, y la verdad es que la señora Darpeti debía de tener algún ancestro en la India, o gotas de sangre massai corriendo por sus venas. Pero los gatos no estaban solos, pues también había allí tres perros y cuatro jaulas con canarios y otras especies de pájaros. El apartamento era una extensión del Ganges, ya que los anteriores animales convivían con varios peces y una tortuga. Sólo le faltaba un cocodrilo y un mono a la numerosa familia Darpeti. Los cuadros, que eran rompecabezas enmarcados, mostraban idílicas escenas de bosque y selva que debían mantener en equilibrio la frágil psique de la viejita, atrincherada contra ese horror vacui vital que sin lugar a dudas la atormentaba. Lo increíble es que su apartamento era tan pequeño como el nuestro; apenas un salón y dos dormitorios —bueno, en realidad el nuestro tenía sólo un dormitorio—. Ahí vivía ese pequeño zoológico, campo de especies protegidas, pues la señora Darpeti los cuidaba como si fueran sus hijos.

En realidad el señor Darpeti, su único hijo, era uno más en medio de la jungla. No trabajaba ni tenía profesión conocida. Su pomposo cargo en las hojas de impuestos era el de «Administrador de Bienes Inmuebles», frase que se refería a los cuatro apartamentos que en el mismo edificio eran propiedad de su mamá. El señor Darpeti los mostraba cuando estaban vacíos y hacía los contratos de arrendamiento, y cuando había inquilinos pasaba a cobrar la mensualidad en la fecha pactada, púlcramente vestido y con modales de príncipe de Saboya. El resto del tiempo lo gastaba Darpeti alineándose el bigote, limándose las uñas, echándose colonias y manteniendo a salvo de la polilla el nutrido vestier de su papá, que a juzgar por los uniformes debió de tener un alto grado en el ejército.

A veces, cuando salíamos temprano para la escuela, lo encontrábamos en el ascensor. Entonces Darpeti nos saludaba con un italiano elegante, le echaba a mamá algún piropo clásico y nos invitaba a pasar al elevador con la mano estirada y el cuerpo arqueado. Al llegar al *cortile* hacía algún comentario sobre el tiempo y luego se iba con paso de señorito hacia el bar del papá de Antonella, a tomarse un café con un croissant. Años después, leyendo a Pessoa, la figura de Darpeti saltaba a mi mente cada vez que aparecía algún hidalgo lisboeta venido a menos. Así era él.

Como toda persona excesivamente aseada, Darpeti escondía una doble vida. Algo muy torcido en su interior buscaba escondrijo en medio de tanto polvo y tanto perfume. ¿Qué era? Darpeti, el solemne y decimonónico señor Darpeti, había sido el más temible jugador del barrio, esclavo del tapiz verde, adorador de la esfera de metal que salta entre los números, amante de las cartas, arúspice de sí mismo en las tragaperras, las loterías, los caballos, la quiniela del fútbol y todo lo que pudiera generar la adrenalina del ansia, la cuerda floja de la apuesta, la borrachera del azar en que se pierde o se gana.

Cuando las indiscreciones del dueño del bar, vía Antonella, nos dieron la verdadera textura del metal de Darpeti, su imagen de Félix Krull, de doliente personaje de Dostoievski, nos quedó marcada con hierros en la memoria. Y a partir de ahí, Darpeti el Ludópata se convirtió en pasto de averiguaciones y chismes, en centro del rumoreo, y cada vez que papá y mamá, o nosotros, íbamos al bar y escuchábamos algún comentario sobre ganancias, derrotas o pérdidas, parábamos la oreja como galgos. Ahí podía haber algo. Y como sucede siempre, la historia se fue armando despacio.

Darpeti, el joven recién egresado de la *Universitá della Sapien-*

za con un título de jurisconsulto debajo del sobaco, era un hombre de brillante porvenir y finos modales que contaba con el apoyo de su padre, de alta graduación en el arma de los «bersalleros». Con ese bagaje, que no era poco, Darpeti el Joven se lanzó a la vida. Se casó con la hija de un ex embajador, una mujer que según contaron era de buena plática y de entrepierna hasta chusca, y sacaron casa en el elegante sector de Parioli, el más chic de los barrios romanos a pesar de estar pegado a las leoneras de la Casa de Fieras de Villa Borghese.

Así comenzó la vida de este hombre, Darpeti-el-de-Brillante-Porvenir, hasta que el monstruo, el Darpeti-Ludópata, empezó a abrirse paso por los cañaverales de su conciencia. Lo primero fueron las apuestas fortuitas de cualquier católico al salir de la oficina de abogados en la que había entrado a litigar, por cierto una de las más importantes de Roma, cerca del Monte Citorio y de la Piazza Caprianica. Se apostaba al Lotto y al Enalotto, a las quinielas del fútbol, y cada vez los montos eran más grandes, cada vez las combinaciones mayores, con inversiones que iban creciendo. La gran tragedia, el disparo de salida del potro azabache que se lo llevó por delante, llegó una tarde en que ganó varios millones de liras en una de las apuestas. Por supuesto, celebró la victoria con una imponente recepción en la casa de Parioli en la que no faltaron los canapés y el champagne servidos en la terraza, a pesar de que el oleaje del viento romano les traía de vez en cuando el aroma de las leoneras.

Los denarios ganados en la Lotto lo llevaron nada menos que al Casino de Rimini, ciudad natal de la trágica Francesca que Dante encontró en el Infierno. Pero allí, en un fin de semana, el Ludópata Darpeti perdió todo lo ganado más una porción considerable de sus ahorros. Entonces regresó a Roma maltrecho, inventando una cara alegre que no tenía para anunciarle a la mujer, conocida en el barrio como Baronesa Darpeti, que la reunión de abogados litigantes había sido todo un éxito, que lo habían nombrado vocal para los tres siguientes congresos y que eso era buenísimo para su carrera de jurisconsulto, aunque, eso sí, tendría el inconveniente de que lo obligaría a viajar con cierta regularidad. El Ludópata preparaba un golpe. Y lo dio: tres semanas después, apenas la Banca Ambrosiana le concedió un préstamo de varios millones, armó maleta y se despidió de la Baronesa alegando que se iba a uno de esos aburridos congresos. «*Ciao, amore*», le debió gritar la Bambola desde la terraza, sin sospechar que Darpeti, el Ludópata, estaba tomando el tren para Montecarlo. Según dijeron en ese viaje no le fue tan mal. Incluso afirman que algo ganó. Lo cierto fue que de congreso en congreso Darpeti se volvió devoto de la baraja y adoptó por confesora espiritual la saltarina esfera de la ruleta. La doble vida duró mucho tiempo, pues lo que perdía de un lado lo alcanzaba del otro, y cuando ganaba tranquilizaba a los directores de los bancos. Hasta que la fortuna comenzó a agotarse, como suele suceder, y la nave del Ludópata Darpeti empezó a hacer agua en todas las bodegas. La falta de plata comenzó a estrangularlo y las deudas se le convirtieron en corta cobija de pobre: si se cubría la cabeza se le descubrían los pies. Acosado, planeó el siguiente golpe. Pidió prestado a usureros de Nápoles, que aún no lo conocían, una suma exorbitante, dejando como aval una de las propiedades romanas de su mujer. Con esa plata se fue a otro «congreso» en Budapest, y allí, en el congreso de ludópatas, tardó exactamente seis días en quedarse con los bolsillos vacíos, sin plata para pagar siquiera la factura del Hotel Gellert, frente al Danubio, razón por la cual estuvo parado en el puente una tarde entera haciéndose la clásica pregunta dostoievskiana del jugador que ha perdido: «Me tiro o no me tiro.» Júpiter y Apolo, sus esquivos dioses, decidieron que aún era pronto para que las maternales aguas del Danubio recibieran a un arrepentido, y entonces el Ludópata volvió a Roma con un billete de segunda clase. Pero esta vez el regreso fue bastante más complicado; y sobre todo los días siguientes, cuando la Baronesa Darpeti se dio cuenta de que su propiedad se había perdido.

Con todo, la doble vida del Ludópata continuó algún tiempo, lo mismo que un barco no se hunde con el primer golpe de agua, sino que alcanza, ya vencido, a sortear algunas olas. Aquí fue igual, con el problema de que cada golpe lo dejaba más abajo, cada zarpazo del destino le arrancaba más carne. El siguiente «congreso» les costó a los Darpeti la casa de Parioli, y la Baronesa, que al no poder tener hijos se había dedicado a cultivar geranios, azaleas y siemprevivas en la terraza, casi devuelve a la tierra su bello cuerpo con un fulminante infarto de miocardio. El Hospital San Giacomo del centro histórico de Roma la alcanzó a salvar, y a su salida la esperaba el joven Darpeti, el arrepentido Ludópata, para llevarla a su nuevo hogar en uno de los apartamentos del difunto padre en la zona de Baldo degli Ubaldi, una periferia que a la Bambola le hizo sentir nostalgia de la muerte que había alcanzado a vislumbrar en el Hospital San Giacomo. Pero él le decía a la Baronesa que todo aquello era transitorio, que muy pronto los negocios se repondrían y que podrían regresar a Villa Parioli, agregando de su propia cosecha que además irían a París al Instituto Curie a pedir un dictamen científico sobre la esterilidad, y luego a pasar vacaciones a La Riviera, para que ella se repusiera con las sales marinas. A este tipo de personas, víctimas de alguna pulsión extrema, Júpiter suele darles una virtud: la de convencer. El Ludópata Darpeti convencía a la Baronesa lo mismo que a los prestamistas, a sus jefes, a sus colegas y a su madre, la pobre viuda Darpeti... A todos lograba convencerlos. Pero el fondo estaba todavía lejos. Aún faltaba recorrer en caída algo de espacio, antes de romperse la crisma contra el suelo. Darpeti perdió y perdió, pues la mala suerte es la única suerte que le queda al que ya no tiene de dónde agarrarse, alas plegadas cayendo en picada, kamikaze, pájaro herido en vuelo, y así el modesto apartamento de Baldo degli Ubaldi acabó en manos de un usurero esloveno de Trieste. La firma de abogados descubrió cifras falsas en sus cuentas y, de remate, un buen día la Baronesa, que ya había abierto el ojo, se fugó con las joyas de familia que había logrado esconder. La película estaba por terminar y una mañana la Guardia de Finanza vino a llevárselo. El Ludópata Darpeti, que ya no veía ni entendía, salió esposado del apartamento rumbo a *galera* y, sólo gracias a la gestión de un psicólogo amigo del difunto general Darpeti, se logró que el jurisconsulto fuera declarado irresponsable, víctima de sus pulsiones. Entonces, tras una temporada de arresto y el retiro de su licencia de abogado, el Ludópata fue devuelto a su madre. Pero faltaba el estrambote de la tragicomedia, pues al verse de nuevo libre Darpeti aceptó ingresar a una costosa clínica para ludópatas que, a juzgar por los resultados, debía llamarse Centro de Rehabilitación La Recaída, pues lo cierto fue que tras dos semanas de inmersión en cálidas termas, baños de algas y masajes de arcilla, Darpeti se escapó a Rimini y firmó varios vales por el valor de al menos tres de esas milagrosas curas. Con el tiempo —que todo lo sana—, se fue haciendo evidente que el mejor remedio era el cansancio; y así, como una planta parásita alejada de la savia, como un maligno virus sometido al aislamiento, su ludopatía se fue secando hasta convertirse en una pasión marchita.

Este último fue el Darpeti que nosotros conocimos. Un hombre recogido de la desgracia, acorralado pero digno, que al parecer ya no jugaba grandes sumas, pues su firma estaba vedada de todas las notarías y entidades bancarias. Con los años y las derrotas la parte más arisca de su virus había cicatrizado y ahora, sólo de vez en cuando, se permitía rellenar alguna papeleta de quiniela o de Enalotto, sin salirse nunca de las liras de mesada que recibía de su madre. Para ella, sobra decirlo, la compañía de los animales, ese eterno retorno nitszcheano que había organizado en su pequeño apartamento, tenía algo de terapia contra la desgracia de su hijo, que era también la suya. La elegancia, el cuidado en el vestir y las buenas maneras, era lo único que le quedaba a Darpeti de su vida galante, de su paso por exclusivos hoteles y salas de juego. La única herencia que el Ludópata le dejó a esa pobre familia.

Nuestra vida, en cambio, transcurría de un modo muy diverso. Las privaciones económicas que debíamos capotear nos habían organizado de tal modo que nada podía escapar al cálculo. Jamás comíamos en restaurantes, como no fuera un pedazo de pizza *al taglio*, es decir al corte, o de vez en cuando un pollo asado para llevar, que era el supremo deleite. Una rigurosa economía de guerra. A cambio, teníamos el valioso privilegio de recorrer Roma, de viajar por Italia a nuestras anchas, de entrar al Coliseo cuantas veces fuera necesario y detallar en el Vaticano los frescos de Miguel Ángel, las estancias de Rafael y Fray Angélico, las esculturas dolientes de la *Pietà* y el *Moisés*, la carne blanca, el mármol hecho carne de Bernini en *El rapto de Europa*, en fin...

Y así, lentamente, fue llegando el verano. Los árboles comenzaron a retoñar. Las ramas dejaron de ser muñones, dedos alámbricos apuntando al cielo, histéricas líneas filiformes, como en los cuadros de Matta, y se convirtieron en madera florecida. Llegó la fronda. El verde enseñoreó las avenidas. Las piedras que circundan el Tíber se cubrieron de musgo. Los paseos se llenaron de sombra. Cambió la luz. Cambió el color.

Papá le tenía cada vez más confianza a nuestro Cupertino, el pequeño Fiat Cinquecento, y entonces decidimos hacer un viaje largo. Salimos una mañana de Roma con destino hacia el norte y la primera parada fue en la Ravenna de los mosaicos. Luego Venecia y sus canales, la ciudad de Casanova. Allí vimos por fin las góndolas, esas embarcaciones que mantienen un curioso equilibrio, y la Torre del Reloj, con su par de esclavos metálicos que golpean una campana para señalar las horas. De Venecia bajamos a Ancona para tomar un barco hacia Yugoslavia y, tras cruzar el mar Adriático, desembarcamos en Split, costa de Dalmacia, cerca del lugar en donde nació Marco Polo. Eran los dominios de la antigua República Marinera de Venecia. Split con sus torres y muy cerca el pueblo de Troguir. Desde ahí, el Cupertino rodó y rodó por las sinuosas carreteras de la costa dálmata hasta llevarnos a Dubrovnik, una de las ciudades más bellas del mundo con su muralla y su castillo, sus fuertes y alminares de defensa. Era aún la Yugoslavia de Tito, es decir un territorio de la órbita socialista en la que, al parecer, todo el mundo estaba muy preocupado. Los policías de aduanas y los guardias de carretera eran bastante circunspectos, y cada vez que nos paraban, atraídos por la placa italiana del Fiat, encontraban motivo para aligerarnos la faltriquera. Que las luces de los cocuyos no se encendían. Que el impuesto de circulación. Que las cadenas para las llantas. Entonces los guardias exigían pequeñas contribuciones a su escuálida economía de país comunista, y nosotros las dábamos sin poder explicarles que el país nuestro no era el mismo del carro, la rica Italia, sino uno más lejano y empobrecido.

Nos alejamos de la costa dálmata, hacia el interior del país, y entramos a Grecia por el norte, evitando la misteriosa Albania, esa nación de sombras que parecía no existir, que era una mancha negra en los mapas.

Al llegar a Atenas conseguimos una modesta pensión en pleno centro, muy cerca de la plaza de Omonia. La luz era muy fuerte y los montes de los alrededores eran pedregales sin vegetación. Allí estaba, a la vista, el sagrado monte Olimpo, y papá y mamá nos fueron explicando por qué la ciudad era tan valiosa. Escuchamos entonces, por primera vez, el nombre de Odiseo. Supimos de la guerra de Troya, del caballo de madera y del largo regreso a Ítaca. «Aquí empezó todo», nos dijeron, explicándonos quién era Penélope, quién la bella Helena raptada por Paris, hijo de Príamo, y el mito de la manzana de la discordia, que allá arriba en ese monte, en el Olimpo, puso a las diosas más coquetas a pelearse el amor de un hombre. Atenea con sus rayos, Era con su poder, Afrodita con el amor. Y ganó Afrodita, y entonces Paris, hijo de Príamo, obtuvo la mujer más bella, que por desgracia ya estaba casada con el rubio Menelao. «Y así empezó todo —nos decían—, por una mujer robada.» El orgullo de un pueblo estaba en esa mujer y entonces las polis griegas, las antiguas ciudades, se unieron para rescatarla. La guerra de Troya ocurrió, según los arqueólogos, en el siglo XII antes de Cristo, y de allí salió buena parte de nuestra historia. «De todo esto sabemos por un libro —nos dijo papá—, un libro escrito por un soldado que luego se quedó ciego. Se llamaba Homero.» ¿Quién era ese Homero? Las historias fluían y las ruinas se iban llenando de sentido. El Partenón, por esa época, todavía podía visitarse de cerca. Uno podía entrar y tocar las columnas. Desde el cerro de la Acrópolis se veía Atenas como una ciudad blanca que quemaba la retina.

Pablito y yo corríamos sobre las superficies de mármol, nos metíamos por los pasadizos en busca de fragmentos de ánforas y vasijas. Soñábamos con encontrar algo valioso, una prueba de ese mundo que allí había existido. Sobre el Partenón vimos a un hombre mayor paseándose de la mano de una mujer joven que resultó ser su hija. Era italiano y, al notar nuestra presencia, nos habló. Era ciego. Su hija lo acercaba a las columnas y él las rodeaba con el tacto, las veía con los dedos acariciando cada pliegue. El hombre le explicaba a su hija por qué las columnas tenían un volumen mayor hacia la mitad, una especie de ligera barriga. La razón era óptica, pues el ojo humano tiende a adelgazar las líneas paralelas. La hinchazón central de la columna permitía verla recta a la distancia. «Ese detalle, para los griegos de la época de Pericles, era importante», decía.

Vimos la estatua de Poseidón en el Museo de Atenas, las monedas y las ánforas sacadas del mar, y entonces los sueños de hallazgos fueron aún mayores. Había todo un mundo sumergido que mostraba, como en un libro, las vidas de aquellos que nos habían precedido. Vivíamos sobre lo ya vivido y ésas eran las pruebas. De Atenas fuimos al Peloponeso, a visitar la tumba de Agamenón, y luego al teatro de Epidauros. Allí encontramos más historias: Edipo Rey, que se descubrió a sí mismo y se arrancó los ojos; Prometeo, que le robó el fuego a los dioses. Todos habían pasado por el estrado de Epidauros, con su perfecta acústica.

Tras el viaje por el Peloponeso regresamos a Atenas y de ahí fuimos a Patra, a tomar el ferry que cruza el Adriático y llega a Brindisi, de vuelta a Italia.

Y una vez más la historia nos vino al encuentro. El gobierno griego acababa de declararle la guerra a Turquía en la isla de Chipre y por eso todos los barcos estaban destinados al transporte de tropas. En vano pasamos un día intentando conseguir una embarcación que nos llevara con el Fiat hasta las costas italianas. Había caravanas, gritos, banderas griegas ondeando al aire. «¡Fuera turcos de Chipre!», gritaban, y nosotros en una pensión, intentando encontrar puesto en algún barco. Dos días después llegó el milagro. Un griego, al vernos pasar, nos preguntó en inglés qué andábamos buscando. Papá y mamá no lo oyeron, pero yo, metido a grande, me di la vuelta y le respondí: *«Tickets.»* Ésa fue la palabra mágica, el abracadabra que nos llevó, después de una fila extenuante, al corazón de uno de los pocos barcos que aún transportaban civiles a Italia. Y así llegamos a Brindisi, y luego a Roma en el Cupertino. Lo bueno de irse es que uno regresa.

Pero los Hados Burocráticos, aquellos que descansan sus blancos traseros en los sillones de los servicios de extranjería de la patria, nos tenían reservada una sorpresa: ese mes no había cheque. La beca de la cual dependíamos no estaba en su lugar, y las demoras y silencios hicieron que papá y mamá comenzaran a planear el regreso a Bogotá. El Ludópata Darpeti, que nos había cogido cariño, fue comprensivo al cerrar el ojo durante un par de meses con el alquiler, entre otras cosas porque en su bolsillo tenía una fianza. Papá y mamá no sabían qué hacer y empezaron a buscar trabajo como meseros en algún restaurante. Pero no hubo forma. Las dificultades fueron creciendo hasta que decidimos volver. Pablito y yo primero, y ellos un mes más tarde. Así fue que un día le dijimos adiós a Roma, nos subieron a un avión, recomendados, e hicimos el viaje solos hasta Bogotá. Jamás podré olvidar la llegada al aeropuerto. Al salir del avión nos esperaba la familia. Yendo hacia la casa de los abuelos, por la avenida El Dorado, Pablito y yo sentimos que regresábamos como héroes.

Bogotá, 1975

De nuevo estábamos en Bogotá, en la vieja casa frente al parque de Portugal. Papá y mamá decidieron dejarnos un año más en el colegio italiano, pero con el tiempo los ultrajes a los «criollos» empezaron a ser tan contundentes que hubo que emigrar por segunda vez de la bella península, alejarnos del Little Italy de la Autopista Norte. ¿Qué hacer? Tras consultas y recomendaciones dieron con otro colegio, muy diferente, que supondría la entrada a un mundo nuevo. Era el Colegio Refous y tenía su sede en la localidad de Suba, que por esa época era todavía un pueblo separado de Bogotá. Allá estaba este extraño lugar que no tenía edificios de concreto, sino casetas de madera dispersas sobre el prado, bajo la sombra de los eucaliptos.

El Refous no tenía uniforme, y la gran novedad, en primero de bachillerato, fue la clase de literatura. Me sorprendió y, al mismo tiempo, me dio ciertas ventajas. Recuerdo que el primer libro del programa ya lo había leído. Era *Los cinco en el páramo misterioso*, de Enid Blyton. Extraño título para un curso de literatura, claro, pero ahí de lo que se trataba era de acostumbrar a los muchachos a leer sin que ese objeto de papel y tinta se les cayera de las manos. Luego vino *El ruiseñor y la rosa*, de Oscar Wilde, y más tarde *Cinco semanas en globo*, de Jules Verne, que en Colombia —y también en España—, se llama Julio Verne. El buen manejo con los libros me dio una cierta popularidad entre los compañeros, pues los exámenes, que allí se llamaban «chequeos», eran como un juego para mí.

Poco después del regreso volví a ver a Ismael. Había crecido bastante; ahora se vestía con pantalones anchos de dril y usaba una absurda gorra de lana. Un par de lentes gruesos sobre la nariz completaban un atuendo algo despedidor, pero él era así. Ya no jugaba con el teleférico, y se había apasionado por la química. Tenía un microscopio y pasaba las tardes estudiando el tejido íntimo de tallos, hojas, flores, de todo lo que pasara bajo sus ojos. Luego lo reproducía en dibujo y lo archivaba con la idea de corroborar si con el tiempo la estructura cambiaba. Sus ideas sobre nuevos juegos eran fascinantes. Mientras nos dedicábamos a esas labores, Ismael me hacía un montón de preguntas sobre Italia.

Una tarde apareció Silvia. A mí me produjo una gran impresión verla pues noté que ya no era la misma niña angelical del año anterior. Sus caderas se habían ensanchado, tenía una fina cintura y en el pecho le habían crecido un par de melones. En lugar de los zapatos de charol, usaba mocasines de tacón bajito, que le daban un aire adolescente, y se había dejado crecer el pelo. Ese día estaba, además, muy maquillada; una línea de sombra realzaba sus ojos y el colorete le ponía los labios como fresas. Silvia me besó en la mejilla y celebró mi retorno, pero la verdad es que para ella yo seguía siendo un niño; su mundo estaba muy lejos del mío. Para que no hubiera lugar a dudas al rato sonó el timbre. Silvia estaba tomándose un refresco y al oírlo dejó el vaso en la mesa, se levantó y fue a abrir la puerta:

—¡Llegaron por mí! —dijo con entusiasmo.

Era sábado y tenía una fiesta. Un joven de vestido y corbata la esperaba en el antejardín jugueteando con las llaves de un carro.

Al verla salir no me quedó otro remedio que reanudar el juego del científico con Ismael. Lo único que pudo atenuar mi amargura fue pensar que en pocos años yo también sería joven y que, tal vez, podría venir un sábado a recogerla, como tantas veces había soñado. ¿Me esperaría? Yo no era muy creyente pero esa tarde, al pasar frente a la capilla del Colegio La Salle, me quedé mirando el crucifijo que adorna el frontispicio de la construcción, y por primera vez me dirigí a él.

—Dios, yo nunca te he pedido nada —dije uniendo las manos—. Pero haz que Silvia me espere.

Tras vender el Fiat Topolino y arreglar lo del apartamento con el ex Ludópata, papá y mamá llegaron a Bogotá. Entonces, el tío Mario nos puso al día de las historias de Federico, trayendo la continuación de lo que éste había investigado con respecto al suicidio de David, el hermano de Isabel. La historia era ésta:

Luego de la charla con la hermana Helena, el siguiente paso, obligado, fue contactar con el famoso Maestro Pedro, propietario del Café Arquímedes en el barrio Palermo de Bogotá, único testigo de lo que ocurrió en la extraña noche espiritista. Claro, dadas las circunstancias del primer encuentro, Federico debía elegir muy bien la forma de abordarlo. No valía la pena arriesgar las costillas, pues de lo que se trataba era de llegar a la verdad.

El Maestro Pedro vivía en la misma casa en la que estaba el café y, según pudo comprobar Federico tras varias vigilancias, salía poco. Él no podía entrar al lugar, pues si se dejaba ver allí, el parapsicólogo entendería que estaba bajo observación e iba a ser más difícil encontrarlo con la guardia baja. Era cuestión de tiempo y de suerte. En algún momento, se dijo Federico, este hombre tendría que salir a hacer compras, pasear o ver a alguien. Como el Maestro vivía de noche, descartó de su vigilancia las mañanas y las primeras horas de la tarde, así que hacia las cuatro, todos los días, Federico se sentaba en una panadería que hacía esquina, desde la cual podía vigilar los movimientos de la casa-café sin ser visto. Para no levantar sospechas con los panaderos usó una carpeta de apuntes y se hacía pasar por estudiante. Cuando la panadería cerraba se trasladaba a una taberna un poco más arriba, por la misma calle, que tenía un salón en el segundo piso. Desde allí podía ver la puerta y las ventanas de la planta superior del café. Alguna vez, con la luz de adentro, le pareció ver el perfil barbado del Maestro, pero no estaba seguro de que no fuera su propia imaginación, atizada por la espera. La situación en su casa se había relajado bastante desde que salía con Isabel y esto le permitía cierta libertad de movimientos. Estaba decidido a llegar al final de la historia.

Así estuvo cerca de dos semanas. Al lugar entraba y salía bastante gente, y con el tiempo pudo hacer un registro de los visitantes ya que siempre eran los mismos. Entonces decidió cambiar de táctica. Entre los visitantes había una joven que, a juzgar por la pinta, andaría por los 25 años; entonces, pensó que debía conocerla para sacarle datos y horarios del misterioso Maestro. En las vigilancias notó que la joven salía tarde en la noche y a veces se quedaba en la casa, por lo que dedujo que su jerarquía en el café debía de ser igual a la de la hermana Helena, una especie de secretaria privada del gurú.

De este modo, una noche, decidió seguirla hasta dar con la dirección de su casa, que por cierto era una lujosa residencia con antejardines y vigías en el barrio El Chicó, un par de cuadras abajo de la carrera Séptima. El siguiente paso de Federico fue estudiar sus hábitos y horarios, y de este modo descubrió que la joven estudiaba Derecho en la Universidad Javeriana. Eso le facilitó las cosas, pues a partir de ese momento comenzó a ir a la Javeriana haciéndose pasar por estudiante. Se dejó ver varias veces en la cafetería, hasta que una tarde la abordó:

—Tú tienes cara de Piscis —le dijo Federico—. Silenciosa y frágil. Leal, solidaria, incapaz de traicionar... ¿Me equivoco?

—Completamente —dijo riéndose—. Soy Escorpión. Bueno, sí me siento todo eso que dijiste, pero no soy Piscis.

—Ah... Entonces déjame tratar de adivinar alguna otra cosa: ¿te llamas Juana?

Federico, mientras la seguía, escuchó que se llamaba Juanita.

—Casi —dijo—. Juana y algo más.

—Juanita.

—Muy bien —dijo ella—. ¿Por qué sabes mi nombre?

—No lo sé —dijo Federico—. Lo adiviné, que es distinto.

—¿Y por qué lo adivinaste?

—Es raro: miré tus ojos y una voz me dijo en la mente: se llama Juana.

—Yo, en cambio, te miro y no oigo nada —dijo ella.

—Si me lo preguntas, podrás oír mi nombre —repuso él.

—Espera me concentro... ¿Cuál es?

—Federico.

Ambos se rieron.

La joven continuó en la fila que iba hacia la caja registradora. Entonces Federico le dijo:

—A lo mejor te conocí en otra vida y por eso sé tu nombre...

Ella se dio vuelta y lo miró a los ojos. Era el momento. Había picado el anzuelo.

—Deberíamos charlar sobre el tema en una mesa —propuso Federico—. ¿No crees?

—Espérame en ésa de allá —dijo ella—. Voy por un café.

La joven vino al rato con un vasito de plástico humeante.

—¿Y tú quién eres? —le preguntó a Federico.

—Me llamo Federico, ya te dije. Estudio filosofía.

—¿Por qué dijiste lo de «conocerse en otra vida»?

—Tú sabes que según la metempsicosis uno vive varias vidas, y en ocasiones vuelve a encontrar a personas que fueron importantes. De ahí mi comentario.

—¿Y qué tiene que ver eso con los nombres?

—Bueno —repuso Federico—. A veces los nombres revelan cosas que nosotros desconocemos.

—Pero uno no elige su nombre...

—No, pero es obvio que nuestros padres, al ponerlo, están respondiendo a algo. Ellos mismos pueden no saber por qué un nombre les parece apropiado, y a lo mejor detrás se esconden razones que tienen que ver con otras vidas. Eso es lo que tiene que ver.

Juanita lo miró con interés.

—Por ejemplo, tú —continuó Federico—. Yo te dije Juana y resultó que eras Juanita. A lo mejor antes fuiste Juana. Es casi lo mismo.

—Te confieso que la gente que yo más quiero termina siempre por llamarme Juana. Es extraño.

—Ahí está, ¿lo ves?

—Pero entonces... ¿por qué yo no oigo nada al verte? —preguntó Juanita.

—No sé —respondió Federico—. Tampoco tengo una respuesta para todo.

—A lo mejor —dijo ella— yo fui más importante para ti que tú para mí en esa otra vida en la que nos conocimos. Tú te acuerdas más.

—Podría ser.

Juanita se terminó el café, miró el reloj y agarró su bolso con gesto nervioso.

—Huy, tengo una clase en dos minutos —se levantó—. Chao, Federico. Hasta otro día.

—Bueno —le dijo—. A ver si logramos saber quién era el importante.

Juanita se rió. Le hizo un gesto con los dedos y se perdió entre la turbamulta que subía por la escalera del edificio central.

Estando en el Colegio Refous conocí a un escritor. No había publicado nada y tenía apenas 12 años, pero contaba historias, e incluso, a veces, las escribía. Se llamaba Juan Carlos Elorza y su pupitre estaba muy cerca del mío. Era un tipo simpático, bonachón y generoso, siempre dispuesto a compartir su plata con el amigo que tuviera cerca. Vivía solo, es decir lejos de su familia, pues los papás estaban en Venezuela trabajando en una central hidroeléctrica a varios miles de kilómetros de Caracas. Los primeros años, Elorza los vivió en Bogotá con unos tíos, pero luego fue pasando por las casas de los amigos paternos hasta quedarse en un cuarto de alquiler en el barrio Kennedy. Varias veces por semana Elo regresaba del colegio en mi bus, tomábamos onces en la casa y luego nos encerrábamos a jugar en mi cuarto. El juego por excelencia, ya que él era escritor, consistía en pedirle prestada a papá la máquina Remington y teclear historias.

El gran secreto de Elorza, o de Elo, como le decíamos en la casa, era que le gustaba leer. A él también le gustaban los libros y por eso nos reuníamos a charlar descubriendo el intenso placer de comentar lo leído, de revivir detalles, de recordar tal o cual diálogo; ese placer tan sencillo nos llenaba de amistad y nos diferenciaba de otros compañeros que eran incapaces de leer más de tres páginas de un libro, con el argumento de que no les gustaba «estar sin hacer nada». Esta afición nos dio cierta popularidad y antes de los exámenes muchos compañeros nos pedían que les contáramos los libros.

Un poco más tarde empezamos a ir al cine a los teatros de la carrera Trece, es decir al Metro Riviera, al Libertador y al Cinelandia, y a partir de ahí las historias que Elo y yo inventábamos comenzaron a tener muchas influencias. La máquina del tiempo, las guerras, los enigmas y amores. Elo era muy bueno para los enigmas. El tiempo pasó y, al llegar a segundo de bachillerato, nos tocó un profesor de Literatura que habría de empujarnos aún más hacia el mundo de la ficción. Se llamaba Juan Pablo y con él debíamos leer la *Odisea*. De nuevo me sentí en tierras conocidas, pues yo había estado en Grecia, en el Partenón y el Peloponeso. Me había bañado en el mismo mar por el que Ulises regresó a Itaca. Entonces recordé lo que papá nos dijo en ese viaje: «De todo esto sabemos por un libro», y tenía razón: el libro estaba ahí, otra vez, delante de mis ojos.

Pero no todo era alegría en el colegio, pues mis problemas de estudio tenían que ver con las matemáticas. Ahí Elo era pieza clave; para él ese mundo no tenía ningún secreto y lo manejaba sin el menor esfuerzo. Los problemas se deshacían en su cabeza apenas planteados y cuando me explicaba los teoremas todo era diáfano. Pero luego, cuando me enfrentaba solo al papel, mi cerebro se atascaba. Las armas que tenía para resolver la intrincada maraña no eran suficientes. Evasivo Pitágoras. Esquivo Arquímedes de Siracusa, que murió en una playa herido por una lanza mientras hacía cálculos. Tales de Mileto burlón.

Yo sufría con los chequeos de matemáticas, y en el Refous, para más dolor, había dos tipos diferentes, ambos regidos por las modernas tesis de un profesor suizo llamado Georges Papy, que cada año venía a Bogotá a darnos cursos especiales. Mucho aprendimos de Papy, sin duda, pero lo que más recuerdo de él era el alcohol de su aliento y el acre olor de sus sobacos. Papy sudaba como un reo en el patíbulo y el miasma de sus jugos llegaba hasta el fondo de un salón inmenso que la dirección del colegio había bautizado con el pomposo nombre de Salón de Matemáticas. Ése era el templo de Papy, pero a juzgar por el olor más parecía su mortaja. Allí la letra, o más bien los números, no entraban con sangre sino con sinusitis. Todos salíamos con las narices amarillas, pues nuestra frágil tela olfativa no alcanzaba a detener el punzón de su olor.

Sin embargo, el mundo de Papy era atractivo y estaba diseñado para que pudiera entrar en la cabeza de un niño. El hecho de que sus sobacos apestaran no quería decir que no fuera un genio. A lo mejor los de Goethe también expelían olores homicidas, ¿quién puede saberlo? Con todo, mis exámenes eran incompletos, llenos de dudas y errores. Intentaba mejorar pero mis progresos eran lentos y, cuando al fin repuntaba, ya el año iba por la mitad y necesitaba notas muy altas. Elo, en cambio, era el mejor a pesar de su falta de orden. Jamás pudo llevar un cuaderno. Nunca tuvo lo que el colegio llamaba «hojas reglamentarias», con un tipo especial de línea, sobre las cuales debíamos tomar apuntes. Elo nunca las tuvo. Al principio de cada clase me pedía unas cuantas y allí escribía, pero luego esas hojas iban a perderse al fondo de su mochila y nadie, ni siquiera él, volvía a saber de ellas.

El Refous se convirtió en nuestro universo. Pablito iba un año más arriba y tenía un montón de amigos, y yo me sentía feliz de estar lejos de ese templo del arribismo que era el Da Vinci. Por eso me gustaba. Pero la disciplina del director Roland Jeangrós, un suizo escapado de la guerra, era férrea, prusiana, militar. Si Erich Maria Remarque hubiera cursado su bachillerato en el Refous, habría podido usar su experiencia para algunos de los capítulos de *Sin novedad en el frente*. De verdad que sí.

No había uniforme, pero si alguien se vestía un poco más elegante de lo habitual era obligado a dejar la ropa en la dirección y ponerse una bata. Si alguna compañera tenía la ocurrencia de maquillarse, la enviaban de inmediato a los grifos a lavarse la cara con agua helada. Estaba prohibido comer chicle, como en Singapur, y quien llegara tarde debía vérselas con Jeangrós y cumplir alguno de sus imaginativos castigos: construir aviones en papel mojado, dibujar un partido de fútbol entre los doce apóstoles o hacer una maqueta del colegio con paquetes de cigarrillos. Los almuerzos eran cosa especial. Al mediodía, tras el toque de campana, los alumnos debíamos formar en los patios delante de una serie de bancas en las que se colocaban las bandejas de comida. El colegio nos daba los platos, pero nosotros debíamos llevar nuestros propios cubiertos, y por ello antes de llegar al macabro buffet —«mesa sueca», le dicen en Cuba— debíamos superar la vigilancia de un revisor que comprobaba que en nuestros estuches hubiera tenedor y cuchillo. Luego los meseros, que eran compañeros de otros cursos, vertían una cucharada de cada bandeja sobre nuestros platos. Los que pasamos allí parte de la vida sabemos muy bien lo que es la cocina militar. Lentejas grisáceas flotando en agua marrón. Ensaladas de papa con extraños trozos de piña y pimentón. Misteriosos arroces que podían esconder cosas insospechadas. Un día, un compañero se estaba llevando una cucharada de arroz a la boca cuando, de repente, notamos un extraño colgandejo pendiendo del cubierto. Él pegó un grito al verlo y todos soltamos los platos: era un cordón de zapato. La explicación era que las cocineras lavaban su ropa, incluidos sus zapatos tenis, en las mismas ollas de la cocina. La infinita variedad de insectos de la zona, admiración de los entomólogos de todo el mundo, iba a parar a esas gigantescas bandejas servidas a cielo abierto, y por eso antes de cada bocado había que revisar bien. Nadie nos obligaba a comer y muchas veces las porciones iban a parar a los matorrales. «Eso crea carácter», parecía ser la explicación del director.

En el Refous se estudiaba la lengua francesa. Pero el director, que era un acérrimo enemigo de las dictaduras, había decidido contratar como profesores a un grupo de exiliados de Haití. Monsieur Laurent fue el más célebre y querido. Había escapado de la jaula tropical de Tonton Duvalier en la época del espanto y había venido a parar a Bogotá. Su nombre completo era Jacques Laurent, y podría haber competido por el puesto del hombre más sonriente de América Latina. Tenía los dedos muy largos y el negro de la piel era tan intenso como una mancha de brea. Nunca supimos en qué calabozo perdió su pelo este buen cristiano, pero su calva brillaba como un espejo de pizarra. Los días en que el periódico daba alguna noticia de Haití él cambiaba de inmediato el programa académico. Aparecía con el recorte, lo leía y nos regalaba sus comentarios. En sus clases nos contó la historia de los dos pícaros Duvalier, déspotas nada ilustrados, y se le aguaban los ojos cuando pintaba su isla en el tablero. «*C'est une petite île du Caraïbe* —decía emocionado, y agregaba en español—: Una pequeña isla del Caribe, muy pequeña. Sus habitantes somos gente buena. Algo dóciles pero muy sabios, pues sabemos esperar.»

Otro que sabía esperar era Hegel Dadá, también haitiano, profesor de francés en los cursos de primaria. Hegel era un tipo tímido, flaquito y con aire de andarle pidiendo perdón a la hierba que pisaba. Los alumnos le decían Carboncillo porque era negro y delgado, y la verdad es que desde el punto de vista físico era bastante insignificante. Hegel podía esconderse detrás de un lápiz. Cuando perdía la llave de su casa, podía meter la mano por la cerradura y abrir desde adentro. Así era de flaco y esmirriado el pobre Hegel, tocayo caribeño de tan alto filósofo. Pero en medio de ese cuerpito que parecía estar siempre a punto de partirse, se escondía un corazón de gigante. Elo y yo lo conocimos porque, en las muchas horas libres, Carboncillo se hacía cargo de la biblioteca, que era un pequeño salón en el segundo piso de la dirección del colegio, un lugar oscuro, repleto de estantes y con tres mesas de lectura que, la verdad, casi siempre estaban vacías. Hegel tenía un escritorio al lado de esas mesas y un sillón en el que pasaba las horas, leyendo y releyendo novelas francesas. Al principio, cuando entrábamos a la biblioteca, Hegel hacía cara de pánico, como si hubiera entrado una mala noticia. Pero luego, al vernos, dejaba escapar una sonrisa.

—Adelante, jóvenes —decía levantando su frágil cuerpo—. ¿Qué andan buscando?

Nos hicimos grandes amigos. Hegel, pronunciado en francés como «Éguel», llevaba en Bogotá algo más de seis años. Había escapado de Port-au-Prince en un camión de fruta porque los *tonton macoute*, la temible policía política de Baby Doc, lo andaba buscando para fusilarlo por actividades contra el Estado. Su hermano, Aristophane Dadá, era agitador del clandestino Partido Comunista de Haití, y esa cercanía resultaba muy sospechosa. El primero en recibir la máxima condena fue Aristophane, acusado de organizar una huelga de choferes de bus y de difundir, desde una imprenta clandestina, *El Capital* de Marx. Pero él había logrado escapar a la República Dominicana. Entonces quedó el pobre Hegel, que nunca había visto esos libros y que más bien andaba dirigiendo su vida hacia el sacerdocio. Por quedarse, un día le tocó ponerle el pecho a las culpas del hermano. Aunque tuvo suerte, pues cuando los *tonton macoute* llegaron a su casa él estaba en la sacristía de la capilla. Su devoción le ayudó a salvar el pellejo. Un niño, hijo de una vecina, salió corriendo a avisarle y el cura lo escondió durante tres días en el campanario como a un Quasimodo tropical, negro y flaco, enamorado de la vida. Más tarde consiguieron un camión del mercado central que transportaba cilantro y bananos, y ahí viajó, entre la fruta, atravesando las Montañas Negras, las poblaciones de Maïssad, Saint Michel de l'Attalaye, Saint Raphael, hasta que, poco antes de llegar a Cap Haïtien y Fort Liberté, en la costa norte de la isla, desvió hacia Ouanaminthe, cerca de la frontera con la República Dominicana. Elo y yo le preguntábamos cómo había hecho para esconderse y él nos respondía, burlándose de sí mismo:

—Me metí en una cáscara de plátano y cerré por dentro. Yo fui el único banano negro que nació en el Caribe.

Seis días después, cruzando el río Massacre, logró salir de Haití y encontrarse con Aristophane en Dajabón, ya de lado dominicano, que lo estaba esperando para llevarlo a Santo Domingo. Ahí Hegel estuvo a punto de convertirse en combatiente, pero al final, después de mucho darle vueltas, comprendió que hasta el fusil más pequeño le iba a quedar grande, y por eso decidió emigrar. La embajada de Colombia en Santo Domingo le dio asilo y poco después pudo viajar a Bogotá, adonde llegó en un avión de carga que antes hizo escala en San José de Costa Rica y en Ciudad de Panamá.

—*Voilà!* —decía Hegel—. Ésta es mi historia.

Poco después del regreso a Bogotá, mamá llamó a Medellín a saludar a Delia y de nuevo supimos muchas cosas de las personas de antes. Toño ya era jefe de escuadra en las FARC, y después de un combate cerca de Apartadó había salido con foto en *El Colombiano*, el periódico de Medellín, con el nombre de comandante Belmiro. También supimos que se había casado con una compañera y que a la joven, de la que no se sabía el nombre, la habían herido en la cara y había perdido un ojo. Clarita le había contado a Delia que se moría de ganas de saber detalles del matrimonio, y que por preguntarle a Toño se había llevado el desinfle de la vida. Nada de ceremonia ni de anillos. Sólo una pequeña fiesta de dos horas con tres botellas de vino para todo el campamento. Clarita quiso saber si pensaban tener hijos y si había podido hacer luna de miel, pero Toño le dijo que las condiciones de la lucha eran cada día más complicadas y que no había tiempo para pensar en eso. Sí hicieron un viaje juntos, pero no de bodas. A principios de año habían estado en Cuba para que a ella, a la nueva cuñada, le trataran el ojo herido. En una de las cartas que le envió a Clarita le mandaba una foto. Según Delia, que la vio, por detrás decía: «Tu hermano y tu cuñada en el malecón de La Habana.» Nada más. Ni siquiera traía fecha. La mujer era morena y flaquita. Tenía el pelo bien negro y un parchecito en el ojo, como de pirata, que le quedaba lo más bien. «Casi ni se le ve, ¿no cierto?», le decía Clarita a Delia al mostrarle, y decían que, eso sí, se notaba que se querían mucho. Que parecían muy felices, y Delia volvió a decir que ella le tenía mucho cariño a Toño y que se alegraba, que no sentía celos ni nada parecido.

Toño andaba de reunión en reunión por todo el país, pues ya la guerrilla estaba más organizada, y entonces a él, que a pesar de ser tan joven se había hecho un nombre, lo mandaban a dirigir acciones en otros frentes. La guerrilla tenía de bueno al menos eso: le permitía viajar, conocer el país y llegar a sitios que dizque eran divinos. Un día Delia le preguntó a Clarita algo que hacía rato quería preguntarle: si ella quería tanto a Toño, ¿por qué no se iba también a la guerrilla? Clarita le contestó que por supuesto ya lo había pensado, pero que el mismo Toño le dijo que ni hablar, que Clarita debía quedarse en la casa con los papás y que cuando llegara la revolución y él pudiera volver a Medellín, quería verla ahí, esperándolo. Eso era lo mejor y la familia ya le había dado un hijo a la lucha. Que con uno era suficiente.

El siguiente encuentro de Federico con Juanita fue en la carrera Séptima, frente al edificio central de la Javeriana, ahí donde la gente se agolpa para coger bus. Él ya le había estudiado bien los horarios y sabía cuándo iba al Café Arquímedes. Así que eligió abordarla en uno de los días en que Juanita regresaba a su casa.

Ella, al verlo subir al mismo bus y acercarse a su asiento, le dijo con una sonrisa.

—Si de verdad nos conocimos en otra vida, ¿no es como mucha casualidad que ya llevemos dos encuentros en ésta?

—Nada es casual —repuso Federico—. Eso tú ya lo sabes.

—¿Para dónde vas?

—Voy a ver a un amigo a la Ochenta y cinco.

—Ah, eso es cerca de mi casa —dijo ella—. Otra casualidad.

—¿De veras?

—Sí. Yo me bajo en la Ochenta.

Federico pensó que era el momento de lanzar una piedra al agua.

—Entonces podemos bajar juntos y tomar un café. Yo después camino.

—Si no tienes afán...

Juanita le contestó sin dejar de mirar por la ventanilla. Oscurecía. Sobre los techos de los edificios había aún un tenue resplandor.

—Me causó curiosidad lo que dijiste —dijo ella de pronto—. ¿Lo crees de veras o fue una estrategia para acercarte a charlar?

—Te dije lo que vi —respondió él—. O mejor dicho: lo que oí. Es un tema que me interesa el de la metempsicosis, por eso estoy atento a las señales. Hay una cantidad de signos dispersos que, si uno no sabe, simplemente no los interpreta. Yo permanezco siempre al acecho.

—Suena interesante. ¿Conoces el Café Arquímedes?

Federico pasó saliva y pensó que ya había llegado al punto. Ahora debía manejar las cosas con cautela.

—Sí, pero yo prefiero investigar por mi cuenta. No me gustan los grupos. ¿Y tú, vas allá muy seguido?

—De vez en cuando. Allá va gente que sabe mucho de esto. A lo mejor te interesaría.

—Si en verdad hay un alma eterna que nos rige —dijo Federico—, es un camino que debemos encontrar solos.

—Bueno —concedió ella—, claro, pero al mismo tiempo la vida es algo que hacemos con los demás, que se forma del choque con otras vidas. ¿No crees? Si no, estaríamos aún en las cuevas inventando cada uno el fuego y la rueda.

—Una cosa es la vida —se aventuró a decir Federico— y otra muy distinta el camino de cada uno. Es como la materia y la causa. La materia es la vida, lo que todos tenemos en común. La causa es lo que va por dentro, lo que justifica que cada uno esté donde está, ¿me sigues?

—Más o menos —respondió Juanita—. No te olvides que soy una simple estudiante de Derecho. No una de tus compañeras.

—Tú empezaste —se rió Federico.

El bus encontró el semáforo de la calle Sesenta y siete bastante concurrido y debió detenerse a pesar de que estaba en verde. Ya había oscurecido completamente.

—Empecé en el último escalón al que me puedo trepar con mi sentido común —dijo Juanita—. De ahí para allá me tienes que echar un lazo.

Volvieron a reírse.

—La vida es la materia, y la causa es la mano que moldea esa materia —arremetió Federico—. La causa le da una forma y una finalidad, y lo más importante: un lugar en el orden, en el concierto de las demás vidas. Es como un instrumento musical: no basta el material del que está construido. Tampoco basta que emita sonidos, pues esos sonidos deben ser música y por lo tanto deben seguir una armonía. Y aún falta que la música de ese instrumento encuentre un lugar en la armonía general de la orquesta. Hay un director, hay un público y hay también una pregunta: ¿para qué inventamos la música?

—Me perdí —dijo Juanita—. Y además tenemos que bajarnos.

La calle Ochenta estaba muy oscura. Los focos de la Séptima, en ese sector, iluminaban con un haz de luz amarillento y débil. Bajaron las escalinatas de la capilla de Santa Mónica. Federico no se atrevía a preguntarle por el Maestro Pedro de forma directa, pero supuso que debía impresionarla si quería llegar a él a través de ella.

—Si me prometes que voy a entender todo lo que digas, te invito a tomar un café —le dijo Juanita en la puerta de su casa—. Pero si piensas seguir con el rollo del bus mejor chao.

Los números de la dirección estaban bruñidos en hierro bajo uno de los faroles del antejardín, pues desde la calle apenas podía verse la puerta.

—Aceptado —respondió.

Entraron a la casa y Federico observó que Juanita encendía las luces. Al llegar al salón llamó a una empleada y le pidió que sirviera dos cafés con galletas en el estudio. Luego lo condujo por un corredor hasta una habitación grande cuyas paredes estaban cubiertas con estanterías de caoba. Vio retratos al óleo, libros y discos. Sobre las repisas había relojes de arena, ceniceros de porcelana, cajas de cobre. Tres ventanales daban a un inmenso jardín interior con una terraza y árboles iluminados. Era un lugar apacible.

—¿Y entonces? —preguntó ella—. ¿Para qué inventamos la música?

—Ésa es la cuestión clave —dijo Federico lanzando su dedo índice hacia delante—. La respuesta que cada uno debe elaborar solo.

—¡Uau! —exclamó ella, burlona—. Estoy muy impresionada con tu sabiduría. ¿Esto te lo enseñaron hoy o es el argumento de tu tesis de grado?

Federico se quedó perplejo; había pensado que estos temas debían subyugarla, pues de otro modo no había razón para que pasara noches enteras con el Maestro Pedro en el Café Arquímedes.

—Es sólo la respuesta a tu pregunta —dijo algo molesto—. Hablemos de otra cosa si quieres.

—Perfecto —dijo ella—. Pero ahora soy yo la que va a hacerte unas cuantas preguntas: ¿por qué me estás siguiendo?

—No sé... —Federico se sintió contra las cuerdas—. Supongo que me caíste bien. ¿Y tú, por qué me invitaste a tomar un café? ¿También te caí bien?

—Por el momento lo único que puedo decirte es que no me repugnas —respondió Juanita—. Del resto, ya veremos.

La empleada entró con los cafés y volvió a retirarse. De inmediato, Juanita alargó la mano hasta el bar y agarró por el cuello una botella de brandy.

—Ponle un poco adentro—dijo ofreciéndole—. Los españoles lo llaman «carajillo». Café con brandy, es muy rico.

—No, gracias —dijo Federico aún más hundido en el sillón—. No pruebo el alcohol.

—Espero que no seas mormón o algo por el estilo.

—Simplemente no me gusta —dijo a la defensiva—. Dicen que tengo paladar de niño. A lo mejor es cierto.

—Podrías haber dicho que hiciste una cura alcohólica, habría sido más romántico.

—No quiero que me consideres romántico.

—*Touchée* —dijo Juanita levantando la taza—. Esa respuesta sí estuvo buena.

—Perdón por las otras, pero es que yo había entrado aquí con una tímida estudiante de Derecho. No sé adónde se fue.

—Vas mejorando. Espera y pongo un poco de música, a ver si encontramos la respuesta.

—¿Qué respuesta? —preguntó Federico.

—La respuesta al lío ése de la música que estabas diciendo.

Se levantó, eligió un disco y lo colocó sobre el torno. Un segundo después sonó el saxofón de Charlie Parker.

—¿Dónde está el resto de tu familia? —preguntó Federico.

—No sé, deben haberse ido a la finca. Quédate a comer, así me acompañas.

Federico pensó en Isabel. Le había prometido llegar hacia las ocho de la noche para repasar unos textos de estética de Benedetto Croce sobre los que ella trabajaba. Pero no tenía ganas de irse.

—Está bien, gracias. ¿Puedo hacer una llamada?

—Usa el teléfono del corredor para que no se oiga la música —le dijo Juanita con ironía.

Federico se quedó mirándola. ¿Qué sabía ella sobre la persona que debía llamar? Sin embargo no dijo nada y salió al corredor.

—¿Aló? —la voz de Isabel sonaba alegre.

—Hola, ¿cómo va esa lectura? —dijo Federico.

—Bien, te tengo un montón de cosas señaladas. ¿Quieres pasta o hago una carne? Depende del hambre que tengas.

—Mira, creo que voy a comer por aquí y más bien voy después.

—¿Por aquí, dónde? ¿Dónde estás?

—En la biblioteca de la Javeriana —dijo sintiendo que la sangre le subía a las mejillas—. Vine a hacer unas consultas, luego te explico.

—Bueno, aquí te espero. Pero si llegas demasiado tarde me vas a encontrar dormida, ¿tienes llaves?

—Sí, no te preocupes. Un besote.

Colgó sintiendo una punzada de culpa, pero se dijo: ¿no lo estaba haciendo por ella? Esa idea le dio ánimo y regresó al estudio. Desde la puerta vio a Juanita sirviéndose un vaso de algo transparente. Esperó, de todo corazón, que no fuera vodka.

—¿Siempre tomas antes de comer? —le preguntó.

—El vodka es el mejor aperitivo que conozco —respondió ella, por fin algo turbada—. Y no me mires así. No es heroína.

Federico recordó la historia de Miriam, alias hermana Helena. Juanita, por la fruición con la que se llevaba el vaso a la boca, podía ser algo parecido.

—Bueno, no me has contestado —insistió Juanita—. ¿Me abordaste para que charláramos sobre la vida?

—Ya te expliqué por qué lo hice —dijo Federico—. Ahora, si quieres otra explicación puedo decirte que por tu corte de pelo o por tus espigadas piernas. Lo que prefieras.

—Al menos eso sería creíble.

—Si no te interesan estos temas —preguntó Federico—, ¿para qué vas al Café Arquímedes?

—Porque me divierte oír a los intelectuales diciendo disparates. En boca de ellos, cualquier bobada puede volverse frase célebre. ¿A ti no te divierte?

—Pero, según entiendo —repuso Federico—, más que intelectuales ahí van parapsicólogos.

—Son idénticos. —Juanita se sirvió de nuevo y encendió un cigarrillo—. ¿Sabes una cosa? Detrás de su cháchara son la gente más simple del mundo. Perdona si soy grosera, pero ante un fajo de billetes o un par de buenas tetas se les acaban todas sus teorías.

—Por lo que he podido ver tú tienes ambas cosas —ironizó Federico—. Allá debes de ser la reina. ¿Por eso te gusta ir? Ahora lo entiendo: vas para que te adulen.

—No creo que eso sea malo —dijo Juanita—. La adulación es como el afecto, y a todo el mundo le gusta que lo quieran.

—Entonces, ¿vas por eso?

—No exactamente, pero podría. En realidad voy para no sentir que soy la única estúpida que hay en esta ciudad.

—¿Y tienes amigos allá?

—Bueno, más o menos —respondió Juanita—. Hay una especie de gurú que se llama Pedro, el dueño del café. Es el tipo más cómico que he conocido en toda mi vida.

—¿Lo ves muy seguido?

—En realidad voy sólo para charlar con él. Tenemos una serie de vicios comunes —se rió—; según dicen tus filósofos, nada une más que los vicios, ¿no es cierto?

—Es posible, depende del filósofo.

Juanita le dijo a la empleada que les sirviera la comida en el estudio. Luego se agachó a elegir una botella de vino en una de las repisas del bar.

—¿Tampoco tomas vino?

—No, lo siento mucho —respondió Federico—. Con una gaseosa tengo.

—Caramba, qué cosa tan difícil contigo —repuso Juanita sacando una botella con una etiqueta que decía Chateaux Margaux—. En fin, tú te lo pierdes.

Agarró un abridor metálico, hundió el tirabuzón en el corcho y, al bajarle los brazos, se produjo un ruido seco. El aroma del vino alcanzó la nariz de Federico.

—Supongo que habrás llamado a la persona que te esperaba —dijo Juanita—. ¿Es tu novia?

—Sí.

—Bueno, aprecio que seas sincero. La mayoría de los hombres preferirían decir una mentira en esta situación.

—No sé qué tipo de hombres frecuentas.

—Todos son iguales —respondió con un gesto de burla—. Aunque ahora que lo dices, la verdad es que los que vienen por aquí andan muy por debajo de la media. El coeficiente intelectual es una prenda de lujo en este Valle de Lágrimas.

Comieron pechugas de pavo con ensalada y Juanita se acabó la botella de vino antes de llegar al postre. Luego la empleada se llevó los platos y volvieron a los sillones de cuero, al lado de las ventanas. Federico pidió un café; ella prefirió continuar con el vodka.

—Caramba —dijo Federico—. Con la mitad de lo que te has tomado ni el Papa se acordaría de dónde trabaja.

—No seas tan zanahorio que hoy es viernes —dijo con voz lenta; le costaba mover la lengua dentro de la boca—. Espera, te voy a mostrar mi remedio.

Abrió la cartera y sacó una bolsita repleta de polvo blanco. Con una cuchara extrajo un poco y lo inhaló por la nariz. Al hacerlo cerró los ojos y su cuerpo se estremeció. Repitió la operación otras dos veces y miró a Federico.

—Ni te ofrezco perico —dijo—. Supongo que dirás que no.

—No gracias —respondió él—. ¿Ése es el vicio que compartes con el gurú del Café Arquímedes?

—Sí, entre otros. A él también le gusta el vodka. Oye, ¿no serás un detective contratado por mis papás, verdad?

—Noo...

—Ah, bueno.

—¿Sabes? Me gustaría conocer a tu gurú —se atrevió a decir Federico—. A lo mejor él puede resolver el enigma de la música.

Juanita soltó una risotada y se sirvió más vodka.

—Puedes ir cualquier día al café. Él está allá siempre.

—No, ya te dije que no me gusta ese sitio.

—Qué exigente te pones —repuso con voz socarrona—. Está bien, Llanero Solitario. Si quieres ven mañana por la noche, voy a hacer una fiesta y él está invitado.

Un disco de Santana terminó de sonar y Federico se puso de pie.

—Bueno, ahora tengo que irme. Gracias por la comida.

Juanita se levantó despacio. Apenas podía mantener el equilibrio.

—No te pases de educado —le dijo—. A esta hora hasta el hombre más tímido me lo pediría.

—No sé qué tipo de hombres frecuentas.

—Ya te dije que los peores.

—Por lo visto no llego ni a eso —dijo Federico caminando hacia la puerta—. Entonces nos vemos mañana, ¿bueno?

—Aquí te espero —respondió ella—. Puedes traer a tu noviecita si quieres.

Eran casi las diez. Con paso apurado Federico bajó hasta la carrera Novena para tomar un taxi. Estaba eufórico: el plan funcionaba a pesar de los imprevistos.

El descubrimiento de la mujer llegó un buen día, sin previo aviso. Como llegan las cosas importantes. Yo estaba jugando en el garaje de la casa de los Rojas, los vecinos del frente, y me dieron ganas de hacer pipí. Entonces subí al segundo piso, al baño de los dormitorios, y allí oriné con toda calma. El baño tenía una característica y es que estaba comunicado con otro por una puerta que siempre estaba cerrada, pero que ese día, no sé por qué razón, alguien había dejado entreabierta. Me asomé y un rayo cayó sobre mi espalda: María, la hermana mayor, estaba sentada en la taza. Estaba desnuda. Sobre el piso vi la ropa del colegio y había mucho vapor en los azulejos. Se acababa de duchar. Jugó un rato con los dedos, y luego levantó la cadera, agarró un trozo de papel y lo metió entre las piernas para limpiarse. Hecho esto se levantó y bajó el agua. Yo me mordí los labios y dejé de respirar. Mis piernas parecían de cemento. Luego sacó un chicle del bolso, lo tragó y fue al espejo a mirarse: tenía las tetas rosadas, pelos oscuros entre las piernas y un trasero redondo. Se miró desde distintos ángulos, hizo poses, se colocó las manos en la cadera, y yo, que no me atrevía a moverme, sentí venir un estornudo. Un huracán de cosquillas trepando por mis tabiques.

—¡Achúú....! —no pude evitarlo.

María pegó un grito y saltó hacia atrás.

—¿Qué haces ahí?

No supe qué responder.

—Perdona... La puerta estaba abierta.

Pensé que me daría una cachetada, que llamaría al papá y que me echarían de la casa.

Pero no. En vez de eso se acercó sin cubrirse.

—Ven —me dijo, y alargó la mano—. ¿Es la primera vez que ves a una mujer empelota?

No fui capaz de hablar. Dije sí con la cabeza.

—Siéntate —dijo señalándome la taza—. Te voy a mostrar algo.

Obedecí, bajando la cabeza. María se acercó hasta casi tocarme y puso su ombligo, su barriga rosada y sus pelos castaños frente a mis ojos. Se abrió la fronda con los dedos y me mostró una abertura.

—¿Quieres tocarla?

No me atreví. Simplemente me quedé mirándola como si no formara parte de su cuerpo. Así estuve un rato hasta que ella habló.

—Tócala, dame la mano.

Se la di y ella la llevó hasta su ombligo. Se acarició un poco y luego me dijo.

—Estira un dedo y cierra los ojos.

Ya los tenía cerrados. Mi dedo, empujado por su mano, atravesó el cerco de pelos y entró en la cavidad. Fue como meter el dedo en una fruta. Entonces me atreví a abrir los ojos y vi su barriga inflándose. Vi que miraba hacia arriba, como buscando algo en el techo, y noté que respiraba fuerte. Se tapaba la boca. Su mano empujaba la mía hasta que oímos un grito.

—¡María, al teléfono!

Era la voz de la mamá.

Ella dio un salto, se cubrió con una toalla y salió del baño lanzándome una mirada cargada de enigmas. Antes de salir se puso un dedo entre los labios. «Shh», susurró. Luego dijo en voz baja:

—Esto es un secreto, ¿bueno?

No alcancé a contestarle. Cuando pude hablar, la puerta ya se había cerrado.

Bajé al garaje a reunirme con los otros, que estaban jugando con la colección de carritos Matchbox, y durante un buen rato tuve la imagen de su barriga esculpida en mi retina.

Por esos mismos días —es decir, cuando aún todo era posible y, sobre todo, cuando el final parecía tan lejano—, el tío Mario nos contó que se había encontrado con el psicólogo Murcia y que éste parecía optimista con los progresos de Federico. Incluso le contó una de las charlas que había tenido con él.

—¿Sabe Isabel que usted ha intentado matarse, joven? —le preguntó a Federico, encrespándose el bigote.

—Sí sabe —respondió él.

—¿Y qué reacción tuvo?

—Le voy a contar cómo fue, doctor.

Era un domingo por la mañana. Habían pasado la noche juntos y se estaban levantando. Eran esas once de la mañana domingueras en que las parejas holgazanean bajo las cobijas, haciendo un poco de todo sin hacer nada; el periódico abierto, el radio encendido, una bandeja de cafés ya fríos, migajas de galleta, cuchillos untados de mantequilla sobre un plato; una cacerola con restos de huevo y un frasco de jugo de naranja por la mitad. El sol entrando por la ventana. La cortina levantada por un golpe de viento y un sonido lejano de automóviles. Un domingo cualquiera para una pareja de Bogotá.

—¿Tú lo has intentado alguna vez? —preguntó Isabel sin que viniera a cuento.

—Intentado qué.

—Matarte.

Federico se quedó un rato en silencio. Agarró un pocillo de café sólo para tener algo en la mano, pues no pensaba tomarlo. Antes de responder evitó mirarla a los ojos.

—Sí.

Dijo esto y se quedó mudo. Dejó el pocillo en la bandeja y hundió la cabeza en la almohada. Isabel cambió la expresión y dijo:

—Suponía que esas marcas en los brazos no eran de una operación.

Dos ranuras verticales. Federico las había justificado con una operación de infancia.

Isabel se levantó de la cama.

—Y... ¿por qué?

En algún lugar de los cerros alguien usaba un taladro. El sonido parecía impulsado por el viento.

—Ya sabes. Hay muchas razones.

Isabel no pareció muy satisfecha con la respuesta.

—¿Por eso te interesaste en mí? —dijo—. Quiero decir, si no te hubiera contado la historia de mi hermano, ¿estarías aquí?

—Isabel, por favor... —dijo Federico buscando algo entre las cobijas—. Tú, como todas las mujeres, eres maestra en imaginar lo que no pasó, lo que hubiera podido pasar y lo que a lo mejor uno habría hecho. Por qué no te contentas con lo que pasó y punto.

Ella lo miró enfurecida.

—Contéstame lo que te pregunté. Tú, como todos los hombres, eres maestro en decidir qué es lo importante de una discusión. Gracias por la lección, pero por favor contéstame.

—Es posible...

Isabel encendió un cigarrillo y fumó contra la ventana mordiéndose una uña.

—Por qué no me lo dijiste antes.

—Al principio porque no era asunto tuyo, y después porque me dio miedo que te fueras.

—Claro, yo soy la boba —dijo con voz triste—. Tus hermanas, Mario, todos sabían menos yo.

—Ahora ya sabes...

—¿Cuántas veces?

—¿Cuántas veces qué?

—Lo intentaste... ¿Cuántas veces?

—Varias. Pero seguí un tratamiento y ya estoy bien.

Isabel tiró el cigarrillo por la ventana, echó la última bocanada y se le acercó. Lo rodeó con los brazos y le hundió la cara en el pecho.

—No quiero a alguien que me va a hacer sufrir, Federico, ¿me entiendes?

—No vas a sufrir —respondió él—. Estoy aquí contigo, no me voy a ir si tú no quieres.

—¿Me lo juras?

—Te lo juro.

—Si intentas cualquier cosa, te mato...

Se echaron a reír.

Así había sido. Ahora Isabel también sabía y pronto fue a hablar con las hermanas de Federico. «Ya sé todo —les dijo—, él me lo contó.» Las hermanas se pusieron algo nerviosas pero ella las tranquilizó.

—Hablé claro con él y me dijo que no volvería a intentarlo. Yo le creo.

—Tú eres lo único que le da estabilidad, Isabel —dijo una de las hermanas—. Estamos muy agradecidas.

—Soy yo la que agradece —les dijo—. Por haberme dejado entrar a esta casa.

Todo eso le había contado Murcia al tío. La verdad, dijo él, ese fastidio que Federico tenía en la mirada parecía haberse esfumado.

La vida volvió a cambiar una tarde en que papá y mamá llegaron con las llaves de una nueva casa al norte de Bogotá, en el barrio Bella Suiza, una zona de residencias solariegas que hasta hacía poco formaba parte de la periferia campestre de la ciudad, pero que había sido absorbida por la furibunda urbanización de los años setenta, la cual ensanchó el límite norte hasta superar San Cristóbal, llegando casi a La Caro. El nombre del barrio no se debía a que tuviera bosques de pinos ni a que fuera una zona políticamente neutral o tuviera secreto bancario. Hacía alusión a un famoso restaurante, La Bella

Suiza, que quedaba en la parte alta, sobre la carrera Séptima, un lugar muy conocido porque vendía cerveza negra del barril y por su acogedor ambiente de refugio alpino, con las paredes recubiertas de madera.

Para allá nos fuimos, tras despedirnos de los amigos del barrio Calderón Tejada en una pequeña reunión organizada en la casa. Ismael, que seguía sin quitarse su horrenda gorra, me hizo prometerle que lo llamaría y me regaló un libro de Verne que no tenía: *Los quinientos millones de La Begún*. Los Rojas me regalaron uno de los carritos de su colección con el que en realidad ya no jugaba, y muchos de los vecinos vinieron a pedir el nuevo teléfono. Papá contrató dos camiones de portes en el parque de los Hippies y así pasamos todo un largo fin de semana haciendo y deshaciendo cajas.

Cambiar de barrio no era fácil. Dice un filósofo francés que el barrio, para un joven, es el lugar en donde se hace el ensayo general de lo que será más adelante su entrada a la ciudad, es decir, a la vida. Salir de la casa al barrio significa dejar la infancia, y salir del barrio a la ciudad es pasar de la adolescencia a la edad adulta. Tal vez sea así. De cualquier modo, el nuevo barrio era de casas grandes y la nuestra quedaba al frente de un parque poblado de sauces en el que había una cancha de básket, círculos de arena para hacer fogatas y un delicioso césped. Mi habitación, en el último piso, tenía vista hacia los cerros que comenzaban detrás de la carrera Séptima. Era una casa muy linda, de varios pisos y niveles, con un pequeño jardín en el interior y un antejardín delante de la puerta en el que papá y mamá sembraron un cerezo, flores y arbustos.

En el parque conocimos a los nuevos amigos. Juan era hijo de un profesor del Gimnasio Moderno y allí estudiaba junto con Pablo, que vivía del otro lado del caño que partía en dos la avenida Ciento veintisiete. Jorge Mario también estudiaba en el Gimnasio Moderno y su casa quedaba pegada a la iglesia. Ricardo y Miki eran del Colegio Refous y con ellos, cada mañana, debíamos esperar el bus en el paradero haciendo las rituales danzas para que éste no llegara. Tomás manejaba un viejo Land Rover inglés y estudiaba en un misterioso colegio que quedaba cerca de las instalaciones de la fábrica Cementos Samper.

Con ellos fui aprendiendo a conocer el barrio. La tienda de don

Álvaro; la panadería de Dussán; la tienda de Segundo; la droguería. De todo había en esta pequeña ciudad al norte de Bogotá. Con ellos tomé la primera cerveza, una Bavaria caliente de sabor amargo que alcé en mi mano como un trofeo. Aprendí a fumar cigarrillos Chesterfield y fui a mis primeras fiestas bailables. Las casas de los amigos eran extensiones de la nuestra y todos los días, al volver del colegio, nos juntábamos. Casi siempre era Tomás el primero en aparecer con un silbido desde la calle. Luego nos íbamos a llamar a Ricardo y a Pablo, y en un minuto ya estábamos todos en el parque. Juan era el dueño de la pelota de básket y podíamos pasar las tardes encestando o charlando de cualquier cosa, pues el tiempo era una infinita extensión que había que ir llenando con proyectos y juegos.

En el barrio había una pasión: la mecánica. El papá de Pablo, el que vivía del otro lado de la avenida, había sido corredor de carros y era un experto; los domingos, para nosotros, no había mejor plan que ir a su taller a ayudarle aprendiendo las lecciones y repasando viejos números de la revista *Mecánica Popular*. Carburador, eje de levas, pistones, guayas... Estos nombres llegaban a nuestros oídos como palabras mágicas y muy pronto empezamos a ejercitarnos solos. El salón de pruebas pasó a ser el garaje de Tomás, que vivía en la misma cuadra de Juan, y la víctima, su viejo Land Rover. Los domingos, desde temprano, llegábamos con bluejeans viejos y camisetas rotas dispuestos a quedar negros de grasa y mugre. Pasábamos la mañana «bajando» el motor, es decir desarmándolo para limpiar cada pieza en aceite. Nuestro mejor juguete era la caja de herramientas. Más tarde tuvimos más víctimas, pues Juan y Ricardo compraron motocicletas —una Yamaha Furia y una Derby— y sus pequeños motores pasaron por nuestras manos. De vez en cuando, al armarlos, sobraban piezas, pero aún así siempre volvían a encenderse.

Si algo teníamos en común, además de ser muy jóvenes, era el amor por los libros. La primera vez que escuché hablar de Mark Twain fue en la casa de Juan. Huckleberry Finn y Tom Sawyer eran personajes demasiado atractivos como para no quererlos, y sus aventuras debían ser las nuestras. Con el tiempo llegó también la escritura. Juan, Tomás y Ricardo escribían poemas y cuentos, y en las sesiones de lectura bebíamos aguardiente hasta muy tarde y charlábamos de poetas jóvenes y viejos, o escuchábamos las grabaciones de los poemas de León de Greiff hechos por la HJCK. En los deportes el rey era Miki, que sabía cabecear el balón como hacía Pelé, es decir martillándolo. La pasión de Jorge Mario era la polémica, que ya le auguraba un brillante futuro de jurisconsulto en los estrados públicos. Ricardo tenía pasta de médico, tanta que sus primeras pacientes fueron las empleadas del servicio de nuestras casas. Tomás y Juan eran grandes soñadores, pues para todos la vida era eso: un inmenso proyecto común, el deseo de que nunca, a pesar de los inesperados dobleces, fuéramos diferentes.

En el Colegio Refous las cosas fluían a pesar de algún que otro pequeño sobresalto, casi siempre relacionado con las notas de color, de color rojo, que por fortuna nunca fueron graves. Era una vida protegida y apacible.

Como en los demás colegios, los héroes del Refous eran los futbolistas, y las compañeras más lindas, las que nos hacían soñar, acababan fatalmente en sus brazos. Era la ley de la vida, muy parecida a la del fútbol: no ganaba el mejor sino el que metiera más goles. Por cierto que lo del fútbol fue otra dura prueba. ¿Qué hace que una persona sea habilidosa con el balón? Misterio. Yo era bastante ágil por mi educación de finca. Trepaba por los árboles, saltaba y corría a gran velocidad, pero el pérfido balón se me escapaba. Con esfuerzo logré una cierta destreza, aunque limitada. Iván Lizarazo, un compañero tímido y bajito, era en cambio un fenómeno. En clase era callado, pero en la cancha florecía. Tocaba el balón y era como si un rayo lo cargara de fuerza, como si Palas Atenea le soplara en la nuca. Era un verdadero placer verlo acercarse a la cancha enemiga sorteando adversarios, y luego, cuando estaba a tiro, lanzar potentes disparos que dejaban loco al portero.

Por eso, en los recreos, Elorza y yo preferíamos subir a la biblioteca a charlar con Hegel Dadá, una costumbre que, con el tiempo, nos convirtió en sus grandes amigos.

Fue en esas charlas que supimos su secreto. Carboncillo, como todo el mundo, tenía su misterio. Claro que le gustaba la lectura y claro que estaba en la biblioteca para codearse con los lomos de Proust y de Malraux, pero la verdadera razón era otra. Desde la ventana, estirando la cabeza, se veía el salón de Química y Biología. Dentro de aquella caseta estaba su verdadera idolatría. Hegel tardó un poco en confesarnos de qué se trataba, y la verdad fue que Elo y yo lo sorprendimos. Una tarde, en el recreo del almuerzo, lo encontramos con la cabeza fuera de la ventana, estirando su delgado cuello como una jirafa curiosa.

—¿A quién está vigilando, Hegel? —le preguntamos al verlo en esa incómoda posición.

Él se puso colorado. O mejor: color Pepsi Cola con fresa.

—¿Vigilando yo...? —respondió—. A nadie, ¿por qué estaría yo vigilando a alguien? ¿Y para qué?

Elo y yo, curiosos, fuimos a la ventana y estiramos la cabeza. Y fue ahí que la vimos. Hegel no oteaba el horizonte ni comprobaba la densidad de las nubes. Lo que hacía era espiar los movimientos de la bióloga Zenobia, la profesora de biología. «Te pillamos, Carboncillo», dijeron nuestros ojos.

—Está bien, jóvenes, está bien...

Tomó aire, se sentó y, después de un instante de perplejidad, nos dio la razón.

—Sí, sí... Estaba mirando a la profesora de biología, ¿qué tiene de malo?

—De malo nada —dije yo—, ¿verdad que no?

—No, yo tampoco le veo nada de malo —respondió Elo.

Carboncillo nos escrutó arrugando los ojos.

—¿Ustedes serían capaces de guardar un secreto?

Elo y yo nos miramos. Luego, al tiempo, movimos las cabezas diciendo sí.

—Les cuento en virtud de la amistad —dijo solemne, casi haciéndonos sentir miedo—. ¿De verdad están preparados para recibir un secreto de suma importancia, de extrema gravedad, y guardarlo?

—Yo creo que sí —dije—, ¿cierto, Elo?

—Sí, lo podemos guardar hasta la tumba.

Hegel puso los brazos sobre la mesa y se inclinó hacia nosotros. Juntamos las cabezas para escuchar su confesión.

—Me voy a casar con ella...

Nos quedamos de piedra. ¿Carboncillo con la turca Zenobia? Nosotros éramos adolescentes y aún creíamos que sólo se puede sentir amor por las mujeres jóvenes y bonitas. La turca Zenobia, la temible profesora de biología, no sólo no era joven. Era bastante fea y algo gorda. Las edades, sobre todo, no nos cuadraban, pues la profesora era mucho mayor que Hegel.

—El amor no tiene nada que ver con la edad —reviró Carboncillo—. Y en todo caso, yo diría que es al revés: es bueno tener una mujer madura, que sepa lidiar a un hombre y proteger la familia.

—Pero... ¿No es un poquito fea? —preguntó Elo con delicadeza.

—Tal vez no sea una princesa, pero tampoco es un espanto —respondió sonriendo—. Y eso tiene sus ventajas: ninguno va a querer quitármela. Piensen una cosa: yo tampoco es que sea un actor de cine, ¿verdad? Lo mismo le dirán a ella las amigas.

En eso tenía razón.

—Yo la veo gorda —dije—, no sé.

—Y yo soy flaco —respondió Hegel—. Somos perfectos.

Quién lo iba a pensar. ¿La turca y Carboncillo entrando a una iglesia? Después de todos sus argumentos, nos pareció que no era tan extraño. Podía ser. Por qué no.

—Ahora, si les pido que guarden el secreto es porque hay un problema —dijo, y volvió a poner voz solemne—. Un pequeño inconveniente...

—¿Cuál? —preguntamos al tiempo.

—Ella, ejem... Ella todavía no sabe nada.

Nos quedamos con la boca abierta, pero la verdad es que teníamos ganas de reír. Dicho esto Hegel se levantó y fue a la ventana, luego regresó y volvió a hundirse en su sillón.

—Y... ¿Cuándo piensa decírselo? —pregunté.

—Cuando llegue el momento, amigos, cuando llegue...

Su cara de picardía cambió de pronto: sonaba la campana. El recreo había terminado y debíamos regresar a las aulas.

Muy pronto —al año siguiente—, pude experimentar en carne propia el poético amor del que hablaba Carboncillo; experimentarlo y, de algún modo, padecerlo, dos circunstancias que parecen ir de la mano cuando se trata de este arisco, placentero y pérfido sentimiento. Algo había olisqueado al respecto con el asunto de Silvia, la hermana de Ismael, pero en ese momento la coraza protectora de la niñez aún no se había desmoronado y, en términos de guerra, las bajas sufridas habían sido pocas. Ahora, en cambio, la batalla era a pecho abierto, como sería ya para siempre, luchando con armas de cera contra afilados hierros y dulces venenos. Caramba, la vida no hacía más que comenzar.

El pupitre que estaba justo delante del mío, en el salón de clase, estaba ocupado por la bella Natalia Romo, una compañera de pelo castaño e hipnóticos ojos negros que tenía mi edad. Natalia era ya una mujer con todas sus formas... Y qué formas: cadera amplia, fino talle, busto prominente. Lo que yo veía todo el rato, es decir su cuello, parecía una porcelana, tan suave que en más de una ocasión debí hacer esfuerzos para no acariciarlo. ¿Y qué decir de su cara? Era de una sencillez deliciosa. La nariz respingada era una punta de diamante que rompía el aire; su boca una línea suave; sus pómulos dos apacibles colinas rosadas. El amor, por desgracia, se escribe con frases cursis.

Nos fuimos acercando con las charlas de clase. Nos prestábamos esferos y hojas reglamentarias, nos pasábamos apuntes, nos soplábamos en los exámenes. Yo le ayudaba en Literatura deslizando en su oído respuestas y ella se hacía a un lado para dejarme ver en su hoja la solución a los sesudos problemas de matemáticas, materia que, como ya dije, fue mi tormento en los años de bachillerato. En los recreos ella se iba con sus amigas y yo con los míos, pero cuando nos cruzábamos siempre había una charla, un resplandor de compinchería. A veces íbamos juntos a la cooperativa a comprar papas fritas, chocolatinas y gaseosas, y caminando a su lado yo me sentía como un general de siete soles que acaba de conquistar una plaza enemiga.

Al conocer a Natalia dejé de burlarme de Carboncillo, pues comprendí que cuando uno está en manos del amor poca voluntad le queda y la imaginación echa alas ante cada palabra. Yo también, como él, comencé a inventar aventuras, viajes al mar y a la montaña, excursiones a la finca... Pero en los prados del colegio o en el salón me parecía difícil lograr con ella algo de intimidad. ¿Qué hacer? Elorza y Carboncillo se convirtieron en mis consejeros y cada vez que surgía el tema, allá entre las sombras de la biblioteca, me instaban a llamarla por teléfono y proponerle cosas sencillas: ir al cine, jugar a los bolos, salir a pasear. Mi permanente inseguridad conspiraba contra mí y cada vez que lograba reunir fuerzas para llamarla colgaba al escuchar una voz que no fuera la suya. Un día me atreví a preguntarla, pero cuando me dijeron «¿De parte de quién?» colgué con las mejillas enrojecidas de vergüenza. Sólo la veía por fuera del colegio en las salidas de grupo en las que yo era torpe y no lograba destacar, así que hacía esfuerzos para quedar con ella en los trabajos colectivos. Fue el caso una vez, en la clase de Literatura. Había que hacer un estudio interpretativo de uno de los libros del programa. Como esa materia era mi fuerte, ella se dio vuelta y me dijo:

—¿Lo hacemos juntos?

Mi cuerpo flotó en el aire y desde lo alto alcancé a decirle:

—Sí, buena idea.

Como el trabajo debía hacerse entre dos, supe que al fin se presentaba la ocasión que tanto había esperado. Tuvimos que ponernos de acuerdo y quedamos en que el sábado yo iría a su casa, por la tarde, con algunos apuntes. Era un trabajo sobre *Doña Bárbara*, de Rómulo Gallegos, novela que leí en una noche para impresionarla. El viernes previo a la reunión lo pasé encerrado con Elorza y Carboncillo en la biblioteca, en sesión preparatoria, recibiendo los últimos consejos y analizando las posibilidades. Carboncillo opinó que yo debía mirarla con ojos románticos desde el principio, reblandecerla, dejar caer lo que tuviera en la mano y resbalar de rodillas a sus pies. Elorza, que había leído menos poesías de amor, pensaba que lo mejor era ganar su confianza sin quemar los cartuchos, llevando la conversación al terreno personal para que viera que yo era una persona sensible y apasionada.

—Tiene que funcionar —me decía Elo.

Los noviazgos ya eran algo normal entre nosotros. Fabio y Rocío estaban juntos desde el principio del año, lo mismo que Mario y Adriana. Otras compañeras eran novias de alumnos de cursos superiores y el hecho de que ninguno de los «grandes» se hubiera fijado en Natalia era algo insólito. La verdad, lo mío era una carrera contra el tiempo, pues tarde o temprano la verían; si eso pasaba antes de hablarle, mis aspiraciones se verían frustradas.

Llegó el sábado, pero la hora de la cita parecía no llegar nunca, como si los relojes complotaran contra mí quedándose congelados;

con mucha anticipación ubiqué la puerta de su casa, cerca de la avenida Diecinueve, y luego debí esperar sentado en un murito de la cuadra del frente. Las agujas del reloj parecían inmóviles a diez minutos de la hora pactada, hasta que por fin, al borde de la locura, dieron las tres de la tarde. Me abrió una empleada que me invitó a seguir y, justo detrás, apareció Natalia, que estaba muy linda. Tenía puesta una sudadera, pues estaba en clases de tenis.

—Hola, Esteban —me dijo—, entra. Vamos al estudio.

Supuse que su familia no estaba, pues no vi a nadie, pero al rato su mamá vino a saludarme y a ofrecernos una merienda. Era una señora joven, bonita y bastante elegante. Se llamaba Consuelo. Natalia nos presentó y yo le di la mano sintiendo esa molesta timidez que siempre se aviva en estos casos.

—Bueno, los dejo estudiar —dijo la señora antes de salir—. Ya les mando a Rosa con algo de comer.

Comenzamos a hacer el trabajo, pero muy pronto comprobé que Natalia no tenía el menor interés. No había leído el libro ni había preparado ninguna semblanza sobre el autor; lo único que quería era que yo hiciera el resumen de los puntos más importantes, que le contara la anécdota por si le hacían alguna pregunta, y ya, olvidarse del asunto. Esto hizo que me sintiera un idiota útil. Para empeorar las cosas, en un momento se levantó y fue a un rincón a hacer una llamada telefónica. Llamó a Catalina, otra compañera del curso, le contó que estábamos haciendo el trabajo de Literatura y luego se enzarzó en una interminable charla que a mí me pareció estúpida y que me llenó de rabia, pues mientras ella comentaba banalidades sobre una fiesta yo estaba encorvado sobre el escritorio organizando el trabajo que ambos debíamos entregar el lunes. Pasó cerca de media hora cuando, enfurecido, recogí mis papeles y caminé hacia la puerta. Ella, al verme, le dijo a Catalina que la esperara un momento, tapó la bocina y me preguntó:

—¿Para dónde vas?

—Si tengo que hacer el trabajo solo prefiero hacerlo en mi casa —le dije—. No te preocupes, pienso poner el nombre de los dos.

Di un calculado portazo y salí del estudio, pero ella no me siguió, y a los quince minutos, esperando un bus en la carrera Quince, comencé a maldecir, diciéndome que lo mejor habría sido tener paciencia, terminar el trabajo y salir con ella a comer un helado.

Supuse que las mujeres bonitas eran todas así: malcriadas, caprichosas, conchudas, pues han sido educadas para que el mundo les bese los pies. Natalia no era ni mejor ni peor que las otras, era simplemente una de ellas, y si yo la quería debía aceptarlo. Pero ya estaba hecho. El acceso de furia había sido funesto para mis planes románticos.

Al llegar a la casa llamé por teléfono a Elorza, que al notar mi frustración prometió venir de inmediato. Lo esperé echando globos contra la ventana, haciendo esfuerzos por no levantar el auricular del teléfono, llamar a Natalia y pedirle disculpas, algo que me parecía vergonzoso, abominable, ¿cómo podía quererla y al mismo tiempo sentir ese odio? Cuando Elo llegó, le conté lo ocurrido.

—Hizo bien —me dijo Elo—. Una cosa es ser buena gente y otra ser huevón.

El lunes siguiente Natalia estuvo muy seria, y yo, sin dirigirle la palabra, entregué el trabajo firmado con los dos nombres. Evité su mirada todo el tiempo, pues no sabía qué reacción tendría, y en todos los recreos fui con Elo a la biblioteca a comentar lo ocurrido con Carboncillo. El se rió de lo que había ocurrido. Le parecía muy cómico que después de albergar tantas esperanzas yo hubiera tenido esa reacción. Según él, era obvio que Natalia me había propuesto el trabajo para aprovecharse.

—Tú no conoces a las mujeres —dijo, feliz de no ser él, por una vez, el tema de una charla amorosa—. Si ellas ven un flanco débil lo aprovechan. No le des importancia a lo que pasó. Ya volverá.

Yo supuse que era el fin y en la semana no volví a hablarle. Carboncillo, por su lado, nos tenía la noticia de que en una comida de profesores en la casa del director se había sentado al lado de la turca Zenobia. Los ojos le brillaban cuando nos describía la charla que habían tenido y los innegables progresos de su relación.

—Si las cosas siguen así —nos dijo levantándose—, muy pronto voy a poder hablarle del futuro.

Él usaba siempre esa expresión: «hablar del futuro». Nunca decía «declararse», que era la palabra que nosotros usábamos.

La tarde del viernes, cuando estaba a punto de salir a buscar a los amigos del barrio, me llamaron al teléfono.

—Hola, ¿cómo estás?

Casi pego un grito: era Natalia.

—Hola, qué sorpresa —le dije.

—¿Qué vas a hacer esta noche?

—No sé —le dije mintiendo, pues ya había planeado salir con los del barrio a tomar una cerveza a la tienda de don Álvaro y luego jugar al póker.

—¿Quieres venir conmigo a una fiesta? —preguntó.

—Bueno, sí...

—Mamá nos lleva —dijo—. Entonces te recojo a las ocho en punto. No te vistas elegante.

Me quedé mirando la bocina como si se hubiera convertido en un tierno gato, y en esa posición me encontró mamá, que se acercó divertida y burlona.

—¿Quién era para que te hayas quedado así? —preguntó.

Le conté la propuesta de Natalia, le pedí el permiso para salir y comencé a prepararme, espiando el paso lento e insoportable de las manecillas del reloj.

La fiesta resultó ser donde una de sus primas y por eso Consuelo, la mamá de Natalia, entró con nosotros. Yo me sentí un Don Juan al llegar con dos mujeres tan bonitas del brazo. El baile ya había comenzado; al poco tiempo de llegar y presentarme, la misma Natalia propuso que saliéramos a la pista. Sonaba el Cuarteto Imperial con un popurrí de canciones que estaba muy de moda, y al tenerla en brazos la sentí volar. Su modo de bailar se ajustaba a la perfección al mío. En un receso, otro tipo la invitó a bailar y ella se negó; entonces comprendí que había esperanzas.

—Qué, ¿ya se te pasó el empute? —me preguntó de pronto, en mitad de una canción.

—Fue una tontería —le dije.

—Lo que pasa es que yo soy pésima para leer —me dijo acercando su boca a mi oreja—. Pero te confieso que me arrepentí de haberte dejado solo. No he debido.

—Ya pasó y quién se acuerda —repuse—. Por cierto, el lunes nos dan las notas. Ojalá nos vaya bien.

—Hecho por ti, seguro —me dijo—. Te apuesto a que vamos a estar entre las notas más altas.

Sentí que su frase ponía alas en mis pies y di vueltas con ella por todo el salón al ritmo vallenato del *Binomio de Oro*. Entonces una idea comenzó a atormentarme: llevábamos dos horas bailando y aún no me sentía capaz de decirle nada. Tal vez Natalia esperara una declaración o algo por el estilo, pues de otro modo sería muy extraña su invitación. Pero al pensar esto surgía en mi mente la hipótesis contraria: me había invitado para saldar a su favor el asunto del trabajo de Literatura, y si en ese momento yo le hacía una declaración iba a creer que era un abusivo y me dejaría plantado en mitad de la pista. ¿Qué hacer? El tiempo seguía pasando y yo no encontraba la respuesta. Busqué en ella alguna pista que me permitiera actuar del modo acertado, sin arriesgarme a dejarla esperando, en cuyo caso quedaría como un bobo, pero sin el peligro de parecer un descarado. Habría dado la vida por detener el tiempo, llamar a Elorza y a Carboncillo y discutir la solución de este complicado dilema.

La respuesta, por fortuna, llegó sin palabras, pues en uno de los giros del baile Natalia recostó su cabeza contra mi hombro. Aún me preguntaba yo cómo debía interpretarlo cuando la vi despegar su cara. La miré a los ojos y, nariz contra nariz, fue imposible no besarla. Su lengua entró en mi boca y nos trenzamos en un delicioso beso que procuré ocultar al resto de los invitados. Lo repetimos una y otra vez, y entonces mi problema pasó a ser otro: ¿qué decirle? ¿debía declararle mi amor? Ante la duda permanecí callado y de nuevo fue Natalia quien resolvió el problema.

—Me gustas.

Esto lo dijo clavándome sus ojos.

—Tú también —respondí.

El resto de la fiesta lo pasamos de la mano, besándonos cada vez que había ocasión, y achispados por los efectos del vodka mezclado con litros de jugo de naranja que los tíos de Natalia habían preparado para evitar borracheras precoces. Hacia la una de la mañana la madre bajó del segundo piso —los mayores se habían instalado arriba en una sala de estar, como era costumbre, con periódicas visitas de vigilancia al primer piso— y anunció que nos íbamos. Entonces salimos y, en el carro, unimos nuestras manos. Hicimos el viaje haciéndonos caricias y apretones hasta que, al llegar a mi casa, Natalia susurró en mi oído:

—Llámame cuando te levantes. —Y agregó—: Y sueña conmigo.

Subí a mi cuarto lleno de felicidad, tratando de no perder su olor, el sabor de su saliva, el tacto de su mano. Ya en la cama, durante la noche, abrí los ojos varias veces, intranquilo, preguntándome si no habría sido un sueño. Moría de ganas de contárselo a Elo y a Carboncillo.

Eran cerca de las diez de la noche cuando Federico llegó a la casa de Juanita. Había varios carros estacionados fuera, sobre la acera. De dentro se escuchaba ruido de música. La mayoría de los invitados ya había llegado y Federico se preguntó si estaría bien vestido para la ocasión. Entonces se acercó al vidrio de uno de los automóviles, pero de inmediato un celador, alarmado, le preguntó qué hacía.

—Vengo a la fiesta —le dijo Federico—. Sólo quería peinarme.

—Ah, siga señor. Disculpe.

La misma empleada del día anterior le abrió la puerta y lo invitó a pasar al salón, que estaba lleno de gente. Recostada en un cojín, con un vaso de vodka en la mano, vio a Juanita. Tenía una estrepitosa minifalda, medias de nylon verde y una camisa de flores sumamente escotada.

—Bienvenido, Llanero Solitario —le dijo levantándose—. Ven, te sirvo una gaseosa en la cocina. ¿Tu novia no vino?

—Está preparando un examen —respondió Federico—. Otro día la conocerás.

—Muero de ganas —repuso ella—. Ya llegó el Maestro Pedro, pero está en el estudio. Relájate un rato, charla con alguien y luego te lo presento. Él no se va a ir en toda la noche.

En la cocina le sirvió una limonada con hielo. Adentro tiró una rodaja de limón.

—Así parece que estás tomando algo más espiritual. Ya sabes: en estas fiestas eres lo que tomas.

—No lo hagas por mí —dijo Federico—. Eso dejó de preocuparme cuando salí del colegio.

—Ven, voy a presentarte a algunos amigos.

La mayoría de los invitados eran estudiantes de los Andes y de la Javeriana. Jóvenes ricos que, a juzgar por la confianza con la que iban y venían, debían de ser habituales en la casa. A Federico le costó algún trabajo adaptarse a la fiesta, pero hizo un esfuerzo y dejó que el tiempo pasara. Notó, eso sí, que cada tanto pequeñas comitivas se perdían por el corredor en dirección al estudio donde estaba el Maestro. Supuso que debía esperar su turno.

Pasada la media noche, Juanita se le acercó y le habló al oído, tan cerca que notó el alcohol de su aliento.

—Mentiroso.

—¿Yo? —respondió extrañado.

—Tú no estudias Filosofía en la Javeriana ni un carajo —le dijo—. En la fiesta hay dos filósofos javerianos que no te han visto en su vida. ¿Tienes algo que decir?

—No mucho —dijo Federico—. Yo estudio Filosofía en la biblioteca de la universidad, pero es cierto que no estoy matriculado. Si tus amigos no me han visto será porque no van nunca a pedir libros prestados.

—Visto que al parecer tampoco te interesa tirar conmigo —agregó Juanita—, me pregunto qué es lo que en realidad andas buscando.

—¿Me vas a echar de la fiesta ahora que estoy sin máscara?

—No, quédate —dijo ella—. A fuerza de ser tan distinto me empiezas a gustar. Hacerse el misterioso es una forma de atraer. Por cierto, si quieres vamos y te presento a Pedro.

Atravesaron el corredor y al abrir la puerta del estudio los envolvió una densa nube de humo. El olor era bastante dulce y Federico tuvo un acceso de tos que lo hizo sentir ridículo. Era marihuana. Al fondo estaba el Maestro, con sus barbas y una coleta recogiéndole el pelo, reclinado en uno de los sillones. Cuatro jóvenes estaban sentados alrededor escuchando sus palabras en una actitud que podía calificarse de «religiosa». Con mano rápida hacían circular un espejo con rayas de cocaína, un billete enrollado y un humeante cacho de marihuana.

Juanita agarró el espejo y se metió dos rayas inhalando con fuerza. Luego agarró el cacho y le pegó dos pitadas.

—Supongo que tampoco te gusta la bareta —le dijo a Federico.

—No, no me gusta.

—Qué tipo raro: no tomas, no metes y no quieres sexo —le dijo en secreto—. Debe de ser algo muy grande lo que buscas.

—Frase repetida —respondió Federico—. No vale.

De repente alzó la vista y notó que el Maestro Pedro lo miraba.

—¿Nos conocemos? —preguntó.

—Es posible —respondió Federico.

—Usted es el filósofo abstemio, pero veo que ha mejorado.

—Es limonada con hielo —dijo Federico—. Sigo siendo el mismo.

El Maestro hizo un gesto, como de fastidio, y los cuatro discípulos se levantaron y salieron. Uno de ellos limpió el espejo con la lengua y otro retiró una bolsita de hierba. Juanita estaba realmente intrigada.

—Ya voy entendiendo cómo es la vaina —le dijo a Federico—. Los dejo solos, pero no te vas de esta casa sin darme una explicación.

La puerta del estudio se cerró y Federico fue a sentarse en uno de los sillones.

—¿Le molesta que abra un poco la ventana? —le preguntó al gurú—. El humo me irrita los ojos.

—Está bien, pero sólo cinco minutos —dijo escrutando su reloj pulsera—. Le advierto que no voy a dejar de fumar. ¿Qué está haciendo en la casa de Juanita? No sabía que fueran amigos.

—Tampoco yo sé si somos amigos, el caso es que aquí estoy.

De repente el Maestro Pedro puso los brazos delante, con las manos abiertas, y cerró los ojos:

—Estoy teniendo una visión —dijo—. ¿Qué veo? ¿Qué veo? Veo que usted se acercó a Juanita por el caso de David Benavides, y que está aquí esta noche para que hablemos de él. ¿Me equivoco?

—No, no se equivoca —respondió Federico con toda calma—. Sé que usted y él tuvieron una sesión a puerta cerrada en la que ocurrió algo importante. Yo quiero saber qué fue.

—¿Y qué le hace suponer que se lo voy a decir?

—La buena voluntad.

—¿La suya o la mía?

—La de cualquier persona respetable —sentenció Federico—. Yo no tengo nada contra usted, mi estimado Maestro. Al revés. Me parece una persona interesante. En este caso lo que le estoy pidiendo es que me ayude para yo poder ayudar a alguien que sufre.

—Ya pasaron —dijo con calma el Maestro Pedro.

—¿Pasaron qué?

—Los cinco minutos —dijo—. Ya pasaron. Cierre la ventana.

Federico la cerró y el gurú encendió una pipa de marihuana.

—Lo que David hizo después es asunto de él y su conciencia —continuó diciendo Federico—. Ese tipo de decisiones yo las respeto. Pero hay alguien que necesita comprender, que tiene derecho a saber lo que pasó.

El Maestro pegó varias bocanadas reteniendo el aire. Se quedó en silencio un rato, alzó los ojos hacia el techo y luego los posó sobre Federico.

—Siéntese aquí —dijo indicándole uno de los cojines—. No me gusta hablar en voz muy alta y éste es un asunto delicado. ¿Cómo puedo saber que esta charla va a ser confidencial?

—Le doy mi palabra.

—Déme algo más tangible —pidió el gurú.

Federico se subió las mangas de la camisa y le mostró las cicatrices verticales de sus antebrazos.

—Esos cortes parecen haber sido profundos —dijo el Maestro—. Se ve que no estaba jugando, ¿por qué lo hizo?

—Lo he intentado catorce veces —dijo Federico—. Desde hace seis años estoy en tratamiento psiquiátrico y voy regularmente a casas de reposo. Desde entonces vivo en una especie de arresto domiciliario.

—Bueno, eso cambia las cosas —dijo el Maestro Pedro—, pero sigo sin comprender su arrogancia. ¿Sabe?, ayudaría mucho si lo viera tomarse un trago.

—Hay cosas que no puedo hacer aunque quiera —dijo Federico—. Estoy bajo tratamiento.

—Qué lástima, qué lástima...

Federico sintió un acceso de furia. Pensó que podría golpearlo con alguna de las estatuillas y salir por la ventana. En esa fiesta nadie lo conocía y Juanita sólo sabía su nombre. Pero se contuvo. Al fin y al cabo, ese ser mezquino era el único que conocía la verdad.

—David fue uno de mis discípulos más queridos —dijo de pronto el gurú—. Desde el primer día me di cuenta de que algo en él era distinto, pues tenía una fuerza en la mirada que pocas veces había encontrado. Pero algo lo inquietaba. Sentía una profunda angustia cuyas razones ignoraba. Él, por dentro, se reprochaba algo, y no sabía qué era. Era un fastidio que se le instalaba desde muy temprano en la mañana y le oprimía el pecho. Todos los días de su vida fue así. Entonces decidió indagar en su pasado, en el pasado de sus otras vidas, y yo lo guié, pues me di cuenta de que detrás de ese joven había algo completamente nuevo.

—¿Y qué encontraron? —preguntó Federico, impaciente.

—Calma —respondió el gurú—. Vamos por partes. Lo primero que vi en sus ojos, al sentarlo en mi estudio un par de veces y escucharlo hablar, fue que en su interior había una culpa. La culpa de algo horrible e inhumano que lo atormentaba. Son cosas que uno percibe al vuelo cuando se tienen ciertas dotes, ¿comprende? Cierta sensibilidad. Eso era lo que le sucedía a David. Yo, al verlo, me pregunté de dónde le venía ese dedo acusador, cuál era la sentencia y qué diablos era lo que había hecho para que perviviera en él de un modo tan intenso. Por supuesto que tengo una serie de métodos que no puedo revelarle, amigo mío, y no porque no le tenga confianza, sino porque son cosas que usted no comprendería sin antes adentrarse en el umbral más profundo del alma humana.

—Usted no tiene por qué saberlo —repuso Federico—, pero algo he leído y comprendo lo que me está contando.

—¿Debo entender que esta investigación supone para usted un cierto alivio? —preguntó el gurú—. Me refiero a sus cicatrices.

—Mi historia es otra y tal vez algún día se la cuente —dijo Federico—. Le ruego que continúe.

—David fue dando conmigo los pasos necesarios para adentrarse en lo que yo denomino «la inmersión» —explicó el Maestro—. Me contó su vida, me confió sus pensamientos más íntimos. La gente cree que la vida se forma sólo de lo que hacemos, y eso es falso. Lo más importante, lo que más nos define, son las cosas invisibles: los sueños frustrados, las derrotas, la imagen que nunca alcanzamos y que quisiéramos tener. Es ahí donde transita la verdadera historia de cada uno. Lo exterior, lo visible, no es más que un tenue reflejo de la verdad.

El Maestro acercó una botella de ron y se sirvió un vaso hasta el borde. Le pegó un trago largo y volvió a mirar a Federico.

—El ron es el aporte del Caribe a la cultura universal —dijo—. Si usted no lo toma está dejando de lado una gran tradición.

—Ya le expliqué que no es voluntario —se defendió Federico.

—Está bien, me había olvidado —dijo el gurú—. Como le decía, una vez que David estuvo listo fijamos una fecha y, llegado el día, nos dispusimos a hacerlo solos. Por lo general en estas sesiones me acompañan un par de discípulos, pero en este caso, teniendo la intuición de que íbamos a enfrentar algo terrible, preferí que nadie más estuviera presente. Entonces nos lanzamos a la inmersión, y cuando llevábamos cerca de una hora me alegré de haber tomado precauciones. En verdad lo que encontramos fue terrible, algo que, le confieso, me hizo sentir temor de ese joven rozagante que tenía al frente. En las sesiones la persona inmersa cuenta lo que ve y un secretario va tomando nota para luego continuar el trabajo sobre lo escrito. Esa noche, con David, yo mismo escribí lo que él veía.

El Maestro Pedro hizo una pausa, tomó otro trago que dejó el vaso por la mitad y volvió a encender su pipa.

—Le voy a pedir un favor ahora —le dijo a Federico—. Déjeme reposar un poco charlando con mis discípulos y más bien venga la semana entrante al Café Arquímedes. Quiero que usted mismo lea la historia de David en el cuaderno de notas. ¿Le parece bien la noche del martes?

—Sí —dijo Federico—. Ahí estaré.

El gurú se recostó en el sillón con los ojos cerrados y volvió a mover la mano, indicando que la charla había terminado.

Al salir, Federico se dio cuenta de que la fiesta había progresado. La música era lenta y el olor a marihuana impregnaba las paredes. En la sala varias parejas se besaban a media luz y en el centro había un gran cenicero repleto de polvo blanco. No vio a Juanita por ningún lado y pensó en irse. Eran las dos de la mañana.

Buscando el baño abrió una de las puertas que daban al corredor y vio a una joven arrodillada sobre las baldosas. Pegado a ella un tipo, con la bragueta abajo, la empujaba contra su pelvis y le acariciaba el pelo. Fue a buscar por otro lado y se encontró a Juanita saliendo de la cocina.

—¿Ya acabaste la sesión? —preguntó.

Juanita tenía los ojos hinchados. Dos arcos violáceos le oscurecían la mirada y apenas podía hablar. Sobre el labio y en la punta de la nariz tenía restos de cocaína.

—Estaba buscando un baño —dijo Federico—. Tengo que irme.

—Ven al segundo piso —dijo ella—. Aquí abajo están todos ocupados.

Subió tras ella y notó que trastabillaba. Una de sus medias se había rasgado a la altura del muslo. Al llegar arriba Juanita abrió una puerta y lo invitó a seguir. Era su dormitorio.

—Puedes entrar a mi baño —dijo, señalándole una puerta lateral.

Federico entró pensando en David. ¿Qué sería lo que encontraron en esa sesión? Sin duda un acto horrible: un asesinato, una traición, una mentira. Reflexionó sobre las cosas perversas y se preguntó qué era lo peor que podía hacer un ser humano. A su manera, el Maestro Pedro había sido generoso.

Bajó el agua, miró su cara en el espejo y se dispuso a salir. Pero al abrir la puerta se llevó una sorpresa: delante de él, sobre la cama, lo esperaba el blanco trasero de Juanita. Se había desnudado y ahora yacía boca abajo metiéndose en la nariz otra raya de polvo blanco.

—Deberías ser más prudente con eso —le dijo Federico—. No has parado desde que empezó la fiesta.

—Es mi forma de ser —respondió desde muy lejos—. Ven, quítate esos pantalones. Hazme una «inmersión».

Al decir esto soltó una carcajada, pero Federico no se movió. Era bonita. Tenía tetas grandes y amplias caderas.

—Lo que tú necesitas es dormir —le dijo—. Tengo que irme, gracias por la invitación.

—Me hiciste una promesa —repuso Juanita—. Dijiste que me ibas a explicar qué era todo ese misterio.

—Y pienso hacerlo —dijo Federico—, pero no creo que tu cama sea el mejor lugar para conversar.

Dicho esto fue hasta la puerta. Antes de salir escuchó la voz de Juanita diciendo:

—Sé que vas a volver, malparido. En cuatro patas vas a volver.

Una tarde llegó una carta de Delia con una tremenda noticia: ¡se iban para España! Blas Gerardo, que ya tenía sus años, le había dicho que quería pasar la vejez en su tierra natal, ahora que había muerto el enano de Galicia. Así había dicho el ex sacerdote, y Delia contó que habían enviado cartas a viejos parientes en un sitio que se llama Segovia, cerca de Madrid, y que ya les había llegado respuesta. Resulta que allá Blas Gerardo tenía sobrinos y una hermana que estaban felices de saber de él y que los iban a recibir. La noticia tenía a Delia, a la vez, contenta y triste, pues quería decir que por un tiempo largo iba a tener que alejarse de su familia; pero claro, unas por otras, pues ella sí quería conocer algo más del mundo y, sobre todo, España, el país de su marido.

De Toño, Delia contó que seguía bien, que pocas veces venía a Colombia porque andaba en reuniones en México y en Panamá y cada vez que venía se las ingeniaba para ver a su hermana Clarita aunque fuera un rato. Que le había explicado la importancia para una guerrilla de tener contactos en otros países, diciéndole que al fin y al cabo lo de aquí era sólo una parte de un proceso revolucionario más grande que incluía a todo el continente. Según Delia, si lo viéramos ahora ya no lo podríamos reconocer: había crecido de estatura, se había vuelto muy fornido y tenía una barba muy espesa que le cubría la cara; fumaba pipa y andaba con una gorra de lo más coqueta. Y otra cosa: por fin pudo saber que la esposa se llamaba Nancy, o que así le decían allá, al menos, y que también había perdido dos embarazos. Lo seguro era que Toño, según Clarita, era uno de los más respetados, y la verdad es que cada vez sonaba más el nombre del comandante Belmiro, no sólo dentro de la guerrilla sino también en la prensa; dizque el otro día en *El Colombiano* aparecía en un artículo en el que se nombraba sólo a los importantes: al cura Pérez, a Jacobo Arenas, a Tirofijo y a Caraballo.

Natalia y yo estuvimos juntos todo el fin de semana y volvimos a besarnos con pasión cada vez que nos quedamos solos, sobre todo el domingo en uno de los cinemas de Unicentro, viendo la película *Ricas y famosas*, con Jacqueline Bisset, en donde, como se dice en buen colombiano, estuvimos a punto de sacarnos las calzas. Lo bueno fue que no hubo necesidad de decir nada; de forma tácita quedó establecido que éramos novios.

El lunes lo comenté con Elo y Carboncillo, y este último me miró petrificado por la sorpresa.

—Las mujeres son así —sentenció Hegel—. Cuando uno se pone duro vienen a comer de la mano. Ah, seres increíbles. Uno podrá hablar pestes de ellas y de la vida con ellas, pero es la única forma posible de vivir.

Luego se quedó un rato mirando la pared y volvió a hablar, inclinando con gracia su cuerpo hacia delante.

—Los hombres también somos así, no sólo las mujeres —sentenció—. Todos somos bastante previsibles.

A partir de entonces, Natalia y yo estuvimos siempre juntos y, muy pronto, nuestro noviazgo fue oficial. En las fiestas bailábamos «amacizados», hacíamos los trabajos de clase juntos y pocas veces nos separábamos en los recreos. Yo me fui acostumbrando a ella y, al hacerlo, noté una serie de agradables cambios en mi vida. Ahora tenía que llamarla después del colegio e ir a su casa al menos tres tardes por semana; había ganado una compañía elegida por mí, alguien con quien charlar, con quien compartir la amistad de los demás y de quien recibir seguridad y cariño. A cambio dejé de frecuentar a los amigos del barrio, lo que supuso un gran sacrificio, pero ésta era una consecuencia obligada, pues sus planes consistían casi siempre en ir a la Quince a levantarse viejas, lo que era incompatible con mi nueva relación. Claro, los veía en las fiestas, a las que yo iba con Natalia, y ellos la recibieron como a una nueva amiga. De su lado ella se preocupaba por mí e incluso comenzó a leer, lo que me llenó de alegría. Yo intenté sin mucho éxito aprender a jugar al tenis sólo para acompañarla, y la verdad es que pasábamos muy rico estando juntos.

Un día me preguntó por teléfono:

—¿Tú lo has hecho ya?

—¿Hecho qué?

—El amor. ¿Te has acostado ya con una mujer?

Me hubiera gustado responderle que sí para darme ínfulas de hombre experimentado y mundano, pero le dije la verdad.

—No, nunca, ¿y tú?

—Yo tampoco —me dijo.

—¿Te gustaría probar? —me atreví a decirle.

—No sé, me da como miedo. Ya veremos.

—Bueno, no hay afán —repuse yo.

Otro de los cambios de Natalia fue que dejó de considerar a Hegel, es decir a Carboncillo, como un pobre diablo, y tanto que llegaron a hacerse muy amigos. El propio Hegel le contó sus amores por la turca Zenobia, algo que yo no me había atrevido a hacer por temor a una indiscreción y a la lengüita bífida de sus amigas. A Hegel los consejos de Natalia comenzaron a parecerle —por razones obvias— bastante más acertados y realistas que los que le dábamos Elorza y yo, con lo cual las visitas de los tres a la biblioteca acabaron siendo largos monólogos de Natalia sobre los sentimientos de una mujer y sobre lo que cualquiera de ellas esperaba de un hombre. Sobra decir que Natalia adoptó también a Elorza, y por eso muchos fines de semana los pasamos tirados en el pasto del parque al frente de mi casa, yendo al cine o jugando al dominó en el jardín de la casa de Natalia. Descubrimos juntos, entre otras cosas, el cine Trevi y el San Carlos, en donde daban ciclos de autores que íbamos a ver con admiración. Luego armábamos debates encendidos en la casa de Natalia y Consuelo, la mamá, que a veces nos escuchaba, se sentía contenta de que su hija andara por ahí con dos apasionados del cine y de la literatura, pues según supe después ésas eran sus grandes pasiones.

Un sábado, cuando el año estaba a punto de terminar, le propuse a Natalia venir a visitarme por la tarde. Ese día, por lo general, no había nadie en mi casa, y apenas llegó nos instalamos en mi cuarto a mirar diapositivas. Ella estaba muy linda: tenía puesto un overall en tela de bluejean, tenis y una camiseta Lacoste de color blanco que le hacía brillar la piel. Una bella coleta le agarraba el pelo y lo botaba como una cascada sobre su espalda. Instalé el proyector, destapé un par de cervezas, corrí las cortinas y me dispuse a enfilar las diapositivas. Natalia estaba interesadísima en ver las fotos de mi infancia, de nuestros viajes por Grecia y Yugoslavia, de la temporada en Italia que alguna vez le había contado. Foto tras foto, ella se fue enterando de quién era yo; de cómo había llegado hasta ese momento y quiénes eran los que me rodeaban.

—¿Y esto en qué año fue? —preguntó.

—En 1970 —le decía yo—. Mira: ése del fondo es un sacerdote español que acabó casado con nuestra empleada.

—¿De verdad?

Sobre la foto de una Navidad empezamos a besarnos y ella se acomodó para que pudiera rodearla con mis brazos. Los besos eran largos, sofocantes. Su respiración se agitó y, seguro de que había llegado el momento, introduje mi mano bajo la pechera de su overall. Lo primero que encontré fue una barriga templada, luego un par de pechos jóvenes, duros como la piedra, con pezones muy erguidos. Bajé la pechera, levanté la camiseta y comencé a chuparlos. Al escuchar sus quejidos bajé la mano hasta su vientre. Su interior palpitaba. La acaricié hasta que Natalia susurró en mi oído: «Me vengo, no pares...» Al siguiente fin de semana fuimos a un modesto motel en Chapinero, cerca de la plaza de Lourdes, e hicimos por primera vez el amor. Yo sentí una extraña felicidad al abrazarla en esa cama dura que chirriaba, desnudos ambos, y lo que ocurrió en esas horas fue un pacto que, creímos, debía durar toda la vida. El mundo giraba en torno a nosotros. Los planetas, el sol, el viento, los árboles, todo nos parecía creado para acompañar ese momento irrepetible.

Al año siguiente quedamos de nuevo en el mismo curso y nuestra relación continuó sin percances. Y así fue que una tarde, en el recreo largo después del almuerzo, Hegel bajó de la biblioteca y vino a buscarnos.

—Vengan, por favor —nos dijo alterado—. Tengo que hablarles.

La clase siguiente era la hora de Agricultura, así que podíamos quedarnos con él en la biblioteca. Elorza, Natalia y yo lo seguimos dando saltos por la escalera, curiosos de saber qué había pasado y seguros de que tenía que ver con la temible turca Zenobia, que yo odiaba en secreto porque el año anterior me había hecho habilitar Biología.

—¿Qué pasa, Hegel? —preguntó Natalia—. Tienes cara de haber perdido unas elecciones.

—Creo que las perdí, querida —respondió con dolor—. Creo que las perdí.

Nos contó que en la cena de principio de año en la casa del director la turca se había presentado del brazo de un elegante señor, un hombre ya maduro y de porte distinguido, y que no se le había despegado en toda la noche. Que él se había dado cuenta, por el modo en que se miraban, de que entre los dos había algo. Estaba horrorizado. El castillo de naipes se le venía abajo y no sabía qué hacer para atajarlo.

—Pero Hegel —le dijo Elorza—, lo que pasa es que si no le dice nada, pues ella cómo hace para saber que está con usted.

—Debería sentirlo —respondió colérico—. No tenía ningún derecho a hacerme esto.

—Hace cuatro años que nosotros conocemos su secreto —le dije con delicadeza—, y a mí también me parece que ya va siendo hora de que ella lo sepa.

Natalia se acercó a Carboncillo, le acarició la cabeza y se sentó en el antebrazo de su silla.

—Tú debes entender, Hegel —le dijo—, que ella, como cualquier mujer, siente necesidad de cosas concretas. Piensa que Zenobia ya no es una jovencita, y si nadie la habla claro se sentirá sola. Y a nadie le gusta estar solo.

—Quiero pedirles un favor —nos dijo al borde del llanto—. Quiero que me ayuden a saber quién es el tipo y qué relación tiene con ella. Sólo así sabré si aún vale la pena hablarle.

Le prometimos ayuda y de inmediato nos pusimos a elaborar un plan. Era algo sencillo: se trataba de vigilar su casa para estudiar las evoluciones del supuesto amante. Natalia, más atrevida, se ofreció a revisar su cartera en busca de cartas o mensajes.

—Y una cosa —dijo Carboncillo—. Si llega a ser su prometido, cosa que me temo, díganmelo de frente aunque con tacto.

Estuvimos de acuerdo y nos pusimos a trabajar de inmediato, pues Zenobia salía del colegio en el mismo bus de Elorza y él sabía dónde era su casa. Elo propuso hacer la primera vigilancia.

Esa tarde, mientras esperábamos el reporte telefónico en la casa de Natalia, me atreví a mostrarle un cuento que había escrito y pasado a limpio la semana anterior. Ella se quedó sorprendida y lo leyó de pie, cerca de la ventana. Yo esperé atrás muy nervioso, intentando adivinar en los músculos de su espalda algún rasgo de aprobación o rechazo.

—No sabía que habías empezado a escribir en serio... —dijo Natalia—. Está muy lindo, pero creo que no entiendo nada. Espera, lo vuelvo a leer.

Su sinceridad me dejó crucificado. Si ella no entendía, ¿a quién podía mostrárselo? Elorza ya lo había leído y aprobado, pero él y yo nos conocíamos tanto que su opinión no era objetiva, pues leíamos y escribíamos las mismas cosas. De cualquier modo, seguí a la espera del resultado de su segunda lectura.

—Caray —dijo—, ¿qué quiere decir «la albura pretérita del cuervo»?

—Pues hace referencia a un mito según el cual antes, en la época antigua, el cuervo era blanco —le dije—. Por eso «albura pretérita».

—Ah... ¿y por qué no lo escribes como me lo acabas de explicar? Si lo hubieras escrito así yo habría entendido.

—Bueno, a lo mejor tienes razón, pero ya sabes que en literatura hay una serie de códigos...

—¿Y qué es esto de Aquilón? —me interrumpió—. ¿Es un nombre?

—Sí... —dije con un hilo de voz—. Es un nombre.

—Deberías ponerle Carlos o Pedro —repuso Natalia—. ¿Quién se va a imaginar que Aquilón puede ser alguien?

—Tú lo que quieres es que escriba una telenovela.

—No, bobo —me dijo—. Lo que quiero es que se entienda. Si quieres que te lean, me parece que eso es lo más importante, ¿o no? En lugar de estas cosas clásicas deberías escribir, no sé, algo más actual. ¿Por qué no escribes un cuento sobre Carboncillo, por ejemplo?

Al decir eso sonó el teléfono y, telepatía, era Elorza. Nos contó que estaba delante de la casa de la turca Zenobia en un Dunkin Donuts, que efectivamente un tipo mayor había entrado a la casa hacía un rato y que no había más novedades.

—Quédate ahí, Elo, ya vamos para allá —escuché decir a Natalia.

Colgó la bocina, se dio vuelta y me dijo:

—Vamos. Mamá nos presta el carro.

—¿En serio?

—Sí, esta mañana me entregaron el pase —dijo—. Es la ventaja de ser mayor de edad. Y te advierto que hay más sorpresas.

Sacamos del garaje un Renault 12 verde y volamos hacia el Dunkin Donuts de la avenida Suba. Yo me quedé muy sorprendido de lo bien que Natalia manejaba; entonces, orgulloso y enamorado hasta las tripas, acodé mi brazo en la ventana y encendí un

Chesterfield sintiéndome el rey del universo. A mí me faltaba todavía un año para sacar el permiso, pero esto nos iba a resolver muchos problemas.

Elorza nos esperaba en una de las mesas y al vernos se levantó haciendo señas.

—Es allá, en el tercer piso.

Nos señaló un apartamento en un edificio gris que daba a la avenida. Era una de esas construcciones prefabricadas del primer plan urbanístico de la zona, con un descuidado antejardín delante de la puerta de ingreso.

—El tipo es exacto a la descripción de Hegel —dijo Elo—. Cuando se acercan a la ventana se ven sombras en la cortina, pero no he visto nada sospechoso.

—Pues ojalá no se demore mucho —dijo Natalia—. No podemos quedarnos aquí toda la noche.

Como a las ocho, vimos que las luces del apartamento se apagaban y nos preparamos para salir. Un minuto después, la puerta de ingreso se abrió y aparecieron ambos, de chaqueta y bufanda, y caminaron hasta el andén de la avenida. Esperaban un taxi. Nosotros, procurando no llamar la atención, nos levantamos y fuimos al carro de Natalia. Al verlos de cerca noté que Zenobia no le soltaba el brazo a su acompañante. Todos teníamos un negro presagio y la decepción de Hegel ya nos dolía como propia.

Pararon un taxi y subieron. ¿Adónde iban? Los seguimos con prudencia por la avenida Suba y, al situarnos detrás en el semáforo de la calle Cien, tuvimos la comprobación de la trágica hipótesis. El bulto de sombra de Zenobia, en ese instante, se inclinó hacia el del hombre, lo besó en la boca y permaneció recostada en sus brazos. Ninguno de nosotros se atrevió a hablar. Diez minutos más tarde, el taxi los dejó frente al cine Metro Riviera y a los tres nos pareció que ya no valía la pena seguir vigilándolos. Todo estaba claro. Natalia fue la que rompió el silencio.

—Yo le digo. Mañana yo hablo con Hegel y le digo.

Su propuesta nos dio un respiro a Elo y a mí. Sin duda era lo mejor. Luego fuimos a comer una hamburguesa que, en realidad, se nos atragantó, y luego dejamos a Elo en la casa de una de sus tías, cerca del Polo Club.

De regreso por la Quince, rumbo a mi casa, Natalia me propuso ir a hacer el amor a un motel de la Séptima aprovechando que teníamos carro. Y para allá nos fuimos.

Entramos a La Cita, donde un misterioso portero nos dirigió hacia el garaje de una caseta; al estacionar, la puerta se cerró a nuestras espaldas. Subimos muertos de curiosidad a ver cómo era ese lugar del que todo el mundo hablaba y encontramos un dormitorio lleno de espejos, un televisor y un baño con sauna. Natalia se quitó la ropa muerta de risa, se deslizó entre las sábanas y encendió el televisor. Yo hice lo mismo y nos abrazamos para ver el final de un noticiero. Luego apagamos el televisor y encendimos la música, descubriendo que la luz se podía graduar para quedar en penumbra. Era bastante divertido y, para nosotros, completamente nuevo. Extraje un preservativo, pero Natalia, sonriente, me lo quitó de la mano y lo tiró a la papelera.

—Hoy no —me dijo—. Es la otra sorpresa que te tenía.

—¿De verdad?

—Fui con mamá al ginecólogo y estoy tomando pastillas. Ya podemos hacerlo sin nada.

—¿Sabe ella que tú y yo...?

—Claro que sabe, y te cuento que le parece lo más de bien. Dice que prefiere que yo tenga una pareja estable a que ande por ahí quién sabe con cuántos.

—Bueno, en eso estoy de acuerdo.

—Bobo. Ven para acá.

Al rato nos metimos desnudos al sauna y luego, cubiertos de sudor, regresamos a la cama a escuchar los quejidos de placer que provenían de los cuartos vecinos.

—Esto no se va a acabar nunca, ¿cierto? —me preguntó Natalia.

—Nunca —le dije.

El martes, Federico entró al Café Arquímedes justo cuando un empolvado reloj cucú daba las ocho de la noche. Supuso que de esa reunión saldría con la información que le hacía falta y se alegró de llegar al final de la pesquisa, pues cada vez le era más difícil justificar sus salidas; ya no tanto con sus hermanas, como había sido siempre el caso, sino con Isabel. Sin duda sospechaba algo, pues hasta un ciego notaría el cambio en sus rutinas. Además, estaban las modificaciones de su carácter. Él mismo se daba cuenta de que ya no tenía la misma entrega, esa absoluta disponibilidad. Lo achacaba a la profunda impresión que le produjo Juanita, pues nunca antes una mujer lo había mirado así, como ella lo miraba. De vez en cuando, por las noches, cerraba los ojos y la veía desnuda sobre la colcha. Era una persona muy diferente a él y a Isabel. Tal vez por eso le producía una extraña fascinación.

Había bastante gente en las mesas del café, lo que creaba un ambiente completamente distinto del que había visto la primera vez. Sonaba *Así habló Zaratustra*, de Strauss, la música que Kubrick usó para su película *Odisea 2001*, una pieza muy admirada por los amantes de los astros y del más allá. El Maestro Pedro lo estaba esperando en la barra.

—Esto no podrá rechazármelo —le dijo a Federico alargándole una botella—. Es cerveza sin alcohol importada de Bélgica.

—Suena aristocrático —respondió Federico agarrando la botella—. Creo que usted y yo comenzamos a entendernos.

—Yo no sería tan optimista —dijo el gurú—, pero en fin, lo prometido es deuda.

De pronto Federico escuchó su nombre. Se dio vuelta y, entre la gente, vio a Juanita en una de las mesas del fondo. Sintió una descarga eléctrica y la saludó con la mano. Ella no se movió, pero no dejó de mirarlo. Estaba rodeada de amigos.

—No tenemos que subir ahora mismo, espero —dijo el Maestro—. Permítame que lo conozca un poco mejor.

—Soy una persona extremadamente simple —respondió Federico—. No creo que alguien como usted pueda interesarse en mi vida.

—Las cicatrices de sus antebrazos me llenan de curiosidad y, si me permite, de respeto. Una persona que llega a ese límite es, por fuerza, diferente. Me gustaría saber en dónde radica esa diferencia.

—La vida no tiene el mismo valor para todos —dijo Federico con cierta molestia—. Vivir es una actividad muy sencilla y sentir desconfianza o rechazo es algo natural.

—¿Es usted católico? —preguntó Pedro.

—Soy como muchos: católico por herencia. Pero eso no define nada de lo que, según creo, soy.

—Ya veo —repuso el Maestro—. La vida para un católico es algo demasiado precioso. Es única. ¿Cree en la reencarnación?

—Es una hipótesis interesante en la que no es necesario creer —dijo Federico—. Si existe sucederá a pesar de que no crea.

—¿De dónde le viene ese fastidio por la vida?

—Yo no diría fastidio, más bien una cierta indiferencia. Un cansancio, si quiere.

—Permítame que me meta en lo que no me importa —pidió el gurú—: Me parece que el asunto de David es algo que quiere resolver para usted mismo y no para esa otra persona que dice que sufre.

—Es posible, pero ahora lo importante no es saber qué quiero hacer con la información —dijo Federico—. Lo importante es obtenerla.

—Está bien —dijo el gurú levantándose—. Venga conmigo.

Federico fue por la parte trasera del mostrador y, antes de atravesar una cortina, echó una mirada a la mesa de Juanita. Al hacerlo, chocó con sus ojos. Por la intensidad de la mirada comprendió que no lo había dejado un solo segundo. Le hizo una sonrisa y subió la escalera.

Al llegar al segundo piso, el Maestro Pedro lo condujo hasta un salón en el que había una gruesa alfombra circular, candelabros, velones encendidos y un escritorio. La pared estaba pintada de azul.

—Ésta debe de ser la pista de lanzamiento —bromeó Federico.

—Para usted será simplemente una sala de lectura —repuso el gurú—. Por favor póngase cómodo.

Federico se sentó en la alfombra y acercó varios cojines. El maestro abrió uno de los cajones del escritorio, buscó entre varios ficheros y regresó con unas hojas en la mano. Tras revisar el orden se las entregó a Federico.

—Por favor léalas en voz alta —le pidió el Maestro.

Federico observó la escritura y vio que había sido pasada a limpio, a máquina. Se reclinó sobre uno de los cojines y comenzó a leer:

«Soy el soldado Borowicz. Pertenezco al tercer regimiento de las tropas polacas que luchan con el ejército ruso en Ucrania. No sé qué día es hoy, pues desde que comenzó la guerra nuestro tiempo se divide en bloques de siete semanas, el tiempo que debemos estar en el frente antes de ganar un descanso de seis días en la retaguardia. He recibido tres heridas leves que, por desgracia, no han merecido el repatriamiento. Una esquirla de granada en el muslo derecho, una bala que me rozó dos dedos y me arrancó una falange y un rasgón en el lóbulo de mi oreja derecha. Es todo. He sufrido, pero no lo suficiente. Aquí debemos sufrir mucho para merecer el descanso o que nuestras heridas sean irreversibles, con lo cual obtenemos el reposo eterno. He visto cuerpos desfigurados por la metralla en los campos del Volga. He visto mutilados arrastrándose entre el fango antes de congelarse de frío. He visto soldados suplicando una bala en la nuca para apaciguar el dolor. Todo eso he visto yo, soldado Borowicz, y a pesar de ello continúo luchando. Mis raciones van puntualmente a mi estómago. Disparo la munición que se me da y ninguno de mis superiores tiene queja. Soy un buen soldado. La monarquía austrohúngara se desintegra. Creo ser un hombre digno. Pero no lo soy. Sé que no lo soy. Ayer, cuando atravesábamos un poblado al norte de Kiev, encontramos una columna del Ejército Rojo. Venían cansados y hambrientos y compartimos con ellos nuestro escasísimo rancho. Así es la guerra. Nosotros nos dirigíamos al norte, de donde ellos venían, y yo escuché cómo uno de los comandantes le decía al nuestro: "Cerca del cruce con la vía férrea hay una caravana de gitanos, pero nosotros estábamos exhaustos y sin munición. Vayan." Formaron un grupo de veinte soldados entre los cuales estuve yo, pues les llamó la atención mi gorro gris. Cumplí con mi deber, aunque en este caso el deber era algo difícil. Y todo por mi absurdo gorro gris, que tanto calor me dio en las campañas de Irkustk. Mi pobre gorro gris. Soy un simple soldado. Me llamo Borowicz. Salimos al día siguiente, cuando la luz era aún una baba amarilla sobre la nieve. Veinte hombres y un teniente. Cada uno llevaba cuarenta cartuchos y nuestros ansiosos cuchillos. Avanzamos por el hielo abriendo el camino con las hachas y al mediodía llegamos a la punta de un cerro. Abajo había un riachuelo cuyo nombre desconozco, pero lo que sí recuerdo es que estaba congelado. Un poco más allá se veía una débil columna de humo. "Vamos", dijo el teniente, y seguimos avanzando entre los esqueletos de árboles y los pastizales de lodo y aguanieve. Bordeamos el riachuelo hasta que, a lo lejos, vimos la caravana de gitanos. Un grupo de mujeres cocinaba al lado de unos pobres carromatos de madera. Tenían caballos, perros y algunas gallinas, según pude ver. Entonces el teniente nos dijo: "Primero los hombres y luego los niños. Las mujeres de último." Yo estaba observando a una niña de 9 años que le daba comida a un cerdo y sentí curiosidad de saber qué era lo que cantaba. Estaba observándola cuando escuché el primer disparo, que era la señal que nos había dado el teniente. Entonces disparamos los rifles y en el campamento varios hombres cayeron. Otros lograron refugiarse en los carromatos y, a pesar del estruendo, me pareció que ellos también disparaban. Era verdad, pues al rato sentí un silbido seco y un golpe en la nieve, justo detrás mío. Esa bala habría podido salvarme. Ellos disparaban, pero no eran muchos. Los rodeamos y redoblamos los disparos. Una de las carrozas se incendió. Otra empezó a moverse hacia el río. Los caballos relinchaban y los gritos eran tan fuertes que se escuchaban perfectamente por encima del fuego. No tenían ninguna posibilidad. Nos fuimos acercando. El teniente ordenó lanzar las granadas y los carromatos saltaron convertidos en astillas. Los pocos hombres que se defendían fueron acribillados. Nos acercamos más. Al pasar al lado de una carreta vi que algo se movía y disparé, ebrio de pólvora y muerte. Con la bota empujé la carreta y vi el cuerpo de un niño en el suelo. Sangraba en el pecho. Uno de mis compañeros le dio el tiro de gracia y continuamos avanzando. Ya no había hombres a quien disparar y el teniente nos señaló un grupo de niños que intentaba cubrirse detrás de una roca. "Que ninguno viva para recordarlo", nos dijo. Entonces lanzamos una granada y los reventamos con nuestros disparos. No quedó ya ninguno, sólo un grupo de mujeres chillando y lloriqueando al lado de un carromato. El teniente se acercó y le rapó a una de ellas un recién nacido. Le miró la cara con desprecio y lo arrojó a las aguas congeladas del río. Entonces empezó la fiesta. El teniente husmeó dentro de las ollas y pidió a las aterrorizadas mujeres que le sirvieran. Ellas lo hicieron. A todos nos dieron una porción de caldo caliente bajo la amenaza de los rifles. Luego nos entregaron el oro y los billetes que escondían, y al final sacaron las vasijas de aguardiente. Hicimos otras hogueras y comenzamos a beber. Aliviados del frío, el teniente empujó a una de las mujeres hacia el carromato. Y allí, delante de todos, le levantó la falda, le arrancó los interiores y le metió su enorme verga. La mujer, que era joven, gritó. Todos, entonces, seguimos su ejemplo. Levantamos faldas y hundimos con odio nuestras vergas en aquellas despreciables gitanas. Por la noche, ebrios, antes de partir, las degollamos, y para no dejar rastro le prendimos fuego a sus sucios cuerpos. Soy una persona joven. Era la primera vez que metía mi verga en una mujer. Me gustó. Cuando avanzábamos en retirada, con el alma cálida por los tragos y el espíritu aún dominado por el fragor del combate, escuché un pequeño suspiro y una carrera. Sin pensar en lo que hacía, corrí detrás de esa sombra y, pasadas varias dunas de nieve, reconocí a una niña que caía, se levantaba y continuaba corriendo. Le di alcance cerca de un bosquecillo. Allí, sin que nadie me viera, levanté sus faldas. Ignoro cuántos años tendría, pero aún su pubis era liso. Mientras hundía mi verga en su pequeño cuerpo noté que me miraba con pánico. No gritaba ya. Sólo me miraba. Sus ojos tenían el fulgor del terror. Sin embargo, en esa chispa azulada, en esa luna trémula, vi brillar mi culpa. Un rayo de luz me mostró la verdad de mis actos. No lo soporté. Saqué de la vaina mi cuchillo, tapé su cara con mi mano y lo clavé en su pecho hasta la empuñadura. La sangre que brotó me calentó los dedos. Era una sangre muy caliente. Y ahí la dejé, pues ya escuchaba los gritos de los otros soldados llamándome. Esto sucedió ayer y no sé por qué lo recuerdo. Sí sé. Los ojos fríos de esa niña me atormentan. No vale la pena. Esta noche, durante la guardia, mi vida va a acabar. Ya no la merezco. Me llamo Borowicz y creía ser una persona digna. Me equivoqué. Esta noche el cuchillo me liberará de mis culpas. O tal vez no. Harían falta muchas vidas para ser perdonado.»

El Maestro Pedro se quedó mirando a Federico con cierta gravedad.

—¿Entiende ahora? —dijo.

—Sí... —dijo Federico, pensativo—. ¿Qué reacción tuvo él al leerlo por fuera de la «inmersión»?

El Maestro se sentó en uno de los cojines y encendió un cigarrillo. Puso un poco de música y continuó la charla.

—Fue ahí que vino lo más terrible, a mi modo de ver. Cuando la sesión termina, la persona debe esperar uno o dos días antes de entrar en contacto con su narración, pero en este caso, por tratarse de algo tan complicado, decidí que David debía conocerlo de inmediato. Entonces tomó varias tazas de té, escuchó un poco de música relajante y, más o menos una hora después, lo consideré listo para escuchar su relato. Como es lógico se quedó muy callado. Miró hacia todas partes y, de repente, noté que lloraba. Pero no era el llanto de un desesperado, no. Era un llanto recogido, duro, silencioso. Le pregunté por qué lloraba y me dijo que los ojos de esa niña gitana aparecían en sus sueños. Aseguró que los había visto desde muy niño y que lo inquietaban. Pero el origen de su malestar y, probablemente, de su decisión de suprimirse, tenía que ver con algo más profundo. Tras un silencio largo, David me confesó que esos ojos adoloridos y suplicantes eran los de su hermana. Aseguró que hasta ahora no había comprendido por qué esa mirada tan dulce lo llenaba de angustia, pero que ahora las cosas estaban claras. Los había reconocido..

—¿Los ojos de Isabel? —preguntó Federico, incrédulo.

—Yo no sabía su nombre —respondió el gurú—. Me limito a repetir lo que él me dijo. Al parecer el destino los colocó de nuevo cerca. Esta vez, en la misma casa.

El gurú apagó el cigarrillo. Una sinuosa columna de humo se interpuso entre las dos miradas.

—Dígame una cosa, Maestro —dijo Federico—. ¿Cree usted que todo esto sea realmente posible?

—Yo sólo sé que ciertos actos horrendos crean vínculos muy estrechos entre el agresor y la víctima. Ya sabe, el asesinato es una posesión. Una forma de poseer para siempre.

—Y por eso él decidió suicidarse —concluyó Federico—. ¿Opina usted lo mismo?

—Sí. Y diría más: creo que David se suprimió por temor a repetir el crimen. Sin duda en su interior, de modo ciego, algo se gestaba contra su hermana; o mejor, contra esos ojos inocentes que le despertaban la culpa. Es la única explicación que tengo.

Federico se quedó en silencio.

—Espero haberle ayudado —dijo el gurú—. Y ahora, si me permite, tengo asuntos pendientes.

—Gracias por su tiempo, Maestro.

Al salir, encontró a Juanita en la puerta. Lo estaba esperando.

—No he bebido alcohol ni he metido nada en toda la noche —dijo ella—. ¿Vienes conmigo?

Federico se dejó llevar, dócil, hasta el carro. Por su mente cruzaban relámpagos. Vio los ojos de Isabel y trató de comprender. Vio el perfil de David en las fotos que ella le había mostrado e intentó descifrar algún gesto que le confirmara la terrible historia. ¿Sería posible? Quiso dejar por un instante la mente en blanco pero los truenos irrumpían, cada vez con más fuerza. Juanita era su única protección.

—¿Te comieron la lengua los ratones? —le dijo ella.

—Compruébalo tú misma —respondió Federico.

Se besaron con furia atrapados en el tráfico de la avenida Caracas. Ella separó los muslos y él introdujo su mano, desesperado. Los carros pitaban. En el siguiente semáforo ella le bajó la bragueta, extrajo su sexo y comenzó a chuparlo. Llovía a cántaros. Luego Juanita estacionó cerca de un motel, en la calle Sesenta y siete, y entraron corriendo, empapados, ateridos de frío. Sin desvestirse, aún con las llaves del cuarto en la mano, se poseyeron de pie, entre gritos y babeos, en una cópula rabiosa.

Después hubo un largo silencio y Federico se tendió en la cama, sudoroso, aún empapado. Tal vez tenía fiebre.

—No eres la misma persona —dijo Juanita encendiendo un cigarrillo—. Me gustó.

Federico prefirió no decir nada. Ahora quería estar lejos, lejos de todos.

—Perdona, pero tengo que irme —dijo de pronto.

Se levantó de la cama, agarró su chaqueta y salió dando un portazo. Ella no dijo nada. Sólo lo miró en silencio y se quedó ahí, recostada sobre la colcha. Poco después se ajustó el brassier, se subió los bluejeans y salió a la calle. No había parado de llover.

Federico tomó un taxi y fue a la casa de Isabel. Era cerca de la medianoche y había olvidado las llaves. Sonó el timbre una, dos, tres veces, hasta que una voz llena de sueño le contestó del otro lado.

—Soy yo —dijo.

Al verlo, Isabel pegó un grito. Estaba empapado. Gruesos goterones le escurrían del pelo y la chaqueta.

—¿De dónde vienes?

Él no dijo nada. Entró como un zombie y le dio un abrazo.

—Quítate eso, te vas a enfermar —dijo Isabel—. ¿A ver?

Le puso la mano en la frente.

—Estás hirviendo.

Le preparó un baño de agua caliente, lo ayudó a desnudarse y luego fue a la cocina a calentar un agua de panela con limón. Federico no se atrevía a mirarla a los ojos.

—¿Qué tienes? —preguntó Isabel, asustada.

—Déjame, por favor, ahora no puedo hablar.

Isabel se quedó sentada en la taza, mirándolo en silencio. Tras tomar el agua de panela y unas cápsulas contra la fiebre fueron a dormir, pero en su cabeza continuaban los truenos. Antes de apagar la luz la miró de frente y vio sus ojos dulces, suplicantes. Era ella. Entonces sintió miedo y supo que al día siguiente, cuando saliera el sol, saldría de esa casa para siempre.

Elorza y yo acompañamos a Natalia hasta la escalera que conducía a la biblioteca, le deseamos suerte y la vimos subir, conscientes de que le había tocado la parte más difícil. Mientras la veía irse pensé en cuánto la quería y en la forma extraordinaria en que ella, con su afecto, había marcado mi vida. ¿Cómo hubiera sido de no haberla encontrado? No podía siquiera imaginarlo.

Elo y yo nos quedamos sentados en una de las bancas del patio central, vigilando cualquier movimiento, pero no vimos nada. Pasó el recreo, que duraba quince minutos, y Natalia no bajó. Así que nos fuimos a clase de Física, esperando verla llegar. Pero tampoco vino en toda la hora, sin duda cobijándose en esa ley del colegio que permitía no asistir a clase cuando se permanecía en la biblioteca. Eso fue lo que dijimos cuando la profesora notó su ausencia, aunque Elo y yo sabíamos que las razones eran otras y hacíamos cábalas sobre la reacción de Hegel, el pobre, que debía estar pasando horribles sufrimientos. ¿Qué sentiría yo si alguien viniera a decirme que Natalia salía con otro? La muerte. Eso sentiría. Claro que el caso de Hegel no era exactamente igual. En fin, ¿qué sabe uno de las razones que afligen a los otros? Yo había estado con Natalia cerca de dos años, pero para Hegel se trataba del sueño de una vida.

Por fin, en el tercer recreo, apareció Natalia.

—Hegel dice que lo va a matar —nos dijo alarmada.

—¿Al tipo? Pero si no lo conoce —repuso Elo.

—Eso fue lo que dijo. Ahora ustedes tienen que hablar con él.

Tenía razón, así que nos preparamos para una dura charla. En las dos horas siguientes Hegel tenía clase de Francés con los de tercero de bachillerato, así que debimos esperar hasta el recreo largo del almuerzo. Esto nos alivió, pues supusimos que sería mejor no tenerlo delante con la herida fresca. Entonces, terminado el horripilante almuerzo —no sé por qué mi mente se empeña en recordar que se trataba de una nauseabunda mezcla de huevo, salchichas y piña—, nos dirigimos a la biblioteca.

Hegel estaba sentado en el alfeizar de la ventana. A su lado se enfriaba el venenoso plato de comida, intacto. Fumaba en silencio y al vernos entrar se arrellanó en su sillón.

—Lo sé todo —nos dijo.

—Sí, Natalia nos contó —dijo Elo.

—Les agradezco su ayuda, amigos —repuso—. Nunca la olvidaré. Lo que sigue debo hacerlo solo.

—Y... ¿qué piensa hacer? —pregunté con timidez.

—Dudo entre pegarle un balazo o atacarlo con machete. El machete sería más acorde con la tradición de mi país, que es una nación de campesinos recolectores. Pero no sé. Temo fallar. Ustedes que lo vieron, ¿creen que con mi escuálido físico podré acabar con él? De no ser así tendré que recurrir al arma de fuego.

Entonces era verdad: Carboncillo quería matarlo. Elorza y yo nos miramos; alguno de los dos debía empezar a hablar.

—Yo creo que, en todo caso, sería mejor el arma de fuego... —dije, y al decirlo me di cuenta de la estupidez que acababa de salir de mi boca. La verdad es que no me sentía con fuerzas para contradecir a un amigo que sufría.

Elo me fulminó con los ojos y se hizo cargo de la situación.

—Arma de fuego o machete, cualquiera de las dos posibilidades es una tontería, Hegel —dijo Elo—. Lo único que lograría con eso sería perder a Zenobia para siempre. Usted es una persona joven, ¿se imagina pasar el resto de la vida arrepentido en una celda? Yo usaría la imagen del machete o de la pistola como metáfora de la lucha que hay que dar, que es la lucha por ganarla a ella.

Me quedé admirado del modo en que Elo presentaba las cosas, y salí al ruedo para corregir mi vergonzosa prestación inicial.

—Sí, Hegel, además así ha sido siempre: a la mujer hay que ganarla en combate. Fíjese la guerra de Troya, o la batalla de Ulises contra los pretendientes...

Me quedé callado pues, de pronto, sentí desconfianza del significado de lo que decía.

—Claro —contraatacó Elo—. La metáfora de la guerra está en la literatura, pero uno sólo puede entrar en combate cuando sabe que va a ganar, y en este caso el trofeo es el amor de Zenobia, no la eliminación del enemigo.

—Sé que ése no es el objetivo, pero ayuda —dijo Hegel—. Por eso pienso hacerlo.

—Sería morir matando —dije—. No ganaría ninguno de los dos.

—Lo que ustedes no entienden, jóvenes, es que sentimentalmente yo ya estoy muerto. Ya no tengo nada que ganar, y por eso lo que quiero es una simple venganza, un mísero resarcimiento por todo lo que perdí. Sé que es un modo pedestre de actuar, pero yo también tengo mi fibra humana.

Sonó la campana y tuvimos que bajar, pues teníamos un chequeo de Historia. Al atravesar el patio nos cruzamos con la turca Zenobia y la miramos con atención. La verruga de su nariz estaba especialmente rosada, haciendo un sólido contrapeso al apéndice filudo y torcido por el que respiraba. Sus dos ojitos, que parecían colocados por un niño torpe sobre una cara regordeta, se perdían detrás de unas gafas cuadradas. El pelo parecía conservar la forma de la almohada. Al saludarnos abrió su boca de lado, como si fuera a escupir, y escuchamos el trino destemplado de su voz. Parecía increíble que semejante monstruo fuera objeto de un debate amoroso tan sesudo y lleno de pasiones. Pero nosotros éramos jóvenes y ya Hegel nos había explicado las razones de su turbulento amor, razones que, a pesar de no compartir, tolerábamos. Ahora, lo que sí parecía aberrante era que Hegel arruinara su vida por ella. Eso ya era un despropósito, pero ¿qué podíamos hacer? La idea de Natalia de conseguirle una novia era la más sensata, pero a la vez la más difícil de lograr pues, ¿dónde podríamos encontrar a una mujer que se interesara por Hegel, que le hiciera la corte y lo obnubilara hasta que se olvidara de Zenobia? No era fácil.

En las siguientes conversaciones del día no logramos que Carboncillo relativizara su posición de amante despechado, por lo que preferimos no remover el avispero hasta el lunes siguiente. Era viernes. Había que pensar en divertirse.

Al llegar a la casa de Natalia me quedé de piedra. Un señor joven y apuesto me abrió la puerta.

—Tú debes de ser Esteban, sigue —me dijo.

Al rato apareció Natalia y detrás su mamá. Entonces me lo presentaron, y en un descuido Natalia me dijo que era el nuevo novio de Consuelo. Para mi sorpresa nos invitaron a sentarnos con ellos en la sala y la mamá nos ofreció un aperitivo. Optamos por un ron y ellos se sirvieron sendos whiskies. Nunca había pensado que la mamá de Natalia pudiera tener novios, pero ahora que la veía sentada en el sofá, manejando con gracia sus pulseras, me pareció que era lo más normal pues se trataba de una mujer joven y muy atractiva. El novio se llamaba Mauricio y era arquitecto, la carrera que Natalia quería estudiar al acabar, ese mismo año, el colegio. Y precisamente ése fue el tema. ¿Qué íbamos a estudiar en la universidad? A pesar de mis intentos fallidos como escritor yo quería estudiar Literatura. No sabía aún para qué, pero sentía que ése era el camino. Poco había escrito y, sobre todo, con escasísimo éxito, pero en cambio había leído mucho. Estaba convencido de que entre libros podría expandir mi experiencia y lograr más tarde algo valioso, aunque sólo fuera para mí mismo. Quería vivir a mi manera. La idea de encarar una profesión tradicional para asegurar estabilidad económica y obtener éxito social me repugnaba. Consuelo era una gran lectora y me felicitó por la decisión, algo que me llenó de alegría. En la casa papá y mamá también estaban contentos, pero en el colegio mis compañeros me tachaban de irresponsable. Para ellos estudiar Literatura era una pérdida de tiempo, algo de lo que más tarde iba a arrepentirme. Recuerdo que uno de ellos me dijo: «Usted no puede hacerle eso a sus hijos, no sea egoísta.» Las críticas de mis compañeros, lejos de convencerme, halagaban mi vanidad, pues hacían que me sintiera aventurero, diferente, osado. Natalia, por su lado, habló de la arquitectura, y Mauricio comenzó a darle consejos de dónde era más conveniente presentarse a admisión, colocando en lo más alto de las prioridades la Universidad Nacional. Así tomamos uno, dos tragos con ellos, hasta que Consuelo nos dio las llaves del carro.

—Supongo que esta noche van a salir.

—Bueno —dijo Natalia—. Sí habíamos pensado...

Mauricio sacó su billetera y alargó un billete de mil pesos.

—Déjenme invitarlos esta noche —dijo—. Por el placer de haberlos conocido.

Era obvio que querían quedarse solos, así que aceptamos la oferta y nos retiramos, no sin antes llamar a Elorza, que estaba en la casa de Gloria, su novia, para advertirle que ya salíamos para allá a recogerlos. Antes de salir Consuelo volvió a sorprenderme.

—Esteban, me gustaría pedirte el favor de que te quedes aquí esta noche, así Natalia no se devuelve sola. No te preocupes, yo llamo a Bárbara y le pido el permiso.

Salimos felices. Hicimos una primera parada en la tienda para comprar media botella de brandy Domecq, y de ahí nos fuimos por la autopista hacia Villa del Prado a recoger a Elo y a Gloria. Una vez juntos, salimos rumbo a la carrera Quinta, delante de las Torres del Parque, con la idea de pasar la noche bailando salsa: allá nos esperaba La Teja Corrida, en donde encontraríamos a los amigos de mi barrio; estaban también El Goce Pagano y Quiebracanto. En el radio, a todo volumen, sonaban los casetes de la Fania All Stars que Natalia y yo comprábamos con la idea de hacer una «salsoteca» común, pues era nuestra pasión. La voz de Héctor Lavoe nos hacía correr la sangre por las venas, sobre todo con *Mi gente* y *Periódico de ayer*. Celia era la reina. Rubén Blades y Willie Colón nos ponían alas en los pies, lo mismo que El Gran Combo de Puerto Rico o los sones de Fruko. La salsa cubana de los Van Van comenzaba a llegar, con Irakere y la Revé, pero sus discos circulaban entre entendidos. Richie Rey y Bobby Cruz aún no habían entrado en su apoteosis mística y el *Jala jala* era uno de los himnos de la noche. Luego llegó Cheo Feliciano con *El ratón*, e hizo estragos, y Alfredo de la Fe con su violín, y Henry Fiol con *Oriente*, y se redescubrió al clásico Trío Matamoros con sus estampas cubanas, y a Guillermo Portabales, que era como el José Martí del son. Pablo Milanés y Silvio Rodríguez ya pegaban muy fuerte, pero ésa era música de por la tarde o de chimenea culta, y la gente se refería a ellos llamándolos por sus nombres de pila; decían cosas tipo: «Pablo tiene más voz, pero Silvio compone mejores temas.» A mí me gustaba el vallenato, pero en eso no tenía ningún apoyo, ni siquiera el de Natalia. Por esa época la salsa era la música de los intelectuales y no había nada que hacer. Si acaso los temas de Rafael Escalona en la voz de Bovea y su conjunto, pero pasaban raspando. Los vallenatos comunes, que mi abuelo materno me había enseñado a apreciar —faltaba mucho para que Carlos Vives los pusiera de moda en el norte de Bogotá—, eran todavía música muy marginal. Por eso, cada vez que ponía a los hermanos Zuleta, a Alfredo Gutiérrez o a Diomedes Díaz me ganaba un aguacero de palabrotas.

Esa noche hicimos el recorrido de los bares. En La Teja Corrida encontramos a Tomás, Juan y Ricardo, de mi barrio, y con ellos tomamos un par de cervezas. Ricardo había sido aceptado en la Universidad Nacional y hacía el primer año de Medicina; Juan había entrado a la Javeriana a hacer Ingeniería y Tomás a la misma Javeriana pero a Comunicación Social. Habían venido en el histórico Land Rover inglés en el que todos habíamos aprendido mecánica, y ya tenían sentadas en la mesa a tres «viejitas», como decía Tomás. De ahí nos fuimos al Goce Pagano y allá nos quedamos bailando salsa y bebiendo cerveza hasta pasadas las cuatro de la mañana. Al salir, muy achispados, Gloria propuso un caldo de carne en su casa de Villa del Prado, y para allá nos fuimos. Elo, intoxicado de ritmos caribes, pidió si no sería posible escuchar algo de sus adorados Beatles, aunque sólo fuera por el camino, pero la propuesta no tuvo eco.

Y así pasó el fin de semana. Al volver al colegio fuimos a hablar con Carboncillo y lo notamos más tranquilo. Hablaba de Zenobia con cierta distancia, e incluso nos pareció que había encontrado el camino de la recuperación.

—Lo mejor es que salga y conozca a otra gente —le dije a Hegel—, el mundo está lleno de mujeres.

—A lo mejor es una señal —dijo Elo—; hay pruebas de la vida

que uno al principio no entiende. Acuérdese de Job, en la Biblia, ¿entendía él? No, sin embargo había una voluntad detrás de lo que le pasaba.

—Este momento de mi vida —respondió Carboncillo—, dramático momento, por cierto, me ha dejado varias enseñanzas. La principal es que ustedes son muy buenos amigos. Pero les repito: estoy dispuesto a inmolar mi vida para salvar mi honor. La decisión es irrevocable.

—Qué honor ni qué nada, Hegel, si los únicos que sabíamos lo de Zenobia éramos nosotros —le dije—. Yo creo que no hay que exagerar.

—Mi consejo, Hegel, es que hables con Zenobia lo más pronto posible —dijo Natalia—. ¿Qué tal que ella se te tire al cuello, te dé un beso y te diga, «por qué tardaste tanto en decírmelo»?

Hegel se sintió tocado por este último argumento. Tanto que se levantó, fue a la ventana y sacó la cabeza buscando un poco de aire. La imagen evocada por Natalia, aunque imposible, le pareció hermosa.

—Yo también creo que lo mejor es hablar con ella antes de tomar cualquier decisión —apoyó Elo.

—Si no, te quedarás con la duda —concluyó Natalia.

Carboncillo regresó al sillón y, de nuevo con su cara de niño frágil, dijo:

—Pero eso plantea otro problema: yo nunca le he declarado mi amor a una mujer.

—Tampoco yo cuando comencé con Natalia —dije—, ¿no se acuerda de los consejos que ambos me dieron en ese momento? A mí también me parecía imposible llegar a algo, y aquí estamos.

—Bueno, porque yo me moví —dijo Natalia—. Si me hubiera quedado esperando... Pero en fin. Lo que tienes que hacer, Hegel, es hablarle con sinceridad, con lo que te salga en el momento. Si te pones a preparar un discurso, seguro que no te sale. Lo mejor es que surja en el momento. Y te doy un consejo: no le cuentes que llevas cinco años enamorado de ella, pues eso la va a asustar. Invítala a comer una noche, sin más. Si acepta ya tendrás una indicación. Y luego, en la comida, se lo dices de frente.

Hegel se puso nervioso.

—Y ¿dónde podría llevarla?

—A un restaurante haitiano —le dije—. Bueno, no sé si haya alguno en Bogotá. Si no, llévela a un chino.

—Eso —dijo Elo—. Al Phoenix Dorado, en la avenida Chile. Es bueno.

Esa semana tenían reunión de profesores para evaluar el programa del tercer curso de bachillerato. Ahí tenía la oportunidad de estar con ella y proponérselo.

Mientras esperábamos que llegara el día, crucial para Hegel, mamá me pidió el favor de que fuera al aeropuerto con un paquete de regalo —ellos tenían clase en la universidad—, pues Delia y Blas Gerardo iban a pasar unas horas por Bogotá, en trasbordo rumbo a España. ¡Qué sorpresa para mí! Natalia vino conmigo y el encuentro fue todo un acontecimiento. Delia estaba cambiadísima; había engordado y tenía el pelo recogido en un moño. Tenía puesto un abrigo color azul y una pañoleta alrededor del cuello; del brazo llevaba colgado un neceser con los documentos de viaje de los dos, y del que sacó un paquete de regalo. El aspecto general era el de una apacible mujer madura algo entrada en carnes. Su mirada cálida, en cambio, permanecía intacta. Blas Gerardo estaba canoso y flaco, arrastrando los años con gran vitalidad aunque apoyándose en un bastón. Para el viaje llevaba una chaqueta gruesa de paño, boina y una bufanda color marrón. La verdad es que eran una pareja bastante convencional y, al verlos, me parecía increíble que hubieran protagonizado una de las fugas de amor más comentadas en el barrio de Robledo.

Después de una cantidad de abrazos y besos, les presenté a Natalia y nos sentamos a charlar en una de las cafeterías del segundo piso. No me atreví a preguntar por Toño. Simplemente dije: «¿Y por Medellín qué tal?»

—Ah, muy bien —dijo Delia, ya con el acento paisa—. La ciudad ahora está muy queridita... Lástima que se haya vuelto tan peligrosa. Lo que pasa es que ahora están esos señores que se han hecho ricos con la droga y, como hay guerra entre ellos y la policía, les ha dado por reclutar jovencitos que vayan y maten. Huy, Envigado se ha vuelto peligroso, ¿no es cierto, mijo?

—Sí —dijo Blas Gerardo—. Hay que andar con cuidado. Esos jóvenes son los dueños de los barrios y de las comunas, están armados hasta los dientes. El problema es que los narcotraficantes les han pagado montones de dinero, así que se han vuelto pequeños monarcas. Vamos, un desastre.

Nos contaron algunas de las historias de Pablo Escobar, el rey del narcotráfico en Medellín y en el país, que construía casas y las regalaba a la gente; que hacía canchas de fútbol en los barrios populares.

—Pero es él —dijo Blas Gerardo— quien los ha envenenado a todos. Él le dio las armas a los muchachos, y les dio también la droga. Cada una de esas casas regaladas, ¿cuántos muertos le va a costar al país? Claro, la gente pobre recibe y agradece, y lo peor es que lo quieren. Aprueban lo que hace. Vamos, que este país se ha ido a la mierda. Con perdón, señorita...

—No se preocupe —respondió Natalia—. Tiene razón.

Sin querer, la conversación llegó a Toño, y entonces nos contaron que era uno de los jefes más temidos y respetados. El comandante Belmiro, según dijo Blas Gerardo, era una de las figuras más citadas por el periódico *El Colombiano* cada vez que se hablaba de las actividades de la guerrilla en el noroccidente del país.

—Clarita, la hermana, lo idolatra —dijo Delia—, y a mí me vive contando sus historias. ¿Quién se iba a imaginar que ese jovencito tímido y bien educado iba a terminar de guerrillero? Allá dicen que ha estado en no sé cuántos combates, y que ahora mismo están en guerra a muerte contra los ganaderos de Córdoba y Urabá. Parece que más pelean contra ellos que contra el ejército.

—Qué lástima ese joven —dijo Blas Gerardo en voz baja—. Cualquier día le van a pegar un tiro y a mí me va a dar algo.

Habló como si estuviera solo. Luego Delia le pasó la mano sobre el antebrazo. En ese instante los llamaron a abordar.

—Dígale a la señora Bárbara que le agradezco el regalito —dijo Delia, ya con los ojos llenos de lágrimas—. Y si van por España, nos vienen a visitar, ¿prometido? Y usté también, señorita —le dijo a Natalia, y agregó mirándome—. Que muy linda su novia, niño Esteban, lo felicito y por allá lo espero.

Dicho esto se fueron. De regreso a Bogotá, por la avenida El Dorado, le conté a Natalia más detalles de la vida en Medellín, del barrio de Robledo y del pasado del ex sacerdote.

—La verdad es que no me pareció que el señor tuviera cara de cura —dijo Natalia—. A ella se le iban los ojos mirándote, se ve que te adora.

—Es que nos tuvo cerca de chiquitos. Es por eso.

Esa noche, con Natalia, le contamos a papá y mamá cómo estaban Blas Gerardo y Delia, y les entregamos una carta suya. Además de saludar y contar algo de los preparativos del viaje, le decía a mamá que le escribiría desde Segovia apenas tuviera la dirección de la casa. Al día siguiente, al bajar a desayunar, encontré a papá muy emocionado. ¿Qué había pasado?

—Mira —me dijo, mostrando la primera página del periódico.

La Academia Sueca le daba el Premio Nobel de Literatura a Gabriel García Márquez. Sentí emoción, tanta que mis ojos se llenaron de lágrimas. En el paradero del bus todos comentaban la noticia y al llegar al colegio, después del rezo, el director pidió cantar el himno nacional. En todas las clases se habló del tema y, en la de Literatura, que por casualidad tocaba ese día, repasamos las obras de García Márquez, estudiamos la lista de los premios Nobel y se armó un debate muy sabroso.

Habíamos esperado ese lunes con ansia porque en las horas de la tarde, después de las clases, se debía celebrar la reunión de profesores en la que Hegel pensaba hablar con Zenobia. Durante todo el día nuestro amigo se mostró bastante receptivo a los consejos de última hora. Natalia le dijo que, sobre todas las cosas, no cayera en la tentación de confesarle que la amaba hace más de cinco años, pues así le daría una imagen pasiva que no era buena. Se convino en que el objetivo de ese día era exclusivamente lograr la invitación a comer. Eso y sólo eso.

Tras las clases, nos fuimos del colegio haciendo cábalas sobre la respuesta de Zenobia. Elo decía que no aceptaba, Natalia decía que sí y yo no sabía. Cualquier cosa parecía posible. Y en efecto, todo fue posible; al día siguiente, al enterarnos de lo sucedido, nos quedamos sin respiro. Hegel no vino al colegio, lo que nos inquietó, y al preguntar por él en la secretaría se nos dijo que estaba ausente por «razones personales». Ansiosos por saber qué había pasado fuimos a hablar con el profesor Laurent, que era uno de los buenos amigos de Hegel. Él podría decirnos qué había ocurrido en la reunión de la víspera.

—Pasó algo muy triste, jóvenes —nos dijo Laurent—. Algo sumamente triste, y si ustedes son tan amigos de Hegel deberán hablar con él.

—Pero ¿qué fue lo que pasó, *monsieur*? —preguntó Natalia, aterrada.

—Pues... No sé si esté autorizado para contarlo, pero al fin y al cabo ustedes son amigos de Hegel, así que no veo inconveniente... ¿Verdad? No. No hay inconveniente.

Carraspeó, nos regaló una de sus dentífricas sonrisas, y siguió hablando:

—En fin, resulta que cuando estábamos en mitad de la reunión, con pasabocas y cerveza en la mano, una de las secretarias me llamó a un lado. Me dijo que un señor en el portón preguntaba por el profesor Hegel Dadá, y que no sabía si debía interrumpirlo. Hegel estaba hablando de forma bastante íntima con la señorita profesora de Biología, y por eso decidí ir yo mismo a atender al visitante. Entonces me quedé de piedra, pues resultó ser un viejo compañero haitiano de la liga revolucionaria. Me dijo que había llegado esa mañana a Bogotá y que buscaba a Hegel. Yo le dije que Hegel estaba ocupado en una reunión, pero el hombre, en tono perentorio, me insistió diciendo que era urgente. Yo me presenté como asilado haitiano, lo calmé y le pregunté de qué se trataba; entonces, sintiendo algo de confianza, me dio la noticia: Aristophane Dadá, el hermano de Hegel, acababa de ser asesinado en Caracas por los servicios secretos de Baby Doc. Dado el alto cargo que tenía Aristophane en la organización, no sería enterrado hasta que su hermano se hiciera presente. En suma, venía a llevarse a Hegel para Venezuela. Yo le dije que entrara conmigo y me dirigí a monsieur Jeangrós comentándole lo que había ocurrido. Luego, ya de acuerdo los tres, llamamos a Hegel, que parecía enfrascado en una sabrosa charla con Zenobia, repito, y lo dejamos solo con el emisario para que le diera la triste noticia. Al verlo doblarse de dolor acudimos en su ayuda. Monsieur Jeangrós, de inmediato, pidió un minuto de silencio a los profesores explicando de qué se trataba y alzó la copa por la pronta liberación de Haití y por sus víctimas. Luego envió al chofer del colegio a que llevara a Hegel a preparar el viaje, que debía ser ese mismo día, con permiso para ausentarse el tiempo que fuera necesario. El chofer nos contó, de regreso, que habían conseguido cupo en el último vuelo a Caracas y que regresaría el lunes siguiente. Así que ésta es la historia, muchachos, el próximo lunes pueden hablar con Hegel y expresarle sus condolencias.

Ninguno de los tres lo podía creer y la curiosidad era una verdadera picana. ¿Qué había pasado con Zenobia? ¿Habría alcanzado a proponerle la comida? ¿Cuál sería el contenido de esa «charla íntima», como la definió en dos ocasiones monsieur Laurent? Esperamos al martes para dar el pésame a Carboncillo en el colegio. Estaba como siempre: en su sillón de la biblioteca, escuálido y ojeroso, aunque con un brillo en el fondo de la mirada. Tras saludarlo nos contó lo de su hermano, el solemne entierro en Caracas y la bandera de Haití que la organización le había dado en reconocimiento de la lucha. Nos explicó que había sentido orgullo y al mismo tiempo culpa, pues su hermano había dado la vida combatiendo por la libertad de su país, mientras que él, pobre profesor de colegio, era un romántico que se ahogaba en amoríos inútiles.

—No es algo inútil, Hegel, y además es tu vida —le dijo Natalia—. ¿Hablaste con Zenobia?

—Pues sí —dijo él—. Hablé con ella de un montón de temas, preparando el camino de la propuesta, pero justo cuando se la dije y cuando ella estaba a punto de responder, me llamaron a darme la noticia...

—¿Entonces ella no dijo nada? —dijo Elo.

—No en ese momento, después —continuó diciendo—. Antes de irme, los profesores se acercaron a darme el pésame. Yo me sentía sonámbulo, y cuando le tocó el turno a Zenobia me dijo: «Lo acompaño en su dolor, monsieur Dadá, y cuando regrese de Caracas déjeme ser yo la que lo invite a comer.»

Nos dijo que la frase de Zenobia lo había acompañado en medio del dolor, durante el vuelo nocturno a Caracas, y sobre todo cuando llegó a la casa de refugiados de Haití y le abrieron el ataúd. Ahí estaba su admirado Aristophane. Un desconocido le había descargado una 45 mientras estaba en la fila de un cine. Estuvo en coma algunos días y, finalmente, murió. Para Hegel, la experiencia había sido una especie de mensaje.

—Creo que alguien, allá arriba, me quiso decir: Hegel, abandona esa vida superficial. Hegel, estás equivocándote de valores. Hegel, reconduce tu vida con más modestia y sabiduría.

—¿Todo eso te están diciendo? —preguntó Natalia.

—Yo creo que sí, yo creo que sí.

—Y entonces, ¿se va a meter a la lucha política o qué? —pregunté, sorprendido.

—No, voy a hacer algo distinto —dijo Hegel con misterio—. No estoy completamente decidido. Ya les diré cuando tenga más claridad...

—Pero ¿vas a aceptar la invitación de Zenobia, al menos? —preguntó Natalia.

—Sí, eso sí.

Y en efecto la aceptó. Dos semanas después, Carboncillo fue a comer a la casa de Zenobia. Llevó de regalo una botella de vino y unas flores y pasaron una velada amena y llena de confidencias. Hegel estaba feliz cuando nos contó los resultados.

—Creo que Zenobia entró a formar parte de otra dimensión de mi vida.

—¿Habló con ella? —preguntó Elo, ansioso—. ¿Le propuso algo?

—No, mi querido Juanca —respondió Carboncillo con una extraordinaria fortaleza de espíritu—. Simplemente descubrí a un ser humano notable y, de paso, me di cuenta de que la esfera de la amistad es exactamente lo que pretendo de ella. He estado pensando mucho, día y noche, y mi conclusión es que Zenobia me ha ayudado a comprender lo que hay dentro de mí.

—¿Y qué es lo que hay? —preguntó Natalia.

—Dios —respondió con voz apacible—. Dios, mis queridos amigos. De nuevo siento la fe que había perdido de vista, y que el Señor me puso delante a través de estas pruebas.

Tras la muerte de Aristophane, Hegel ya no volvió a ser el mismo; al acabar el curso, como era de suponer, renunció a su cargo de profesor y entró a la orden de los jesuitas. Nunca lo volvimos a ver, aunque sí a recordar, muchas veces, pues la turca Zenobia acabó casándose con su famoso pretendiente, el que Hegel quería matar, y según el profesor Laurent, que había ido a la ceremonia, Carboncillo había estado en la iglesia vestido de hábito y fue el más entusiasta a la hora de tirarle arroz a los novios.

Terminó, pues, el año escolar, y cada uno de nosotros presentó exámenes de admisión a diferentes carreras. Natalia ganó un cupo para Arquitectura en los Andes; Elo entró a Economía, también en los Andes, y yo a Literatura en la Javeriana. Esa Navidad, antes de entrar a la universidad, Natalia y yo fuimos a pasar el fin de año al parque Tayrona y a Santa Marta. Elo se había ido a México, pues sus papás estaban ahora allá.

La entrada a la universidad supuso un cambio radical en mi vida. Para empezar, los cursos de Literatura eran por las tardes, y no eran sólo de Literatura. Teníamos clases de Filosofía y también de Historia. La mayor parte de mis compañeros eran personas mayores que estudiaban una segunda carrera y un porcentaje alto eran sacerdotes, pues la universidad era propiedad de los jesuitas. En ese nuevo medio, muy pronto, me encontré con un grupo de amigos absolutamente atípico. En primer lugar estaba Mario, que también se había graduado del Colegio Refous un año antes que yo y que, tras un curso completo de Medicina en la Universidad Nacional, recalaba en Letras. Estaba Gustavo Chirolla, alias *Tavo*, un costeño de Magangué que acababa de salirse de Ingeniería para estudiar Filosofía. Poco después llegaría Juan Carlos, que había hecho Ciencias Políticas en Los Andes y que venía de Boston. Todos teníamos algo en común: escribíamos. Con ellos tuve, por primera vez, un oído atento, un ojo crítico que señalaba las imperfecciones de forma implacable y que reconocía los aciertos con generosidad. De forma simultánea inicié estudios de música, pues tenía una bella flauta travesera con baño de plata —aún la conservo— que mi hermano me había traído de París, y así, pasaba varias horas a la semana en la Academia Cristancho aprendiendo notación musical y los secretos de la armonía.

Como si lo anterior fuera poco, entré al grupo de teatro de la Universidad Javeriana, lo que me obligó a participar en un laborioso montaje que, con el tiempo, supondría el sacrificio de cuatro tardes y noches semanales. Cada semana leía el mejor libro de mi vida y veía la mejor película de la historia del cine. Lo poco que podía ofrecernos la modesta vida cultural de Bogotá era bebido con ansia. Soñábamos con un mundo mejor en el que las librerías estuvieran repletas de obras importantes, con cines que proyectaran lo que había que ver, con música e ideas... Soñábamos una ciudad a la medida de nuestras expectativas. Pero la realidad era otra: la Bogotá de esos años era austera, mojigata y provinciana. En las librerías era imposible encontrar cualquier libro que no fuera una novedad, lo que nos obligaba a leer muchos textos en fotocopias. Los libros de Coleridge, de Swedenborg, las versiones originales del Quijote y muchos otros libros inencontrables se fueron convirtiendo en fetiches. Juan Carlos viajaba mucho a Estados Unidos y nos traía las últimas novedades musicales. Un día, recuerdo, trajo de Nueva York la música de la película *Amadeus*, de Milos Forman, que acababa de salir allá, lo que nos hizo sentir al borde de la modernidad. En otra ocasión nos trajo una copia original del filme *San Jack*, de Peter Bogdanovich, basado en la novela homónima de Paul Theroux, y esto nos llenó otra vez de júbilo. Sus viajes eran nuestras únicas puertas al mundo. De vez en cuando, claro, algún pariente viajaba a Europa —sobre todo a España— y nos traía paquetes de libros que nosotros consumíamos como adictos, leyendo cada página como si se tratara de una escritura sagrada.

Mi relación con Natalia continuó a pesar de varios ataques. En una ocasión, con motivo de un viaje a Paipa, conoció a un veterinario de bigotes espesos que le hizo la corte. Natalia, que sentía curiosidad por conocer a otros hombres, salió con él un par de veces; pero nada muy interesante debió encontrar, pues a los pocos días volvió a llamarme. Cuando le pregunté qué había pasado con su bigotudo, al que yo, por supuesto, odiaba, me respondió:

—Era un tipo cualquiera. No lo vuelvas a nombrar porque no vale la pena. Más bien dame un beso.

Una noche, cuando ya estábamos en tercer semestre de Literatura, celebramos una reunión en casa de Juan Carlos para leer algunos cuentos y hacernos críticas mutuas. Cada uno de nosotros traía en su portafolio algunos cuentos, y los fuimos leyendo con solemnidad, tomando copas de Bailey's. Como se dice en colombiano, nos dimos palo, pero el contraste con lo ajeno y la opinión afectuosa sobre el trabajo propio fue una de las experiencias más ricas de esos años. En la universidad aprendíamos a pasos de gigante los grandes trazos de la literatura universal, pero la atmósfera entre los compañeros no era de compadrazgo y colaboración sino de competencia. Cuando estaba en el colegio me sentía solo en mis pasiones literarias —excepto por Elo y, luego, por Natalia—, y creía que al entrar a la universidad encontraría el mundo feliz. Pero me equivocaba, pues al iniciar los estudios comprobé que en ese limitado universo existían rencillas, conciliábulos y reyertas mezquinas. Las clases eran campos de batalla. El ego y la autocomplacencia campeaban. El poder se manifestaba de un modo muy concreto: se trataba de estar lo suficientemente preparado en cada clase como para contradecir al profesor, tomar la palabra e imponerle a los demás la propia visión de la obra estudiada. Aprendí, a sangre y fuego, que en literatura es posible defender cualquier tesis, aún la más disparatada, si se tiene el suficiente carisma y la labia para hacerlo.

De este modo, las clases se fueron convirtiendo en terreno de combate y el grupo se dividió en tendencias: los poéticos, los prosaicos, los naturalistas, los marxistas... El estudio de cualquier obra era el campo de batalla. Con Mario y Juan Carlos estudiábamos la bibliografía de tal o cual materia, y sabíamos que los poéticos atacarían por tal flanco, los marxistas por tal otro, y así cada uno. Nosotros debíamos contrarrestarlos con teorías, con lecturas, y la verdad es que el asunto era bastante agotador. Lo único bueno era que estudiábamos como forzados, aun si nuestro objetivo primordial no fuera la cultura sino, más bien, la defensa de una parcela de poder. La experiencia de la universidad, en suma, fue eso: la lucha por el poder. ¡Cuántas horas pasadas leyendo a Platón o a Marcuse sólo para defender un flanco que considerábamos débil! Lo que más me interesaba, que era la escritura, quedó escondido, entre otras cosas porque el departamento de Literatura decidió crear un taller de autores para el cual había un examen de admisión, que consistía en presentar a un jurado dos textos literarios. Inútil describir mi frustración al comprobar, una semana después de la convocatoria, que mi nombre no estaba en la lista de aceptados. Fue un día de dolor. Recuerdo que Natalia me invitó a comer hamburguesas para consolarme, pues sabía lo importante que era para mí. Entonces, cuando los talleres comenzaron, observaba de lejos a los elegidos con envidia y resquemor. ¡Qué dudas tan enormes sentía entonces por mi porvenir! Le había apostado a la literatura, ¿y qué haría si no resultaba? Pensaba en la música, que aún estudiaba, pero me daba cuenta de que esa pasión no era tan fuerte como la de los libros. También estaba el teatro, que ocupaba gran parte de mi vida, pero por más que me esforzaba no lograba acomodar mis sueños a ese objetivo.

Lo que sí encontré en Teatro fue un nuevo grupo, y ello conllevó un nuevo ataque a la relación que con tanto celo y amor habíamos mantenido con Natalia. Esta vez se trataba de una compañera llamada Silvia, nombre que me traía el recuerdo de la hermana de Ismael.

Estudiaba Comunicación Social y, sobre todo, tenía un cuerpo de diosa que mostraba sin remilgos en los ensayos. La veía y me hacía la siguiente pregunta, nada poética por cierto: ¿quién será el afortunado mortal que le baja los calzones? Las fiestas de Teatro eran algo licenciosas y la verdad es que en todas acabábamos bastante borrachos, abrazados unos con otros y, por decirlo rápido y mal, siempre podía pasar de todo. En una de esas fiestas, al calor de muchos rones, acabé no sé cómo en una discreta habitación mordiendo con lujuria los pezones de Silvia. Sin duda era el producto de lo que habíamos bebido y del sinuoso baile de *El ratón*, en la voz de Cheo Feliciano, pero el caso es que ahí estuvimos, chupándonos el cuerpo hasta enloquecernos, y si no pasamos a mayores fue porque la puerta de la habitación era difícil de cerrar. Pero me dio su dirección y me invitó la tarde del sábado a su casa en una cita que yo, por nada del mundo, pensaba rechazar.

Y así fue.

Llegado el día, bajé en la calle Ciento veintisiete con avenida Diecinueve y con la dirección escrita en un papel empecé a buscar la casa, que por fortuna no era lejos. Sólo había que cruzar la avenida y bajar un par de cuadras hacia el occidente. Era una construcción bastante señorial de un solo piso con un garaje doble y tres ventanas que daban sobre un antejardín. La empleada me abrió la puerta al tercer timbrazo y me invitó a seguir.

—La señorita Silvia lo está esperando en el cuarto —me dijo.

Entré a la casa y me dirigí a lo que, supuse, era la sala.

—El cuarto de la señorita es la última puerta al fondo —volvió a decir, antes de abrir una puerta y meterse a la cocina.

Avancé sobre un mullido tapete color crema y empujé la puerta diciendo «¿Silvia...?». Al verla sentí un huracán de lujuria; un gigantesco lagarto empezó a oprimirme la cintura. Estaba tendida en la cama, con la espalda recostada sobre varios almohadones. La línea de sus piernas, cruzadas, descendía hasta sus caderas en forma de gota de agua. Llevaba una camiseta corta de Snoopy. La parte delantera de un diminuto calzón se le metía de forma considerable en la vagina. Al verme dejó a un lado una revista. Sonrió.

—Ven, mis papás están en la finca.

Al decir esto agarró los elásticos del calzón y los fue retirando despacio hasta los tobillos; ahí los soltó y, de una patada rápida, los tiró contra la cortina. Luego separó las piernas. No estaba más desnuda que antes. Nos besamos trenzando las lenguas hasta el fondo de la garganta y cuando empecé a roer uno de sus pezones me desnudó con furia y pasó su lengua por mi cuerpo: succionó, babeó, mordió, respiró, chupó... Al cabo de un rato, ya muy excitados, recosté mi cuerpo sobre su pelvis. Silvia empujó hacia mí sus caderas lanzando gritos, jadeos y espasmos que le llenaron de baba las mejillas.

Al terminar sentí una fuerte cachetada que me devolvió a la realidad. ¿Qué hacía ahí? ¿No era una vergüenza estar con otra mujer cuando la única a la que en realidad amaba desde hacía años, la que me había enseñado el afecto, la entrega y la gratuidad, estaba en su casa, creyendo que yo pasaba la tarde con el filósofo Tabo, estudiando las obras de Spinoza? Me sentí ruin, mezquino y sucio. Salí de la casa de Silvia y tomé un taxi para ver a Natalia. Su cara me devolvió la seguridad, y como un niño comencé a llorar.

—¿Qué pasa? —me dijo.

—Si te cuento, me matas —repuse.

—Cuéntame.

—Acabo de acostarme con Silvia, la del grupo de teatro.

Natalia me miró con odio. Se fue a la ventana y encendió un cigarrillo. Luego bajó al estudio y, al rato, regresó con una botella de ron Tres Esquinas. Sirvió dos vasos y me ofreció uno. En sus mejillas había una marcada coloración violeta que no traía buenos presagios.

—¿Por qué lo hiciste? —me preguntó.

—La deseaba —dije—, pero apenas lo hice comencé a pensar en ti, y me sentí ruin. Creo que tú eres la mujer de mi vida. Perdóname.

Natalia se bebió de un trago su vaso, volvió a servirse y me dijo:

—Ambos somos demasiado jóvenes y estas cosas tienen que pasar. Tú sabes que a mí ya me pasó lo mismo, así que en este caso hay empate. Lo importante es que seguimos juntos. Ahora: si repites, te mato.

Hicimos el amor y luego nos quedamos mirando el atardecer en la ventana de su cuarto. Era uno de esos bellos atardeceres bogotanos en los que el cielo se vuelve violeta.

Yo pensé: mi vida se ha convertido en algo complejo. ¿Significa esto ser adulto? Tal vez. Pero en ese instante yo no quería nada por fuera de ese cálido dormitorio. Mi reino, mi pequeño y frágil reino, construido con tanta laboriosidad, se había salvado.

Entonces ocurrió el gran cambio. Un día, al regresar a la casa, papá y mamá dijeron que había planes de viaje. Mi hermano se iba a estudiar Arquitectura a Milán —la Universidad Nacional había cerrado tras una grave refriega política—, y ellos se iban a Alemania, pues habían sido invitados como profesores a la Universidad de Heidelberg. ¿Qué haría yo? Tras una sesuda reflexión decidí que España debía ser mi destino. España, para mí, quería decir Madrid, algo muy atrayente, pero también quería decir alejarme de mi casa, de mi ciudad y de la mujer que amaba... De Natalia. Fue ella quien me ayudó a tomar la decisión prometiendo que vendría, que se reuniría conmigo.

Y llegó el momento.

Llovía en Bogotá el día del viaje. Una lluvia que delineaba el panorama de tristeza que todos sentíamos. Pablito y yo estábamos listos para subir al avión y en el aeropuerto El Dorado una veintena de familiares y amigos venían a despedirnos. Natalia se negaba a soltar mi mano y los ojos de mamá estaban llenos de lágrimas, lágrimas de dolor por la separación y de orgullo por el camino que cada uno de nosotros, sus hijos, iba a recorrer. Papá estaba ya en Europa y nos debía esperar en Madrid. Los altavoces nos llamaron y todos nos dieron un consejo de última hora. La cara de Natalia se arrugó de dolor. Nos besamos largo y nos prometimos un encuentro en Madrid. Hasta que llegó el momento de entrar a inmigración. Natalia se ahogó en sus lágrimas, abrazada a mamá. Los amigos, los del barrio y los de la universidad, nos palmearon la espalda. Los familiares nos desearon éxitos. Todos estaban ahí, pues por esos años viajar a Europa era como irse a vivir a otro planeta. Entonces Pablito y yo caminamos hacia el control de pasaportes. Yo sentí que el mundo cesaba de existir. Que a partir de ese instante la vida no volvería a ser nunca la misma.

Madrid, 1985

El apartamento era oscuro, ajado, lleno de polvo y objetos inútiles. A la entrada, detrás de un grueso portón cubierto de hierros, abullonado con una tela vino tinto que se caía a jirones, había un enorme baúl de puntas raspadas. En su interior, meses después, descubriría viejos fascículos de novelas por entregas impresos en revistillas amarillentas y sucias, comidas por la humedad. En esos fascículos leí por primera vez *Aurelia*, de Nerval, y una extraordinaria narración corta de Stefan Zweig: *Una jugada de ajedrez*.

Pasando la entrada —en la que había una caja cubierta por una gruesa tela de encajes, que en exploración posterior resultó ser el contador de la luz—, continuaba un corredor oscurísimo al que se accedía pasando una cortina. De ahí a la habitación, había un segundo corredor que terminaba en dos puertas: una de ellas era la mía y la otra, según dijo la propietaria, de un tal Vicente Ángel, un joven poeta de Mallorca. El espacio que alquilaba era en realidad el de dos habitaciones, separadas por una enorme cortina de terciopelo marrón: ése parecía ser, al menos, el color más frecuente en la confusión de manchas, raspones y polvo.

Los muebles correspondían a la decoración: dos camas angostas llenas de almohadones y un somier tan desvencijado que con ponerle el dedo encima ya se arqueaba; seis sillas de madera y piola idénticas a las que se ven en el cuadro *La cama*, de Van Gogh; un armario que se abría emitiendo un horripilante chirrido, y un espejo de pared, de cuerpo entero, que podía abrirse y que contenía detrás un perchero. La otra habitación era más grande, con estanterías pintadas de verde, un escritorio y una pequeña sala. Al fondo, en el que iba a ser mi lugar preferido de lectura en las tardes calurosas del verano, había un balcón con dos materas —era un cuarto piso—, cuya vista llegaba hasta la esquina de la calle Eloy Gonzalo. El lugar, a pesar de la sordidez, me pareció correcto; era barato, cerca del centro y la universidad y, sobre todo, podía alquilarlo desde esa misma tarde. La calle se llamaba Santísima Trinidad. El metro más cercano era la estación Iglesia.

Lo alquilé de inmediato, pues estaba cerca del apartahotel de la calle Martínez Campos al que había llegado con papá, que me esperaba en el aeropuerto de Madrid y que pasó conmigo algunos días, antes de irse a Milán, a acompañar a mi hermano Pablito, que después de una escala en Madrid continuó hacia Italia.

Entonces me instalé en la que fue mi primera casa. ¡Mi primera casa! Modesta, pequeña y bastante envejecida, pero mía al fin y al cabo. Con las llaves en el bolsillo me sentí un hombre libre: podía entrar y salir a mi antojo, seguir mis horarios, recibir a quien quisiera o pasar el día y la noche leyendo, inmerso en mis queridas novelas. La totalidad de mi tiempo me pertenecía, podía disponer de él a mi antojo. Por fin era dueño de mi vida. Al fin ésta me pertenecía.

Pasada la primera euforia y, sobre todo, al enterarme en la secretaría de la facultad de que aún faltaba cerca de un mes para iniciar las clases, comprendí que era hora de ponerse a trabajar en algo útil. Entonces coloqué la máquina de escribir Remington portátil sobre el escritorio, compré una resma de papel y me senté delante, con un paquete de cigarrillos Ducados. Yo tenía 19 años y quería ser escritor, de ahí que lo mejor que podía hacer en esos días de absoluta libertad era comenzar a escribir. Pero... ¿qué? Busqué dentro de mis experiencias, pero pronto me di cuenta de que éstas eran insuficientes o que, de cualquier modo, carecía de la distancia necesaria para convertirlas en algo interesante. Apelé a la imaginación con la idea de inventar algo fantástico, un poco al estilo de H. G. Wells, apoyándome en mis lecturas, pero nada. Tras fumar seis cigarrillos mirando el papel en blanco, desechar un proyecto de cuento y salir al balcón a ver pasar los carros, comencé a escribirle una carta a Natalia. Luego se me ocurrió hacer una colección de escritos titulada *Cartas a Natalia*, y me lancé de nuevo sobre la máquina, pero al cabo de un rato comprendí que, para hacerlo, debía trazar un plan de temas, lo que no me llevó muy lejos. Entonces comencé a releer los libros que tenía a la mano: dos hojas de uno, tres de otro, hasta que empezó a subir el calor y, aburrido, sentí el poderoso llamado de la ciudad. Y no hubo nada que hacer: me puse un par de sandalias, agarré un libro y me fui por ahí a caminar sin rumbo, sabiendo que todo lo que encontrara, fuera lo que fuera, sería nuevo para mí.

Las librerías de Madrid me parecían un milagro y muy pronto encontré en ellas todos los libros que en Bogotá había leído en fotocopias. Pero aquí el problema era otro: no tenía con qué comprarlos, y esto era realmente trágico. El suplicio de Tántalo. Pasaba mi mano por sus bellas tapas, leía algunos párrafos, pero luego debía dejarlos en el estante, pues eran demasiado caros; en aquella época el cambio de la peseta con nuestro devaluado peso colombiano era pésimo.

Desde antes de viajar a España, cuando era estudiante de Literatura en la Universidad Javeriana, y tal vez desde más atrás, tuve una pasión desmedida por ese paralelepípedo rectángulo construido con papel, cartón y tinta, llamado libro. Un culto que me llevó a excesos suicidas, que me ha obligado a los actos más temerarios y que atentó contra mi bolsillo de forma irracional y despótica. Siempre comprendí lo que sienten los apostadores de carreras al pasar los torniquetes del hipódromo, los jugadores de ruleta y, casi casi, los adictos a cierto tipo de drogas; el regocijo que me producía desde entonces y que me sigue produciendo hoy entrar a una «librería de viejo» me permite comprender esas cárceles de placer que son los vicios excluyentes, los estados de éxtasis, de profunda y hermosa esquizofrenia en los que el mundo deja de ser esa cosa perentoria y ruidosa para convertirse en el espacio único del deseo, del capricho impostergable, y anularse enseguida por detrás del ansia satisfecha.

Adelantándome en estos apuntes recuerdo haber hecho, tiempo después, un viaje de Madrid a Lisboa en un tren nocturno sólo para comprar un libro agotado en las librerías de España. Era *Gabriel García Márquez: historia de un deicidio*, de Mario Vargas Llosa, publicado por Barral Editores. Un contacto me aseguró que lo había visto en una librería lisboeta, la Librería Universitaria, y yo salí para allá sin pensarlo, sin reparar en que mi exigua economía de estudiante becario hacía prohibitivos esos caprichos. Al bajar del tren en la estación Santa Apolonia de Lisboa tenía una idea fija en la cabeza: las indicaciones que el cerillero de la Universidad Complutense, un portugués que vendía libros de segunda, me había dado. No bien conseguí alquilar un cuarto en un lugar llamado Pensão Santiago, me di una ducha y salí como un zombi hacia la universidad. Recuerdo los nervios al comprobar que en la librería de la facultad de Letras no había libros en español. Di mil vueltas, enloquecí a los dependientes, me hice odiar, hasta que salí a comer algo para ordenar un poco las ideas, a ver si rebuscando en las indicaciones encontraba algún entresijo que me diera la pista.

Entonces la vi: «Librería Universitaria». A pesar de llamarse así no quedaba en el campus, sino en una calle aledaña, y de ahí provenía el malentendido. Pero estaba cerrada, pues era el mediodía. Entonces di una vuelta, devoré un perro caliente, me fumé tres o cuatro cigarrillos sentado en el andén hasta que las luces del interior se encendieron y una mujer quitó el pasador de la puerta. Entré temblando. En la primera revisión no vi el libro y eso me causó un poco de alarma; pero al subir a una escalera tropecé con su lomo en la sección alfabética correspondiente a García Márquez. Mi reacción no fue de júbilo, sino de nervios. Lo cogí con lentitud y lo coloqué, sin mirarlo siquiera, debajo de otro libro que ya tenía en la mano, el volumen *Sobre Joyce*, de Ezra Pound, también publicado por Barral Editores. Tenía miedo de que alguien viniera a quitármelo a pesar de que debía estar ahí, en ese mismo lugar, desde noviembre de 1971, cuando se publicó. Encontré otros títulos: de Haroldo Conti, la edición de *Mascaró, el cazador americano* en Casa de Las Américas, con la rúbrica del premio, y una traducción al español de *La antología de Spoon River*, de Edgar Lee Masters. Luego volví al cuarto de la Pensão en estado de ebriedad; coloqué los libros en la cama y me recosté a ojearlos, feliz.

Todo fetichista tiene, como corresponde, una clasificación precisa de su objeto de culto, una medición rigurosa de sus variantes, colores, extensiones y tamaños. En el caso de los libros, igual que a otros latinoamericanos que he conocido, mi editorial fetiche, la editorial por excelencia, era la vieja Seix Barral de los años 60 y 70. Recuerdo que en Bogotá, cuando tenía 15 años, leía en esas ediciones los libros de Donoso, de Onetti —éstos con un enorme trabajo al principio—, de Vargas Llosa, Sábato, Cabrera Infante, libros que mis papás compraban para las vacaciones y que tanto ellos como nosotros leíamos y comentábamos. Pero había otras editoriales. Estaba Monte Ávila, de Venezuela, y Joaquín Mortiz, de México. Mortiz tenía muchas primeras ediciones de Carlos Fuentes y de Juan Goytisolo que me interesaban.

Cuando se decidió el viaje a Madrid, uno de los momentos trágicos fue la elección de los libros que venían conmigo. Sentí como si la biblioteca que había ido formando en mis pocos años de lector tuviera que ser entregada al fuego, y dejarla era una renuncia implícita a mi pasado. Pero el veredicto era claro: no más de quince libros, veinte como máximo. Uno de mis principios fue práctico: libros que no pudiera conseguir con facilidad en España. Al final, después de atormentarme con varias listas, me llevé los que estaba leyendo en ese momento, tranquilizado por la idea de que volvería pronto, de que en unas vacaciones los recuperaría. Y así mis libros de Seix Barral quedaron bien guardados en la casa, aunque todos, con el tiempo, fueron reemplazados en Madrid por nuevos volúmenes, casi siempre en primeras ediciones, que yo mostraba eufórico a cada persona que entraba a mi casa, amigos despistados que se veían obligados a soportar mis agotadoras explicaciones bibliófilas, el porqué del valor de tal o cual edición, los signos distintivos, mientras que el pobre debía preguntarse por la desproporción entre la enorme cantidad de libros y mis exiguas capacidades económicas.

Pero en ese momento, recién llegado, ¿qué hacer para procurarme libros? Una biblioteca. Claro, ésa era la solución. Le pregunté a la propietaria y, una vez más, la suerte estuvo de mi lado. Sí había una biblioteca cerca, y no sólo cerca: estaba casi al frente, entrando por una calle cerrada que hasta ese momento había desdeñado en mis paseos. La biblioteca quedaba al fondo y sus muros podían verse en diagonal desde mi balcón. Esa misma tarde me presenté en el mostrador con una foto y 250 pesetas. Me hicieron el carnet y, poco después, regresé a mi casa con dos libros de cuentos de Jack London.

En Bogotá, ese último año, Natalia y yo nos habíamos convertido en verdaderos fanáticos de la literatura inglesa y norteamericana. Edgar Allan Poe era nuestro «padre espiritual», y todo lo que fuera literatura fantástica, de lo extraño y lo maravilloso, era considerado por nosotros un Libro Sagrado. Ahí estaban London, Hawthorne, Lovecraft, entre muchos, y a esto le mezclábamos lo que fuera cabalístico, cifrado, todo lo que pudiera contentar nuestra infinita ansiedad de símbolos, con lo cual los *Mitos de Ctulhu* y las *Historias Extraordinarias* iban a parar al mismo cajón con *La clavícula de Salomón* y, casi casi, el *Encuentro con hombres notables* de Gurdjieff. Al poco tiempo, en España, me pude quitar esta fiebre de lo fantástico —palabra con la que explicábamos el resplandor que nos producían esos libros—, y la puerta que me permitió abordar otros temas fueron las lecturas de autores latinoamericanos. Tiempo después, una querida amiga llamada Victoria, que en su momento será debidamente presentada, me hizo leer con pasión a Cortázar, a quien yo había leído poco y mal. Cortázar me enseñó a apasionarme por esa escritura juguetona que durante un tiempo se pegó a mi mano como una melcocha. Yo había leído *Rayuela* en Bogotá y me había producido una especie de vértigo. Con los cuentos, Victoria me mostró la dimensión de este autor que, a partir de ahí, se convirtió en un fetiche al punto de haber devorado no sólo su obra sino también sus entrevistas, artículos, buscado sus ediciones raras y agotadas —como *Pameos y Meopas*, o el cómic *Fantomas y los fantasmas multinacionales*—, imaginado en persona, añorado, en fin, todas las actitudes que conforman las adoraciones literarias.

El saloncito de la Biblioteca Municipal, en donde yo pedía los libros para luego ir a leerlos a mi balcón, se convirtió en una especie de capilla; Victoria me acompañaba a revisar los ficheros —ella también había sacado su carnet— y me indicaba qué libros de Cortázar debía leer, en qué orden y por qué. Luego almorzábamos en una «casa de comidas» que quedaba a la vuelta, inmersos en el placer de mostrar el principio de un cuento o una frase encontrada al azar, hasta que la obra de Cortázar se convirtió en algo tan familiar como los recuerdos de mi propia vida, esos que yo, en vano, intentaba recrear con la idea de escribir algo de valor.

Después de Cortázar, la biblioteca me volvió a sumergir en lecturas latinoamericanas, en relecturas de lo que ya había leído en los veraneos familiares. Volví a Donoso, a García Márquez. Una vez saqué el mismo día *La vorágine*, de José Eustasio Rivera, y *Juntacadáveres*, de Juan Carlos Onetti. Los leí con voracidad desde una mañana hasta la madrugada del día siguiente, y por eso son dos historias que en mi memoria están unidas, como si una fuera la extensión necesaria de la otra.

Pero la biblioteca era más que esto; en el segundo piso, a la vuelta de la escalera, había una sección de revistas y periódicos muy concurrida por la gente del barrio. Además de leer con avidez las noticias que tuvieran que ver con Colombia o con los escritores que admiraba, me pasaba el rato copiando las convocatorias de los concursos de cuentos. Y así, un buen día, mi cajón de escritorio se llenó de direcciones, de bases con longitudes en folios y, sobre todo, con los miles de pesetas que debía recibir en premios. Premios que, sobra decir, jamás obtuve, pero que me permitían imaginar escenas felices de telegramas, botellas de vino bebidas a la salud por las calles de Madrid con Victoria, como bebimos tantas veces sin tener nada que celebrar distinto del hecho de estar juntos.

Pero vuelvo a mi llegada; a los paseos por Madrid pensando en la gente que había dejado en Bogotá, mascullando la terrible inseguridad que sentía por mi porvenir. ¿Podré llevar una vida decorosa siguiendo el camino elegido? ¿Tendré la fuerza, el talento, la oportunidad y los medios para convertirme en escritor? ¿No habría sido más razonable calcular mis fuerzas con realismo y buscar una profesión que me permitiera vivir sin depender de nadie, en caso de la muy previsible derrota del proyecto literario? Así, con esos pensamientos hirviendo en mi cerebro, azoté calle tras calle deteniéndome de vez en cuando en alguna vitrina. Ser escritor era mi único y preciado sueño, pero qué difícil y qué lejos estaba de poder realizarlo. Nada de lo que salía de mi Remington tenía el valor suficiente para ser releído. Entonces, con gran habilidad, mi cerebro generó un saludable rechazo. Cualquier disculpa para alejarme del sillón era buena, urgente, inaplazable. Una vez sentado, la ciudad me llamaba a gritos. Vociferaba por mí. Y yo, obediente, agarraba las llaves y salía bajando a saltos la escalera, diciéndome que, al fin y al cabo, mis endebles historias podían esperar hasta el otro día. En el fondo, salir a la calle era una válvula de escape: prefería no escribir para poder seguir soñando con ser escritor, pues en cuanto escribía algo era tan evidente mi falta de talento que la frustración me dejaba por los suelos. ¿Qué hacer? Lo único que se me ocurría era caminar kilómetros hasta muy tarde, poniendo mi vida patas arriba y, tras verla con lupa, llenarme de reproches: seguramente perdería a Natalia y con ella la seguridad y el afecto que su compañía me brindaba; regresaría derrotado a Bogotá a comenzar, con evidente retraso, alguna de las carreras convencionales para ganarme la vida, alargando así el periodo de dependencia económica de mis padres. Pero caminaba un poco más y, de pronto, encontraba ánimos; podría hacer otras cosas relacionadas con la literatura como, por ejemplo, ser profesor; o ser periodista cultural; o ensayista. Eso: ensayista... Debía empezar ya mismo. Entonces trataba de encontrar un buen tema, algo sobre lo cual creyera tener una idea original, propia, innovadora... Pero lo que irrumpía en mi mente era la imagen de Natalia, desnuda, sollozando en algún cuarto de hotel, y entonces comenzaba a imaginar otra carta; al cabo de horas de dispersión, extenuado por la caminata, buscaba una estación de metro y regresaba a la casa diciéndome que había perdido otra noche de trabajo.

Mis vagabundeos, de cualquier modo, tuvieron su premio, pues una tarde, en la calle Augusto Figueroa, descubrí un lugar cuyo nombre me retuvo de inmediato: «Bar Capablanca.» Era un lugar muy poco atractivo —por esos días el barrio de Chueca aún no se había transformado en ese sitio elegante y algo snob que es hoy—, y me llamó la atención, pues el nombre era el mismo de José Raúl Capablanca, un campeón cubano de ajedrez allá por los años 20, gran rival de los maestros Lasker y Alekhine. Me acerqué a la vidriera, pero estaba cerrado, y vi con sorpresa que su horario de apertura era a partir de las diez de la noche. Jamás había visto algo similar y me prometí volver, cosa que hice, y fue entonces que lo descubrí. Sí tenía que ver con José Raúl Capablanca, y tenía que ver porque era un bar de ajedrecistas. Yo, recién llegado a Madrid y sin amigos, sentí que era un tipo con suerte.

Esa misma noche bajé por la oscura calle Augusto Figueroa, algo intimidado por el aspecto de las personas que veía entre sombras —el barrio tenía una pésima reputación de heroinómanos y prostitutas—, hasta que entré al bar muerto de curiosidad. El dueño era un argentino de 50 años llamado Ernesto, un hombre corpulento de velludos antebrazos cuya voz parecía un rugido de león. Me senté en la barra, pedí una cerveza y me dediqué a observar el lugar. Constaba de dos salas pequeñas repletas de mesas y a esa hora de la noche sólo tres estaban ocupadas. Aún era temprano.

Los habituales del lugar eran personas variopintas y muy diferentes entre sí, de condiciones económicas que, según pude juzgar, iban desde lo alto hasta lo muy bajo, cosa extraña para un bar de barrio. En ésas estaba, saboreando mi cerveza, cuando el argentino me preguntó:

—¿Querés un tablero?

Me extrañó su pregunta, pues él ya estaba jugando en la barra con otro cliente. Sin embargo dije que sí. Entonces sacó del aparador un tablero y una caja de fichas. Las organicé y comenzamos la partida. A los cinco minutos, mientras yo me rompía la cabeza para frenar un ataque por el costado de reina, un tercer cliente llegó a la barra, pidió una cerveza y un tablero. Y luego un cuarto, y un quinto. Ernesto jugaba simultáneas con todos además de servir cervezas, cobrar y organizar las tapas de albóndigas, de aceitunas o papas fritas, que repartía con increíble generosidad. De repente, Ernesto se acercó al tablero, movió un alfil y me sonrió:

—Perdiste, ¿otra?

Yo no entendía por qué había perdido y le dije que no, que esperara un momento. Entonces me explicó:

—Acá tenés jaque, si venís acá te como la reina, si me comés con torre te cago con jaque allá y luego mate con el peón... ¿Otra?

—Sí, otra. Y otra cerveza.

Jugué hasta las cuatro de la mañana sin poder ganarle una sola partida y me extrañó que a pesar de la facilidad con que me ganaba quisiera seguir jugando; supuse que sería una de sus técnicas para retener a los clientes, algo que lograba a la perfección, pues ninguno de los que estaba en la barra pudo ganarle. A esa hora, por cierto, ya las mesas estaban repletas y había un ambiente de jolgorio y camaradería similar al de los clubes deportivos. En las mesas se jugaba con reloj y por cada dos jugadores había otros dos que comentaban y hacían cábalas sobre las partidas. Pasada la medianoche, llegó un joven a ayudarle a Ernesto con los pedidos de las mesas y cuando decidí regresar a mi casa, muerto de cansancio, seguía llegando gente. Un segundo después de dejar mi taburete ya estaba ocupado por otro que jugaba contra Ernesto.

La propietaria de la casa se llamaba Visitación Urquidi pero todos le decían Visichu. Había nacido en 1901, en un pueblo de La Rioja, lo que quería decir que en ese momento tenía 84 años. La primera vez que la vi me causó una fuerte impresión: pelo blanco, espalda encorvada, manos frías, dedos ganchudos, ojos lacrimosos y una voz chillona que cortaba el aire como un látigo. Era amable a su manera, dura y fría, y a veces, sólo a veces, generosa. La Guerra Civil le había dejado una curiosa obsesión, una especie de manía envoltoria que la llevaba a almacenar alimentos. No había estante de la casa, armario o nicho que no estuviera repleto de conservas. Las preparaba y luego las escondía entre maletas que se iban a armarios cerrados a doble llave. Una vez logré abrir uno de esos armarios y me quedé espeluznado: había latas de los años 50, callos a la madrileña de la posguerra, jaleas caseras guardadas en frascos empolvados. Ella vivía en el piso de arriba y sólo alquilaba las habitaciones de abajo con la condición de que se le permitiera asearlas y arreglarlas. Por el mismo precio... ¿Por qué? La razón era que Visichu sólo le alquilaba su casa a hombres, con la prohibición absoluta de recibir visitas femeninas. Limpiando, tenía la disculpa perfecta para fisgonear. No se había casado y, por supuesto, no tenía hijos; al parecer, tampoco llegó a tener siquiera un novio en su larga vida. Nada de nada. Su obsesión era tal que si al saludarla uno le decía «señora» ella corregía de inmediato.

—Señorita... Haga el favor.

Era profesora de Inglés y había estado en Londres en 1925, es decir hace ya su tiempito, y cuando uno le preguntaba por su estadía contaba que los ingleses eran patanes y descorteses pues, recién llegada, preguntó a varios transeúntes por el Marble Arch y ninguno le dio indicaciones.

—Se hacían los que no entendían, los muy cabrones.

Yo pasé una gran vergüenza con la historia pues, al pronunciar en inglés Marble Arch, tampoco la entendí. Claro, lo justifiqué diciendo que nunca había estado en Londres y que mi inglés era pésimo, pero ella se quedó mirándome algo molesta. Sea como fuere, el episodio de Londres le hizo entender que su correctísimo inglés tenía más que ver con España que con los patanes de Gran Bretaña, y a los pocos días regresó a Madrid a enseñar el idioma en instituciones de caridad y salones de sacristía.

Visichu vivía con su hermana —que era igual de vieja y completamente sorda—, a quien cuidaba, y su actividad y brío era desproporcionado para su edad. Nunca dormía antes de las cuatro de la mañana y siempre se levantaba antes de las siete. Como el corredor de su casa quedaba encima del mío y era un edificio viejo, yo escuchaba sus pisadas prácticamente todo el tiempo. A veces, por las mañanas, la veía salir con su carrito de las compras en dirección al mercado, pero Visichu no era un cliente común ya que no compraba nada; lo que hacía era recoger frutas semipodridas, desechadas por los vendedores, para hacer sus dulces y jaleas. Ella tenía esa manía que he visto en ciertos viejitos europeos que consiste en recoger basuras, meter la cabeza dentro de las papeleras de la calle, husmear en los paquetes de desperdicios ajenos, a ver qué encuentran, sin que esto se justifique de algún modo por su situación, ya que por lo general se trata de ancianos pudientes. No sé cuál sea el origen exacto de esta disfunción, pero Visichu era un fiel exponente. Su carrito de las compras salía vacío y regresaba, a media mañana, repleto de desperdicios, fruta maloliente y objetos recogidos de la calle: grifos dañados, ganchos de la ropa torcidos, floreros rotos, frascos vacíos, tuercas, clavos oxidados que luego seleccionaba y guardaba en la casa. La cocina de nuestro apartamento, que nosotros no podíamos usar, era una de sus bodegas. Qué bodega. Un verdadero museo de lo inservible. Las repisas estaban llenas de tarros metálicos que contenían enchufes quemados, pedazos de tubería. Hasta repuestos de carros.

Como es lógico, las reparaciones que hacía eran siempre caseras, lo que tenía sus peligros. Una tarde estaba bastante nerviosa porque el taco de la luz saltaba. Entonces dijo que iba a llamar a un electricista y, al rato, la escuché entrar con un tal Juanito, que al parecer no era electricista, sino alguien que sabía de electricidad y que iba a hacer el favor de ajustar la corriente sin cobrar porque era hijo de una amiga. Yo me fui a dar una vuelta para no molestar, inquieto por el rostro de Juanito: era el retrato de la esquizofrenia y además padecía un horrible tic, que consistía en cerrar el ojo izquierdo cada dos segundos. Cuando regresé a la casa todo estaba tranquilo, pero al encender la luz el bombillo explotó. Luego probé con el radio, que estaba conectado al enchufe, y tras un silbido seco vi emerger un hilo de humo. Probé con la lámpara y de nuevo el bombillo reventó. No quise hacer más pruebas y subí a alertar a Visichu, quien vino y comprobó que algo andaba mal. Entonces decidió hacer venir a un verdadero electricista, y éste, tras una rápida comprobación, se tiró de rodillas al suelo y dijo que de milagro el edificio no estaba en llamas, pues alguien había puesto la corriente en 500 voltios. Visichu pagó los desperfectos. Lo bueno fue que no le volvimos a ver la cara a Juanito. El más nítido rostro de la estupidez que he conocido.

Mis visitas al Bar Capablanca continuaron puntuales, pues me di cuenta de que salía muy barato ir allá y pedir una cerveza o un café, ya que Ernesto servía de acompañamiento unas tapas gigantescas que muy bien podían remplazar la cena. Siempre me pregunté cómo diablos hacía para mantener el bar dando esas raciones tan generosas de albóndigas, pero el caso es que debía irle muy bien. De este modo fui progresando en el ajedrez, y tanto que, alguna vez, logré hacer tablas con Ernesto. Un día, enviciado por el juego, consideré que era hora de aprender un poco de teoría; y me puse en ello. Lo primero fue ir a la Cuesta de Moyano a las casetas de libros de ocasión, para buscar tratados de estudio. El primero fue *El estilo posicional*, de Petronov, en el que aprendí una serie de aperturas y el modo más eficaz de contrarrestarlas. También aprendí algunas tácticas de ataque y, sobre todo, cuando el vicio se convirtió en pasión, comencé a estudiar las biografías y las jugadas célebres de los grandes ajedrecistas. De este modo construí al derecho y al revés las partidas de Capablanca, las de Bobby Fischer, cuya vida me pareció intrigante y deliciosa; las de Lasker, Alekhine, Tall, Karpov y Kasparov, en fin, de muchos grandes maestros. Era fascinante, a medida que avanzaba, comprobar que el juego del ajedrez precisa de una inteligencia especial que, al parecer, no sirve para ninguna otra cosa en la vida. Prueba de ello es que los ajedrecistas más geniales son seres infantiles e inadaptados por fuera del tablero. Dado que el genio ajedrecístico es una aptitud que, de forma misteriosa, aflora en la niñez, casi todos han sido prodigios que desde su infancia han estado a cargo de apoderados, federaciones e instructores que solucionan los aspectos prácticos de la vida para que su mente, libre de trabas cotidianas, dé el máximo rendimiento. El resultado es previsible: son malcriados, torpes en las relaciones humanas, caprichosos y egocéntricos. Bobby Fischer exigía en Reykjavik que todos los semáforos del trayecto de su hotel al lugar de juego estuvieran en verde.

En ésas estaba, dejando de lado mis proyectos de escritor a beneficio del ajedrez, cuando por fin llegó el ansiado mes de octubre y con él mi primer día de universidad. Para allá me fui, orondo y entusiasta, pero no más llegar tuve la misma desagradable sensación de ser «nuevo» que sentía de niño al entrar a un colegio, pues los compañeros ya se habían organizado en grupos con una increíble rapidez. Muchos de ellos se habían conocido en las filas de la secretaría o en las diligencias de matrícula, otros venían del mismo colegio, del mismo pueblo, del mismo barrio, y de ese modo se agrupaban. Yo, en cambio, no conocía a nadie. Llegué el primer día ansioso por hablar con mis compañeros y me fui, cuatro horas después, frustrado y de mal humor, sin haber podido cruzar palabra con nadie. Llevaba dos meses sin tener lo que se dice una verdadera charla y el primer día de universidad se había convertido en una especie de puerta al mundo. Pero no fue así. Lejos de serlo. Los grupos de jóvenes iban y venían por los corredores muy seguros de sí mismos, conociendo a la perfección cuáles eran las aulas, quiénes los mejores profesores de cada materia, por qué era bueno elegir tal opción en el programa académico y no otra. Pasé la tarde perdido en el turbión humano que se repartía entre los salones. El grupo se dividía por orden alfabético, pero todos intrigaban para quedar con sus amigos. Los más avezados ya negociaban cambios con los profesores. Yo me senté en un pupitre, abrí un cuaderno en blanco que había comprado el día anterior y esperé. Pero no ocurrió nada. Al final del día lo guardé sin haber escrito una sola palabra porque los profesores, tras presentarse, dijeron que el inicio de las clases sería la próxima semana, frase que mis compañeros festejaron con aplausos de júbilo.

Al iniciar las clases, mi impresión siguió siendo bastante crítica.

Observé que los compañeros eran todos jovencitos de 18 años, recién egresados, que se comportaban como si aún estuvieran en el colegio; se copiaban datos, se pasaban secretos, si un profesor les interesaba no era por sus capacidades, sino por la cantidad de suspensos que había puesto el año anterior. Yo no conocía a ninguno y al preguntarle a una desconocida por una opción en Historia de la Lengua, me dijo:

—¡Ten cuidado, que ese tío suspende mucho!

Yo, acostumbrado a las batallas campales de la Universidad Javeriana, me quedé estupefacto.

En las clases me di cuenta de que el ambiente de liceo escolar no sólo estaba en mis compañeros. Los profesores hablaban desde un palco elevado y los alumnos, dóciles, debíamos copiar su dictado. Para intervenir era necesario levantar la mano y la mayoría de las veces, cuando alguien pedía la palabra, era para que el profesor repitiera el nombre de algún libro citado o el apellido de un autor. Yo había padecido este estilo de docencia en los primeros años de bachillerato, por lo que me sentí algo decepcionado. Pero algo bueno tenía que haber, me dije, y esperé a los días siguientes. Sin embargo, la tónica fue la misma durante los primeros meses, meses en los que, por cierto, me pasaba las tardes espiando la calle con la esperanza de ver llegar al cartero. Él traía, día sí día no, las ansiadas cartas de Natalia. Sus sobres perfumados eran mi único apoyo, aun cuando, en la calle, se me fueran los ojos mirando a las jovencitas españolas, que con el calor de septiembre exhibían coquetas minifaldas y bellos muslos tostados. Natalia me contaba lo que hacía cada día, el inicio de sus clases, las personas que conocía y, sobre todo, el doloroso hueco que le dejaba mi ausencia. Me quería; me adoraba; me deseaba. Haría lo imposible por alcanzarme en Madrid, viviríamos juntos y luego nos casaríamos. Tendríamos hijos. Seríamos muy, muy felices.

Al ver que la universidad no iba a ofrecerme un grupo de amigos reanudé mis visitas al Capablanca. Allá, de tanto jugar, ya tenía conocidos. Rivales ocasionales se fueron convirtiendo en compañeros de charla. Pero en los primeros tiempos, la amistad definitiva sería la del poeta. Ese misterioso vecino que yo escuchaba entrar y salir pero que aún no había conocido.

De los múltiples y variados tipos humanos, el joven poeta Vicente Ángel, natural de Palma de Mallorca, pertenecía a una de las categorías más complejas: la de los seres que jamás dudan de sí mismos. Él se consideraba un genio, una de esas personas que nacen cada tantos millones de almas, destinadas a revolcar la conciencia de los otros y a señalar el camino, a poner el dedo en la llaga y a remover las costras; en fin, lo que Carlyle, de modo teórico, llamaría «un héroe».

Vicente era el héroe de sí mismo, su propio héroe. Por eso se observaba vivir con una sorpresa y una admiración sin límite. A veces venía a despertarme para recitar alguna de sus poéticas ocurrencias matutinas, o a leerme algo de la cosecha de la madrugada anterior, pues él se sorprendía tanto como yo frente al espectáculo de su vida. Él era, en suma, su primer espectador. Y por qué no decirlo: su espectador más entusiasta.

Cuando llegué a la casa de Santísima Trinidad todo me imaginé menos que iba a encontrar a un verdadero poeta. La primera imagen de Vicente, sin embargo, me desconcertó, pues se vestía de una forma llamativa y poco convencional: botas de equitación, chaleco hindú de colorines, camisa abierta hasta el ombligo y el pelo, rubio, cayendo en bucles hasta la mitad de su espalda. Recién llegado de Bogotá, con 19 años, mi primera impresión fue algo simple: se trata de un volteado.

Un par de días después, un viernes por la noche, noté que entraba como un caballo al galope y atravesaba el corredor que conducía a nuestras habitaciones; no estaba solo. Segundos después vino a golpear a mi puerta y me preguntó, alteradísimo, si había escuchado su teléfono. Le contesté que sí, que había sonado varias veces. Estaba totalmente poseso y, tras él, vi a la mujer que lo acompañaba. También se vestía de forma llamativa, era algo mayor pero aún conservaba una gran belleza. Yo cerré mi puerta y me quedé expectante; los escuché hablar, nerviosos, poner música, caminar de aquí para allá. Finalmente sonó el teléfono y, sin poder evitarlo, escuché una animosa conversación en la que él se felicitaba. Luego hizo una llamada a sus padres diciendo «gané, gané»; segundos más tarde reconocí el sonido seco de una botella de champagne abriéndose.

Vicente era un caballero, entonces golpeó a mi puerta para invitarme a hacer un brindis con su acompañante. Ahí lo supe todo: ese día se reunía el jurado del Premio de Poesía Ciudad de Melilla y él lo había ganado. La mujer era su novia y se llamaba Carmen. Lo celebramos con ríos de champagne y charlamos hasta muy tarde, dándonos cuenta de que teníamos muchas cosas en común. Vicente ya había publicado dos libros de poesía que habían recibido el premio Adonais, uno de los más prestigiosos de España, y era un fervoroso lector. Esa noche, charlando de literatura y bebiendo vodka con licor de coco, comenzó entre los dos una amistad a prueba de bala, pues él era el amigo que yo esperaba tener: culto, apasionado de los libros, capaz de pasarse una noche entera hablando de Edgar Allan Poe o de Borges. Él tenía dos habitaciones: una bastante grande con dos ventanales a la calle y un diminuto dormitorio por el que, de forma clandestina, pasaban apetitosas jovencitas que él reclutaba en los bares del sector de Malasaña. Vicente era una mezcla de hidalgo español, místico inglés y romántico alemán: se despertaba todos los días a las tres de la tarde, leía toda la noche, escuchaba música en silencio, escribía, miraba por la ventana y elegía durante horas la ropa con la que iba a vestirse aunque no fuera a salir. De él podría decirse lo mismo que se dijo de Rilke: que era poeta hasta en el sencillo acto de lavarse las manos. Como el Hidalgo del Lazarillo de Tormes, podía permanecer en su casa comiendo habichuelas, ahorrando plata, para ir el sábado a tomarse un café en el bar del Hotel Palace como si fuera un rico heredero en el exilio.

Él se definió a sí mismo, mejor que nadie, en la contraportada de uno de sus libros: «Desde muy temprana edad asumió la escritura como necesidad y conjuro, evitando posteriormente, en beneficio del quehacer poético, los habituales caminos que encauzan a los jóvenes a la sumisión académica y laboral.» Vicente no escribió esto para justificar ante sus padres no haber terminado a tiempo el bachillerato —lo terminó después, con el aburrido método de la escuela a distancia—, sino porque él estaba profundamente convencido de su vocación; nunca he vuelto a encontrar a nadie tan consciente de su destino y a la vez tan reconocido con él; con sus dolores y estrecheces. La adversidad no hacía más que confirmarle su creencia de que era único, pues es sabido que la historia del arte está llena de injusticias, de biografías dolorosas. Desde que lo conocí siempre se quejó con una lacónica sonrisa de no estar en el lugar que le correspondía, de que la sociedad era innoble porque alguien como él se veía reducido al sostén de los padres, a las dádivas de una abuela, a la solidaridad de su novia. Y es que para Vicente una litografía original o una corbata de seda eran artículos de primera necesidad, como lo eran los libros o la buena música.

Su abuela solía regalarle tambores de queso alemán de primera calidad; y él, incapaz de disfrutar en solitario de tal delicia, me invitaba a devorarlo con panes tostados en una especie de *potlach* pues, entre otras muchas virtudes, la generosidad de Vicente no tenía límites. Su capacidad de compartir hasta lo que no tenía era admirable. En una ocasión, yo me encontraba muy mal del estómago por una molesta úlcera duodenal que me tiró a la cama un par de semanas. Entonces, un mediodía, lo escuché entrar a la casa dando el característico portazo. De sus dedos colgaba un paquetico de la Casa Rodilla; era una cena muy ligera, con jamón York de primera calidad y algunos bizcochos. Yo estaba en cama y él me lo entregó como si no fuera nada.

—Te traje esto —dijo—, seguro que no te va a hacer daño.

La situación económica del Poeta hacía que esa ofrenda fuera un verdadero sacrificio, pero él la entregó con la naturalidad y elegancia de quien ofrece un cigarrillo en estuche de plata.

Sobre todas las cosas, Vicente admiraba a Rilke y a los clásicos. Pasaba días enteros intentando aprender alemán, estudiando latín o recitando verbos griegos con la misma fruición con la que comía sus adoradas fresas con nata. Mil veces me propuso que aprendiéramos latín, argumentando que dos personas como nosotros —a veces me incluía en la alta opinión que tenía de sí mismo— debían poder entrar a los bares hablando la lengua de Virgilio, recitando a Catulo con descuidada indiferencia. Él quería convertirse en una de sus obras: hablaba como escribía y jamás decía una palabra que no fuera cuidadosamente sopesada; lo que perdía en naturalidad lo ganaba en elocuencia, y estoy seguro de que era el primero en disfrutar de sus propios diálogos, que a fuerza de poéticos eran a veces verdaderos disparates.

Para Vicente la vida era un conjuro permanente; siempre hablaba del engaño de la existencia, sazonando sus afirmaciones con citas de Schopenhauer, Marco Aurelio y Shakespeare. Su drama

—incluso él lo tenía— era no haber aprovechado las enseñanzas de su padre, que era profesor de inglés en Palma de Mallorca, pues él también sufría de un cierto complejo que he encontrado en muchos hispanohablantes y que consiste en no arriesgarse a hablar otro idioma hasta no estar completamente seguros de que no van a hacer el ridículo. Vicente leía bien el inglés, y lo que no sabía lo anotaba al margen con la típica letra menuda de los miopes, pues ése era su gran defecto: una miopía progresiva que le devoraba las retinas y lo obligaba a usar gruesos lentes.

—Nadie puede ser totalmente perfecto —decía hablando de su problema visual, sugiriendo que cada grado de menos en la vista le había sido compensado en figura, elegancia y genio.

La primera vez que me dio a leer un poema suyo se quedó mirándome muy serio, y me dijo:

—Si tienes buen gusto, lo vas a apreciar.

Y en efecto, lo aprecié, pues Vicente, además de ser un poeta en la vida, era en verdad un extraordinario poeta. Su escritura era el producto de una reflexión aguda y permanente sobre la condición humana, y poseía una acertadísima capacidad para encontrar las metáforas que hacían visibles, casi palpables esas reflexiones. Tenía cierto desprecio por la prosa pues le parecía fácil, ese típico desprecio de los poetas que no están dispuestos a escribir frases banales. Él nunca transigiría en escribir algo del tipo: «Se acercó a la ventana y miró a la calle.» Esas frases, sin las cuales es imposible escribir un buen cuento o una buena novela, estaban para él excluidas, pues consideraba que en un texto literario cada signo debía ser mágico. Discutimos noches enteras sobre el asunto. Vicente consideraba un poema una gesta épica, mientras que escribir una novela era algo laborioso pero posible.

—Concederás —le decía yo— que es más fácil escribir un mal poema que una mala novela.

Una vez le leí uno de mis cuentos y me quedé muy sorprendido, pues le gustó, lo que era algo insólito. Al revés que él, yo era tremendamente inseguro de lo que hacía, y entonces lo tomé como una concesión a la amistad. Algo que, de cualquier modo, halagó mi vanidad.

El lado adolescente del poeta se manifestaba en la más rastrera de sus pasiones: el fútbol. Antes de que yo tuviera un televisor bajábamos juntos a los bares a ver los partidos de la Copa de Europa, y era algo verdaderamente patético verlo sufrir ante una derrota del Real Madrid. Un día, luego de que yo me burlara de su mal genio tras un partido perdido, me explicó que yo también estaba comprometido con la suerte de su equipo.

—¿En serio? —pregunté sorprendido.

—Claro —respondió—. Podrías decir luego: yo estuve en España cuando el Real Madrid ganó la Copa de Europa.

Ésa era otra de sus características: a Vicente le encantaba decir frases célebres, convencido de que la posteridad andaba detrás de él tomando nota. Un día íbamos por la avenida Complutense, en otoño, pisando las hojas amarillentas y húmedas de los árboles, y de pronto comenzó a recitar algunos versos de *Macbeth*. Al terminar, me miró sonriente y me dijo:

—Pensé que estaría bien que tú lo recordaras más tarde, cuando escribas mi biografía: Vicente Ángel recitaba a Shakespeare por la avenida Complutense. Suena bien.

La otra pasión del Poeta eran las mujeres. En una ocasión, se enamoró de una muchacha con la que estuvo paseándose de la mano unos pocos minutos, y a la que nunca volvió a ver. Ahí supe yo lo que era un poeta. Mejor aún: un poeta enamorado. Pasó tres días en la cama, rechazando salir a la luz. Yo, alarmado por la situación, intenté darle ánimos.

—No pienses más en ella —le dije una mañana al verlo pálido.

Pero él me respondió con su voz elocuente:

—Tú no entiendes lo que siento. Es una miel que amarga, una hiel que dulcifica.

Hoy, años después, todavía me sorprendo repitiendo algunas de sus frases, como ésa de: «Estoy enamorado del amor.» O aquella de: «Muerte, ven a llevarte el pensamiento de la muerte.»

Su poesía era lo único que le daba vida, y eso que en la época en que lo conocí escribía muy poco. Una dedicatoria, por ejemplo, era para él la cosa más seria del mundo. Luego de sopesar la conveniencia o no de hacerla, de elegir las frases, las palabras, los puntos y las comas, era capaz de pasarse meses limando sonidos, leyéndola en voz alta, diciéndomela a través de la pared para que yo le dijera cómo se oía desde el otro lado, pues su salón y el mío estaban separados por una puerta condenada.

Una tarde, en el televisor de una vitrina de electrodomésticos de la calle Fuencarral, vi unas terribles imágenes que me sacudieron: un tanque de guerra entraba a un gigantesco edificio en llamas, en medio de una batalla. Pensé, al no escuchar el sonido, que eran imágenes de archivo del golpe militar de Chile. Ya me disponía a continuar mi paseo cuando vi una bandera de Colombia y la cara del presidente Belisario Betancur. ¿Qué estaba pasando? Algo terrible ocurría en Bogotá; entonces corrí a la casa a sintonizar el radio y allí me enteré de todo. Guerrilleros del M-19 habían tomado el Palacio de Justicia. El ejército combatía desde la plaza de Bolívar. El Palacio estaba en llamas. Al día siguiente, leí en el periódico que los guerrilleros habían entrado para hacerle un juicio al proceso de paz y que el ejército había reconquistado el palacio a sangre y fuego. El presidente Betancur daba declaraciones. Se hablaba de muchos muertos y desaparecidos. Sentí inquietud por mi abuelo materno, que trabajaba en el centro de Bogotá, y por mi tía, que era magistrada. Traté de comunicarme con mamá y esa misma noche hablamos. La familia estaba bien. Habían pasado un buen susto porque durante varias horas no se sabía nada del abuelo, que tenía por costumbre dejar el carro en los parqueaderos del Palacio de Justicia. Había regresado a la casa bien entrada la tarde sin un zapato, y fiel a su carácter silencioso no hubo forma de saber qué le había pasado. Yo no tenía, en Madrid, con quién comentar la noticia. Sentía simpatía por el M-19, que había hecho la victoriosa toma de la embajada de la República Dominicana, pues en sus filas había muchos estudiantes que promulgaban una izquierda democrática alejada de los dogmatismos de Moscú y Pekín. Uno de mis mejores amigos de Bogotá, en la época de la Universidad Javeriana, había entrado a la organización en el área de Publicidad y Propaganda, y varias veces lo había llevado en carro a las reuniones. Por él estaba enterado de algunos de los lineamientos del Eme, como se le decía, y de un modo absolutamente pasivo lo defendía. Para mí la militancia política, la idea de entrar a la guerrilla y empuñar un fusil, estaba totalmente descartada. A pesar de lo que decía Sartre, me parecía que mi camino estaba en los libros; ésa era mi secreta vocación y yo, equivocado o no, creí siempre que debía seguirla.

Tiempo después, cuando el Eme entregó las armas y llevó a cabo un proceso de paz, conocí en París a muchos de sus viejos militantes, aquellos que desde hacía una década estaban exiliados, y confirmé mi simpatía por ellos, pues se trataba de gente admirable y buena. Muy diferentes de los nuevos, aquellos que, al insertarse en las ruedas democráticas, se apoderaron del prestigio de la organización para hacer carrera de tinterillos en las curules del Congreso y enlodar hasta extremos de farsa el nombre del M-19.

Como si se tratara de una conspiración metafísica contra el país, exactamente una semana después de la sangría del Palacio de Justicia ocurrió la tragedia de Armero, un pueblecito que yo conocía muy bien pues quedaba cerca de la finca familiar de Guaduas. Una avalancha de barro embravecido bajó de los picachos del Nevado del Ruiz y se tragó a la población, enterrando a más de 20.000 personas. De nuevo Colombia saltaba a las primeras planas de la prensa española y de nuevo con una tragedia. Fue el poeta Vicente quien me dio la funesta noticia e incluso me ofreció su teléfono —pues yo no tenía— para que hiciera alguna llamada si lo consideraba oportuno. No podía creer que tal tragedia hubiera ocurrido. Pero a partir de ahí, en todos los años de vida en Europa, tendría que acostumbrarme a la llegada regular de siniestros correos, al goteo permanente de malas noticias provenientes del país, a veces por vía de catástrofes naturales —las menos—, y muchas, muchísimas, por la mano de nuestros sangrientos profetas, de esos apóstoles que quieren salvar a los colombianos en abstracto cobrándose para ello la vida del ciudadano concreto, de ese civil anónimo que por lo general le estorba a sus planes redentores y que, desarmado e inerme, es su principal víctima.

Pero la noticia más triste de todas, para mí, llegó a los pocos días, en una carta del tío Mario: Federico se había suicidado. El tío estaba tan triste que comenzó la carta con una resignada cita de *El extranjero*, de Camus. Yo no lo podía creer.

La semana anterior, tras varios años de encierro —hacía mucho que su relación con Isabel había terminado—, Federico tomó una flota a la represa del Sisga y saltó desde el puente, una caída de al menos cien metros antes de llegar a las aguas heladas. Lo encontraron unos canoístas flotando a la deriva tres kilómetros más lejos del lugar por donde pasa la carretera. Desde que se separó de Isabel, según el tío Mario, Federico había ido perdiendo cada día. El entusiasmo que le vimos en los últimos años se le fue agotando al quedarse solo, como un desempleado que poco a poco lima sus ahorros hasta verse en la calle. Así le pasó a Federico. El tío Mario había perdido a su mejor amigo y no hallaba explicación. O mejor: sí la hallaba, pues conocía la pulsión que condujo a su amigo al puente; pero no la compartía. Se había ido su amigo. Qué hacer. Qué diablos podía él hacer.

Un día, en el Capablanca, alguien me dijo que había encontrado un teléfono «pinchado». Yo pregunté con delicadeza qué diablos era eso y me explicaron que se trataba de un teléfono que comunicaba sin tragarse la moneda. ¿Y dónde está esa maravilla? Tan pronto me dieron la indicación, una de las cabinas de la Puerta del Sol, al frente de la pastelería La Mallorquina, salí para allá. Esa noche llovía a cántaros y no había nadie en la calle, así que entré a la cabina y marqué el número de Natalia. Se me atragantó el alma al escuchar su voz y casi lloré de alegría al comprobar que la comunicación no se cortaba. Entonces me dispuse a una larga, larguísima charla, en la que le pude contar en detalle los entresijos de mi vida con descripciones de personajes, casa y universidad. En ésas estaba, fumando un cigarrillo tras otro, cuando me pareció ver una silueta protegiéndose de la lluvia bajo un alero. Seguí hablando con Natalia sin hacer caso, recibiendo sus palabras embelesado, y un rato después vi una cara iluminada por un fogonazo. Sí, alguien esperaba y había encendido un fósforo. Continué la charla por más de una hora y, cuando salí, el desconocido se acercó a la cabina. Era un hombre flaco y barbado. Llevaba unos viejos jeans y una chaqueta impermeable.

—¿Es la primera vez que hablás de un teléfono pinchado? —me preguntó, resentido por la larguísima espera. Me di cuenta de que era argentino.

—Sí —le dije—. Buenas noches.

A partir de ese día, me convertí en un infatigable buscador de teléfonos pinchados. Después de comer, a eso de las once, salía a caminar por la ciudad haciendo un largo recorrido que por lo general repetía: iba hasta la glorieta de Quevedo y de ahí a la de Bilbao, luego bajaba por la calle Fuencarral hasta Gran Vía y torcía a la izquierda, en dirección al paseo de Recoletos. Remontaba el paseo hasta la plaza Colón y, tras darle una rápida mirada a las fuentes, subía rumbo a Iglesia por las calles Génova y Santa Engracia. Decidí hacer pruebas en cada una de las cabinas que iba encontrando a mi paso. De este modo la caminata, en lugar de hora y media, duraba tres horas.

Volví a encontrar un par de teléfonos pinchados, lo que me permitió charlar con Natalia y, sobre todo, regresar a mi casa con la imagen de su bello rostro. Otras noches, en cambio, volvía frustrado; con dolor en los pies y mala conciencia por haber derrochado el tiempo.

Una tarde, paseando por el parque del Retiro, volví a ver al hombre barbado del primer teléfono. Tenía la misma chaqueta y los mismos jeans. Cruzamos la vista y nos saludamos.

—¿Qué tal el teléfono? —le pregunté.

—Bien, bien. Pero ya lo agarraron.

Yo lo sabía, pues muchas veces había regresado a probarlo, sin éxito. Al verlo de nuevo me impresionaron dos cosas: sus ojos de niño, que reflejaban bondad, y su nariz de zanahoria, una especie de tubérculo saliente.

—Pero sé de otro —me dijo.

—¿Ah, sí?

Me dio la dirección del lugar y se presentó:

—Me llamo Aníbal, ¿y vos?

—Esteban. Soy colombiano.

—Y yo argentino.

—Lo había notado —repuse sonriendo.

—¿Venís esta noche al teléfono? —me preguntó.

—Sí. A eso de las diez.

—Entonces ahí nos vemos —dijo, y se fue con las manos en los bolsillos.

Al llegar a la cabina, junto al quiosco de prensa del Hotel Palace, vi una larga fila. Aníbal controlaba los tiempos de quienes hablaban, pues dada la cantidad de gente se había decidido que nadie hablaría más de diez minutos. Esto permitía repartir los turnos con horas precisas y así la gente podía dispersarse, sin llamar la atención de la policía. Casi todos eran latinoamericanos y, cuando faltaban dos minutos para que terminara el tiempo, Aníbal se acercaba a la cabina y susurraba:

—Empezá a despedirte, te quedan dos.

De ese modo, hablé con Natalia casi todos los días, pues siempre, cuando la cabina era descubierta, Aníbal encontraba otra. Una noche, antes de colgar, Natalia me dijo:

—¿Has conocido a alguna mujer allá? Me imagino que las madrileñas serán bonitas.

Le dije que eran muy lindas, pero que hasta ahora no había conocido a ninguna.

—Tarde o temprano la vas a conocer —me dijo—. Y quiero decirte una cosa: es normal que tengas algún romance. Ya llevas allá más de seis meses.

Su frase me inquietó. ¿Y ella? ¿Tendría a alguien? No me atreví a preguntárselo. Luego me dijo que seguía buscando algo para venir a Madrid lo antes posible. Que un amigo de su mamá le estaba ayudando a conseguir una beca. Que no era fácil. Nos despedimos con un extraño sabor.

Aníbal, muchas veces, ni siquiera llamaba a su casa en la barriada de Llavallol, cerca de Buenos Aires, pero le gustaba ir al teléfono para ver gente, charlar y sentirse acompañado. Había llegado a Madrid hacía muy poco con una promesa de trabajo que salió mal y se había quedado al garete. Era iluminador de espectáculos. Le conté que estudiaba Filología y él me dijo que su objetivo en Europa era París, pues allá había vivido su ídolo: Julio Cortázar. Sus palabras me entusiasmaron y lo invité a tomar un café al Capablanca, pues también jugaba al ajedrez. Yo no podía creerlo: en la universidad ninguno de mis compañeros parecía interesarse por la literatura, en cambio en la calle, o con el poeta en la casa, siempre encontraba con quién hablar. Aníbal era un buen ajedrecista y esa noche me ganó casi todas las partidas. Hizo amistad con Ernesto y muy pronto adoptó el Capablanca como su oficina nocturna. Allá nos encontrábamos cuando no había teléfonos y poco a poco supe su historia.

Tras llegar a Madrid a cumplir su fallida cita de trabajo con una compañía de iluminación que lo había contratado en Buenos Aires, en una gira del cantante Joan Manuel Serrat, se vio solo y sin plata, y rodando por ahí encontró a otro argentino que vendía mascaritas de cuero en un parque. Ese argentino se llamaba Genaro y fue quien lo llevó a una pensión del barrio de Chueca, que por lo visto era el último reducto de la degradación humana. Los inquilinos pagaban al día y la mayoría eran toxicómanos, incluido el argentino. Cada noche el siniestro cortejo se reunía en alguno de los cuartos para inyectarse, y luego salían a la calle a rebuscar la plata de la siguiente dosis. Aníbal recordaba a una mujer de piel acartonada que, al haber agotado las venas de brazos y piernas, buscaba en su cuello un lugar donde clavar la jeringa con un espejo de mano. Había también dos travestis de Málaga que tras aplicarse las dosis salían a prostituirse en bares y plazas. El argentino, que tenía mucha labia, pedía plata prestada en los negocios de las calles vecinas hasta que quedó encerrado y ya no pudo moverse durante el día, pues tenía deudas en todas las posibles direcciones. Aníbal estuvo con ellos cerca de un mes, hasta que aprendió a hacer las mascaritas de cuero y pudo salir a venderlas; entonces, con las ganancias, se fue a vivir a un lugar menos sórdido. A partir de ahí, había ido en ascenso. Cuando lo conocí aún vendía las mascaritas, pero a veces lo contrataban para iluminar espectáculos en el Alfil, un teatro del barrio Malasaña.

—¿No te da frío con esa chaqueta tan corta? —le preguntaba yo al verlo, aterido, con las manos en los bolsillos y un perpetuo pucho colgado del labio.

—Para qué voy a tener frío si no tengo abrigo —me respondía.

Nos fuimos haciendo amigos, entre otras cosas porque nos dimos cuenta de que cada noche había gente distinta en los teléfonos, pero él y yo estábamos siempre. A cambio del Capablanca, Aníbal me llevó a su café preferido: El hogar del deportista, un garito que abría a las doce de la noche, en el tercer piso de un inmueble sobre la calle Mayor. Allí, además de ajedrez, se jugaba al ping-pong y al billar. Era un espacioso salón regentado por un marroquí que tenía pretensiones artísticas, y que, en una ocasión, tuvo la loable iniciativa de hacer un cine club con un vídeo casero, ahí mismo, para pasarle películas cultas a sus trasnochadores clientes. En El hogar del deportista conocí otro curiosísimo caso de disfunción senil, sin duda emparentado con el de Visichu. Al llegar a la escalera para subir al tercer piso, había un viejo en el rellano. «¿Tiene ya tabaco?», preguntaba. Era el cigarrillero. Pero a las seis de la mañana, cuando el Hogar se disponía a cerrar sus puertas, el mismo viejo subía al salón, sacaba un balde de agua y un trapero y comenzaba a limpiar los suelos. Pues bien: el viejo era el propietario del local. El regente del café, además de pagar el alquiler mensual, tenía la obligación de contratarlo como limpiador. De lo contrario, el viejo no lo alquilaba. Ésa era la curiosa condición exigida para poder usufructuar ese maravilloso salón, a dos pasos de la Puerta del Sol. Según nos dijo el marroquí, el viejo tenía otros locales alquilados en la zona de Cuzco.

Pero ya va siendo hora de que hable de Victoria.

La primera vez que la vi, había poquísima luz. Fue en un intermedio entre dos películas, en el Cinestudio Griffith, que por esa época quedaba en la calle Santa Engracia, un poco más arriba de Ríos Rosas. A mí me sorprendió que alguien como ella pudiera ir sola a esas sesiones triples en medio de una tarde de sábado, cuando todo el mundo se daba cita en los bares para tomar aperitivos y charlar. La vi peinarse, recostada sobre su antebrazo, despreocupada, mirando el reloj como esperando a alguien que ya no puede llegar, como miramos la hora para imaginar lo que está haciendo un ser querido en algún lugar lejano. Y me quedé hipnotizado.

Al terminar la película salió a paso lento buscando un paquete de cigarrillos al fondo del bolso. Yo vine detrás con los ojos rasgados, emocionado por las tres películas de Kurosawa que acabábamos de ver y con ese extrañamiento que produce salir de noche de un cine al que hemos entrado en pleno día. La seguí con la vista, la vi alejarse hacia Cuatro Caminos hasta que la perdí entre la gente. Me fijé, entonces, en el programa, y vi que al día siguiente daban tres películas de John Cassavettes. Perfecto. ¿Volverá a venir esta bella mujer? Ojalá que sí, supliqué. De repente me sentí muy solo, y lo único que me dio consuelo fue pensar que en mi casa me esperaba una lata de macarrones con carne, medio litro de Coca-Cola y más de la mitad de la novela *Los comediantes*, de Graham Greene.

Volví al otro día y allí estaba, pero no me atreví a acercarme hasta el fin de semana siguiente, cuando la vi leyendo un libro de poesías de Jaime Gil de Biedma. Evocando el encuentro unos meses después, mientras Victoria leía alguno de mis libros en la alfombra, pensaba en el hilo tan débil que, en ocasiones, nos acerca a los otros. Recién llegado a Madrid, yo me hacía la siguiente pregunta: ¿en dónde estarán ahora las personas para quienes, dentro de un par de años, seré imprescindible? Tal vez las esté cruzando por la calle sin reconocerlas. Es posible que la joven que hoy me mira con desdén más tarde pegue un grito y salte a mis brazos. Es todo tan casual... Victoria bostezaba y yo veía su cuerpo sudoroso, sus piernas largas brillando bajo la luz de la lámpara, su pelo recogido en un moño que deshacía para dormir, y entonces recordaba a esa altiva mujer que un sábado salió del Cinestudio Griffith, sin reparar en mí.

Victoria desaparecía de vez en cuando y yo iba a buscarla a su casa, cerca del cine Alphaville, detrás de la plaza España. Entonces, si la tarde no era muy fría, salíamos a las terrazas del Templo de Debot a mirar los teleféricos que iban a la Casa de Campo, y luego subíamos por la calle Ferraz hasta una librería de viejo a olisquear los estantes en busca de algún incunable. Ella se reía de mi pasión por los libros. Comprendía el valor de una primera edición cuando se trataba de un clásico, pero no de novelas recientes como *La vida breve*, de Onetti, o incluso de Vargas Llosa, cuyo rápido éxito le quitaba cualquier gracia a la bibliofilia. Yo entendía las razones de Victoria, pero en cuanto aparecía un libro de Cortázar —que, como ya dije, ella me enseñó a leer— en Sudamericana, caía sobre él como un mendigo sobre su escudilla caliente.

Una noche, el Bar Capablanca anunció un campeonato de ajedrez. Se realizaría al mes siguiente, que era ya octubre, y la inscripción costaba mil pesetas. El premio al ganador sería de 50.000 pesetas y se aceptaban todas las categorías de jugadores. Aníbal y yo decidimos probar suerte e inscribirnos, convencidos de que los participantes eran las mismas personas que acudían cada noche al bar. ¡Qué lejos estábamos de imaginar lo que iba a ser! A través de este torneo conocí la difícil situación del ajedrecista español.

El caso fue que, no sin dolor, pagué las mil pesetas, y al mirar el calendario comprendí que tenía treinta escasos días para prepararme. No había un minuto que perder y por eso, una vez más, mi actividad literaria quedó relegada. Diré, en descargo, que dejar de lado la obsesión de la escritura fue un verdadero descanso. Querer escribir siendo estudiante de Letras es un candoroso despropósito; de un lado, uno está analizando a Kafka, a Broch y a Cervantes, comprendiendo a fondo sus libros y estudiando el tejido de su escritura, y del otro, en la modesta página personal, se encuentra con los primeros esbozos, tímidos e inseguros, de algo propio. ¡La desproporción es frustrante! Conocer a fondo la literatura puede servir, pero no asegura ningún resultado y conlleva un grave peligro: en las facultades de Letras —en las que conozco, al menos—, lo que comúnmente se hace es una disección de los libros para extraer de su interior las estructuras que los sostienen, el mundo que proyectan, las soterradas críticas que disparan y las ideas en torno a las cuales gravitan. El problema, para el estudiante, es la tentación de considerar que esas ideas son la literatura, y que sin tenerlas claras de antemano no podrá escribir su ansiado libro, desconociendo que para la mayoría de los escritores —Kafka o Cervantes, por ejemplo—, esas estructuras fueron totalmente inconscientes. En la facultad tuve varios compañeros con talento que sucumbieron ante este dilema, pues antes de sentarse a escribir se devanaban los sesos estableciendo el marco conceptual de su libro, qué querían decir con él y por qué. El resultado era, por lo general, catastrófico, pues se trataba de manuscritos herméticos que sólo podían ser comprendidos por eruditos.

Sobre el tablero, en cambio, la cultura ajedrecística sí era definitiva. Conocer a fondo las partidas célebres, destripar, disecar, comprender el porqué de tal o cual movimiento, es una de las claves del buen juego y de la victoria. Si no se conoce una posición y se tiene talento, uno puede llegar a resolverla mediante el análisis, pero entonces quien lo estrangula a uno es el reloj. De ahí la importancia del estudio. Por eso lo primero era aprovisionarse de buenos libros, para lo cual volví a recurrir a la Cuesta de Moyano. Allí, en viejas ediciones de Bruguera Bolsillo, encontré manuales de aperturas, de finales de torre o reina, los cuales debían afilar el conocimiento más bien intuitivo que hasta ese momento tenía del ajedrez.

Me dediqué a ello con disciplina, aunque muchas noches surgía en mi mente un tema que me atormentaba: Natalia. Sus cartas eran ahora —un año después— muy espaciadas. No había podido conseguir la beca a Madrid y mi impresión era que ya no le interesaba. En cambio, contaba con detalle sus proyectos en Bogotá, la oportunidad de trabajar en un estudio de arquitectos y la posibilidad de hacer uno de los años universitarios en México. Sospechaba que tenía a alguien, y esa idea, en lugar de mortificarme, me consolaba. Me liberaba de la culpa. La relación que yo tenía con Victoria era bastante abierta y nos veíamos poco, pero ahí estaba y yo la quería. ¿Qué hacer? El poeta Vicente, mi consejero espiritual, me aconsejó no decirle nada.

—Es tu vida. No cierres puertas.

No fui capaz de seguir su consejo y la siguiente vez que apareció un teléfono pinchado me asinceré. Natalia escuchó con tranquilidad, confirmando mis sospechas, y quedamos en ser amigos con la posibilidad de reiniciar algo más adelante. Así, con la conciencia tranquila, pude dedicarme de lleno al torneo de ajedrez. Estudié partidas, aperturas, posiciones, resolví problemas, me adentré en el espinoso laberinto de la progresión ajedrecística, afiné mi malicia, aprendí a controlar el tiempo, y a la fuerza, de un modo improvisado y expedito, logré un cierto manejo del tablero. Aníbal venía todas las tardes a mi casa a repasar las posiciones más importantes, hasta que el tiempo de preparación terminó. Era el momento de jugar. Como es lógico yo quería ganar el torneo, aun si mis limitaciones hacían de esto algo quimérico. Pero igual soñaba. Las 50.000 pesetas del premio equivalían a más de un mes de presupuesto y ya tenía preparada una lista de libros y un viaje a las playas de Almería con Victoria.

La primera tarde llegué al Capablanca mucho antes de la hora de la partida, que era a las cinco de la tarde. Una atmósfera de actividad ocupaba los dos pequeños salones, pues dado el número de inscritos fue necesario establecer tres turnos. Una gigantesca planilla con los apellidos de los concursantes campeaba en la pared del fondo y Ernesto contrató a varios jueces de la federación para que tomaran nota de los resultados. En mi primer juego obtuve las blancas, salí con una estruendosa apertura que aprendí en Zukertort-Reti —que siempre asocié, tal vez por el salto del caballo, con la *Marcha Radetzky* de Strauss—, y pude vencer con facilidad a un circunspecto señor andaluz que fumaba puros Farias. Victoria llegó cuando estaba a punto de concluir la partida, con torre en séptima, y me sentí tan feliz de que ella fuera testigo de mi triunfo que le propuse cenar en la Casa Gallega. Así obtuve mi primer punto. Aníbal también ganó y entonces la celebración fue tripartita. Pero antes de salir nos quedamos un rato en el bar, comentando las demás partidas, y fue entonces cuando supe, con gran estupor, que en el turno de las diez jugaba el Tigre Calderón.

Casimiro *el Tigre* Calderón era, en ese momento, nada menos que el campeón regional de Madrid y el segundo de España por detrás del mítico Genaro Iriarte, que había hecho tablas con Bobby Fischer y que vivía exiliado en París desde la época de Franco, donde era portero de un edificio. Esto me pareció insólito. ¿Jugaba el campeón en un modesto torneo de bar? No lo podía creer, pero al comentarlo, Ernesto nos dijo que el Tigre, para financiarse, debía competir en todos los torneos, pues 50.000 pesetas no eran de despreciar. Sentí una fuerte decepción, pues de un plumazo mis sueños de libros y viaje a Almería se desportillaban contra el suelo. Tras la decepción, vino la curiosidad: ¿no tenían los ajedrecistas españoles el patrocinio de la federación? Cuando leía las vidas de los campeones, una de las cosas que más me intrigaba era que nadaran en oro, y siempre me pregunté cómo hacía el ajedrez, algo tan minoritario, para manejar tales cantidades.

—Eso serán los rusos —me dijo Ernesto—. Pero aquí no. Si ponés un bife de carne al lado de la copa, se llevan el bife. Están jodidos los *llellogas*. —Esta última palabra, traducida del lunfardo por Aníbal, quería decir «gallegos», que es como los argentinos llaman a los españoles.

Adiós sueños de premio, me dije poniendo los pies en la tierra. El consuelo vino al aceptar que, de cualquier modo, la cosa era bastante difícil, ya que la media de cualquiera de los asiduos del Capablanca era también muy alta. Sería interesante ver, eso sí, hasta dónde podía llegar.

Después de la cena, insistí para volver al Capablanca a ver en qué iba la partida del Tigre Calderón y, a pesar de que a Victoria el ajedrez no le provocaba grandes emociones, decidimos pasar un rato. Y ahí estaba, en una de las mesas de atrás, enfrentado a un joven madrileño. Cuando llegamos, debían de ir por la jugada número veinte, más o menos, y la superioridad de Casimiro el Tigre era muy visible. El flanco de reina del joven estaba abierto, disperso; lo único que había logrado era agruparse en la esquina de rey con una sólida defensa. El Tigre le había puesto cerco con un par de alfiles que minaban las diagonales y un peón avanzado, cabeza de puente, que a esas alturas tenía la fuerza de un cíclope. El tablero, tal como estaba, era casi idéntico a una posición que había visto en una vieja partida Müller-Paoli. Aníbal también la reconoció y comentamos que, si el joven no espoleaba su caballo hacia la diagonal, en cuatro movimientos su defensa estaría por los suelos. El Tigre se rascó la oreja con el bolígrafo mientras el joven pensaba, hasta que éste, con decisión, alargó la mano y movió al centro una de sus torres. Estaba perdido. De inmediato, el Tigre levantó uno de sus alfiles y le abrió un boquete al muro de peones. Al reaccionar, el joven se dio cuenta de que podía tomar ese malévolo alfil, pero que si lo hacía destapaba el flanco izquierdo. Allí, la reina del Tigre tenía instalada su batería y ya nada podría impedirle entrar a la fortaleza haciendo una degollina de peones. Si el joven retrocedía su torre para «clavarle» el alfil al Tigre podía aspirar, con suerte, a un «jaque perpetuo» y presionar tablas. Era todo lo que podía conseguir. Pero tampoco lo hizo; en lugar de esto, sin duda ya nervioso, abrió fuego desde atrás avanzando la reina para cubrir al alfil, y entonces fue muy fácil para el Tigre introducir su caballo, desbaratar la retaguardia, atrincherarse en un costado y limpiar el camino para que su reina entrara a rematar. El joven recostó su rey en señal de derrota y todos aplaudimos a Casimiro Calderón. Caray, me dije, ojalá no me toque con él en la primera ronda.

La siguiente partida fue un viernes a las diez de la noche. Esta vez mi rival era un vasco al que ya conocía, de nombre Iñaki, temible porque usaba vistosas camisas de flores y muchos collares. Iñaki salió con blancas y una apertura clásica. Yo le opuse la defensa Philidor, que conocía bien y que me permitía reforzar los caballos en segunda línea, una posición desde la cual éstos blindan los muros de defensa, controlan los escaques centrales y están dispuestos al ataque. El vasco jugaba con desparpajo y noté que, al tiempo que movía las fichas, le hacía sonrisas a los espectadores como diciéndoles: «Esta partida es mía», viejo y conocido truco intimidatorio. Yo evité mirarlo, concentrado como estaba sobre el tablero, y tuve mi recompensa. O mejor: a él le salió el tiro por la culata, pues de tanto sonreír cometió un error mortal, que consistió en plantar la reina delante de su rey dándome la oportunidad de atacarla con alfil protegido. No podía retirar la dama porque quedaba en jaque, y si comía el alfil mi peón se lo iba a tomar como algo personal. Si interponía alguna otra figura en el camino la perdía, pues no tenía cómo protegerla. No le quedó más remedio que dejar de hacer caras, tomar mi alfil, sacrificar su reina y tratar de replegarse. Su posición no le permitía hacerlo con rapidez y, al segundo, mi alfil de negras disparaba ráfagas, la reina cargaba misiles contra el castillo de defensa y el caballo blandía su cimitarra degollando cuanto peón se le ponía a tiro. Obtuve, con sorpresa, mi segundo punto. Estaba radiante. Como era viernes, fui a buscar a Victoria a la salida de un ballet en el Teatro María Guerrero —ella era bailarina, aunque ese día estaba de espectadora—, y decidimos celebrarlo tomando un trago en el Círculo de Bellas Artes. Luego fuimos a mi casa a tomar un poco de whisky escuchando música, y al llegar encontramos nutrido jolgorio en la habitación del poeta Vicente. Estaba con varios amigos y su novia. Bebían y reían, y nos sentamos con ellos. A Vicente le gustaba Victoria. Decía que tenía andar de reina y muslos de amazona, fortalecidos con aceite de oliva y horas de ejercicio en las barras. Victoria era muy linda, es cierto, pero tenía ese pésimo genio de las personas excesivamente mimadas en la infancia. Cuando el mundo dejaba de ser lo que ella quería, su reacción era implacable. Rayos y centellas tronaban en sus ojos; negros nubarrones cubrían su rostro hasta que, pasado un tiempo que podía durar días, el mundo volvía a estar a sus pies y entonces ella, satisfecha, regalaba de nuevo el trofeo de su sonrisa.

Gané las siguientes tres partidas y pasé a segunda y tercera ronda. Eso quería decir que, mal que fuera, ya quedaba entre los diez primeros. Aníbal también estaba en tercera, lo mismo que Casimiro el Tigre, que no sólo clasificó sino que, para describir con exactitud, dejó a su paso una estela de cadáveres, pues la mayoría de sus victorias fueron fulminantes, rápidas, estrepitosas. Tuve suerte y no me tocó jugar contra él en las dos partidas siguientes, por lo que me dediqué a estudiar y a prepararlas con disciplina, mientras que el resto de mi vida continuaba de modo apacible.

A partir del segundo año, en la universidad, había decidido cursar los estudios de Filología en el turno de noche, que era de seis de la tarde a diez. Este horario, conociéndome, era el que mejor se adecuaba a mis ritmos, pues la manía de la lectura y la pasión por el ajedrez eran esencialmente nocturnas. Así, hacia el mediodía, preparaba los cursos de la tarde, iba a la facultad y regresaba después de comer a estudiar nuevas partidas.

Con el cambio de horario, la universidad se transformó y, casi diría, se fue al otro extremo. De los mozalbetes de rosadas mejillas que asistían a los cursos matinales, pasé a un gremio muy diverso y variopinto; mis nuevos compañeros, gañanes y rufianes, pasaban la mayor parte de la jornada en la cafetería de la facultad, que para sorpresa mía vendía todo tipo de licores: al menos tres marcas de whisky, vodka, ginebra, anís, cerveza y vino; en fin, un bar con todas las de la ley. Los tragos los servían en vasos plásticos y era muy común encontrar compañeros bebiendo en las clases, e incluso a los profesores. Recuerdo a uno de ellos, un docente de apellido Escobedo, que siempre entraba al aula exhalando aromas de escocés de marca y que se tambaleaba con la tiza entre los dedos. También se fumaba en clase y más de una vez reconocí el dulzón olor del *hash*. En las horas del crepúsculo, cuando hay más sombra que luz, era común avistar parejitas sabiamente ubicadas en las últimas filas, dedicadas a introducirse furtivos dedos por todas las cremalleras y aberturas de la ropa. El paroxismo llegó una tarde en que, regresando de la facultad, una pareja de estudiantes se acostó en la última banca del bus a hacer el amor, ante la estupefacción de los demás viajeros, que decidimos quedarnos en la zona central. Al terminar, y por si alguno no se había enterado, el protagonista masculino gritó: «¡Dios, vaya polvo me he echado!» Así era la cosa. Nada que ver con el candor de las Heidis y los Charlie Brown de la mañana. Cuando un profesor no quería dar clase al día siguiente, simplemente preguntaba:

—¿Van a venir mañana?

El curso, en coro, respondía:

—¡Nooo!

Entonces teníamos las horas libres. Para mí no era ningún sacrificio y me iba a la biblioteca a leer, que era lo que más me gustaba, pues sus anaqueles estaban bien nutridos y era un lugar bastante apacible, con bellos ventanales que daban a los jardines del campus, jardines en los que, dicho sea de paso, podía afirmarse con poca probabilidad de error que detrás de cada árbol se realizaban varios coitos por día. Muchos de nuestros profesores eran excelentes, personas que, sobre todo, sabían transmitir su entusiasmo por las materias que dictaban y que tenían con nosotros un trato amistoso y democrático. Pero otros eran verdaderos sinvergüenzas. No olvido a uno de ellos, un tal Amorós, que entraba al salón sacando pecho, como si fuera un pavo real. Su percudida fibra humana salió a flote una tarde en la que pidió a un compañero minusválido, un joven que tenía problemas de dicción, que hiciera el favor de no hacerle preguntas en clase.

De cualquier modo, en ese medio, mucho más real que el del grupo de mañana, comencé a tener amigos entrañables. Uno de ellos fue Vladimir, un simpático bolchevique de origen ruso que estudiaba Filología Eslava. A través de él, y de un tal Pedro al que le decíamos Pe-PePedro —o PiPiPeter, pues era, a la vez, tartamudo y políglota—, conocí el mundo de las asociaciones de amistad España-URSS, vi por primera vez en mi vida a rusos, hablé con ellos y hasta empecé a estudiar su lengua, algo que abandoné al poco tiempo por parecerme endiablada y porque tenía sobrecarga en ese rubro: entre la facultad y academias privadas tenía clases de inglés, francés y árabe. Víctor, como buen ruso, también jugaba al ajedrez y bastante bien, por lo que uno de nuestros placeres era pasar la noche delante del tablero, en su casa, comiendo tortilla de papas, pimentones en aceite y, en general, saqueando la nevera y el bar de su generosa madre.

Pero vuelvo al torneo del Capablanca. De las dos partidas de clasificación gané una e hice tablas en la segunda, lo que me dejó dependiendo de un tercer juego cuyo rival debía surgir de las próximas competiciones. Ahora el nivel era bastante alto. Al día siguiente, cuando esperaba el nombre de mi contrincante, recibí un baldado de agua fría: ¡me tocaba con el Tigre Calderón, nada menos! Adiós torneo. La partida era el próximo martes. Entonces, comencé a prepararme para vender cara mi derrota.

—Pero... ¿quién va a querer comprarte una derrota? —me decía Aníbal—. Y encima cara. Estudiá, ché. A lo mejor le ganás.

Comencé a estudiar con verdadero brío, sabiendo que mis posibilidades eran nulas. Aunque, soñando despierto, me decía: ¿no había vencido David a Goliat? ¿No me había enseñado Sandokán, maestro de infancia, que las mejores batallas son las que se luchan en inferioridad de condiciones? El romanticismo estaba de mi lado, con el inconveniente de que el ajedrez es una ciencia muy poco romántica y bastante precisa. Sólo cabía esperar un milagro.

Ya me disponía a preparar la partida contra el Tigre cuando Aníbal apareció eufórico, con cara de buenas noticias. Me sacó del brazo, interrumpiendo mi estudio, para presentarme a un argentino llamado Rodolfo, otro latinoamericano perdido en las oscuras callejas de Madrid. Pero éste, la verdad, sí que estaba perdido, pues según Aníbal la mayoría de las noches no era capaz de encontrar el camino de regreso a su casa, que en realidad era un hostal cerca de Ópera, y la razón era que bebía hasta convertirse en un ser líquido. Un líquido con un 70% de alcohol. Desayunaba con ginebra, almorzaba vino, tomaba brandy de postre y, por las noches, cenaba vodka o whisky, según el tipo de *spleen* o tristeza que sobrevolara su compleja atmósfera psíquica. A pesar de esto, Rodolfo era una de las personas más elegantes que por esos días azotaban las plazas de la ciudad y, sin duda, también uno de los más mentirosos, pues me pareció un experto en convencer a meseros de bar y a quien quisiera escucharlo sobre supuestos orígenes principescos, dinastías y linajes, y cuando evocaba su vida en Buenos Aires, poco le faltaba para decir que era hijo secreto de Evita Perón y Jorge Luis Borges. Todo esto vi en él en poco tiempo, la noche en que lo conocí, pero tenía una virtud: jugaba muy bien al ajedrez. Había sido campeón de El Chaco y en algún momento de su licuefacta existencia se había ganado el pan dando clases de estrategia. Aníbal lo encontró la noche anterior en un teléfono y de inmediato lo reclutó. Entonces comprobé que Rodolfo, con un platico de maní y un par de birras —como él decía—, se transformaba en un implacable y certero estratega.

Así, las tres veladas previas al duelo las pasamos en su hostal estudiando variantes. Su habitación era grande, cómoda y muy ordenada, lo que contrastaba con su condición más bien precaria, y estaba repleta de extraños libros: viejos catálogos de la Mercedes Benz, guías de teléfonos de ciudades españolas de provincia, álbumes de ferias agropecuarias, un diccionario de sinónimos, agendas de la gasolinera Repsol, en fin, el tipo de libros que acumula la gente que no lee. Él sí leía, eso era lo extraño, pero según me dijo, al preguntarle, lo hacía en las bibliotecas. A mí me intrigaba una cosa: ¿cómo se ganaba la vida? Rodolfo era una persona bastante exquisita, pues sabía dibujar, escribía y tocaba varios instrumentos. Decía que tenía oído absoluto para la música, lo que resultó ser cierto. Pero ninguna de esas gracias parecía producirle un cuarto, de ahí mi curiosidad. Por lo que contó en el poco tiempo en que lo vi, andaba inmerso en proyectos que eran laboriosos, pero que, desde el punto de vista práctico, no servían absolutamente para nada, como establecer con exactitud cuántos números capicúas había en las fechas de cada siglo, desde el nacimiento de Cristo hasta nuestros días, o corroborar mediante cálculos qué día de la semana había sido el descubrimiento de América o la toma de Constantinopla. Después supe, por Aníbal, que hacía dos años que no pagaba el alquiler porque se había hecho amante de la propietaria, una señora mayor y jamoncita que aún quería guerra. Rodolfo la aliviaba a cambio de techo. Y qué techo. Tenía dos balcones que daban a la plaza de la Ópera y el espacio era doble, lo que le permitía tener una zona social que no interfería con el dormitorio.

Lo más importante, según Rodolfo, no era preparar una táctica de defensa, pues esto implicaba renunciar de antemano a la victoria. Según él, yo debía salir a ganar, algo que a mí me pareció de un tierno romanticismo pero completamente absurdo. Su teoría, que al final comprendí, era que si uno aspiraba a la victoria luego podría, recogiendo sobre la marcha, acomodar mejor una sólida teoría defensiva. Insisto en que sus consideraciones me parecían improbables, pero como el objetivo de las sesiones era entrenar estaba bien hacerlo de cualquier modo. Rodolfo me explicó sus avances de peones protegidos por la carga de alfiles, me abrió los ojos sobre insólitos desplazamientos de torre que a mí me parecían atrevidos pero que resultaban ser certeros. Y así, tratando de elaborar una combinatoria de ataque, pasamos los tres agotadores días de preparación.

La noche de la partida estaban todos ahí. Victoria había decidido no ir a un ensayo de danza para estar conmigo. Rodolfo y Aníbal me acompañaron todo el tiempo, dando consejos de última hora y, cuando entramos al bar, noté un cierto revuelo. La nuestra era una de las últimas partidas y todos deseaban ver al gran campeón. Me sentí intimidado, pues mi situación era obvia: yo era la carne sobre la cual el admirado genio debía desplegar sus artes. El romanticismo del débil no tenía nada que ver conmigo, pues todos querían ver brillar la sabiduría del Tigre Calderón, y si algo esperaban de mí en cuanto a calidad o técnica era sólo para que no les fuera a aguar la fiesta perdiendo la partida con un jaque tempranero, como el jaque pastor.

Casimiro Calderón llegó muy puntual. Al sentarnos delante del tablero sentí un ligero malestar, pues me oprimían las miradas de los curiosos. El Tigre estrechó mi mano, se acomodó y, tras mirar al juez, hundió el botón del reloj para echar a correr mi tiempo, pues a él le tocaron las negras. Supuse que esto me daría, al menos, la ventaja de la iniciativa en las primeras jugadas. Salí con una apertura clásica de peón de rey a cuarta fila, seguido de caballo y alfil. Él respondió con peón y dos caballos en tercera, y luego dirigió su alfil contra mi enroque. Yo abrí el lateral y coloqué la reina detrás de mi alfil, que apuntaba a su castillo de defensa, y comencé a dirigir hacia allá mis cañones. Pero, de inmediato, el Tigre recuperó la iniciativa con un duro combate en el centro del tablero. Cada una de sus piezas parecía una diosa Baal, atacando mis flancos con seis puños. Mirando el tablero sentía que hasta el más inerme de sus peones era un peligro mortal, y entonces me dediqué a jugar sobre seguro, pisando con pies de plomo antes de mover cada pieza con la idea de lograr, si es que los dioses me echaban una mano, unas decorosas tablas. Así empecé a mover hasta que noté en Rodolfo, que observaba desde atrás, un profundo malestar. En realidad me fulminaba con los ojos, pues comprendía que había bajado la guardia, y esto, parecía decir, no estaba en el guión que con tanto cuidado habíamos urdido en su casa.

Picado por la explosión ocular de Rodolfo, volví mis ojos al juego, pero no logré ver la menor posibilidad. Sobre el terreno de batalla mis soldados parecían de cera y los suyos acorazados de acero, guerreros del jihad, caballeros jedi. Mi mente se bloqueó. Mis fichas iban de aquí para allá, en un mero trámite, y mis jugadas eran como los argumentos de inocencia que murmura un condenado a muerte cuando ya lo llevan a la silla eléctrica. Ni siquiera mi reina, el arma más fuerte, me parecía capaz de entrar a los dominios del Tigre. Así estaba yo, dejando que mi defensa se soldara para resistir el asedio, cuando noté que podía tomar uno de sus alfiles y ganar una pieza en el cambio. Esta posibilidad, en lugar de darme ánimos, me llenó de terror. No era creíble que el Tigre diera ese inesperado regalo a su rival y, por lo tanto, algo se traía entre manos. Con las sienes húmedas, levanté un segundo la vista hacia él. Estaba recostado en su silla y, con el bolígrafo, se rascaba la oreja. Fue una visión corta. Un fogonazo de la memoria. Lo vi, en su primera partida, haciendo el mismo gesto delante de un rival que estaba a punto de caer en su trampa. Entonces me contuve. Dejé su alfil y me fui al otro lado del tablero. Al ver que no tomaba su alfil el Tigre me miró. Fue también un segundo. Nuestros ojos chocaron como dos copas de cristal, haciéndose añicos, y yo sentí que había escapado de algo muy grave, una trampa densa que me producía angustia, pues no la veía. Una trampa ciega. Había pasado al lado de un abismo con los ojos vendados y comprendí que la partida estaba fuera de control. Intenté calmarme, pero mi corazón daba golpes, tenía la espalda empapada y los brazos entumecidos. Las luces del bar me cegaban, sentía la mente girando. Fuerza, me dije, cabeza fría y nervios templados; ésas son las virtudes del buen ajedrecista, virtudes de las que, sin duda, yo carecía. Para agravar las cosas, la tranquilidad y la parsimonia del Tigre, en lugar de contagiarme reposo, me producían irritación. Entonces sentí miedo de alzar el brazo para mover, pues sabía que la única forma de parar el sufrimiento, ya insoportable, era dándole un golpecito con el dedo a mi rey para que éste cayera, capitulando, lo que era muy tentador. Pero de inmediato pensaba en las horas de estudio, en el trabajo que perdería y en la ilusión con la que había iniciado el torneo. De cualquier modo, me dije, saber que hay una vía de salida ayuda a permanecer. Y seguí jugando. No sé cómo, pero seguí, atrincherado en defensa, mientras que una pelota de nervios y tendones se endurecía en mi nuca provocándome un agudo dolor. De repente, del fondo de la memoria, me llegaron unos versos de Kavafis:

Ese peón avanza con tal soltura
que nos hace pensar que llegando a esa línea
comenzarán sus alegrías y obtendrá su recompensa.
Encuentra muchos obstáculos en su camino.
Los poderosos lanzan sus armas contra él.
Los castillos le acometen con sus
altas almenas; dentro de sus campos
veloces jinetes pretenden con astucia
impedir su avance,
y por todos lados, desde el campo enemigo
la amenaza avanza contra él.

Mas sale indemne de todos los peligros
y alcanza triunfante la última línea.

Con qué aires de victoria la alcanza
en el momento exacto;
con qué alegría avanza hacia su propia muerte.

Luego una voz, sin duda la misma que me susurró el poema, me dijo al oído: «¿Qué diablos haces aquí sentado?» No me estaba divirtiendo, es cierto, y ése, precisamente ése, era el origen de mi pasión por el ajedrez: divertirme de un modo inteligente. Ahí, sentado frente al Tigre Calderón, no sólo no me divertía sino que estaba sufriendo, acorralado en una angustiosa prueba. Y no me divertía por un hecho simple: pretendía algo que mis fuerzas no eran capaces de obtener. En suma: el sufrimiento, además de intenso, era completamente inútil. No tenía ninguna finalidad. Como el peón de Kavafis, avanzaba orondo hacia la línea final pretendiendo un pírrico triunfo, ¿y para qué, si de todos modos iba a morir? El error había sido pretender del ajedrez algo más que placer y ahora había caído en la trampa. No en la del Tigre, sino en mi propia trampa. Entonces decidí divertirme y saqué uno de mis alfiles al centro del tablero para, desde allí, abrir un boquete en uno de los flancos de su defensa. El Tigre me miró por encima de las gafas, sorprendido, pero yo ya no sentí la misma angustia. Incluso el amasijo de nervios de la nuca comenzó a disolverse. De inmediato, mi caballo voló hacia las últimas filas y se trenzó en alegre escaramuza con su torre. El Tigre dejó el bolígrafo sobre la mesa y se acarició el tabique nasal con los dedos. Hubo un nutrido fuego en el centro del tablero y a continuación lancé mis peones de reina sobre el campo. A mi cabeza volvieron los sones de la *Marcha Radetzky* y los imaginé haciendo cabriolas, como si en lugar de combatientes fueran una tropa de saltimbanquis. Pobres mis nobles corsarios, como diría el pirata Pata de Palo, pues al llegar al centro de la explanada varias ráfagas de balas trazadoras los diezmaron. Murieron como héroes mis nobles peones, pero su sacrificio no fue vano, pues le abrieron espacio a una nueva carga de caballo y torre central que a pesar de cruzar entre las balas se estrelló contra el parapeto de protección del flanco de dama. Mis fuerzas se fueron diezmando y poco a poco me convertí en un rey sin corte y sin soldados. En un rey bufo que corría por una llanura vacía, perseguido por los rugidos del Tigre, que también estaba diezmado, pero con ventaja. Pensé capitular, pero me estaba divirtiendo. Así que lo obligué, en dieciocho movimientos que lo irritaron, a darme jaque tras jaque en una suerte de vaca loca que nos llevó por todos los rincones del tablero. Al fin, cuando tuve suficiente, le di un toque de pulgar a mi monarca; éste cayó de lado y el Tigre obtuvo la partida. Los espectadores saludaron mi gesto con un aplauso.

Victoria, Aníbal y Rodolfo se quedaron atrás. Ellos debían de ser los únicos en todo el Capablanca que pujaban a favor mío. Sus caras estaban largas, pero al verme comprendieron que algo había pasado. Yo no estaba triste ni frustrado; al revés: me sentía feliz. Liberado de una pesada carga. Esa misma noche, retomé mi máquina Remington y decidí empezar de nuevo, con brío, mi proyecto literario: no con la idea de escribir *La montaña mágica* o *Manhattan Transfer*, como quería antes, sino de escribir con sencillez algo modesto y, sobre todo, que estuviera a mi alcance. Algo que me proporcionara placer.

Lo que, con grandes ínfulas, llamaba «mi proyecto literario», consistía en un grupo de viejos cuentos atesorados en una de esas carpetas grises que se usaban para archivar documentos. Hablando en cifras claras, se trataba de cuatro historias cortas que, puestas una delante de la otra, no llegaban a las treinta páginas. A eso venía a sumarse lo que consideraba mi *opera magna*, una narración más larga y de pomposo título, *El calendario de las sombras*, que había escrito bajo la influencia de *María*, de Jorge Isaacs, y que tenía una romántica historia. Este pequeño manuscrito comenzó siendo un cuento de doce páginas escrito en Bogotá mientras cursaba el primer semestre de Literatura en la Javeriana. Lo terminé muy rápido, a mano, sobre unas hojitas de cuaderno académico, y en él intenté dar forma al remolino de sentimientos que me asaltó tras leer las desdichas de Efraín y María. Siempre me gustó y, con el tiempo, decidí que debía reescribirlo, pues estaba en una época de lordbayronismo radical y el cuento era muy romántico. Lo reescribí a máquina algo después, una tarde, y volví a archivarlo al fondo de uno de los cajones de mi mesa; allí permaneció varios meses, durmiendo el sueño de los justos, con periódicas salidas a la luz en las que le corregía alguna frase, agregaba un párrafo o suprimía algunas palabras.

Luego, días antes del cumpleaños de Natalia, quise tener un lance original dándole de regalo una novela corta en atención al afectuoso apoyo crítico que ella daba a mis sueños de escritor; entonces saqué del cajón el cuento para una tercera reescritura, pues consideré que podía inventar a partir de él algo más grande y ambicioso. Y así lo hice. Siempre me gustaron las leyendas literarias: los cincuenta y seis días de redacción de *La Cartuja de Parma*, de Stendhal, los tres meses de *La cabeza de la hidra*, de Carlos Fuentes, o los célebres veintiséis días de redacción de *El idiota*, de Dostoievski. Yo me senté un viernes a la máquina con los dedos henchidos de candor y, el domingo en la tarde, ya había logrado inflar mi cuentito hasta la exagerada extensión de sesenta páginas, convencido de que había escrito párrafos inmortales. Lo empasté con una flamante dedicatoria para Natalia, que le hizo fiestas y para horror mío se lo mostró a todo el mundo, y así quedó; todavía conservo una copia que, hoy, me abochorna y al mismo tiempo me llena de orgullo.

El calendario de las sombras era lo más acabado que tenía en Madrid, así que una vez más lo saqué del cajón, lo puse al lado de la Remington y empecé a subrayarlo para intentar escribir a partir de él. Pero... ¿por dónde empezar? Era la historia de un joven «agrimensor», palabra que yo había leído en un libro de Kafka, pero que nunca había escuchado, y que quería decir experto en medición de tierras y elaboración de planos. El agrimensor era contratado para medir los terrenos de una hacienda lejana, allá arriba en el páramo, un territorio de brumas que por esos días me parecía mítico y que, sobre todo, estaba suficientemente alejado de los calores de la hacienda El Paraíso, en donde transcurre la novela de Jorge Isaacs, como para que alguien sospechara la filiación. Mi joven agrimensor llegaba a la finca a caballo después de una verdadera odisea por las montañas altas, en plena tormenta, y al entrar a la casa se daba cuenta de que había un velorio, pues la hija de la familia, una joven llamada Eva —había pensado ponerle Nausicaa, como una de las heroínas de la *Odisea*, pero me pareció excesivo— acababa de morir. Tras reposar y refrescarse en su habitación, el agrimensor se presentaba al velatorio, y allí, al lado del ataúd, veía una foto de la muchacha. Como es lógico, el agrimensor se enamora de los rasgos de la joven y durante la noche, empapado en sudores de fiebre y obsedido por la mirada de Eva, decide visitar su dormitorio, que está al final del corredor. En él, después de una serie de hallazgos menores, encuentra un diario íntimo, y leyendo sus páginas se entera de que las toses —la tisis, en realidad— que se la llevaron le vinieron porque en las noches salía al campo a trenzarse en ardorosos juegos amatorios con un leñador llamado León, que era tartamudo pero muy bello. Yo no había leído aún *El amante de lady Chatterley*, pero supongo que a esa anécdota, bastante convencional, se puede llegar con poca imaginación; lo difícil es escribir algo bueno con ella, que fue lo que sí hizo D. H. Lawrence. Según el diario, la joven debía escapar con León la misma noche en que murió. Tenían una cita en un lugar alejado de la casa, un bosque de eucaliptos en donde yacía la tumba de la madre de Eva, y entonces el joven agrimensor, en medio de las fiebres, decide buscar el lugar con la idea de explicarle a León, en caso de que estuviera allí, que la muchacha había muerto. Entre ríos de lluvia y truenos que, como víboras, iluminaban el cielo, encuentra la tumba, y en ella, debajo de una piedra, recoge una carta envuelta en una bolsa. La escritura era imperfecta, como supuse que debía ser la escritura de un leñador; en pocas frases León le explicaba a Eva que no podía escapar con ella, que sus vidas eran muy diferentes y que por eso había decidido irse solo. El joven agrimensor, que por el diario sabía que la joven sí pensaba cumplir la cita, comprueba que el destino de Eva había sido piadoso, pues la retiró del mundo con la expectativa del amor. Ella no pudo saber el final triste que le tenía reservada la vida, y así, pensó el agrimensor, la muerte le había evitado un horrible tormento.

Ésta era, *grosso modo*, la historia de *El calendario de las sombras*, algo que ahí, en mi casa madrileña, me pareció ingenuo y disparatado. ¿Tenía arreglo esta historia? Le di vueltas, intenté varios principios, quise colocar al agrimensor en el mundo real convirtiéndolo en ingeniero o arquitecto, pero nada. No era creíble. A mis ojos ni el escenario, ni la situación ni los personajes podían tener algún futuro, pues estando en Madrid lo que quería era escribir sobre Bogotá. Eso deseaba, aun si Bogotá, a mis ojos, era un espacio sin poesía, carente de magia; lamentaba no haber nacido en un lugar más literario, como París o Londres, pues así podría escribir con más referencias y apoyos. ¿Qué hacer? Pensando y repensando mi novelita corta encontré que durante la enfermedad de la joven la familia había contratado a una enfermera, quien, sin explicación alguna, por una insólita torpeza de estructura, se disolvía en el aire, sus átomos parecían irse y de ella no se volvía a saber nada. Un bombillo se encendió en mi cabeza y comencé a escribir escenas de la vida de esa enfermera: quién era, qué amigos tenía, qué problemas debía enfrentar. Incluso escribí una ardorosa escena de sexo entre ella y el agrimensor, a ver si la cosa adquiría realismo. Cuando Victoria venía a mi casa, leía por encima de mi hombro y me preguntaba si se trataba de un viejo amor, pues le había puesto al personaje el nombre de Natalia, y así, cada día, iba engrosando un pequeño morro de hojas escritas al lado de la Remington. Como era de esperar, las situaciones y anécdotas de la vida de esta enfermera fueron desplazando la historia de la hacienda en los brumosos páramos; el agrimensor se convirtió en estudiante de la Javeriana y la tragedia de mi desdichada Eva y su pérfido y tartamudo leñador fue a parar al desván de los recuerdos.

En el Capablanca, tras el campeonato y la previsible victoria de Casimiro *el Tigre* Calderón, las cosas continuaron como antes. Ahora mis visitas eran más espaciadas, pues había decidido dedicar mis noches a la escritura, aun si cada tanto iba por allá a saludar amigos y a jugar al ajedrez. En esas estaba, con Aníbal, cuando vimos entrar a una mujer desconocida. Tenía más de 50 años y una expresión descompuesta en la cara. Nos estaba buscando. Era la propietaria del hostal de Ópera.

—Rodolfo desapareció —nos dijo angustiada—. Hace tres días que no viene a su cuarto.

Entonces caímos en cuenta de que, tras el torneo, no lo habíamos vuelto a ver, pero pensamos que estaría por ahí, bebiendo, y no le dimos importancia. Traté de calmarla prometiéndole ayuda y la acompañamos de vuelta al Ópera, preguntándonos en dónde diablos se habría metido Rodolfo. Por esos años había en la glorieta de Callao un bar llamado El Calentito al que Aníbal había ido con Rodolfo, y para allá nos fuimos. Era un lugar sucio, muy frecuentado por taxistas, pero vendía café toda la noche y era barato. Preguntamos por él al propietario y éste nos miró con desconfianza.

—¿Quiénes sois vosotros?

—Amigos de Rodolfo —respondió Aníbal—. La dueña del hostal donde él vive está preocupada porque hace tres días que no viene a dormir.

—Andará por ahí, emborrachándose —dijo el hombre, malhumorado, antes de darnos la espalda y seguir lavando tazas.

Hicimos un largo recorrido revisando los bares más baratos del centro y aledaños, dándonos cuenta, a medida que lo hacíamos, de lo disparatado de nuestro propósito, pues si existe un lugar en el mundo en donde los bares —y sobre todo los bares baratos— proliferan como liebres, ése es precisamente Madrid. No sé si se hayan hecho estadísticas al respecto, pero no me extrañaría que hubiera un bar por cada diez habitantes. El caso fue que a las cuatro de la mañana, extenuados, dimos por terminada la búsqueda. Ya nos pagaría Rodolfo el precio de esta caminata con un buen trago.

Pasaron los días y no hubo rastro de él. La propietaria del hostal no sabía qué hacer con la habitación, pues todas las cosas de Rodolfo estaban allí y ella no se atrevía a tocarlas. Había llamado a hospitales y comisarías —ahí supe que se llamaba Rodolfo Manrique— sin que nadie pudiera informarle nada, y le habían dicho que para una búsqueda más minuciosa debía denunciar su desaparición.

—No sé si deba hacerlo —nos dijo la mujer—, pues la verdad es que no he podido encontrarle ningún documento. Sólo sé su nombre. No sé si esté ilegal, y la verdad es que no quisiera meterlo en un lío.

Le pedimos que esperara antes de hablar con la policía. Luego, con la idea de buscar algún documento bancario, fuimos a revisar su habitación. Si se había ido, habría debido clausurar antes su cuenta y sacar la plata. Tenía lógica. Pero abrimos cajones, revisamos estantes, escarbamos detrás de los libros y descubrimos que no había un solo papel. Nada. De no haberlo visto, podríamos afirmar que Rodolfo nunca había existido. Los papeles que había en los cajones de su mesa de noche eran volantes publicitarios, tarjetas de almacenes, sobres en blanco, y sobre ellos no había escrito absolutamente nada, ni un teléfono ni un nombre que pudiera darnos alguna pista. Ni Aníbal ni yo recordábamos haberle visto tarjetas bancarias y nos pareció absurdo preguntar por él en las sedes cercanas de la Caja de Madrid o de cualquier otro banco. Como tantos compatriotas suyos, Rodolfo se había convertido en un «desaparecido». Sólo que a él le estaba ocurriendo en Madrid, diez años después de la gran represión.

—Estará por ahí con una mina, digo yo... —supuso Aníbal.

Así pasó el tiempo sin que hubiera ningún cambio. Un par de veces a la semana íbamos al hostal pero siempre las noticias eran las mismas. Se lo tragó la tierra. Lo que sí descubrimos, por las ojeras de la propietaria, fue que lo amaba. A pesar de haberse ido, ella limpiaba todos los días la habitación a la espera de un improbable regreso.

Las vidas de todos continuaban.

Había pasado la tarde escribiendo y, a eso de las once, decidí tomar unos tragos de una botella de whisky Dyc que andaba ya destapada y por la mitad al fondo de mi despensa. Entonces me serví el primer vaso al frente de la máquina y, muy tranquilo, comencé a releer lo escrito; pero mi reacción fue la misma de siempre: impotencia, frustración, rabia. Repetía adjetivos, construía frases ridículas y usaba farragosos adverbios que parecían armarios en medio de un corredor; corrigiendo, me daba cuenta de que podía decir lo mismo y mejor con muchas palabras menos en cada párrafo, con menos párrafos en cada página y con bastantes menos páginas de las que había escrito. Pero ¿decir qué? Luchaba contra mi deformación profesional de filólogo y literato y hacía enormes esfuerzos por olvidar las teorías, escribiendo con cualquier otra parte del cuerpo que pudiera aportar frescura y originalidad. El motor eran las imágenes de Bogotá, el recuerdo de paseos y devaneos por las noches, con algunos amigos, intentando encontrarle un sentido a nuestras incipientes vidas. Difícil operación, pues lo que parecía interesantísimo en mi mente dejaba de serlo en el papel. Lo que está bien escrito siempre es interesante, me decía, y ahí está el secreto. Yo luchaba por conseguirlo y cada día le sumaba más páginas a mi manuscrito, que empezó a contener varias historias, aproximaciones a lo que quería decir desde diferentes ángulos, con la idea de acertar en alguno. Pero el momento de la corrección me ensombrecía el ánimo; me expulsaba del sillón, como si le salieran clavos. Entonces, esa noche, decidí tomarme las cosas con calma, servirme varios vasos de whisky y comenzar a tachar sin piedad.

Al terminar las correcciones del manuscrito largo, que aún no me atrevía a llamar novela, saqué una bolsa con algunos cuentos empezados y comencé a releer los principios. La sensación fue parecida y, saltando de uno a otro, terminé leyendo un libro de poemas de León de Greiff, luego un capítulo de la novela *Cristóbal Nonato*, de Carlos Fuentes, y al final, tras encender el radio, acabé siguiendo con las palmas un flamenco de Camarón, ya bastante achispado por el whisky. Pero la botella se acabó y entonces cometí el error que cometen todos los aspirantes a bohemios, que fue decidir seguirla. Me puse el abrigo y, como quien se va para una cita con la Historia, salí dando tumbos hasta el ascensor. Cerca de mi casa, en la calle Fuencarral, había un Seven/Eleven que permanecía abierto toda la noche. Me dirigí hacia allá pero, como siempre, atraído por las discotecas de la plaza de Olavide, cambié de ruta con la esperanza de un encuentro fortuito. En la plaza divisé a un grupo de muchachos jugando a las cartas sobre una de las bancas. Tenían una botella de whisky Dyc y yo, que había pasado la tarde encerrado, sentí ganas de hablarles. Entonces les hice una pregunta estúpida:

—¿Saben dónde puedo comprar whisky a esta hora?

Se miraron. Uno de ellos señaló la botella y me dijo que la acababan de comprar, pero que no pensaban tomarla. Me la ofrecieron y acepté pagarles el valor, pero no contento decidí invitarlos a tomar un trago. Eran muchachos que venían de las afueras de Madrid a divertirse en el centro y, según creí comprender, ahora debían esperar a que amaneciera para regresar a sus casas en bus. Los acompañaba una jovencita que parecía bastante menor y todos hablaban con el acento «macarra» de los barrios bajos.

Comencé a sentirme muy borracho y, no sé cómo, me vi envuelto en un extraño juego: yo les hacía preguntas y ellos debían responder. Si acertaban les devolvía la botella. Las preguntas eran todas del tipo: capital de Bolivia, moneda de Turquía, autor de *Rojo y Negro*, etc; como era obvio, los jóvenes no atinaron una sola respuesta. Esto los puso nerviosos. Todo explotó cuando uno de ellos, enfurecido, me preguntó a gritos por qué mis preguntas eran tan difíciles, y yo, envalentonado por los tragos, le respondí que las preguntas eran extremadamente sencillas y que no era mi culpa si sus cerebros estaban llenos de arroz. Este comentario no les hizo la menor gracia y comenzaron los empujones. El asunto degeneró muy rápido: además del whisky tenían una botella plástica de Coca-Cola y, sin saber lo que hacía, la agarré, la removí y dirigí el chorro contra ellos. Ahí la cosa comenzó a ponerse algo más difícil pues los tres me retaron a pelear a puño limpio en la arena de la plaza. Acepté el reto. Entonces se reunieron en conciliábulo, como los jugadores de rugby, para decidir cuál sería mi rival.

El que parecía más joven, pero también el más musculoso, se quitó la camisa y vino al frente; yo me quité la chaqueta y, como pude, mantuve una postura de defensa. De poco sirvió, pues en tres segundos el joven agarró un puñado de arena y me lo tiró a los ojos. Jugada cobarde pero eficaz. Quedé ciego, recibiendo golpes de aquí y de allá, manoteando en el aire, intentando protegerme sin saber dónde estaba el enemigo, hasta que resbalé y caí al piso. Ahí vinieron los otros y, monstruo de seis pies, decidieron vengarse dándome patadas hasta que la muchacha, la jovencita, les pidió que pararan, pues temía que alguien alertara a la policía. De colofón, uno de ellos vació el resto de la botella de whisky sobre mi cara.

Se fueron y yo me quedé ahí, tirado en la arena, sangrando por la nariz y con el cuerpo lleno de moratones. Como pude me arrastré hasta la casa. Al llegar, vi luz en el cuarto del Poeta y entré sin tocar a la puerta. Al verme pegó un grito: «¡¿Qué te ha pasado?!» Mi aspecto era lamentable: el pelo era una costra de whisky, sangre y arena; tenía los pómulos hinchados, los ojos saltones y la ropa hecha un asco. Vicente me llevó al baño para refrescarme y, al final, terminé sentado en la ducha. Él quería salir a buscarlos, pero lo convencí de que era absurdo, pues en realidad todo había sido culpa mía. Luego, tras recuperar el aliento con un sorbo de vodka, logré dormir creyendo que al día siguiente el recuerdo de esta absurda aventura iba a desaparecer, y diciéndome, al fondo de la conciencia, que había merecido los golpes; que de algún modo los jóvenes habían sido indulgentes conmigo.

Al día siguiente, en la universidad, encontré a Victoria en la cafetería.

—¿Qué te ha pasado?

Le conté lo ocurrido y se rió. Ésa fue la primera y única vez, en lo que llevaba vivido, que tuve una pelea. Los resultados fueron disuasorios.

Pasadas las fiestas de Navidad y Año Nuevo, volvimos con Aníbal al hostal de Ópera. La propietaria seguía esperando a Rodolfo y por eso su habitación estaba intacta. Había puesto una denuncia en la policía pero, tras semanas de búsqueda, le habían dicho que ninguna persona con ese nombre había salido por las fronteras del país. Eso quería decir que Rodolfo continuaba en España o que había salido de forma clandestina. Quién podía saberlo.

Entonces a Aníbal se le ocurrió una idea: preguntar por él en el consulado argentino. Nos pareció una obviedad y pensamos que era insólito no haberlo hecho antes, pero la verdad es que en el mundo de los inmigrantes ilegales —en ese momento también Aníbal lo era— este tipo de reflejos administrativos, normales para los demás, no existían.

A la mañana siguiente, cruzamos los lujosos pabellones del consulado y pedimos una cita con el cónsul, quien accedió a recibirnos tres días después. Yo haría el trámite, pues tenía en regla mis documentos de estudiante. A la hora señalada, acudí puntual.

—¿Un desaparecido? —preguntó el cónsul con una sonrisa burlona—. La verdad es que no nos libramos de esa maldita palabreja. Ni siquiera aquí en España. ¿Y cuándo desapareció?

—Hace cerca de seis meses —le dije—. Se llama Rodolfo Manrique.

—Supongo que ya habrán ido a buscarlo a hospitales, comisarías y esas cosas.

—Sí —le dije—. La policía no lo encontró. Dice que nadie con ese nombre ha salido del país. Yo creo que él estaba ilegal en España.

—Ah —dijo el cónsul—. Eso dificulta las cosas. ¿Sabe usted la fecha de llegada de ese señor, al menos?

—No.

—¿Y la edad?

—No exactamente. Alrededor de cuarenta años.

Levantó el dedo, le dio a un botón del teléfono y llamó a su secretaria. Una joven bastante atractiva y con una demoledora minifalda apareció en la puerta. Tomó los datos de Rodolfo y volvió a irse.

—Y ¿qué hacía este desaparecido? —preguntó.

—Vivía en Madrid hace años —le dije—. Sé poco de él, pero creo que no tenía un trabajo fijo. Jugaba al ajedrez. Me ayudó a preparar un torneo.

—¿Trabajaba en una academia de ajedrez?

—No, que yo sepa.

—¿Qué relación tuvo usted con él?

—Sólo lo que le dije. Me ayudó a preparar una partida importante.

—¿Y este... desaparecido, estaba inscrito en ese torneo del que me habla?

—No, él no.

—Permítame una pregunta, sólo por curiosidad —dijo recostándose sobre el escritorio para leer el nombre, escrito en un papel—. Si el señor Rodolfo Manrique era ajedrecista, ¿por qué no participó en ese torneo?

—Eso habría que preguntárselo a él, señor cónsul. Yo no puedo saberlo. Tal vez no se enteró a tiempo, pues él comenzó a ayudarme cuando el torneo ya había empezado.

Un segundo después, la mujer volvió a entrar.

—No está inscrito en nuestra lista, señor cónsul —dijo—. No hay nadie con ese nombre en todo el archivo.

—Y bueno... Un ajedrecista desaparecido —dijo recostándose en la silla—. Veremos qué podemos hacer.

—Fue campeón de ajedrez en El Chaco —agregué—. Era una persona bastante refinada. Dibujaba, era músico. Tenía oído absoluto.

—Qué interesante... ¿Era de Buenos Aires?

—No sabría decirlo.

—Y dígame, ¿por qué vino usted a hacer la gestión?

—Era un buen amigo. La propietaria del lugar donde vive, el Hostal Ópera, no pudo acompañarme.

—Una casera española y un estudiante de Colombia, ¿alguien más lo conocía?

—Sí, varios propietarios de bares. Él tomaba. Era muy aficionado al alcohol.

—Ay Dios, la cosa empieza a complicarse. ¿Y ellos qué dicen?

—Que no volvieron a verlo.

—¿Sabe algo más de él?

—No.

—Es poco para tratarse de un amigo.

—Es que siempre hablábamos de ajedrez —le dije a la defensiva.

—Curioso que una amistad se limite a un solo aspecto de la vida, ¿no le parece?

—Es poco común, pero así fue.

—¿Cuánto tiempo lo frecuentó?

—Tres días, exactamente.

—¿Tres días? Bueno, entonces llamarlo «amigo» es una forma de hablar —dictaminó el cónsul.

—Depende —le dije—. En ajedrez, setenta y dos horas es mucho tiempo.

Me miró extrañado, luego levantó los hombros y volvió a meter la nariz en sus papeles.

—En fin, una última cosa: ¿tiene por casualidad una foto de él?

—No, pero tal vez la propietaria del hostal la tenga. Se lo voy a preguntar cuando la vea.

—Si la tiene, tráigala. Eso ayudará a buscarlo. Es todo lo que puedo decirle por ahora. Déjele sus datos a mi secretaria y apenas sepa algo lo llamamos.

Dicho esto, el cónsul volvió a darle al botón y, cuando la joven entró a la oficina, le dijo:

—Acompañá al señor... Hinestroza a la puerta.

Me despedí haciéndome pocas ilusiones. Cerca de ahí, en un bar de esquina, Aníbal me esperaba. Le conté lo ocurrido y nos fuimos para el hostal a ver si encontrábamos alguna foto que probara nuestra historia. Pero a esas alturas hasta yo me preguntaba si en realidad lo había conocido. Si Rodolfo era real. Todo era muy exraño.

El Poeta, en sus horas de *spleen*, releía a Rilke y preparaba chuletas en una sartén que había comprado en un puesto del mercado de El Rastro. De ahí, de esos momentos de desasosiego, surgió la idea de hacer un gran banquete cada tarde de sábado. Compraríamos whisky, cervezas, prepararíamos chuletas y, de acompañamiento, traeríamos salmón ahumado de El Corte Inglés —era fácil disimularlo en la cintura y salir sin pagar—, para una bacanal literaria y gastronómica.

Uno de esos sábados, ya bien entrados en el Johnny Walker, sonó el timbre de la puerta. Era un amigo de Vicente, o mejor, uno de esos conocidos que él tenía y con quien más tarde estrecharía lazos. Venía a proponerle tomar una copa en el D'Angelus, un bar de La Castellana en el que, a esa hora, había bellísimas mujeres de entrepierna fácil y laxa moral. El amigo de Vicente quería invitarlo, pues le habían pagado no sé cuánta plata de más en algo que no esperaba y, en ibérico gesto, andaba buscando con quién gastársela. De inmediato se unió a nuestra fiesta privada y, a la hora de irse, me pidieron que los acompañara; pero para mí era imposible, pues yo no tenía plata y, aunque en Bogotá había frecuentado mil burdeles por bayronismo (y sobre todo curiosidad), jamás me había metido a la cama con una de estas mujeres.

—Es lo mismo —afirmó Vicente, hemingweyano—. A esa distancia todas las hembras son iguales.

—Pero no tengo un peso —repliqué.

Entonces su amigo sacó un fajo de billetes y dijo las palabras definitivas:

—Ya dije que pago yo, coño.

Y salimos a buscar un taxi.

El bar merecía su reputación. Todas las mujeres eran altas, bellísimas de rasgos y, como si ya fuera poco, elegantísimas. En las mesas se veían señores de corbata, hombres de negocios extranjeros y obesos diplomáticos. Nos sentamos y yo no salía de mi asombro. Cualquiera de las ochenta mujeres que había en la sala era deseable hasta la locura; todas vestían minifaldas, medias de seda, maquillajes vistosos y peinados refinadísimos. El Poeta fue a parlamentar con una de ellas, levantándose de la mesa, y al rato vino a informarnos:

—Cobran quince mil, pero como somos jóvenes dice que aceptan ir por diez mil.

Yo inicié el gesto de levantarme, ir por mi abrigo y salir, pues esa suma equivalía a las dos terceras partes de mi alquiler. Pero el amigo de Vicente me agarró del brazo.

—Te dije que pago yo, joder. Venga, elige una.

Ellos ya habían ubicado a dos muchachas jóvenes: dos actrices de cine grandiosas, dos hadas, dos reinas... Yo no sabía qué hacer. Fui hasta la barra y compré un paquete de cigarrillos; ahí se me acercó una mujer hermosísima; tendría unos 35 años y me propuso ir con ella. Acepté y salimos, pues los cuartos estaban en un hotel cercano. Vicente y su amigo fueron en taxi y yo fui con la mujer, que se llamaba Isabel, en su carro: un Peugeot nuevecito y brillante.

Llegamos al hotel, que en realidad era una residencia en la que había otras mujeres dedicadas a la noble profesión, y debí esperar con Isabel a que uno de los cuartos quedara libre. Mientras esperaba fui al baño y allí me encontré a las dos muchachas que iban a acostarse con el Poeta y su amigo. Estaban desnudas, arreglándose el pelo; una de ellas tenía unas medias de nylon hasta la mitad del muslo y se rascaba la nalga mientras se perfumaba frente al espejo. La otra se lavaba el sexo en el bidé. Mi aparición no les molestó en lo más mínimo. Yo me disculpé e hice ademán de salir, pero una de ellas me dijo «quédate». Eran dos cuerpos colosales, jamás había visto a dos mujeres tan perfectas en la vida real. Regresé al lado de Isabel y un rato después pudimos entrar a una habitación. Entonces ella se desnudó y otra vez me quedé estupefacto. Isabel era como las dos jóvenes del baño: tenía un cuerpo perfecto, duro, compacto, una piel suave. Sus tetas parecían de mármol y su armonioso trasero, pegado a una fina cintura, me recordó a Boticelli, a Modigliani, a todo lo bello del arte. ¿En qué mundo había vivido antes de conocer esta perfección? Claro que Victoria era bella, lo mismo que Natalia, pero estas mujeres llevaban años trabajando sus cuerpos día a día; esculpiéndolo, podría decirse, en gimnasios y saunas, reforzándolo con cremas y emplastes, perfeccionándolo con sabios golpes de bisturí; dándole color con suaves bronceados que los resaltaban, que avivaban su artificiosa perfección. Eran obras de arte. El producto de un trabajo serio, disciplinado y riguroso en el que nada era dejado al azar.

Isabel me ayudó a desnudarme diciendo las palabras justas en mi oído, y luego me fue llevando hasta hacer el amor como si nos conociéramos de toda la vida. Luego me invitó a un cigarrillo y me propuso hacerlo otra vez si quería. Lo hicimos y luego se tendió en la cama abrazada a mi pecho. Nunca imaginé que una relación así pudiera dar tan buenos resultados. Al final salimos de la mano, la acompañé a la puerta de su carro y nos dijimos adiós besándonos hasta perder la respiración. Prometí volver. Ella prometió venir conmigo a Colombia.

Cuando fui a reunirme con Vicente y su amigo los encontré pateando guijarros. El Poeta había tenido suerte, pero al pobre amigo no le había ido bien: la joven era, por lo visto, muy autoritaria, y según dijo no le concedió la más mínima caricia. Resultado: no funcionó, y la mujer, burlándose de él, lo dejó en la cama sin dejarse tocar. El problema es que ya le había pagado y, cuando él le reclamó, ella le dijo: «Si no se te pone tiesa, no es mi culpa.» La había visto desnuda en el baño y sabía que era una mujer bellísima, así que podía imaginar la crueldad de esa belleza en contra; suponer que esos ojos clavados como puñales desarmarían al guerrero más experimentado. Ah, perfidia. Volvimos en silencio a la casa y seguimos bebiendo whisky hasta el amanecer.

Al día siguiente, muy temprano, Victoria vino a buscarme. Yo dormía como un lirón y, cuando me di cuenta, ella estaba en la puerta de mi cuarto dando suaves golpes. Abrí como un zombie, la invité a entrar y volví a acostarme. Ella me dio un abrazo pero, al instante, saltó como un resorte. Fue entonces que recordé.

—¿Con quién estuviste?

Sus ojos, esos bellos espejos de mar, como le decía yo para tomarle el pelo, se convirtieron en fauces del infierno; la sangre de sus mejillas llegó al punto de ebullición, como si estuviera sentada en un volcán; sus labios temblaron.

—Con Vicente y un amigo. Nos acostamos tardísimo, ¿qué hora es? —dije por decir, a sabiendas de que un meteorito, una pelota de fuego, cruzaba el aire y venía a estrellarse contra mi cara.

—Hueles a mujer. ¿Con quién estuviste?

—Si me dejas pegarme un duchazo y tomar un café te lo cuento todo. Absolutamente todo.

Aceptó a regañadientes. Fue a sentarse al salón en silencio y hojeó una revista, pero su silencio era ensordecedor. Yo lo pensé todo. Mi cerebro, maltrecho por el whisky de la víspera, se empeñaba en proponerme soluciones absurdas: escapar por la ventana del baño, inventar un dolor de muelas... Al volver a la habitación, Victoria me miró vigilante, como el gato que no quiere dejar escapar al ratón. Luego bajamos al bar y, restaurado en cuerpo y alma por un café doble y un suculento pincho de tortilla, levanté mi pecho y me dispuse a la muerte. Al no encontrar una forma decorosa de presentar lo ocurrido, decidí soltarlo de golpe, como una bomba, cerrar los ojos y luego abrir a ver quién quedaba vivo.

—Un amigo de Vicente nos invitó al D'Angelus, que es un bar de mujeres.

—¿De putas? —preguntó—. ¿¡¡¡Te follaste a una puta!!!?

—Se llamaba Isabel...

Hay un cuadro de Hieronymus Bosch, en el Museo del Prado, en el que varios reos están siendo fritos en una gigantesca paila mientras que un malvado diablillo los pincha con un tridente. Ésa fue la imagen al sentir el chorro de lava que salía de sus pupilas. Victoria se levantó en cámara lenta mientras salían de su boca verdaderas *retrouvailles*, cúspides de expresión en el arte del insulto, tan insospechadas y atrevidas que habrían podido derribar, por segunda vez, las murallas de Jericó. Los demás clientes se agacharon debajo de las mesas. Detrás de la barra podía verse la mitad de una nariz, un par de ojillos y un montículo de pelo: era Manolo, el mesero. El final fue de una crueldad innecesaria, pues al levantarse agarró su vaso de agua mineral y me lo arrojó a la cara. Sin el vaso, por suerte. Quedé lavado, ofendido y sintiéndome realmente mal. Si la culpa fuera un virus, habría muerto en el acto. No sé cómo logré levantarme, pedir disculpas a la concurrencia, tirar unas cuantas monedas sobre la barra y regresar a mi casa.

La rabieta de Victoria, perfectamente justificada, trajo una consecuencia que de rebote fue buena: carcomido por la culpa, avergonzado, con ganas de recuperarla, pero sin atreverme a ir a su casa o llamarla, lo único que pude hacer fue zambullirme, desesperado, en la escritura. Y así escribí, día y noche, con mi Remington de color rojo; hice provisión de hojas blancas, rollos de tinta, correctores tippex, varios bolígrafos, y me lancé a escribir, como un Simbad a los mares. Pero la sangre de los personajes, en mi historia, parecía algo frágil, escasa de glóbulos rojo. Lo primero que debía hacer era cargarles a todos las baterías. Uno por uno. Noble resolución, sin duda, pero ¿cómo lograr que un personaje parezca más real? Me devané los sesos haciendo pruebas, leyendo y releyendo, intentando saber por qué, por ejemplo, sentía tan vivo un personaje de Flaubert en *Madame Bovary*, el hijo del boticario a quien Charles Bovary opera y cuyo pie malogra en una fracasada operación; ¿cómo había hecho Flaubert para que el joven produjera esa impresión? Leyendo no se nota nada especial, pues es un efecto ciego. Sus resortes están perfectamente cubiertos. Otro caso, al que llegué leyendo *La orgía perpetua*, de Vargas Llosa, fue el de Lucien de Rubempré, de Balzac. Es el personaje de *Ilusiones perdidas* y *Esplendores y miserias de las cortesanas*; de él dijo Oscar Wilde que era la «gran tragedia de su vida». Es decir, que era un personaje real, un ser cuyo recuerdo pertenece más a la vida que a la ficción. Claro, con Rubempré es más comprensible, pues se trata del protagonista de las dos novelas, lo que quiere decir que Balzac dispuso de mil páginas para conseguir el soplo vital. Qué misterio. Qué cosa tan difícil. ¿Eran los diálogos? ¿Era la anécdota? ¿Eran algunos rasgos de carácter? ¿Todo mezclado? Bueno, yo sabía que por encima de todo estos personajes tuvieron el inmenso privilegio de haber sido escritos por Flaubert y por Balzac, nada menos. A otros no les fue tan bien y por eso son defectuosos. Siluetas pegadas sobre un cartón. Al no encontrar explicaciones prácticas en estos *seres humanos* de papel, nacidos en la literatura, y agotado por buscar una respuesta que tal vez no existe, supuse que cada personaje, dependiendo de quien lo escriba, tendrá su propia forma de convencer. En lugar de comprender un mecanismo e intentar aplicarlo, lo que debía hacer era escribir metido en la piel de los personajes. De este modo, me impuse un ejercicio que recordé de la época en que hacía teatro. Consistía en pensar, moverme y actuar como el personaje representado. De algún modo, prestarle mi cuerpo. Esta idea fue un divertido disparate que me llevó a algo sin duda más útil, y que fue la sencilla costumbre de pensar en los personajes cuando no estaba escribiendo. Llevarlos en la cabeza y fantasear con sus historias. Este método dio resultados más tangibles pues comencé a ver mis bolsillos llenos de libretas de notas que luego, frente a la Remington, resultaban de gran utilidad.

Es difícil explicar a quien no está mordido por la escritura la desazón que se siente al no poder dar forma al torbellino de historias, pasiones e ideas que uno vislumbra en su interior. Es una situación patética. Hay una imagen que he visto en el cine y que me parece semejante: la del preso el día de visitas. Ese día él puede ver a su mujer, con quien sueña todo el tiempo, pero no puede tocarla. No puede concluir la pasión que le trepana el cerebro, que le atiza los nervios. Alarga su mano y choca contra el vidrio. La ve y escucha su voz, pero no siente su calor. No puede olerla. Con la escritura es igual, sólo que el vidrio está dentro de uno. Entonces no hay más remedio que tratar de romperlo muy despacio, con disciplina y trabajo, y comprender que ni siquiera esto, la disciplina y el trabajo, aseguran que uno llegue al otro lado, que pueda palpar el ansiado cuerpo. Yo lo experimenté de un modo muy claro: sentarme frente a la Remington ocho horas diarias me permitía escribir lo que quería, pero en ningún caso aseguraba la calidad de lo escrito. No hay billete ganador. No hay pitonisa o bruja que valga.

Un día sonó el timbre y, al abrir la puerta, encontré a Aníbal muy alterado. ¿Qué pasa? Me dijo que la dueña del Hostal Ópera había decidido recoger las cosas de Rodolfo y que él le había ayudado. Que estuvieron todo el fin de semana ordenando objeto por objeto, buscando en vano una fotografía para llevar al consulado argentino. Sí habían encontrado, en cambio, algo curioso. Una pequeña llave. Una llave colgada de un llavero plástico con el número 137. Estaba caída en el suelo por detrás de un estante, cubierta por la moqueta. Aníbal la tenía en el bolsillo y me la mostró. Parecía de un casillero de estación de tren o de aeropuerto. De inmediato nuestros cerebros comenzaron a emitir hipótesis.

—La estación de Atocha —dije.

—El aeropuerto de Barajas —agregó Aníbal.

¿Qué otras? Muchas: la estación de trenes de Chamartín, una casilla de Correos, el casillero de un gimnasio o sauna, la llave de un buzón. Y algo peor: lo mismo en cada una de las ciudades españolas, de Europa y, por qué no, de Argentina, sin contar el resto del mundo. No hay nada más impersonal que una llave. Todas las culturas usan llaves. Media hora después nos parecía un hallazgo inútil. Buscar la cerradura de una llave era tan improbable como encontrar el propietario de un bolígrafo bic tirado en la calle. Pero decidimos no rendirnos y lo más cercano era la estación de Atocha. Para allá nos fuimos.

—¿Estaba detrás de una estantería de libros? —le pregunté, capcioso, a Aníbal.

—No, de ropa. En el dormitorio, ¿te acordás?

—No —le dije—. Si uno guarda una llave en un estante de ropa es porque la quiere esconder, ¿no te parece?

—Sí, a no ser que se le haya caído de un bolsillo.

El llavero no indicaba gran cosa. Era una ficha plástica de color amarillo con un número repujado de color azul. Al llegar a la estación de trenes, fuimos a buscar el depósito de equipajes, pero al ver cómo funcionaba comprendimos que no era posible. Los lockers tenían una duración máxima de ocho días y luego eran abiertos por los empleados. Además, las llaves y llaveros eran distintos. Esto nos llevó a dirigir mejor la pesquisa. Si había algo que encontrar, debía ser en algún lugar más permanente. Correos, por ejemplo, en la plaza de Cibeles.

Entramos al suntuoso Palacio de las Comunicaciones, que

siempre me pareció una gran torta de matrimonio, y un empleado nos dijo que para bajar a la sala de apartados postales debíamos tener uno propio. Pensamos mostrarle la llave pero, con miradas, decidimos no hacerlo, pues no sabíamos qué diablos podíamos encontrar, en caso de que efectivamente la llave fuera de ahí. Salimos un momento al vestíbulo principal, y, mientras sopesábamos la conveniencia de alquilar una casilla, vimos a un hombre que bajaba. Tenía en la mano una llave, ¡y era igual a la nuestra! La sangre se me agolpó en la sien. La larga y cyranesca nariz de Aníbal se pigmentó de tonos violeta.

—Bueno —dije—, ya sabemos que es de aquí.

Decidimos regresar al otro día por la mañana para evitar hacer el contrato de la casilla con el mismo empleado, pues éste sabía que queríamos bajar al salón y podía maliciar algo. Así que nos fuimos a comer y a dar una vuelta por el parque del Retiro. ¿Qué habría en esa casilla? Aníbal dijo que si, por ejemplo, encontrábamos un maletín con dos millones de dólares, lo más correcto era guardarlo en el casillero que íbamos a alquilar a nuestro nombre, hacer copia de la llave y dejarlo ahí unos meses, hasta que estuviéramos seguros de que no había peligro. Yo le dije que si Rodolfo tuviera un maletín con dos millones de dólares no viviría en el hostal de Ópera.

—Eso es cierto —me dijo pensativo—. Pero... ¿y si no son de él?

La mente se disparó en conjeturas.

—Imaginá que alguien le dio a cuidar ese dinero —divagó Aníbal—, y que luego, al no poder devolverlo porque perdió la llave, lo desaparecieron.

—Dudo que el contenido de un casillero dependa sólo de una llave —respondí, escéptico—. Habrá otras formas de abrirlo.

—Sólo si está a nombre de uno —dijo Aníbal—. ¿Vos qué pensas hacer con tu parte?

—Comprar un apartamento en Madrid —le dije—, y un tablero de ajedrez computarizado.

—¿Dónde? —preguntó, interesado.

—¿Dónde qué?

—¿Dónde te comprarías el apartamento?

—Ah, no sé. Cerca del Retiro.

—El problema de esa zona —arguyó Aníbal—, es que vas a tener vecinos ricos que te van a mirar mal por ser «sudaca».

—Eso es cierto.

—Yo me compraría uno aquí y otro en Buenos Aires —dijo él, calculando—. El resto, a plazo fijo para vivir de la renta. A lo mejor me iría a mirar en París.

París era su sueño. Ya lo dije antes. Era su sueño porque allá había vivido Cortázar.

—Pero en París debe de ser más caro —repuse—. Me parece que allá no alcanza para mucho.

—Bueno, a lo mejor es más guita de la que creemos. Yo digo dos millones de dólares porque es una cifra redonda. ¿Cuánto puede caber en un maletín?

Hicimos el cálculo: dos millones son veinte mil billetes de cien. Eso ocupa mucho espacio.

—A lo mejor es menos —le dije.

A la mañana siguiente nos encontramos en la plaza de Cibeles. Subimos las gigantescas escalinatas como si fuéramos a conquistar las Galias y nos dirigimos a la ventanilla de apartados postales. Como siempre, debía ser yo quien hiciera el registro pues los míseros documentos de Aníbal tenían el mismo valor del papel higiénico. Pagué dos mil pesetas por un trimestre, firmé varios papeles de contrato y por fin, al cabo de unos minutos, me dieron una llave. El llavero era de plástico amarillo con números en azul. El 345.

–¿Desea depositar algo ahora mismo? —me preguntó.

—Sí —respondí, nervioso.

Habíamos planeado dejar un par de sobres y no intentar nada hasta más adelante. Al bajar al salón, una especie de cripta, busqué con los ojos el número 137. Ahí estaba. Aníbal prefirió no acompañarme, pues un empleado de Correos debía bajar conmigo a indicar el modus operandi de la casilla.

Al salir le dije a Aníbal que debíamos corregir a la baja la cantidad en dólares, pues los casilleros eran bastante delgados. No me pareció, a simple vista, que en ellos pudiera caber un maletín muy grande. Esto desconcertó un poco a Aníbal, pero se animó al recordar que en una película había visto billetes de mil dólares. Luego, tomando un café, me dijo que, fuera de chiste, lo que sí esperaba era encontrar alguna pista sobre el paradero de Rodolfo, pues ahora hasta él tenía sus dudas. Recapitulando, Aníbal recordó que lo había visto en un teléfono pinchado cerca de la calle Montera. Le había llamado la atención por ser argentino y porque, la verdad, su pinta no correspondía a la de los demás usuarios de este tipo de telefonía internacional. Esa noche conversaron de cosas triviales, y luego, al día siguiente, me lo presentó para los entrenamientos de ajedrez. No había más. Ya sabríamos algo al abrir la casilla. ¿Cuándo podríamos hacerlo? Decidimos que la mañana del sábado estaría bien.

Era apenas día jueves y las noches que faltaban me parecieron eternas. El poeta Vicente, que era la mejor compañía tras el rompimiento con Victoria, me propuso hacer lecturas de Edgar Allan Poe. El tenía una voz bastante áulica para este tipo de veladas y era capaz de leer durante horas. Entre cuento y cuento me preguntaba por Victoria. Según él, nunca debí confesarle la aventurilla del bar D'Angelus.

—Esas cosas hay que negarlas siempre, hombre —afirmó—, así tengas todo en contra. Pero por ahora no la llames. Verás que uno de estos días viene a buscarte, te dará un abrazo lloroso, se meterá en la cama y adiós problema. Las peleas con las mujeres se resuelven entre las sábanas, tú eres al único que se le ocurre contarle la verdad en un bar.

Yo no estaba tan seguro de ese final feliz, pues todo había sido por mi culpa. Por eso comprendía su rabia. Pero lo cierto era que Victoria me hacía una falta atroz. Lo notaba en los huesos, cada mañana. Habría dado la vida por estar con ella en esta nueva aventura. Lejos de su brazo, me sentía desprotegido, con una permanente sensación de fragilidad y angustia. Y claro, me asaltaba la duda: ¿saldrá con otro? ¿qué estará haciendo ahora? Mil veces debí encerrarme, como león en su jaula, para no ir a la callecita de los cines Alphaville; morderme los nudillos para no llamar. Era ella la que castigaba. Era ella la que debía decidir la duración de la pena.

Por fin llegó el sábado. Muy temprano, a eso de las diez, ya estábamos peinados y listos frente a la escalinata de Correos. Nos dimos la mano, como dos piratas antes de gritar «¡Al abordaje!», y entramos. Con la llave en la mano descendimos al salón, y, tras un minuto, cuando nos quedamos solos, Aníbal sacó de su bolsillo la correspondiente a la casilla 137; con gran naturalidad la hundió en la cerradura y la giró hacia un lado. La portezuela se abrió y Aníbal metió la mano. Al sacarla apareció entre sus dedos un paquete plástico cerrado con cintas adhesivas que, de inmediato, fue a parar al fondo de mi mochila. Yo abrí mi casillero y saqué uno de los sobres que había dejado en la visita anterior. Luego salimos, vigilando los flancos, y al llegar a la calle caminamos a paso rápido hasta la boca del metro; allí tomamos la línea roja a la estación Sol y luego hicimos el cambio para Iglesia. Ni nos miramos durante el trayecto. Al llegar a mi calle dimos un rodeo. Nos acercamos al portal por el andén del frente y, seguros de que nadie acechaba, cruzamos para entrar. Ya en mi habitación, con el corazón saliendo del pecho, saqué el botín y lo puse sobre la mesa. Pero en ese instante, antes de abrir el misterioso paquete, escuché dos golpes secos en la puerta. Con gesto nervioso, escondí el tesoro debajo de los cojines del sofá. Pero al abrir la puerta resultó ser Visichu. Que Victoria me había llamado. Que por favor la llamara, urgente.

No sé realmente cuándo comenzó, debió de ser luego de alguna lectura, o de varias. El caso fue que un buen día me empezó a obsesionar el origen de la plata que gastaba. Me sentía infame al sacar de mi bolsillo una mísera moneda de cinco pesetas, por saber que ésta venía del otro lado del océano y que a mi familia, que financiaba mi estadía madrileña, le costaba un enorme esfuerzo. Así me encontré justificando cada compra, perdonando cada paquete de cigarrillos y haciendo la cuenta de lo que valía en pesos colombianos cada café que tomaba.

El remedio, como suele suceder en estos casos, fue peor que la enfermedad, pues la obsesión me llevó a un forzado ahorro que yo era el único en padecer. Sólo los libros estaban exentos de esta pesadilla, pero sabido es que al organismo no le basta con libros, y así, la consecuencia de esta *idée fixe* fue un adelgazamiento prodigioso. En poco tiempo me encontré pesando 72 kilos, lo que dada mi constitución, de osatura atlética y 1,82 metros de estatura, era más que preocupante. Decidí entonces tomar al toro por los cuernos y, desde mi balcón, gritándole a la noche como un lordbayron embravecido, exclamé: «¡A partir de mañana voy a ganarme la vida!» Intenté en vano conseguir algunos trabajos —hay que anotar, dicho sea de paso, que España era entonces el país más inhóspito de Europa, a nivel laboral, para los extranjeros, o mejor, para los extranjeros venidos de esa tiniebla periférica llamada El Tercer Mundo— hasta que, influenciado por las actividades comerciales de Aníbal y la venta de mascaritas de cuero, decidí lanzarme a la artesanía. ¿Qué hacer? Buscando ideas recordé algo original que había visto vender en los corredores de la Universidad Javeriana: se trataba de aretes y broches construidos con resistencias de radio, que son de colores vivos y que recuerdan las cuentas precolombinas. Industrioso y soñador, me puse en ello; compré alicates, una bolsa de resistencias a un precio ínfimo, hilo de nylon, y pasé muchas tardes fabricando pendientes de variadas formas, colores, tamaños; diminutas Torres Eiffel, círculos, ojos de loco, cruces, pequeños móviles, pirámides. De todo hice hasta que me sentí satisfecho y salí a venderlos, haciendo cálculos optimistas de lo que podía cobrar por ellos, unas cien pesetas por par, y, de paso, fantaseando con mis pingües ganancias en el caso de vender treinta, sesenta pares. Todo parecía posible al mirar mis alámbricas artesanías. Luego, elegí el parque del Retiro, la mejor vitrina de Madrid para la venta ilegal o, como dicen los sociólogos, la «economía informal», pues allí mi presencia estaría camuflada entre miles de vendedores, cantantes, mimos y saltimbanquis. Previendo una retirada rápida en caso de aparición de la policía, colgué los aretes en un pañolón y lo extendí en el piso, sobre la calzada que bordea el estanque de las barcas. Y allí me senté, leyendo *Crónicas marcianas*, de Ray Bradbury, a la espera de mis clientes, de cuyos bolsillos debía emerger, a partir de ahora, mi sustento. Pasó el tiempo y sólo de vez en cuando alguna muchacha curiosa se acercaba, sonreía al descubrir el ingenioso sistema de resistencias engarzadas, cuchicheaba con sus amigas y seguía de largo. Pero de comprar, nada. Al cabo de un par de horas comencé a sentirme ridículo, a alejarme poco a poco del pañuelo hasta recostarme contra la baranda del lago, lejos de los aretes, leyendo a Bradbury, ajeno al pañolón y a las miradas de la gente, que siguieron siendo escasísimas. El único resultado de mi empresa comercial fue un par de pendientes regalados a amigas, ofrenda que recibieron con gratitud pero que jamás usaron.

Mi siguiente proyecto de independencia económica fue mejor estructurado y tenía más posibilidades. Opté a una beca del Instituto de Cooperación Iberoamericana, el ICI, que daba la coqueta suma de 75.000 pesetas mensuales e incluía los meses de verano. Tras presentar los papeles y mis notas, con buenos comentarios de mis profesores, crucé los dedos. Pasó un mes, casi dos, hasta que una tarde, luego de que un jurado analizara la documentación de cada candidato, se elaboró la lista de becados. Yo llamé al ICI a preguntar por la lista, temblando de nervios, desde una cabina de teléfono al frente del Museo del Prado; tras un segundo de silencio, mientras la empleada me buscaba, la escuché decir:

—Se la han concedido, señor.

Me quedé paralizado, sin habla, con los tobillos temblando.

—¿Está segura?

—¿Dijo Esteban Hinestroza? Sí, aquí está su nombre.

Sentí las mejillas húmedas de lágrimas. Era, hasta ese momento, lo más importante que había logrado en mi vida. Los tres años siguientes, en Madrid, estaban resueltos.

Cerré la puerta y regresé al salón; Aníbal ya había vuelto a sacar el paquete plástico y lo sopesaba, como queriendo calcular los dólares que iban a tocarle. Me dispuse a abrirlo y, pasando saliva, extrajimos un grueso sobre de manila. Luego, con sumo cuidado, despegué los bordes y lo abrí. Nos quedamos estupefactos: eran dos juegos de fotocopias del libro *Azul*, de Rubén Darío, en la edición de Alianza Editorial. ¿Qué diablos significaba esto? ¿A quién se le habría ocurrido hacerle fotocopias a un libro que se consigue en cualquier librería? Era bastante absurdo, entonces empezamos a revisar hoja por hoja buscando alguna señal, nota o pista. Todo lo que había imaginado se deshacía entre las manos. Obtuvimos cada uno, eso sí, una copia de *Azul*, de Rubén Darío.

En esas andábamos, releyendo pedazos de Rubén, cuando la vieja me llamó otra vez al teléfono. Pensé que sería Victoria y, con algo de nervios, corrí a responder. Pero no era Victoria. Era la joven secretaria del consulado de Argentina. Me pedía ir de inmediato, pues el cónsul necesitaba hablarme con urgencia. Se lo conté a Aníbal y bajamos corriendo a la calle. Tal vez los hados premiarían nuestros esfuerzos dándonos la resolución del «caso Rodolfo». Podía ser. Al entrar al consulado la secretaria me recibió con una sonrisa.

—Ya mismo lo anuncio —me dijo.

Su armonioso trasero fue lo último en desaparecer detrás de la puerta. Los ventanales de la secretaría daban a un bello jardín interior repleto de flores. Las ramas de un naranjo se mecían con el viento. Un segundo después, la joven regresó.

—Siga, por favor.

El cónsul estaba hundido en su silla, exactamente en la misma posición de la primera vez. Observaba unos documentos desplegados en su escritorio. Parecía muy ocupado y no me atreví a acercarme, hasta que habló.

—Gracias por venir, señor Hinestroza. Acérquese, haga el favor.

—¿Encontraron algo? —pregunté—. Rodolfo no ha regresado todavía al hostal. Parece que se lo tragó la tierra.

—A lo mejor la cosa es bastante menos romántica de lo que usted cree —me dijo—. Mire estas fotos.

En realidad, más que fotos eran fotocopias de fotos. Pensé, aunque no lo dije, que debía ser el Día de las Fotocopias. ¿Qué estaba pasando? En varias hojas había hileras de caras, algunas ennegrecidas y viejas, que parecían extraídas de antiguos documentos. Debajo estaban los nombres y algunos datos. Comencé a mirarlas una por una.

—¿No está el nombre de Rodolfo? —pregunté—. Veo que están identificados.

—Es posible que ése no sea su verdadero nombre, ¿me entiende? —intervino el cónsul.

—¿Y quiénes son estas personas?

—Son connacionales que han permanecido en Europa de forma clandestina —explicó—. Ilegales.

Fui pasando las hojas sin reconocer a Rodolfo. Se lo dije al cónsul.

—Mire bien —repuso—. Son fotos viejas y su fisonomía puede

haber cambiado. Concéntrese en los ojos y en la boca. Es lo único que no cambia.

Debía tratarse de un fisonomista, pero no se lo pregunté.

—No —volví a decir, mientras pasaba hoja tras hoja—. No, aquí tampoco.

—Mire con calma, tenemos todo el tiempo del mundo.

Comencé a inquietarme. ¿Quiénes eran esas personas? Algo en mi interior, la voz de ese temeroso aguafiestas que todos llevamos dentro, me decía la siguiente frase: «Ojalá que no lo reconozcas. Busca cualquier disculpa y sal inmediatamente de aquí.» Pero no parecía tarea fácil.

—Relájese y mire sin prisas —me dijo el cónsul—. Yo ya regreso, ¿quiere una taza de café?

Agradecí, más por ver de nuevo a la atractiva secretaria, y él salió de la oficina. Entonces, agarré el morro de hojas con las fotocopias de las fotos y me senté en uno de los sillones de cuero de la sala. Noté que el encabezado de los documentos había sido suprimido de las copias para que no pudiera ver de dónde provenía la información. Mi aguafiestas gritaba, desesperado: «¡Inventa una disculpa y sal de aquí!» En ese instante apareció la secretaria.

—Su café, señor Hinestroza —se agachó con la bandeja y la falda forró su cuerpo. Mirándola, supuse que mi familia la aceptaría y que podríamos ser muy felices.

Seguí pasando las hojas hasta que una cara me llamó la atención: podía ser Rodolfo, tal vez. Era un rostro barbado y más joven, pero podía ser. Fui a leer el nombre en la parte inferior, pero no se entendía, pues la fotocopia era mala. El aguafiestas volvió a importunarme: «No es casual que no esté el nombre. Ellos ya saben cuál es pero te están probando. Estás en peligro. Huye.» ¿Y para dónde diablos me voy a ir? Repuse indignado. Ellos tenían mi dirección y mi teléfono, todos mis datos. Era absurdo. Yo no tenía nada que ocultar.

El cónsul regresó un minuto después.

—¿Y? ¿Vio a alguien?

—Sí —le dije—. No estoy del todo seguro, pero me parece que puede ser éste.

Le señalé otra foto; era un joven barbilampiño de frente amplia. Su nombre sí podía leerse: Lorenzo Fusi Arroyo.

—¿Está seguro? —preguntó, capcioso.

—No, ya le dije que no estoy seguro. A Rodolfo lo vi sólo tres veces. Le digo que éste podría ser, pero no lo aseguro. El nombre no corresponde.

—Está bien, eso nos puede ayudar a localizarlo. De todos modos esta semana vamos a recibir más fotografías. ¿Podría venir el próximo lunes?

—Claro que sí, señor cónsul.

—Entonces, hasta el lunes —me dijo, dando por terminada la sesión.

En el vestíbulo le eché un vistazo a la secretaria. Tenía la pierna cruzada, dejando ver el inicio de una lujuriosa rabadilla. Hablaba por teléfono sosteniendo el auricular entre el hombro y la oreja. Me despedí.

Al verme venir, Aníbal salió de la cafetería en la que me esperaba, dos esquinas más allá, y le conté lo ocurrido. Era muy extraño. ¿Pertenecerá Rodolfo a alguna organización ilegal? ¿De qué tipo?

—La única que se me ocurre, habiéndolo conocido, es Alcohólicos Anónimos —dijo Aníbal—. ¿Será ilegal? A lo mejor tienen una facción armada. Andá a saber.

De ahí nos fuimos a hablar con la dueña del Hostal Ópera, pues hasta ahora no le habíamos preguntado detalles. Ella tendría que saber algo.

—Rodolfo era una persona buena y sensible —nos dijo—. En Argentina, antes de la dictadura, había sido un famoso actor de televisión. Vino a Europa porque no aguantó la atmósfera de política que había allí en esos años, pero su sueño era volver. Hablaba todo el tiempo de un equipo de fútbol: el Boca.

—Grande, ¡arriba Boca! —interrumpió Aníbal—. Disculpe señora, prosiga.

—Pero él era como todos los artistas. Vivía por la noche y dormía de día. Salía poco y, exceptuándolos a ustedes, nunca trajo amistades a la casa. De ningún tipo. Mucho menos mujeres...

Aníbal carraspeó. Yo tragué saliva y, al tiempo, analicé la punta de mi zapato.

—¿Tuvo con él algún tipo de problema relacionado con el licor? —pregunté.

—¡Para nada! —respondió enérgica—. Vamos, si Rodolfo apenas bebía.

Aníbal me miró. ¿Hablábamos de la misma persona? Con delicadeza le expliqué que, según nuestro conocimiento, Rodolfo era lo que se dice un alcohólico, opinión que compartían algunos dueños de bares que él frecuentaba.

—¡Eso es una falsedad! —repuso indignada—. ¿Quién les ha dicho eso? A ver si no voy a conocer yo a mis huéspedes. Si hubiera sido un borrachín, vamos, con cajas destempladas lo habría echado a la calle. Él era un gran actor. A veces, mientras le hacía la limpieza de la habitación, recitaba trozos de obras clásicas. Se cuidaba mucho la voz y por eso no fumaba, a pesar de lo que le gustaba el tabaco. Él no tenía vicios.

—¿Conoció usted a algún familiar de Rodolfo? —intervino Aníbal.

—No, a ninguno. Todos estaban en Argentina.

—¿Y de qué vivía? —me atreví a preguntar.

—Del dinero que recibía de su país. Tenía una renta que su familia le enviaba cada dos meses —dijo.

—¿Giros bancarios?

—No, siempre con conocidos. Él no confiaba en los bancos. Y hacía bien, vamos, porque vaya canallas que son los chicos de los bancos, siempre cobrando comisiones y hostias.

Decidimos que era suficiente y fuimos a interrogar al dueño del café El Calentito, a ver qué sacábamos.

—Rodolfo era un tío majo, a pesar de su afición al alcohol —opinó el hombre, un gordo cincuentón, calvo y desdentado—. Pero muy buena gente, eso sí. Un tío con talento, vaya. En una ocasión me ayudó con unos rusos que vinieron al bar pues hablaba el ruso como si hubiera nacido en Moscú.

—¿Ruso? —pregunté, sorprendido.

—Y otros idiomas, claro —repuso el dueño del bar—. Inglés y francés, de todo. Lo que pasa es que por aquí viene mucho extranjero. Por los hostales, ¿comprenden? Sólo en la calle del frente hay cuatro. Mucho extranjero viene aquí. Y Rodolfo hablaba con ellos como si fueran españoles. Yo creo que por eso le gustaba venir al bar, para hablar con los extranjeros. Había noches que no salía de aquí.

—¿Y cómo eran esos extranjeros, recuerda algún caso? —pregunté.

—Pues eran... Como nosotros. Igual. Sólo que extranjeros,

¿me entiende? Me parece que Rodolfo había vivido en muchos sitios antes de venir aquí. No sé si había sido diplomático o algo. El tío conocía mucho mundo.

—¿Le dijo alguna vez qué profesión tenía? —preguntó Aníbal.

—Creo que diplomático, ya le dije. Y me parece que también había administrado un hotel, o un bar. Pero no sé dónde. Una vez, el tío nos preparó unos cócteles que eran la hostia. Creo que había hecho un curso de coctelería. Más no sé.

Salimos de El Calentito bastante intrigados. Lo único seguro, según Aníbal, es que Rodolfo nunca fue un famoso actor. De ser así, él lo recordaría. Era tarde y decidimos retirarnos. Era bastante tarde. Al llegar a mi casa recordé a Victoria. Había olvidado llamarla.

—Por lo visto, te importó un bledo que no volviera —ironizó Victoria.

El Café Comercial, en la glorieta de Bilbao, me pareció la sede de un tribunal correccional. Yo iba a ser juzgado, y lo sabía. En las mesas vecinas, apacibles viejitas tomaban chocolate con churros recibiendo el sol por los enormes ventanales. Las envidié.

Nos habíamos citado ahí, en terreno neutral, pues era un lugar bastante aséptico, como para una charla de negocios. Los ojos de Victoria ya no echaban chispas; más bien parecían un cerro cuya cima podía poblarse de bárbaros guerreros.

—La última vez que te vi, no parecías muy dispuesta al diálogo.

—Pues claro, pero tenía mis razones, ¿o no?

—No lo niego —dije—. Pero señalo a mi favor que fui sincero. Habría podido engañarte, inventar algo. Y no lo hice. Eso, por ley, es un atenuante.

—Deja ya de joder con tus frasecitas cínicas.

Al decir esto me pareció ver, en el borde del cerro, las lanzas de los guerreros a punto de salir.

—Te digo la verdad. Lo que pienso.

Hubo un largo silencio que no supe cómo poblar hasta que al fin sus ojos dejaron las sombras y se llenaron de luz.

—Pero tú... ¿me quieres o no? —preguntó.

—Claro que sí, Victoria. Y te extrañé mucho.

Del Café Comercial a mi casa debe haber algo así como diez cuadras, cruzando la plaza de Olavide. Las recorrimos besándonos, y al llegar nos lanzamos a la cama sin que ninguno volviera a mencionar el episodio. Era el Gran Perdón. La sentencia había sido favorable. Victoria se fue al otro día, renovada, pero yo sentí que, a pesar de la pasión, algo de fondo se había roto.

Tras la reconciliación, volví al trabajo, que en realidad nunca había abandonado. El montículo de papel de mi novela era un sólido peñón de varios centenares de páginas, que crecía a un ritmo cotidiano de dos, tres o seis hojas, según la suerte, las oraciones a Palas Atenea y la disciplina. Es malo obsesionarse por el número de páginas escritas, ya lo sé, pero al espiar la cifra pensaba que mi osadía era cada vez mayor, y me consolaba diciendo que, aun si el texto no era bueno, al menos tenía la prueba física de que no había perdido el tiempo. Lo había intentado, y eso era importante.

A fuerza de pensar, recordar y evocar, mi historia dio muchos virajes. La huella del primer escrito romántico, de esa novelita titulada *El calendario de las sombras*, ya no podría encontrarla ni Champollion, el egiptólogo, pues la verdad es que el nuevo texto era muy contemporáneo, repleto de vivencias propias, inventadas u oídas, las cuales seleccioné de acuerdo a su credibilidad o a su gracia. Pero los problemas seguían. ¿Cómo escribir un diálogo convincente? En la literatura de mi país, los personajes, a decir verdad, conversan muy poco. Y eso sin hablar del insoluble problema del «tú» y el «usted», que en Colombia no hay quién lo explique ni resuelva, y la verdad es que cada cual los usa de modo arbitrario, sin que sea posible establecer reglas generales. De nuevo sentí envidia por los argentinos, que no tienen necesidad de romperse la cabeza ya que tienen el «vos», o de los peruanos, que siempre se tutean. Releí *La vorágine*, en donde hay muchos diálogos, pero me di cuenta de que éstos no podían servir de modelo, pues la mayoría son transcripciones de un habla dialectal, atiborrada de regionalismos: la de los Llanos y la Amazonia, muy distinta a la que se oye en la capital.

Ése era, en definitiva, el gran problema: Bogotá. El habla de esta ciudad, alambicada y evasiva, tan diferente a la de la costa Atlántica, Medellín o Cali. García Márquez, en sus novelas, usa muy poco el diálogo, y cuando sus personajes hablan dicen frases rotundas, que pocas veces tienen respuesta. Releí las novelas de Sábato, repletas de pasajes montados sobre diálogos en los que varios personajes opinan y discuten al tiempo sin que uno pierda el hilo; o las charlas del grupo de amigos de *Rayuela*, o las sesudas discusiones políticas de los personajes de *La región más transparente*, sin hablar ya de la cúspide del diálogo, que es *Conversación en La Catedral*. Comparado con esto, Colombia parecía un país de mudos. Yo imaginaba escenas con mi método de escritura Stanislavski, lo de meterse en la piel de los personajes, y escuchaba sus voces. Pero copiaba lo que oía y, al leerlo en frío, recibía un porrazo. Qué retintines. Qué cacofonías. Qué distancia glacial a la hora de poner por escrito apasionadas frases. ¿Seremos, realmente, tan desabridos? No lo podía creer. Entonces, maniático de las pruebas, decidí grabar algunas charlas de amigos colombianos y argentinos, y al transcribirlas me di cuenta de que una cosa es hablar en la vida real y otra muy distinta en las novelas. Hasta los diálogos argentinos, al copiarlos, me sonaron falsos. ¡Eureka! Triste Eureka, en realidad, pues era de nuevo un problema de talento. Si Sábato, Vargas Llosa y Fuentes convencían con sus diálogos no era porque sus «hablas» regionales fueran más literarias, sino porque ellos eran buenos escritores. Caray. Todas mis investigaciones parecían llegar al mismo punto. Cuando el personaje de un buen escritor dice algo siempre es creíble e interesante, por modesto que sea el tema. Es el personaje del mal escritor el que no sabe hablar. En su torpe discurso, el tema más sesudo parecerá siempre una idiotez.

La siguiente visita al consulado argentino aumentó mis dudas. ¿Por qué no me decían las cosas claras? La verdad, era muy extraño que esa pequeña foto, la que más se parecía a Rodolfo, fuera la única que no tuviera el nombre visible. Yo había decidido no reconocerla por desconfianza, pero ahora me sentía confuso. No sabía qué diablos estaba pasando. Mi protección, de cualquier modo, seguía siendo la misma: no tenía nada que ocultar.

Estas ideas rondaban mi cabeza cuando toqué el timbre, pero al abrirse la puerta casi pego un grito: si lo que cubría el trasero de la secretaria en las anteriores visitas podía llamarse técnicamente minifalda, lo de hoy ya pasaba el límite: era un cinturón grueso con un fleco.

—Recibimos más fotografías, señor Hinestroza —me dijo el cónsul—. Gracias por venir. ¿Una taza de café?

El protocolo se repetía. Acepté.

—Quiero que me diga de qué se trata exactamente —pedí, sentándome en el mullido sillón de cuero—. Yo vine aquí a preguntar por un amigo, pero ahora es usted el que se muestra más interesado en conocer la suerte de Rodolfo.

—Es un ciudadano argentino, un «desaparecido». Hm, ya volví a decirla: con esa palabreja nos iremos a la tumba.

—Pero habiendo tantos desaparecidos, ¿por qué le interesa precisamente éste? —pregunté.

—¿Vio la bandera que tenemos colgada afuera? Esto es un consulado, y un consulado se ocupa de los problemas de sus ciudadanos.

—¿Así sean invisibles?

—Invisibles, fantasmas, personajes virtuales o de ficción. Si son argentinos, son nuestro problema.

La secretaria entró con una bandeja. Si se paraba derecha, el borde de la falda alcanzaba a cubrirle las nalgas, dos esferas perfectas que decidí no mirar, pues me hacían perder el hilo de la charla.

—Creo haberlo reconocido en las fotos del otro día —le dije—. Pero debo saber cuál es su interés.

El cónsul se dobló los dedos para sacarse yucas. Luego llenó de azúcar una cucharita y la echó en el café.

—Supuse que la foto que señaló era falsa. ¿Por qué lo hizo?

—Por desconfianza. Yo busco a un amigo, pero no sé qué está buscando usted.

—Hay cosas que no todo el mundo debe saber. Usted, señor Hinestroza, es un estudiante de Filología metido en ajedrez y en libros. ¿Se da cuenta de que vive en un mundo envidiable? Para que gente como usted pueda vivir así, a otros nos toca estar alerta.

—¿Es tan grave?

—No, no tanto. Es algo que tiene que ver con nuestra cancillería —repuso el cónsul—. Si fuera un problema de léxico o de sintaxis no dudaría en contárselo. De eso se ocupan los filólogos, ¿no es cierto?

—Sí —dije—. Pero yo no vine aquí como filólogo. Aunque me gustaría preguntarle: ¿sabe qué es una aporía?

—No —respondió el cónsul.

—Es exactamente esto, un problema sin solución. Ni usted quiere contarme lo que sabe, ni yo veo porque deba decírselo a usted.

El cónsul volvió a sacarse yucas. Se levantó, retiró un poco la cortina y miró hacia la calle.

—¿Sabe lo que fue el ERP en mi país? —preguntó, sin darse vuelta.

—No —respondí.

—Ejército Revolucionario Popular —explicó—. Una guerrilla urbana surgida en tiempos de la Junta Militar. Hicieron atentados contra el ejército, pusieron bombas, robaron armas. Era la resistencia armada contra la dictadura. Pues bien: suponemos que su amigo Rodolfo Manrique perteneció al ERP.

—Ah —exclamé—. Ahora entiendo su interés. ¿Pero no se acabó ya todo eso? Quiero decir: ahora tienen una democracia, ¿no?

—Sí, claro. Lo que pasa es que muchos de los antiguos militantes del ERP salieron del país y se unieron a grupos internacionales. A grupos que todavía están en activo, ¿me entiende? No es que su amigo haya hecho algo malo. Sólo nos interesa saber si uno de estos elementos estuvo operando en Madrid.

De nuevo hubo un silencio. Supuse que el cónsul esperaba que yo hablase. Era mi turno.

—En ese caso, señor cónsul, no me parece correcto que yo le diga nada. Sería una traición.

—Comprendo que lo vea de ese modo —dijo—. Depende sólo de usted.

—Si es así, le pido excusas —dije levantándome—, tengo una clase en la facultad dentro de media hora.

—Antes de que se vaya quiero que me escuche: los militantes del ERP ya no son perseguidos en mi país. Allá tuvimos una ley de amnistía para todos, militares y alzados; ¿me entiende? Quédese tranquilo, que su amigo no hizo nada reprobable.

—Gracias por aclararlo, señor cónsul —le dije, en la puerta—. Ahora tengo que irme. Como usted dijo: mis asuntos filológicos me esperan.

—Muy bien —se resignó—. Y una cosa más: déle un saludo de mi parte al señor Aníbal Corrado. Dígale que venga un día por aquí a tomarse unos mates.

Salí alterado. Si el cónsul sabía de Aníbal quería decir que me habían seguido. Sin duda ya estaban informados de todo.

Al volver a la casa, saqué del cajón la resma de fotocopias de *Azul*, de Rubén Darío, y comencé a leerlo, página tras página, hasta que descubrí algo nuevo. Cada tanto había algunas líneas subrayadas, algo que no había detectado en la primera revisión, pues no había al lado ningún tipo de nota. Copié los subrayados, uno tras otro, y lo único que encontré en común era que en todos se daba el nombre de algún país o región de la tierra: Europa, México, París, Oriente... Si esto contenía alguna clave, yo no estaba en condiciones de descifrarla, por lo cual volví a guardar las fotocopias en el cajón y decidí esperar a que hubiera más noticias. Sin duda las habría.

La escritura.

A fuerza de terquedad y trabajo, el manuscrito siguió creciendo hasta convertirse en un mamut que, ahora sí, ocupaba todo mi escritorio. El morro de hojas dactilografiadas era alto como una columna trajana y en su última página había tecleado el número 717. ¿A qué horas escribí todo esto? Eso me preguntaba, sorprendido de mi audacia, pues al verlo parecía empresa de titanes. Pero era normal, pues ya habían pasado cuatro años desde mi llegada a Madrid. Victoria, que había conseguido un trabajo de verano en una oficina, me hacía las fotocopias del manuscrito, pues en esa época, sin computador, yo me pasaba el tiempo recortando y pegando pedazos de páginas corregidas para no tener que copiar todo cada vez.

Las máquinas de escribir exigían un inmenso trabajo físico. De la vieja Remington pasé a una Olivetti, también mecánica, cuyas teclas parecían cojines de seda. Así las yemas de mis dedos no quedaban tan maltratadas después de las sesiones de escritura. Luego, con algunos ahorros, compré otra Olivetti eléctrica que me catapultó al siglo XXI. La conectaba y, al darle a un botón luminoso, comenzaba a escribir sola una presentación: *Bienvenido a la máquina de escribir Olivetti...* Yo la miraba y veía el rayo láser. No lo podía creer. El único inconveniente fue que, al estar acostumbrado a las máquinas manuales, el golpe del dedo era rotundo y la sensible Olivetti disparaba un chorro de letras repetidas. Pero duró poco.

Así terminé de escribir esa hipertrófica criatura de papel. Al releerla me seguía pareciendo imperfecta, pero supuse que la iría corrigiendo con el tiempo, sin afanes, pues a partir de ahora debería acompañarme en mis viajes y en mi vida como el recuerdo de lo que hice en Madrid, además de obtener un título de filólogo firmado por el rey de España. Los años de facultad llegaban a su fin y yo, como todos, me preguntaba qué iba a ser de mi vida. ¿Volver a Bogotá? ¿Seguir en Madrid? Mi sueño, como el de tantos latinoamericanos que quieren ser escritores, era vivir en París, y entonces comencé a dirigir mente y proyectos hacia allá. París me parecía el lugar ideal. Allí encontraría temas, historias, experiencias que me llevarían a ser una persona mejor y, en consecuencia, un mejor escritor. Es lo que creía entonces. Aníbal, por cierto, era el más entusiasta, y mil veces juró que vendría a verme en cuanto estuviera instalado, para recorrer juntos los lugares de Cortázar, incluida su tumba, en el cementerio de Montparnasse. Él tenía un mapa de París lleno de anotaciones y se sabía de memoria los escenarios «cortazarianos». Victoria tenía otros proyectos. También quería viajar, aunque con otras prioridades. Quedamos en que cada cual tomaría sus decisiones con absoluta libertad. Y, por desgracia, así lo hicimos.

Una tarde, estando en la casa, Visichu me llamó al teléfono. ¿Quién podría ser? No esperaba llamadas, así que me quedé de piedra al oír la sibilante vocecilla de la secretaria del consulado argentino. Me pidió un momento y, al instante, escuché la voz del cónsul.

—Señor Hinestroza, cuánto gusto.

—Igualmente —le dije—; ¿hay novedades?

—Muchas —su tono era grave—. Le pido el favor de que venga esta tarde. O mejor, que me permita recogerlo en su casa. Hay algo que debe ver.

—¿Relacionado con Rodolfo?

—Sí, por desgracia sí —agregó.

—Por qué «por desgracia», ¿pasó algo?

—Apareció su cadáver, en Libia. Lo estamos repatriando a la Argentina. Después le explico.

El cónsul tenía un Mercedes Benz 180 con aire acondicionado. Su chofer, que bajó a abrirme la puerta, era un español bajito y esmirriado. Saludé al cónsul y el carro se dirigió a la avenida de La Castellana.

—¿Muerto? —dije—. No lo puedo creer.

—Sí. No sabemos aún en qué operativos estaba metido —dijo el cónsul—. Por cierto, no se llamaba Rodolfo Manrique sino Luis Carlos Acuña. Apareció muerto en Libia y como allá no hay consulado argentino lo enviaron a Madrid. Lo que sí sé es que estuvo entrenando en una escuela de guerrillas de Trípoli, un lugar llamado La Mataba. Es posible que lo hayan dado de baja en la zona del Chad, en donde sigue habiendo combates. O que haya muerto en algún país africano, como Zaire o Angola. Allá la cosa está que arde. Los libios no nos dieron explicaciones. Dicen que eso forma parte de un dossier que sólo darán a sus familiares si es que van a Trípoli y lo piden. Lo que sí enviaron con el cuerpo fue el informe forense. Murió de tres disparos.

Llegamos al aeropuerto de Barajas. El cónsul me dirigió hacia la zona de policía y presentó sus documentos a un guardia. Cuando alguien preguntó quién era yo, él respondió que venía a identificar el cadáver. Lo miré sorprendido, pero no dije nada; si Rodolfo había muerto, ya daba igual.

Nos llevaron por una serie de corredores hasta un lúgubre depósito. En el centro había un ataúd de metal con una escotilla. El guardia la levantó y me pidió que me acercara.

—Sí es —dije.

Tenía la piel acartonada, espesos bigotes y una barba de pocos días. Los párpados parecían ciruelas pasas. Era Rodolfo. ¿Cuánto tiempo había pasado? Más de dos años desde que ese cuerpo, ahora inerte, me había ayudado a preparar una partida de ajedrez.

Cerraron la escotilla y salimos; luego, en la oficina, me pidieron que firmara un documento.

—¿Qué hacía Rodolfo en Madrid, señor cónsul?

—Ah, eso sí lo supimos —dijo encendiendo un cigarrillo.

El auto salió de la zona de estacionamiento y tomó la autopista de regreso.

—Y fíjese, no era ni siquiera algo muy grave. Primero fue agente albanés. Trabajó en la sección de pasaportes falsos, si es que así puede llamarse. Pasaportes para guerrilleros latinoamericanos, de paso por Madrid, que iban a hacer misiones internacionales. Recibía instrucciones sobre el tipo de documentos que necesitaban y los conseguía robándolos en los hoteles o falsificándolos, pues era talentoso con las manos. Luego los entregaba a sus contactos en cafeterías y bares nocturnos. De ahí que se hiciera pasar por alcohólico. Sólo un vicioso de la botella puede justificar estarse horas en un bar, ¿no le parece genial?

—Hasta cierto punto —respondí.

—Es lo que él hacía. Le decían, por ejemplo: hace falta un pasaporte asiático. Y él iba y lo robaba. Si era fácil y lo conocía bien, pues lo falsificaba. Por esto le pagaban una suma modesta, apenas para sobrevivir allá en el Hostal Ópera en donde usted lo conoció.

Recordé, de pronto, las fotocopias del libro *Azul*, de Rubén Darío. Los nombres de países subrayados. Ése era el sistema. Preferí no decirle nada al cónsul.

—Por cierto —dijo de pronto—. Nunca me dijo en qué circunstancias lo conoció.

—Me lo presentó Aníbal, a quien usted conoce —respondí con cierta molestia.

—Ah, por Dios —repuso—. Me había olvidado de explicarle ese asunto. Como es lógico, tuvimos que apoyarnos en la policía y ellos, con su servicio de inteligencia, lo siguieron a usted y dieron con el señor Corrado. Pero la cosa no trascendió, pues de inmediato nos dimos cuenta de que no eran cómplices, que actuaban de buena fe.

La entrada a Madrid estaba un poco atascada. La M-30 era una serpiente de pitos y luces.

—¿Y el señor Corrado cómo conoció a Rodolfo? —insistió el cónsul.

—En un teléfono público —le dije—. De ésos que se dañan y comunican gratis con el exterior. Al día siguiente me lo presentó para lo del ajedrez y a los tres días lo perdimos de vista.

—Extraño que una persona tan profesional como Luis Carlos Acuña, alias Rodolfo —continuó diciendo—, un tipo cuya obligación debía ser el hombre invisible, cayera en una debilidad como ésa. ¡Una partida de ajedrez que ni siquiera jugó!

—Es una pasión muy fuerte, señor cónsul —lo contradije—. Tal vez fue una locura, pero esos tres días debieron darle fuerzas para soportar su vida clandestina y solitaria.

—Curioso personaje... —El cónsul jugaba con las mancornas de su camisa, en forma de ancla—. Un burócrata de la clandestinidad. Los héroes eran los demás, los que se llevaban sus pasaportes. Supongo que un día decidió ser héroe y le pegaron tres plomazos. Mire qué vida.

Nos despedimos en la glorieta de Iglesia, muy cerca de mi casa. Antes de parar, el cónsul hizo una llamada desde el teléfono del carro, musitó un par de frases en voz baja y volvió a colgar. Luego me despedí y bajé. El Mercedes avanzó unos metros por la calle Martínez Campos y, dos cuadras más adelante, se detuvo. Una mujer joven levantó el brazo y corrió a la puerta, que ya se abría. De lejos reconocí a la secretaria de piernas bonitas. Me alegré por él. Nunca más volví a verlo.

Un domingo, Victoria y yo salimos de Madrid en dirección a Segovia. Teníamos una invitación muy especial, pues Blas Gerardo y Delia nos habían prometido un sancocho colombiano en su casa. Desde mi llegada a Madrid tuve su número de teléfono y durante meses, que se volvieron años, fui aplazando la llamada. Ahora, con la mayor parte de mis libros en cajas y a punto de irme de Madrid, sentí que debía hacerlo. No podía irme de España sin verlos. Así que los llamé y me hicieron la propuesta. Acepté encantado.

—¡Niño Esteban! —exclamó Delia dándome un abrazo, más bien apretujándome entre sus brazos.

Tenía 45 años, y en sus ojos era todavía posible reconocer a la

Delia de Robledo. Estaba muy entrada en carnes y se vestía como todas las señoras españolas. Había perdido el acento de Medellín y ahora hablaba con el «vosotros» y las «zetas». Saludó a Victoria con cariño, como una mamá saludaría a su nuera, e incluso la abrazó, emocionada. Nos recibió en el salón, pidió que nos acomodáramos y se fue a llamar a Blas Gerardo. Vivían en un apartamento. Un tercer piso en una urbanización que daba por delante a un parque y por la parte trasera a los cerros. La sala estaba decorada con afiches de Colombia y algunas artesanías. Sobre la mesa, cubierta con una plancha de vidrio, estaba la célebre «chiva» de cerámica. De la puerta de la cocina salían exquisitos olores.

Al rato apareció Delia sosteniendo del brazo a Blas Gerardo. A pesar de la edad —debía de tener 70 años—, conservaba un gran aplomo. Tenía puesto un pañuelo alrededor del cuello y olía a loción. Le di un abrazo.

—Joder, qué viejo te has puesto —dijo al verme—. Ya era hora de que llamaras, capullo. Sabíamos por tu madre que estabas en Madrid.

—Entre la universidad y los viajes, Blas, se me ha ido pasando el tiempo. Fíjese, ya me voy de Madrid.

—¿Se va? —exclamó Delia—. Ay, no diga eso, Estebanito.

De nuevo me apretó entre sus brazos.

—Coño, ¿y es que nadie me va a presentar a esta chica tan guapa? —protestó Blas Gerardo, acercándose a Victoria.

Se dieron un par de besos. Victoria lo miró curiosa, admirada. Sabía que ese hombre, ese cuerpecito avejentado y frágil, había luchado en la Guerra Civil, vivido en la Amazonia con los indios, sido guerrillero y sacerdote. Lo imaginé sentado en el parque, charlando con otros pensionados, o yendo a comprar tabaco para su pipa. Su vida, la experiencia de esos años, hacían de él alguien distinto. Pero sólo por dentro. Todo aquello se iba a perder con él.

—Le tengo mazorca, Estebanito —dijo Delia yéndose hacia la cocina—, ¿creyó que no me iba a acordar que le fascina? De chiquito se ponía furioso si los domingos no había mazorca —recordó, dirigiéndose a Victoria—. Ay, ¡si es que yo lo tuve en brazos!

Blas Gerardo caminó hacia el aparador y abrió una puertica de vidrio.

—¿Qué os sirvo de beber?

Sacó aguardiente antioqueño, ron Viejo de Caldas, aguardiente Cristal. Blas Gerardo también extrañaba mucho Colombia, aunque estaban contentos de haber decidido regresar a España. Poco después, Delia nos llamó al comedor y trajo el sancocho. Qué delicia. Tenía yuca. Había preparado patacones.

—Tengo un mercadito donde las consigo —explicó Delia—. Es que sin esto el sancocho no sabe igual. ¿Les gusta?

Hablamos de Medellín, de Bogotá, de política. Blas Gerardo, en España, votaba por la izquierda, aunque detestaba a los socialistas.

—Se han convertido en unos pijos. En hijos de puta, vamos. Con perdón —se excusó, mirando a Victoria.

—Yo sí que de eso no entiendo ni me importa, Estebanito —dijo Delia metiendo el cucharón en la olla y sirviéndole otro plato a Victoria a pesar de sus protestas—. Aquí vivimos bien. Tenemos amigos y están los familiares de Blas. ¿Qué más pedir? Recibimos una ayudita del Estado para sobreaguar y a veces Blas da alguna conferencia sobre temas de Historia. Vivimos felices. Con sencillez, pero felices.

Hablando de Colombia, caímos al tema de siempre: Toño. Fue Delia la que lo nombró.

—Supimos que anda de jefazo allá en la guerrilla —contó, al tiempo que ponía en mi plato otra mazorca asada con mantequilla y sal—. A mí me siguen llegando cartas de Clarita, la hermana, ¿se acuerda? Ella lo idolatra y dice que es un santo. Lo defiende porque lo quiere, pero nosotros hemos visto en periódicos viejos el nombre del comandante Belmiro en cosas que ya no nos gustan. Dicen que estuvo en una masacre de sus propios compañeros y que se ha dedicado a hacer secuestros. Quién sabe si será cierto. Yo me acuerdo de Toño y no creo. Claro, ya debe de ser otra persona...

—Si eso es verdad —acotó Blas Gerardo—, quiere decir que se convirtió en un hijo de puta, ni más ni menos.

En un abrir y cerrar de ojos la olla de sancocho quedó en la mitad, y nosotros exhaustos, con las panzas felices, achispados por los rones con los que decidimos acompañar el almuerzo.

—¿Y para dónde se va, Estebanito? —preguntó Delia.

—Me gustaría ir a París —dije—. No me animo a volver a Bogotá. Lo que quiero es escribir.

—Ay, qué cosa tan linda —exclamó Delia, emocionada—. ¡Un escritor! Me imagino el orgullo de don Joaquín y de doña Bárbara, con lo que les gustan los libros. A mí también me fascina leer, aunque la cabeza no me da para cosas muy largas. No tengo memoria.

—En París vas a poder escribir a gusto —opinó Blas Gerardo—. Haces bien. En Bogotá te van a tragar y aquí en España te vas a sentir asfixiado. A pesar de los aires de democracia esto sigue siendo un convento, ¿eh? Una puta sacristía llena de meapilas, con perdón.

—Aproveche bien la vida, Estebanito —dijo Delia—. Acuérdese que es bien corta.

—Qué corta va a ser, mujer —reviró Blas Gerardo—. Demasiado larga es lo que es.

Cayó la tarde y empezó a ser hora de regresar a Madrid. Entonces nos levantamos, nos dimos varios abrazos. Juré enviarles cartas desde París. A Delia se le aguaron los ojos.

—No sabe el orgullo que siento —dijo, abrazándome—. Usted y el niño Pablo son como mis hijos. Vaya y vuélvase escritor, Estebanito, que aquí Blas y yo lo vamos a esperar siempre. Váyase tranquilo, mijo, que aquí vamos a estar.

París, 1998

Así fue que de Madrid, tras muchas dudas, decidí arriesgar viniendo a París, siempre con la idea de convertirme en escritor, convencido de que este paso, bastante osado, llenaría mi vida de experiencias que debían ser preciosas, pues ya había comprendido que para escribir era necesario vivir.

Pero al irme de Madrid terminó mi juventud. Tenía 24 años, muchos proyectos y las famosas 717 páginas de las que ya hablé, que con el tiempo, muchos cortes, reescrituras y malgenios, llegarían a ser mi primera novela. Dejaba a Victoria, que tras cartas y visitas se alejó, pero que nunca llegó a salir de mi vida. Y vino el gran cambio.

En París sufrí, gocé, escribí, me hice adulto, cobré mi primer cheque de sueldo, me casé, me divorcié, compré un carro que luego vendí, fui profesor de Español, lector de la editorial Stock, periodista, traductor, empleado oficial, hice amistades entrañables, de nuevo me enamoré y, en ocasiones, fui correspondido; en fin, viví, con todo lo que esto conlleva; y casi todo el tiempo en este apartamento, en el suburbio norte de Gentilly, pasando el bulevar Periférico, detrás de la ciudad universitaria.

El aguacero de anoche y la llegada de febrero disolvieron la nieve del balcón. La televisión dice que el tiempo está muy cambiante por estos días, pero es improbable que vuelva la nieve. Ya puedo salir a fumar mirando las luces de los carros que van al viejo aeropuerto de Orly, y algo me dice que lo que sigue, más allá de mi juventud, pertenece a otro libro. Que he terminado de escribir. Ya no escucho voces. Los palcos y las tribunas están vacíos. Alguien encendió las luces.

Ésta es, pues, mi historia. Tal vez en otras vidas habría sido posible encontrar hechos más memorables, pero ésta que acabo de relatar es la que yo tuve. La única que aún tengo. Nadie tiene la obligación de vivir grandes vidas y dicen que, en todas, hay uno o dos momentos que la justifican. Yo espero que sea así aunque no estoy seguro de haberlos encontrado. Sé tan sólo que esta vida me trajo hasta aquí, hasta este sillón desde el cual ahora releo; y sé que, para mí, ha sido la única vida posible. Larga y feliz...

Índice

Ø 3/2007
12/16 ① 7/14